D. C. Odesza

Beloved Villain – You can't run from me

D.C. ODESZA

beloved villain

You can't run from me

Roman

everlove by PIPER

Mehr über unsere Autorinnen, Autoren und Bücher:
www.everlove-verlag.de

Wenn dir dieser Roman gefallen hat, schreib uns unter Nennung des Titels »Beloved Villain – You can't run from me« an *empfehlungen@piper.de*, und wir empfehlen dir gerne vergleichbare Bücher.

Von D.C. Odesza liegen im Piper Verlag vor:
Beloved Villain – You can't run from me
Beloved Villain – You can't stay away from me

MIX
Papier | Fördert gute Waldnutzung
FSC® C014496

PRODUZIERT MIT VERANTWORTUNG

ISBN 978-3-492-06601-3
4. Auflage 2025

Georgenstraße 4, 80799 München, *www.piper.de*
Für einen direkten Kontakt und Fragen zum Produkt wenden Sie sich bitte an: *info@piper.de*
Illustrationen: designed by Freepik
Satz: psb, Berlin
Gesetzt aus der Electra LT
Druck und Bindung: GGP Media GmbH, Pößneck
Printed in Germany

Liebe Leserinnen und Leser,

Diese Dark Romance ist kein Roman für Minderjährige. Die Geschichte ist nicht für Personen geeignet, die nicht in der Lage sind, einen fiktiven Roman von der Realität zu unterscheiden.

In diesem Roman wird keine Gewalt verherrlicht, dennoch kommen Szenen, die Gewalt beinhalten, vor.

Diese Geschichte ist ausnahmslos düster, verboten spannend sowie verdammt heiß und spicy. Du suchst hier vergebens eine nette Liebesgeschichte zum Abschalten.

Jede Zeile wird dich herausfordern. Jede Szene wird für Gänsehaut- und Schockmomente sorgen.

Auch wenn es zu Beginn nicht so scheint, entwickelt sich in dieser Dilogie eine Liebesgeschichte.

Ich hoffe, dass ihr meine Worte hier aufmerksam lest, damit keine Missverständnisse aufkommen, und bitte euch, selbst zu entscheiden, ob dieses Buch etwas für euch ist.

An dieser Stelle wünsche ich euch ein unvergessliches Leseerlebnis. Gebt auf euch und euren Verstand acht, denn in manchen Szenen werdet ihr auf die Probe gestellt.

Cordialement!
♥
Eure Odesza

PS.: Eine Auflistung der Trigger findet ihr auf der folgenden Seite.

Hinweis

In meinen Romanen werde ich, bis auf wenige Passagen, auf Verhütungsmittel verzichten – was jedoch nicht heißen soll, dass sie im realen Leben nicht wichtig sind! Nur leider kommt es häufiger als gedacht vor, dass Leser und Leserinnen einen fiktiven Roman mit der Realität verwechseln.

Triggerwarnung

Stalking, Schlangenphobie, körperliche und psychische Gewalt, Mord, Missbrauch, häuslicher Missbrauch, Folter, Entführung, Waffen, Manipulation, Alkohol- und Drogenkonsum, Trauma, Fesselung, Erpressung, uneindeutiges Einvernehmen, Paraphilie, Tod

Contentwarnung

Bitte lest dieses Buch nur, wenn ihr euch emotional dazu in der Lage fühlt.

Falls es euch mit diesen (oder anderen) Themen nicht gut geht, findet ihr unter der Nummer der Telefonseelsorge rund um die Uhr kostenlose und anonyme Hilfe.

TelefonSeelsorge Deutschland
0800/111 0 111 · 0800/111 0 222 · 116 123 |
https://www.telefonseelsorge.de/
TelefonSeelsorge Österreich
Notruf 142 | https://www.telefonseelsorge.at/
Schweizer Verband Die Dargebotene Hand
Notruf 143 | https://www.143.ch/

Euer *everlove*-Team

Für meinen Demon,
der mir nicht nur die Dunkelheit gezeigt hat,
sondern auch den Weg zum Licht.

Jeder sollte einen Demon an seiner Seite haben.

KAPITEL 1

Nuria

»Renn! Renn schneller!«
Die pure Entschlossenheit, zu morden,
funkelt in seinen pechschwarzen Augen.
Wenn ich nicht renne, weiß ich,
wird er mich töten!

Als kühle Finger über meinen Nacken streichen, Lippen einen kitzelnden Atem auf meinem Hals hinterlassen, bleibe ich mitten in der Menge wie erstarrt stehen.

Er ist hier.

Ruckartig wende ich mich um, doch niemand ist hinter mir zu sehen. Keine dunkle Gestalt steht hinter mir, das Gesicht unter einer Kapuze verborgen, die Lippen zu einem verdorbenen Lächeln verzogen.

Trotzdem rast mein Herz wie nach einer Verfolgungsjagd. Ich habe den Eindruck, es schlagen hören zu können, obwohl ich mich mitten im Nachtclub *Crystal Passion* befinde, Stroboskoplichter meine Netzhaut überreizen, sich betrunkene Menschen um mich herum auf der Tanzfläche bewegen, lachen, grölen und Nebel zwischen die Gäste geblasen wird.

Als ich mich einmal um meine eigene Achse gedreht habe,

greife ich unter meinem Pferdeschwanz in meinen Nacken, dort, wo ich seine Finger gespürt habe. Er prickelt immer noch.

»Nuria«, ruft mich Rhea, die vom Nebelschleier verschluckt wird. Flüchtig kann ich ihre Silhouette im grellen Blitzlicht erkennen. Noch bevor ich meine Hand nach ihr ausstrecken kann, umfasst jemand meinen Arm und zieht mich tiefer in die Menge.

Mehrfach blinzele ich, versuche, im Nebel etwas zu erkennen, bevor ich gegen eine harte Brust pralle und den Kopf in den Nacken legen muss, um meinem Gegenüber ins Gesicht blicken zu können. Doch da ist kein Gesicht zu sehen. Ich erkenne bloß weiß leuchtende Runen auf reiner Dunkelheit.

Verwirrt von dem Anblick stoße ich mich von der Person ab. Die Techno-Beats hämmern laut in meinen Ohren.

Obwohl ich ein »Nein« ausstoße, gibt die Person meine Hand nicht frei. Komplett schwarz gekleidet wie ein Dämon, der diesen Club durch eine Höllenpforte betreten hat, ragt er groß und mächtig vor mir auf, das Haar unter einer Kapuze versteckt, die Augen kaum sichtbar.

Es wäre meine Chance, mein Moment, um ihn zu enttarnen. Herauszufinden, wer die Person ist, die mich seit Wochen wie ein Geist verfolgt. Oder ist er doch nur ein normaler Clubbesucher? Denn heute ist Halloween. Fast jeder ist verkleidet oder trägt eine Maske.

Mit einem Ruck entziehe ich mich seinem Griff und wanke zurück, pralle gegen einen Kerl hinter mir, falle praktisch in seine Arme und werde mit seinem Guinness überschüttet. Shit!

Der Alkohol tränkt meinen kompletten Rücken, wird von meiner schwarzen Korsage aufgesaugt und rinnt kitzelnd mein Rückgrat hinab bis zu meinem Minirock, unter dem ich Strumpfhosen mit schwarzen Rosen und Glitzersteinen trage.

»Tut mir leid«, entschuldige ich mich bei dem Mann hinter mir, noch bevor mich der mit Kunstblut bemalte Kerl mustern kann. Als seine betrunkenen Augen sich in meinem Ausschnitt verlieren, legt sich eine schwarze Hand um die Kehle des fremden Mannes vor mir und eine weitere um meine Taille.

Mit einem harten Stoß wird der Kerl vor mir von der Gestalt hinter mir in die tanzende Menge gestoßen. *Er ist es wirklich. Demon. Mein Stalker.*

»Scheiße, verdammt. Was … Was … machst du hier?«, frage ich ihn und versuche, die Finger um meinen Bauch zu lösen. Doch sie bohren sich besitzergreifend immer tiefer in meine Mitte.

»Willst du zu ihm?«, raunt er mir ins Ohr. »Oder mit mir in der Dunkelheit verschwinden?«

Welche Dunkelheit? Auf gar keinen Fall gehe ich mit ihm mit. Allein bin ich ihm wehrlos ausgeliefert. Das wäre lebensmüde.

Plötzlich gehen die Lichter aus. Die Musik um uns herum verstummt, und kurzzeitig steht die Welt still. Ein Stromausfall. *Was zur Hölle …?*

»Sag schon.« Sein Atem schmeichelt meinem Ohr.

»Ich will weder das eine noch das andere.«

Ein dunkles Lachen dringt an meine Ohren. »Dann entscheide ich für dich.«

Ehe ich begreife, was er vorhat, hebt er mich hoch, trägt mich in seinen Armen und bahnt sich einen Weg durch die Menge, als könnte er im Dunklen sehen wie ein Wolf.

»Verdammt, lass mich runter. Ich kann selbst laufen.«

»Und dich in andere Hände verirren. Nein.«

»In deinen Händen will ich noch weniger sein.« Obwohl ich seine Stimme bloß wenige Male gehört habe, weiß, wie sonor und tief sie klingt, verursacht sie auch in diesem Moment Gänsehaut auf meinem Körper. Ich zappele und rufe nach Rhea. Doch unter den Clubbesuchern ist Panik ausgebrochen, alle rufen blind und aufgeregt Namen durcheinander, und meine Schreie gehen im Lärm unter.

»Du entscheidest nicht über mich. Lass mich los. Verschwinde, Demon!«

Mir entgeht nicht, wie er einen harten Stoß abfängt, der mich nicht erreicht. Unerwartet gibt er mich frei, lässt mich los, und die Sohlen meiner Overkneestiefel berühren festen Boden.

Seit wann hört er auf meine Anweisungen? Ein seltsames Gefühl dehnt sich in meinem Brustkorb aus. Ich bin verwirrt und irgendwie enttäuscht, als er macht, was ich verlange. Irgendwie hatte ich angenommen, er würde es mir nicht so leicht machen und, wie sonst auch, mit mir spielen.

Verwundert drehe ich mich zu ihm um. Das Einzige, was ich inmitten der erstickenden Finsternis ausmachen kann, sind die leuchtenden Runen, die auf sein ansonsten im Dunkeln liegendes Gesicht gemalt worden sind.

»Lauf!«, befiehlt er mir.

»Was?«, frage ich irritiert.

»Lauf, denn wenn ich dich das nächste Mal erwische, werde ich nicht so gnädig sein, und du gehörst mir.«

Es wird kein nächstes Mal geben, da ich von ihm freikommen werde – nein, muss – und morgen Barcelona verlasse. Für eine sehr lange Zeit. Ich brauche Abstand von ihm, von meiner Familie, von diesem Leben.

»RENN!«, brüllt er mich an, sodass sein bedrohlich gebellter Befehl mich bis ins Mark trifft und weitere Gäste aufschreckt. Denn sie folgen seiner Anweisung und rennen. Rennen los, als wäre ein Feuer ausgebrochen.

Von seiner Anweisung zucke ich zusammen, dann wende auch ich mich um und eile los. Um nicht gegen andere Personen zu prallen, strecke ich die Arme nach vorn aus und laufe blind durch die Menge. Laufe Richtung Ausgang, der sich rechts von mir neben der Bar befindet. Irgendwann werde ich vom Strom der aufgebrachten Menschen mitgerissen.

»Hier geht es raus!«

»Der Ausgang ist da vorn!«

»Ich will hier raus!«

»Hilfe!«

»Schaltet das verdammte Licht wieder an!«

Um mich herum dringen unterschiedliche Stimmen an mein Ohr. Ich mische mich weiter unter die Gäste, hole wie die anderen mein Smartphone aus der Handtasche und versuche, im Licht der Taschenlampe einen Weg auszumachen. Eine gewaltige Traube hat sich vor den schwarzen Türen gebildet, über denen das rote Exit-Schild leuchtet. Ich entdecke panische Gesichter, die als Hexe, Teufel oder Kürbismonster geschminkt sind, aber finde Rhea nicht. Sie trägt eine auffällige weiße Perücke und eine Knochenkrone auf dem Kopf. Ihr Gesicht ist weiß geschminkt, die Augenhöhlen sind pechschwarz bemalt, als hätte sie schwarze Tränen geweint. Sie müsste in der Menge auffallen. Wo ist sie?

»Rhea!«, rufe ich wieder ihren Namen und schaue mich suchend um. Jemand stößt mir seinen Ellenbogen gegen den Oberarm, jemand anderes tritt mir auf den Fuß. Mein Rücken klebt immer noch vom Guinness. So hatte ich mir meinen letzten Abend nicht vorgestellt.

Ich kann den Nachtclub nicht ohne meine Freundin verlassen.

Renn! – verfolgt mich der Befehl meines Stalkers. Scheiße, nein. Das hier ist kein Spiel. Bisher hat er mir nie ernsthaft wehgetan oder mich verletzt. Wenn ich seine Anweisung nicht befolge, wird er mich wohl nicht bestrafen. Hoffentlich. Falls doch … Darüber darf ich jetzt nicht nachdenken. Ich muss Rhea finden. Ohne sie verlasse ich den Club nicht.

Somit beschließe ich, mich umzudrehen, mich an den Menschen, die sich weiter zum Ausgang drängen, vorbeizuschieben.

»Rhea!« Immer wieder rufe ich ihren Namen und halte nach ihr Ausschau. Doch nicht nur nach ihr, sondern auch nach dem Dämon, der seit Monaten mit mir spielt. Die hellen Runen würden mir sofort im Dunklen auffallen. Aber ich sehe bloß in fremde Gesichter und Masken.

»RHEA, verdammt, wo bist du!«

»Bleibt alle ruhig!«, brüllt jemand über die Menge. »Keine Panik! Es ist nur der Strom ausgefallen! Wir haben alles unter Kontrolle!«

Fragt sich, wieso der Strom ausgefallen ist. Bisher habe ich das noch nie in einem Club erlebt. Mir drängt sich unweigerlich der Verdacht auf, dass Demon der Verursacher ist. Demon, der sich irgendwo in der Dunkelheit befindet und mich mit Sicherheit beobachtet. Ganz sicher genießt er das Spiel. Mein Stalker ist einfach krank!

Ich schlängele mich an weiteren Personen vorbei, als ich im Schein meiner Handytaschenlampe in der Ecke unterhalb des DJ-Pults hellweißes Haar ausmachen kann. Als ich mich der Person nähere, finde ich meine Freundin mit einem Kerl rummachend in einer Nische vor. Nicht ihr Ernst!

Während die meisten Menschen durchdrehen, ich mir Sorgen um sie mache, nutzt sie den Moment, um mit einem fremden Mann zu knutschen. Wut steigt in mir auf, als ich auf sie zugehe. Dabei will ich nicht wissen, wo sich ihre Hände unter dem Kostüm des Kerls befinden.

Gerade als ich bloß noch wenige Meter von ihr entfernt bin, springen das Licht und die Musik wieder an. Überrascht schaue ich zum DJ-Pult auf, hinter dem auf einer Leinwand eine 3-D-Animation von Lilith mit dem Teufel tanzt.

»Die Party geht weiter!«, verkündet der DJ. Als wäre nichts passiert, strömen die Gäste zurück auf die Tanzfläche. Nebel wabert gespenstisch zwischen den verkleideten Menschen auf.

Langsam lasse ich mein Handy mit der Taschenlampe sinken, das im gleichen Augenblick vibriert. Auf dem Display flackert eine Nachricht von einer unbekannten Nummer auf.

Du hast dir nicht einmal Mühe gegeben, kleine Rose.

Gerade als ich den Satz zu Ende gelesen habe, legt sich eine Hand auf meine linke Schulter. Ich werfe einen Blick hinter mich und entdecke Demon. *Verflucht!*

Tausend Emotionen durchfluten meinen Körper allein von dieser Berührung. Angst bei seinen geschriebenen Worten, Nervenkitzeln und Neugierde beim Anblick seines in Schatten gehüllten Gesichts, das von roten und blauen Scheinwerfern in kurzen Abständen angestrahlt wird.

Wenn ich eines in den letzten Wochen gelernt habe, dann, dass er niemals leere Drohungen ausspricht.

Ich balle meine Hand zur Faust, bevor ich mich geschickt aus seinem Griff drehe und ihn mit einem kräftigen Hieb schlagen will. Er soll mich in Ruhe lassen. Oder mir verraten, wer er ist. Was er von mir will.

Noch bevor meine Faust sein Gesicht erreicht, schlägt er meinen Arm aus der Luft. Seine Reflexe sind unfassbar schnell und beängstigend. Da er meinen Arm nicht zu fassen bekommen hat, wende ich mich rasch um und flüchte in die Menschenmenge. Im selben Moment höre ich Rhea meinen Namen rufen. Jetzt hat sie mich gesehen?

»Nuria! Wo willst du hin?«

Kurz schaue ich aus den Augenwinkeln zu ihr, während ich mir einen Weg durch die Menschenmasse bahne. Mehrmals stoße ich mit einer Person zusammen, entschuldige mich hastig, aber renne weiter. *Ich will Demon loswerden. Ich muss.* Denn allmählich bestimmt mein Schatten immer mehr mein Leben. Bisher hat er mir nichts getan. Doch aus Berichten weiß ich, dass Stalker für gewöhnlich ihre Opfer am Ende umbringen. Besonders dann, wenn sie nicht bekommen, was sie wollen: die Person, für die sie eine Obsession entwickelt haben.

Wendig bewege ich mich durch die Menge. Meine wöchentlichen Gym- und Lauftrainings machen sich seit Langem bezahlt. Mehrfach werfe ich einen kontrollierenden Blick hinter mich, kann Demon aber nicht mehr entdecken. Trotzdem spüre ich seine dunkle, lauernde Präsenz ganz in meiner Nähe.

Der erste Ort, zu dem ich flüchten kann und der mir in der Panik einfällt, sind die Damentoiletten. Dort ist immer etwas los. Er wird mir kaum in der Öffentlichkeit bis in die Frauentoiletten folgen oder über die Trennwände der Kabinen zu mir klettern.

Nachdem ich die Tanzfläche hinter mir gelassen habe, an der großen, beleuchteten Bar vorbeigelaufen bin, biege ich rechts in den Korridor mit den Spiegelwänden ab, wo sich die Toiletten befinden. Da die meisten Gäste während des Stromausfalls zum Ausgang gestürmt sind, erwartet mich nicht, wie gedacht, eine lange Schlange. Selbst wenn Frauen angestanden hätten, wäre ich an ihnen vorbeigestürmt, um mich als Nächste in einer Kabine zu verbarrikadieren.

Im Spiegelglas neben mir kann ich mein Gesicht sehen, auf das ich mit schwarzem und weißem Make-up einen mexikanischen Totenkopf gemalt habe. Und fuck! Zugleich sehe ich hinter mir eine schwarze Gestalt. Ich komme nicht mehr dazu, nach rechts durch die Tür der Damentoiletten zu stürmen, da eine Hand meinen Pferdeschwanz zu fassen bekommt. Scheiße!

Meine Kopfhaut ziept, mein Kopf wird zurück gezerrt. Instinktiv greife ich mit der rechten Hand hinter mich, um mich aus seinem Griff zu befreien.

»Warte …«, flehe ich.

»Worauf?«

Meine Finger umfassen seinen nackten Unterarm, da er den Ärmel seines Hoodies hochgeschoben hat. Unnachgiebig bohren sich meine Nägel in seine Haut. Doch das scheint ihm nichts auszumachen.

»Nicht hier. Wir könnten gesehen werden«, versuche ich Demon mit meinen Worten aus dem Konzept zu bringen. Denn ihm muss bewusst sein, dass fremde Menschen dieses Machtspiel unter Umständen melden.

Als Antwort erhalte ich ein durchdringendes Lachen, das lauter und mächtiger an meine Ohren dringt als noch auf der Tanzfläche.

»Glaubst du, das interessiert mich?«

Lass dir was besseres einfallen, Nuria. Irgendwas, um ihn loszuwerden … Aber will ich das denn wirklich?

Jeder Muskel meines Körpers ist zum Zerreißen angespannt, bereit zur Flucht, doch zeitgleich spüre ich diese unerklärliche Neugier in seiner Nähe.

Schritt für Schritt dirigiert er mich statt in die Damentoiletten weiter zum Ende des Ganges. Er treibt mich voran wie seine Beute zur Schlachtbank, ohne dass andere Personen um uns herum wirklich Verdacht hegen. Aus den Augenwinkeln kann ich uns in den Spiegeln beobachten. Der Korridor wird nur von violetten LEDs beleuchtet, somit sieht keiner hinter uns, dass ich festgehalten werde.

»Wenn ich dir so wichtig bin, dann sollte dich interessieren, was ich will.«

»Ich weiß längst, was du willst, meine Rose.« *Meine Rose?* »Aber sprich es aus. Sag mir, was du wirklich willst.«

Ein wechselnder Schauder aus Furcht und Anspannung rieselt mein Rückgrat hinab. Ständig stelle ich mir die Frage, wie weit er dieses Mal gehen und was als Nächstes passieren wird.

Er treibt mich weiter auf eine Tür links am Ende des Ganges zu, während er meinen Pferdeschwanz fest um sein Handgelenk geschlungen hält und seine linke Hand unterhalb meiner Corsage platziert.

»Ich will, dass du gehst. Endlich aus meinem Leben verschwindest«, antworte ich ihm. Ich wünschte, meine Worte kämen selbstbewusster, lauter und nachdrücklicher über meine Lippen. Aber das tun sie nicht.

Er senkt sein Gesicht nah an mein Ohr, seine Zähne beißen in meine Ohrmuschel und werden dann von seiner warmen Zunge abgelöst. Bei der Berührung kribbelt mein Nacken, und es nistet sich ein nervöses Flattern zwischen meinen Rippen ein. »Wie sehr willst du, dass ich aus deinem Leben verschwinde?«

Ich winde mich in seinem Griff. An der Tür angekommen, zu der er mich dirigiert hat, stößt er sie auf.

Dahinter liegt der Raum anfänglich in völliger Dunkelheit. Doch ein Bewegungssensor schaltet das Licht ein, kaum dass die Tür zufällt. Wir befinden uns in einer Lounge mit Spielautomaten und neonleuchtenden Schriftzügen an den Wänden. Eingerahmte Porträts von namhaften Musiklegenden zieren die Wände. Schwarze Sofas und Sessel gruppieren sich um einen eckigen Couchtisch neben einer einladenden modernen Bar, hinter der ich unzählige Spirituosen entdecke. Wir sind allein. Ein Klacken ist zu hören. Er hat die Tür abgeschlossen. Verdammt!

Sofort dehnt sich die Panik in meinem Bauch aus. Was, wenn jetzt der Moment gekommen ist? Was, wenn er mich umbringt, weil ich ihm nicht das gebe, was er will? Was, wenn ich morgen in einer Blutlache vom Clubbesitzer oder dem Reinigungspersonal aufgefunden werde?

»Los, sag mir, wie sehr du willst, dass ich gehe«, fordert er mich erneut auf.

Trotzdem will ich ihm nicht sagen, was er hören will: dass er bleiben soll. Lieber sterbe ich, als kampflos aufzugeben.

»Verdammt, du sollst mich in Ruhe lassen!«, spreche ich lauter.

Ein unheilvolles Raunen ertönt, das bei mir jedes Mal einen Schauder verursacht.

»Finden wir es heraus. So richtig hast du mich noch nicht überzeugt.«

Mit einem Ruck stößt er mich nach vorn zu der schwarzen Eckcouch. Stolpernd bleibe ich vor dem Möbelstück stehen, um nicht auf die Sitzfläche zu kippen.

»Ich will …«, setze ich an und will mich rasch zu ihm umdrehen, als er mich erneut eingefangen hat. An der Schulter treibt er mich zum Tischkicker und drückt mich danach mit dem Gesicht voran zur Spielfläche des Kickers herunter. Hastig stemme ich mich gegen die Metallstäbe, an denen sich die Fußballspieler aus Plastik befinden, um ihm Widerstand zu leisten.

Allerdings ist er verdammt schnell, positioniert sich breitbeinig hinter mir und umfasst meine Hüfte. »Weiter. Du wolltest doch etwas sagen«, verhöhnt er mich.

»Ich will, dass du mich in Ruhe lässt«, versuche ich den Satz erneut hervorzubringen, obwohl ich so viel mehr über ihn wissen will. Obwohl ich sonderbarerweise herausfinden will, was er mit mir vorhat. Obwohl mich das Gefühl seines Körpers hinter mir nicht kalt lässt. Was ich ihn nicht wissen lassen werde. Es würde bedeuten, dass ich auf seine Spielchen stehe und er recht behält: dass ich mehr will. Doch meine Stimme zittert, teils vor Angst, teils vor angespannter Aufregung, da er noch nie so weit gegangen ist. Mir steigt die Röte ins Gesicht, als er ohne Vorwarnung unter meinen knappen Rock greift und meine Strumpfhose mit einem ungeduldigen Ruck zerreißt.

»Scheiße. Was wird das?«

»Wonach sieht es aus?«

Fest umklammere ich die Metallstäbe des Kickers und will mich aufrichten, als mich eine Hand im Nacken davon abhält. Im nächsten Moment hält er mir seine rechte, behandschuhte Hand entgegen.

»Zieh mir den Handschuh aus.«

»Fick dich.«

Erneut ertönt ein amüsiertes Lachen von ihm. »Du willst, dass ich dich mit den Handschuhen ficke? Okay.«

Okay was?

»Okay, umso länger bleibt die Vorfreude bestehen, deine Pussy richtig zu spüren.«

Sofort ziehe ich scharf die Luft ein. Mehrere Male stand er vor meinem Fenster, ist mir hinterhergelaufen, hat mich verfolgt und beobachtet, mir Nachrichten geschrieben, angerufen und mir Geschenke vor die Tür gelegt. Aber niemals, kein einziges Mal, hat er sich genommen, was er in seinen Botschaften angekündigt hat.

»Demon«, keuche ich, um ihn zur Vernunft zu bringen.

Doch zeitgleich gleiten seine Finger zwischen meine Beine, wandern über meinen Slip. »Schade, dass ich nicht heute herausfinde, wie feucht du bist. Wie seidig und warm sich deine Pussy anfühlt.«

Anders als erwartet geht er nicht grob vor, sondern streichelt beinahe verspielt über meinen Slip.

»Was hast du vor?«, frage ich und kann das erregte Beben nicht aus meiner Stimme verbannen.

»Wir lernen uns nur kennen«, antwortet er neckend. »Ich fick dich nicht, nicht heute Nacht.«

Verwundert hebe ich die Brauen, als sich seine Hand von meinem Nacken löst und stattdessen von einer Schlinge um meinen Hals ersetzt wird. Rasch hebe ich die rechte Hand, um nach dem Ledergürtel zu tasten, und verliere sofort die Balance. Leicht angetrunken, erschöpft vom Tanzen, bin ich kaum in der Lage, mich länger als wenige Sekunden mit der linken Hand von der Stange des Kickers abzustützen. Und mein Wille, gegen ihn zu kämpfen, weicht immer mehr der Neugierde, herauszufinden, was er mit mir anstellen wird.

»Schließ die Augen, öffne dich für mich und genieß, was ich dir schenke.« Wieder umklammere ich beide Stangen des Kickers und lasse mich dagegen sinken, als mir bewusst wird, dass Demon den Gürtel nicht zu fest zusammenzieht, mich jedoch so unter Kontrolle bringt. Im selben Moment schiebt er meinen Slip beiseite, und zwei behandschuhte Finger umkreisen meine Klit. Er hat sie trotz der Handschuhe ertastet, was … was fast unmöglich ist.

Und statt in mich einzudringen, mich mit den Fingern zu ficken, umkreist er meine Perle, fester und mit immer mehr

Druck. Sofort dehnt sich ein irrsinniges Verlangen in meinem Becken aus, meine Brustwarzen kribbeln unter der Korsage, meine Klit pocht. Und obwohl ich mich wehren sollte, ihn beißen, kratzen und schlagen sollte, verfalle ich einen Moment dem wahnsinnigen Gefühl, das seine Finger verursachen, und schiebe ihm mein Becken weiter entgegen. Seine pralle Härte drückt gegen meinen Po. Ich fühle, wie er sich an mir reibt, während er mich fester würgt und mir durch die Atemkontrolle einen ungeahnten Kick verleiht.

Keine Ahnung, wie es passieren konnte, aber alle meine Ängste sind wie fortgeblasen. Er fickt mich nicht, und doch, doch will ich gerade genau das. Will so viel mehr, obwohl dieses Spiel krank, verboten, komplett wahnsinnig ist.

»Immer noch sicher, dass ich verschwinden soll?«, fragt er mich mit rauer und erregter Stimme. Sein herber, rauchiger Duft, den ich bisher nur bei ihm gerochen habe, umgibt mich, als er meine Feuchte zwischen meinen Schamlippen verteilt, anschließend meine Klit weiter umkreist. Und das so teuflisch gut, dass wenige Sekunden später meine Beine zittern, ich abgehackt nach Luft ringe und wimmere. Ein erstickter Laut verlässt meine Kehle, als er den Druck mit dem Gürtel um meinen Hals erhöht und mich noch besessener zum Orgasmus treibt. Berauscht von dem Gefühl, ihm völlig ausgeliefert zu sein und es nicht zu hassen, blinzele ich.

Fuck! Das kann nicht passieren. Ich kann nicht bei ihm kommen. Und doch will ich es gerade so sehr. Gott! Er ist so gut wie eine Droge, nach der ich süchtig bin und zugleich weiß, dass sie mich krank macht.

Werde nicht schwach, Nuria.

Wimmernd und leise stöhnend stehe ich so verdammt kurz davor, zum Höhepunkt zu kommen.

»Ja«, bringe ich über die Lippen, um ihn nicht gewinnen zu lassen, und weiß doch, dass es in diesem Moment gelogen ist. Er hat längst gewonnen. »Verschwinde«, lüge ich, weil sich meine

Vernunft weiterhin gegen ihn wehrt, während mein Körper weiter gehen will.

Kurz wird mein Körper von einer überwältigenden Lustwelle durchströmt, die Hitze vermischt sich mit dem reinen Verlangen, um gleich darauf abrupt zu enden. Demon tritt von mir zurück, löst den Gürtel und lässt mich am Kickertisch mit hochgeschobenem Rock und zerrissener Strumpfhose stehen.

Was zur Hölle?

Ich drehe das Gesicht über die Schulter, als ich ihn hinter mir mit verschränkten Arme sehe. Das ist der wohl unangenehmste Moment meines Lebens. Er hat auf mich gehört? Dabei … dabei wollte ich den Orgasmus, den bisher nie ein Mann bei mir erreicht hat.

»Du hältst mich für einen beschissenen Vergewaltiger?«

»Das habe ich nicht behauptet«, halte ich dagegen. Nein, das habe ich so nicht empfunden. Er ist dominant, unnahbar, unheimlich, trotzdem ist er nicht wie ein wildes Tier über mich hergefallen. Es war ihm wichtig, dass ich auf meine Kosten komme.

»Du hast recht, du hast es nicht verdient.« Seine Worte kommen ihm so abwertend über die Lippen, dass sie mich wie ein kalter Wasserschwall treffen.

Er lässt den Gürtel, den er an beiden Enden zusammengelegt hat, auf die Hand knallen und senkt sein runenbedecktes Gesicht. Langsam schüttelt er den Kopf und erweckt auf mich den Eindruck, als bereue er, was er getan hat. Aber nicht so, wie jemand eine schlechte Tat bereut, sondern eher, als bereue er, mich fast zum Orgasmus gebracht zu haben. Als hätte ich ihn nicht verdient. Als hätte ich Demons Aufmerksamkeit, seine Hände auf mir und seine Nähe nicht verdient.

»Ich habe nicht gesagt, dass …« Eilig schiebe ich den Rock herunter und zerre die Fetzen meiner Strumpfhose hoch, bevor ich mich zu ihm umdrehe. Doch er ist verschwunden. Ist einfach gegangen, ohne dass ich zum Höhepunkt gekommen bin, da er ausgerechnet jetzt auf mein »Verschwinde« gehört hat.

Und nun? Ist er für immer gegangen? Falls ja, wo bleibt die Erleichterung?

Er ist mir ein Rätsel. Ein verdammtes, unheilvolles Rätsel.

KAPITEL 2

Nuria

Wenn sich eine Tür schließt,
öffnet sich eine neue.
Was, wenn auch dein Schatten
durch die neue Tür schlüpft?

Meine Haare werden mir vom kräftigen Wind aus dem Gesicht geweht. Als ich den Kopf in den Nacken lege, droht die finstere Wolkendecke über mir einzubrechen. Kaum habe ich diesen unheimlichen Gedanken in meinem Kopf zu Ende gesponnen, landen die ersten Regentropfen auf meinem Gesicht.

Hinter mir heult der Motor des Ubers auf, das mich vom Flughafen zum Anwesen der Monairs gefahren hat. Ich beobachte, wie sich das silberne alte Fahrzeug einen Weg zum leichten Abhang an der Küste zurückbahnt.

Im selben Moment nistet sich ein ungutes Gefühl in meiner Magengegend ein. Das Gefühl, meine Entscheidung zu bereuen.

Es gibt nichts Angsteinflößenderes als einen Neuanfang. Als ich den Entschluss gefasst habe, in einem fremden Land, auf einem fremden Kontinent, mit fremden Personen neu anzufangen, hat sich das in meinem Kopf irgendwie richtig angefühlt.

Gerade fühlt es sich an, als hätte ich eine falsche Entscheidung getroffen. Aber hey, ich wollte es so, jetzt stehe ich hier: vor dem Anwesen der Monairs.

Der Wind kriecht unter meinen hellen Blazer, bläht ihn auf und bringt sogar die umliegenden hohen Bäume zum Ächzen. Der Sturm wird immer gnadenloser, während der Regen stetig zunimmt.

Um nicht vollkommen durchnässt das Anwesen zu betreten, atme ich einmal tief durch, umfasse in meinem weißen Faltenrock und meiner hellblauen Bluse, über der ich einen beigefarbenen Blazer trage, die Griffe meiner Schalenkoffer und zerre sie näher zum imposanten Tor. Links von mir entdecke ich die Klingel, direkt darüber ist eine Videokamera angebracht worden, die sicherlich meine Ankunft ankündigt.

»Klingel einfach. Es ist ganz leicht.« *Trotzdem könntest du jetzt noch umkehren,* streift der Gedanke durch meinen Kopf.

»Nein, kannst du nicht. Du hast den Vertrag als Au-pair bereits unterzeichnet, du hohle Nuss«, murmele ich zu mir selbst.

Verträge lassen sich aufheben.

»Verdammt«, fluche ich im Flüsterton.

Wieso will ich plötzlich meine Meinung ändern? Noch vorgestern Nacht konnte ich Spanien nicht schnell genug verlassen. Und wieso? Weil mein persönlicher Dämon immer aufdringlicher wurde. Mir ein verdammter Irrer folgt wie ein Schatten.

Aber hier, beim Anblick des vierstöckigen, beeindruckenden Anwesens, das in dunkel verfärbtem Sandstein in den Gewitterhimmel ragt, habe ich ebenfalls ein mulmiges Gefühl. In dem Gebäude, das unzählige Fensterreihen wie ein Staatsgebäude besitzt, brennt nur in der obersten Etage Licht. Es ist kurz vor 20:00 Uhr, die Sonne ist nicht einmal untergegangen, trotzdem wirkt das Anwesen stattlich, mächtig und wunderschön, doch zugleich irgendwie kalt, finster und bedrohlich wie ein lauerndes Ungeheuer.

»Morgen scheint die Sonne, und du wirst über diese Gedanken lachen. Was soll schon bedrohlich an diesem Ort sein?« Schließlich leben hier Kinder.

Ein greller Blitz zuckt über den Himmel, dem ein zorniger Donnerhall folgt. Ich keuche erschrocken auf. *Mierda!* Mein Zeichen, endlich zu klingeln.

Ich bin kein Angsthase, aber hasse Gewitter.

Bevor ich mich der Klingel zuwende, ein zweites Mal tief durchatme und den goldenen Knopf betätige, lasse ich meinen Blick noch einmal über das Anwesen streifen. Da bemerke ich, dass mich Kinderaugen durch das verschlungene Eisentor ansehen. Ein Blitz beleuchtet das Gesicht des Mädchens im Garten wie in einem Horrorfilm. Mein Herz sackt in meine Magengrube.

»Wo kommst du denn plötzlich her?«, frage ich das Mädchen mit aschblondem Haar, das in feuchten Strähnen an ihren Wangen klebt. Sie trägt ein violett geblümtes Kleid, weiße Sandalen und ein helles Jäckchen.

Ohne mir zu antworten, stiert mich das Kind mit durchdringendem Blick an.

»Ja, hallo?«, ertönt es durch die Freisprechanlage.

»Ähm, hallo, hier ist Miss Endrinal. Ich bin das neue Au-pair.«

»Oh, Miss Endrinal, wie schön, dass Sie eingetroffen sind.«

»Leider bin ich eine Stunde später als geplant gelandet. Dafür möchte ich mich entschuldigen«, erkläre ich der freundlichen Frauenstimme und schaue zur Kamera auf. Mit Sicherheit kann sie mich sehen.

Als ich mich zum Eingangstor wende, ist das kleine Mädchen von eben verschwunden. Es muss eines der Kinder sein, für die ich als Au-pair eingestellt wurde. Auch wenn die Mädchen auf den Bildern, die mir vorab per Mail geschickt worden sind, weniger starr und traurig ausgesehen haben.

»Das ist überhaupt kein Problem. Bitte treten Sie durch das Personentor ein. Ich warte am Eingang.«

Das Sirren des Türschlosses ertönt. Nachdem ich die Tür geöffnet habe, schnappe ich meine Gepäckstücke und betrete das weitläufige Grundstück der Monairs.

Im strömenden Regen kämpfe ich mir mit den Schalenkoffern einen Weg zum Eingang des Gebäudes. Die Rollen meiner Koffer bleiben mehrfach auf der prunkvoll gepflasterten Auffahrt, die von niedrigen Buchsbaumsträuchern gesäumt wird, hängen. Obwohl es wie aus Kannen gießt und ich mir sicher bin, wie ein begossener Pudel der Familie unter die Augen zu treten, nutze ich den Moment und betrachte den sehr gepflegten Garten.

An der hohen Mauer verläuft eine dichte, blühende Hecke. Der Rasen ist akkurat geschnitten, mehrere Meter hohe Palmen oder Akazienbäume wachsen vereinzelt auf dem gepflegten Grundstück. Am schönsten sind die Beete neben dem Eingang des Gebäudes, in denen in allen Farben Sträucher blühen.

Doch so oft ich mich auch umblicke, ich entdecke das kleine Mädchen nicht wieder. Wo ist sie hingelaufen? Hat sie sich in der Hecke vor der Mauer versteckt? Ein so kleines Kind, nicht älter als sechs Jahre, sollte nicht allein im strömenden Regen herumlaufen.

Als ich kaum die Stufen zum Eingang erreicht habe, eilt mir eine brünette Frau mit eckiger schwarzer Brille und in schickem Kostüm entgegen.

»Warten Sie, ich helfe Ihnen.« Auf ihren Pumps steigt sie die Stufen herunter, was ziemlich gefährlich aussieht. »Eigentlich wäre das Jacks Aufgabe. Aber er hat sich heute krankgemeldet.«

»Jack?«, frage ich die Dame, die ich an der Stimme erkenne. Es muss Mrs Warner sein. Die Haushälterin, mit der ich bereits telefoniert und meine Ankunft besprochen habe.

»Ja, unser Chauffeur, Kofferträger, Hausmeister, Spinnenheraustrager. Der Mann für alles, wenn Sie wissen, was ich meine.« Sie schenkt mir ein breites Lächeln, dann umfasst sie beherzt den Griff meines mintgrünen Koffers.

»Ach, das ist kein Problem. Ich schaffe das«, erkläre ich ihr, da ich die Befürchtung habe, sie könnte auf ihren Absatzschuhen die Stufen herunterfallen und sich das Genick brechen.

»Sie standen viel zu lange im Regen. Ich helfe gern.« In ihren Worten schwingt deutlich die Botschaft mit, dass sie sich nicht umstimmen lässt.

»Okay.« Ich zucke mit den Schultern, dann schnappe ich mir den weißen Koffer, der über fünfundzwanzig Kilo wiegt, und trage ihn die Stufen hoch.

Hinter mir flucht und schnaubt Mrs Warner. »Jack, du kannst dir morgen was anhören!«

Wie es aussieht, scheint Mrs Warner viel zu sagen zu haben, wenn sie so über diesen Jack schimpft.

Am überdachten Treppenabsatz angekommen, ringe ich nach Atem, dann erhasche ich durch die geöffnete Flügeltür einen Blick ins Innere. Und bereits jetzt liebe ich, was ich sehe. Wahnsinn! Warum nur hatte ich vor Minuten die Befürchtung, in ein finsteres Spukhaus einzuziehen?

Das Innere ist hell erleuchtet. Ein dunkel glänzender Marmorboden erstreckt sich im Eingangsbereich. Inmitten des Foyers steht ein runder Tisch mit einem herrlichen Blumenbouquet, direkt dahinter entdecke ich eine gläserne Flügeltür, die von zwei gebogenen Treppenaufgängen flankiert wird. Und über dem Eingangsbereich thront ein imposanter moderner Kronleuchter aus gelbem und durchsichtigem Kristall.

»Geschafft!«, höre ich Mrs Warner triumphieren. »Ein Nagel ist abgebrochen, aber was solls.«

Ich wende mich ihr zu. Während sie ihren abgebrochenen Nagel begutachtet und ungeniert an ihm kaut, nutze ich die Gelegenheit, um mich nach dem Mädchen im Garten zu erkundigen: »War das eben Maily?«, frage ich Mrs Warner, die weiterhin ihren Nagel mit den Zähnen bearbeitet. Schließlich schaut sie mir fragend entgegen. »Wo?«

»Draußen, beim Tor«, antworte ich.

Mrs Warner schüttelt den Kopf. »Das kann nicht sein. Die Zwillinge sind beide in ihrem Zimmer. Ich habe sie vorhin selbst dort spielen gesehen.«

Wie merkwürdig. Was, wenn es ein fremdes Kind ist?

»Oh, wirklich? Ich bin mir sicher, eben jemanden im Regen stehen gesehen zu haben.« Mir gefällt der Gedanke nicht, dass sich ein Mädchen während eines Gewitters im Garten versteckt. Vielleicht hat es Angst. Vielleicht traut es sich nicht, zu uns zu kommen, und ist schüchtern.

Aber Mrs Warner wird wohl recht haben, wenn sie sagt, die Zwillinge, die ich betreuen werde, seien wirklich im Haus. Das beruhigt mich. Nur … lässt mich der Gedanke nicht los, auch ein fremdes Kind da draußen sich selbst zu überlassen.

»Bei dem Sturm und Regen können einem die Augen schon einmal einen Streich spielen.« Mit einem *Wumm* schließt Mrs Warner die Haustür hinter mir und sperrt den Sturm wie auch das Gewitter aus. Sofort umgibt mich eine wohlige Wärme, atme ich den Duft von Vanille ein und lausche ruhigen Pianoklängen. Entweder spielt irgendwo jemand Klavier oder aber die Musik ertönt aus versteckten Lautsprechern.

»Am besten zeige ich Ihnen Ihr Zimmer. Es befindet sich in der zweiten Etage. Sie können sich dort kurz frisch machen. Die Familie hat mit dem Abendessen auf Sie gewartet und möchte Sie gern um 20:30 Uhr im Speisesaal begrüßen.«

Ich werfe einen Blick auf die Pendeluhr, die neben der Flügeltür steht. Es ist bereits 20:10 Uhr.

»Alles klar. Ich beeile mich.«

»Den Speisesaal finden Sie zu Ihrer Rechten.« Mrs Warner deutet auf einen Korridor, von dem mehrere dunkle Holztüren abgehen. Der Boden ist weiterhin mit schwarzem Marmor ausgelegt, die Wände sind in einem dunklen Grün gehalten und werden von goldenen Stuckelementen abgesetzt. Alles erinnert an ein altes Herrenhaus, in das ein wenig moderner Flair eingebracht wurde. Aus dem Korridor tapst ein goldbrauner Hund mit Schlappohren auf uns zu. Schwanzwedelnd erreicht er mich und schnuppert aufgeregt an meinem nassen Rock.

»Hey, wer bist du denn?«

»Das ist Henry. Der Labradoodle der Familie.«

Langsam gehe ich in die Hocke, lasse Henry an mir schnüffeln und kraule seine Schlappohren.

»Kommen Sie?« Allmählich fällt mir auf, dass Mrs Warner, kaum da sie die Tür hinter uns geschlossen hat, zu ihrer vornehmen Etikette gewechselt hat.

Ich nicke, dann erhebe ich mich, schnappe mir einen Koffer und folge Mrs Warner die gebogene Treppe hinauf, die mit schwarzem Teppich überzogen ist, in die erste Etage.

Henry tapst uns hinterher. In der zweiten Etage angekommen, ringe ich nach Atem und schaue mich zugleich neugierig um. Ich werde von verbittert dreinblickenden Männern aus dem 19. Jahrhundert in Frack mit ergrautem Kinnbart und tiefen Stirnen auf meinem Weg zum Zimmer beobachtet.

»Sind das die Ahnen der Familie Monair?«, will ich wissen und betrachte die Jahreszahlen an den Ecken der letzten Bilder.

1843 und 1879.

»Richtig. Das sind die Brüder der Familie Monair, die aus England nach Australien ausgewandert sind, um Gold zu suchen.«

Interessiert werfe ich noch einen weiteren Blick auf die Bilder, bevor ich Mrs Warner in einen Korridor mit karminroten Tapeten und ebenfalls dunklem Fußboden folge. Über uns hängen mehrere kleinere Bogenlampen mit glockenförmigen Glasschirmen.

»Und haben sie Gold gefunden?«, frage ich nach.

»Nein.«

»Wie sind sie dann so reich geworden?«

»Sie haben mit dem Abbau von Eisenerz begonnen. Heute ist Eisenerz auf Platz eins der am meisten exportierten Produkte Australiens.«

Eisenerz. Irgendwie hatte ich mir etwas anderes vorgestellt. »Klingt sehr spannend.«

»Ist es auch. Interessieren Sie sich für Geschichte?«

»Ja, ein wenig.« Vor einer Tür angekommen, neben der ein Porträt einer blassen, dunkelblonden Frau in einem weißen, gerüschten Kleid hängt, bleibt Mrs Warner stehen.

»Hier sind Ihre Zimmer. Direkt daneben die der Zwillinge Maily und Hailey.«

Nachdem sie die Tür geöffnet hat, bleibe ich mit offenem Mund davor stehen. So ein weitläufiges Zimmer hätte ich nicht erwartet. Hinter einem kleinen Vorraum, in dem sich Einbauschränke befinden, liegt ein in einem dunklen Nussholz vertäfelter Wohn-Schlafraum.

Ich entdecke eine kleine Couchlandschaft, die sich um einen niedrigen Tisch vor einem Kamin und einem Fernseher erstreckt. Als ich Mrs Warner tiefer in die noblen Räume folge und nicht weiß, wohin ich zuerst schauen soll, sticht mir anschließend ein großes Himmelbett mit dunkelblauen Vorhängen, die zurückgehalten werden, ins Auge. Das Bett befindet sich direkt zu meiner Linken vor zwei hohen Fenstern, aus denen ich einen Teil des Gartens sehen kann. Statt kühlem dunklen Marmor sind die Böden mit dunklem warmen Holzparkett ausgelegt, auf dem vereinzelt weiche gemusterte Teppiche liegen. Das Bett gleicht dem einer Prinzessin.

Erst als mich Mrs Warner anstarrt, klappe ich den Mund zu.

»Was denken Sie?«

»Wunderschön. Hier darf ich wohnen?«

»Ja, sicher. Gleich hier befindet sich das Ankleidezimmer.« Mrs Warner geht um die Ecke herum zum Bett und deutet auf eine gläserne Schiebetür. »Und gleich daneben ist das Badezimmer.«

Sie marschiert durch einen Durchgang, in dem sich dunkle, leere Holzregale bis zur hohen Decke erstrecken, um danach eine weitere Schiebetür zu öffnen. Dahinter liegt das Badezimmer, mit breitem Waschtisch, großem Rundspiegel, gläserner Dusche und Toilette.

»Bedauerlicherweise haben Sie kaum Zeit, um sich alles anzuschauen. Ich würde Sie bitten, sich in zehn Minuten im Speisezimmer einzufinden. Sie haben sich gemerkt, wo dieses liegt?«

»Ja, habe ich«, antworte ich ihr, als ich meine Augen von den Duftstäbchen und den akkurat zusammengefalteten Handtüchern löse. »Könnte ich zuvor kurz Maily und Hailey kennenlernen?«

Mrs Warner wendet sich mir zu und zieht die Brauen über dem Brillenrand zusammen. »Sie sehen die beiden Mädchen eigentlich gleich unten.« Dann zuckt sie mit den Schultern. »Aber ein kurzes Kennenlernen schaffen wir wohl noch.«

Erleichtert, dass sie mich nicht abblitzen lässt, atme ich durch und verlasse zusammen mit ihr meine Wohnräume. Mrs Warner öffnet eine Tür, hinter der ich in hellem Licht in einem großen Spielzimmer mit Bergen an Kuscheltieren, Puppen, Spielen und Tipizelt zwei Mädchen auf dem Boden kniend entdecke. Beide sind damit beschäftigt, ihre Finger, Füße und Arme mit Nagellack zu bemalen, was Mrs Warner ein entsetztes Keuchen entlockt.

»Du meine Güte, wo habt ihr den Nagellack gefunden?«

Großzügig verteilt das dunkelblonde Mädchen roten Nagellack auf ihre gesamten Zehen.

»Sagen wir nicht«, antwortet sie frech, bevor sie mit dem Zeigefinger Linien auf ihren Unterarm malt. »Du verrätst es nicht, Hailey«, flüstert sie ihrer Schwester zu, die eine rote Latzhose mit weiß-blau gestreiftem T-Shirt trägt.

»Ihr solltet euch doch umziehen.« Dezent überfordert mit der Situation geht Mrs Warner dazwischen, schnappt sich die zwei geöffneten Nagellackfläschchen und eilt mit ihnen in einen Nebenraum. »Wenn das euer Vater sieht, wird ihn das nicht freuen«, schimpft Mrs Warner vor sich hin, was die Mädchen nicht interessiert.

Ich betrachte beide genauer. Sie sehen aus wie auf den Fotos, die ich vorab gesehen habe, und tatsächlich ähnelt keine dem Kind im Garten. Hailey und Maily sind eineiige Zwillinge, für mich nur anhand ihrer Kleidung auseinanderzuhalten. Beide tragen ihr langes dunkelblondes Haar zu Zöpfen zusammengebunden. Sie haben dunkle Augen, kleine Sommersprossen und eine niedliche Stupsnase. Genauso, wie ich sie von den Bildern in Erinnerung behalten habe.

»Hallo ihr zwei, ich bin Nuria«, stelle ich mich vor.

Beide Mädchen starren mich nun an, weder erfreut, mich zu sehen, noch irgendwie interessiert. »Na gut, ziehen wir uns um.« Maily, die anscheinend mehr zu sagen hat, erhebt sich.

»Kommt ins Bad, beide! Zuvor muss ich den Nagellack von euren Händen und Füßen abbekommen. Beeilung!«

»Soll ich Ihnen irgendwie behilflich sein?«, rufe ich Mrs. Warner zu, die mich nicht sehen kann.

»Ich sehe Sie unten, Mrs Endrinal«, antwortet sie, als sie aus der Tür zu mir schaut.

Okay, klare Anweisung, dass sie meine Hilfe nicht braucht.

Wieder zurück in meinen Räumen, klappe ich meinen weißen Koffer auf, hole frische Kleidung heraus und schnappe mir ein Handtuch im Badezimmer. Nachdem ich mich im Eiltempo umgezogen und die klitschnasse Kleidung am Handtuchtrockner im Badezimmer aufgehängt habe, rubbele ich mein Haar trocken und starre aus dem Fenster. Weiterhin tobt das Gewitter, Blätter tanzen durch die Luft und fallen in den Pool, der sich im hinteren Teil des Gartens befindet.

Egal, wie intensiv ich den Gartenbereich studiere, ich entdecke kein Kind. Ich hätte schwören können, mich nicht geirrt zu haben.

KAPITEL 3

Nuria

Die Liebe ist ein krankes Spiel, bei dem es für gewöhnlich immer einen Verlierer gibt.

Im Speisesaal angekommen, werde ich von der Familie überwiegend herzlich begrüßt. Während Mr Monair eher auf sein Smartphone neben dem Teller fokussiert ist, schüttet mich seine Frau mit allen Informationen zu, die ich über die Familie wissen muss.

»… es ist leider mehr als einmal vorgekommen, dass einige Au-pairs häufiger an das Feiern und Ausgehen gedacht haben als an unsere Kinder. Du hast natürlich die Wochenenden frei, Nuria. Versteh das bitte nicht falsch, aber in unserem Haus gelten Regeln, die befolgt werden müssen.«

Es gab also bereits einige Au-pairs vor mir. In Gedanken male ich mir unweigerlich aus, wie sie Gäste eingeladen und wilde Poolpartys gefeiert haben, während die Familie nicht anwesend war.

»Sicher«, antworte ich ihr und schaue von der brünetten, schlanken Frau mit grünen Katzenaugen und schweren Goldkreolen zu ihrem Ehemann.

Mr Monair studiert unaufhörlich Nachrichten auf seinem Telefon. Er hat eine Glatze, gebräunte Haut, wirkt gut im Training für seine schätzungsweise Ende vierzig und trägt ein weißes, leger offen stehendes Hemd. Auf jeden Fall besitzt die Familie Stil und Klasse. Sie weiß ihren Reichtum zu inszenieren.

Genauso wie der eher gelangweilte und ebenso auf sein Handy glotzende Typ mit schwarzem, dichtem Haar und für meinen Geschmack zu perfekten Gesichtszügen. Er besitzt diese markanten dunklen Brauen, Lippen mit anziehendem Schwung und eine gerade Nase sowie leicht ausgeprägte Wangenknochen und kleines Grübchen am Kinn.

Nichts gegen gut aussehende Menschen, aber für gewöhnlich sind diese zu sehr von sich selbst überzeugt, arrogant und halten sich für den Nabel der Welt. Ich habe oft genug mit ihnen Bekanntschaft gemacht, um zu wissen, dass ich diese Sorte Menschen meide. Eher halte ich mich an Menschen, die Makel besitzen, die im Herzen schön und nicht in ihr Spiegelbild vernarrt sind.

»Und die festen Arbeitszeiten sind dir bekannt, Nuria? Alles steht genaustens im Vertrag, den du vorab sicherlich durchgelesen haben wirst.«

»Habe ich«, versichere ich Mrs Monair, die ich Jacky nennen darf. Sie heißt eigentlich Jacqueline, aber besteht darauf, dass ich sie mit ihrem Spitznamen anspreche, weil für sie Jacqueline schrecklich veraltet klingt. Ich vermute eher, dass sie gern für jünger gehalten werden möchte, als sie ist.

Sie ist Anfang vierzig, stylt sich jedoch wie Ende zwanzig. Als ich bereits am Tisch Platz genommen hatte, betrat sie in einem hellen bestickten Top, langem dunkelblauem Faltenrock mit goldenem Gürtel und Keilsandalen den Raum. Eine aufdringlich süße Duftwolke umgab sie, als sie den Tisch umrundete und erst mal ihrem ältesten Sohn einen Kuss auf die Schläfe drückte. Dieser schien eher von der aufgesetzten Geste genervt als erfreut. Seitdem chattet er offensichtlich mit Freunden oder Frauen, statt der Belehrung zu folgen.

Ein Kerzenleuchter und weiße Blumengestecke versperren mir zur Hälfte die Sicht auf ihn, sodass ich keinen Blick auf sein Display erhaschen kann. Aber da er im Minutentakt darauf herumtippt, kann er bloß Nachrichten austauschen.

Maily und Hailey sitzen direkt neben mir, schauen mich kaum an und tunken ihre Pommes in Ketchup und Mayo, bloß um alle fünf Minuten zu fragen, ob sie den Tisch verlassen dürfen.

Warum nur ist jeder an dem Tisch gefühlt von den anderen genervt? Bis auf Jacky wirken alle desinteressiert, als säße ständig ein fremder Mensch an ihrem Esstisch.

Ich gebe zu, ich hab mir das alles anders vorgestellt. Meinetwegen eine Familie mit strengen Regeln und religiösen Ansichten, dafür respektvollem Umgang. Oder auch eine moderne Familie, die entspannte Gespräche am Esstisch führt, aber nicht das.

Wenn ich ehrlich bin, bin ich enttäuscht. Ich hoffe sehr, dass mein erster Eindruck vergeht, ansonsten halte ich es keinen Monat aus und möchte zurück nach Barcelona.

»Für die Reinigung deiner Räume und Wäsche ist das Personal zuständig. Darum musst du dich nicht kümmern, Nuria«, erklärt Jacky weiter, während sie die Salatblätter auf ihrem Teller aufspießt. »Uns ist allerdings Ordnung sehr wichtig. Wir hatten einmal ein Au-pair, das Pizzakartons in ihrem Schrank gestapelt hat, bis diese Kakerlaken angelockt haben. Das war ein Erlebnis, das ich nicht noch einmal erleben muss.« Jacky schüttelt sich angewidert. »Die Viecher waren am Ende überall. Es hat ein halbes Jahr gebraucht, damit sie der Kammerjäg…«

»Können wir gehen?«, unterbricht Hailey ihre Mutter. »Uns ist langweilig.«

Wie wohl jedem an diesem Tisch, ergänze ich in Gedanken und senke das Gesicht. Ich stochere im Kartoffelpüree herum und steche in zwei Bohnen, die ich mir in den Mund schiebe. Beide Mädchen haben Extraessen bekommen, nur Fast Food, weil sie laut Jacky Erwachsenenessen verweigern, Gemüse hassen und einen Aufstand machen, wenn sie nicht ihre Pommes, Nuggets, Nudeln und Pizza bekommen. Das werde ich austesten, sobald ich die Möglichkeit dazu habe.

»Wartet noch fünf Minuten. Nuria ist noch nicht mit dem Essen fertig.«

Mr Monair und der älteste Sohn, Zain, schauen gemeinsam von ihren Smartphones auf und in meine Richtung. Wie unangenehm. Denn bis auf Jacky ist bereits jeder mit dem Essen fertig.

»Ich bin fertig«, erkläre ich, da ich niemanden mit meinem langsamen Essverhalten belästigen will.

»Wirklich?«, hakt Jacky nach und blinzelt mir mit ihren Fakewimpern entgegen, bevor sie milde lächelt. »Du hast noch nicht aufgegessen.«

»Ich bin pappsatt, wirklich«, versichere ich ihr. Dies scheint der Startschuss der Mädchen zu sein, die sofort die Stühle zurückschieben und aufspringen.

»Hey!«, schimpft Jacky. »Ich habe noch nicht erlaubt, aufzustehen.«

»Sie ist fertig. Alle sind fertig. Komm, Hailey.« Maily nimmt ihre Schwester an die Hand, bevor sie diese aus dem Esszimmer zerrt, vorbei an einer Angestellten, die ein Tablett mit Dessertgläsern auf der Hand trägt. Laut fällt die Tür hinter beiden zu, sodass das Glas der Türen leise klirrt.

»Ich müsste dann auch gehen«, schließt sich Zain seinen Schwestern an, legt seine Serviette neben dem Teller ab und erhebt sich in seinem schwarzen Poloshirt und dunklen Jeans.

Keine Ahnung, wie alt ich ihn schätzen soll. Er könnte Mitte zwanzig sein. Sein Blick verliert sich durch die Fenster hinter seinem Platz, wo er nach etwas zu suchen scheint. Dann umrundet er den Tisch, ohne mich eines Blickes zu würdigen.

Ich mag dich auch nicht, eingebildeter Arsch, denke ich und schaue ihm etwas grimmig hinterher.

»Soll ich ab heute die Mädchen ins Bett bringen?«

»Nein«, erklärt Jacky. »Darum wird sich Mrs Warner kümmern.« Sie legt ebenfalls ihre Serviette ab, bevor sie zu Mrs Warner schaut, die bereits hinter mir in der Tür steht.

»Sicher doch, Jacky.«

»Du kannst dich heute von deiner langen Anreise erholen, Nuria. Leb dich ganz entspannt ein. Wenn du dich umsehen möchtest, ist das kein Problem. Im Keller befinden sich der Fitnessraum und die Sauna. Im Erdgeschoss ist eine Bibliothek, falls du gerne liest. Die Privaträume von meinem Mann und mir sind stets verschlossen. Ansonsten schau dich gern um.«

Mit diesen Worten verlässt sie den Tisch, woraufhin auch ihr Mann und ich uns erheben. Mr Monair schenkt mir ein knappes Lächeln, das so erzwungen wirkt, als würde er Mitgefühl mit einer Straßenkatze, die sich zitternd hinter einer Mülltonne versteckt hat, zeigen.

Was ist hier los? Irgendwas stimmt nicht. Ich hatte mich auf eine freundliche Gastfamilie gefreut, nicht auf unempathische Menschen, die aus Eisblöcken hätten gehauen sein können. Aber wer weiß, vielleicht ist heute etwas vorgefallen. Die Familienmitglieder hatten Streit oder haben eine schlechte Nachricht erhalten. Ich sollte nicht zu früh urteilen.

* * *

Nachdem ich eine ausgiebige Runde durch das Anwesen gedreht habe, die beinahe eine Stunde beansprucht hat, beschließe ich gegen 22:00 Uhr, mein Zimmer aufzusuchen und auszupacken.

Bis auf die Personen, die das Anwesen bewohnen, ist das Gebäude der reine Wahnsinn. Es gibt keinen winzigen Fitnessraum mit nur zwei Geräten und auch keine kleine Ecksauna, sondern einen richtigen Fitness- und Spa-Bereich wie in einem Hotel.

Die Privatbibliothek umfasst zwei große Räume, vollgestopft mit deckenhohen Regalen. Es wird sogar eine Leiter benötigt, um an die obersten Fächer heranzukommen. Im Garten habe ich es mir eine Weile unter der Überdachung der weitläufigen Terrasse auf den Rattansitzmöbeln gemütlich gemacht und habe den Pool wie auch den entfernten Pavillon betrachtet. Das halbe Gelände des Anwesens wird von einem dichten Eukalyptuswald umgeben, der von einer etwa zwei Meter hohen Mauer abgeschirmt wird.

Ich frage mich, wieso die Monairs so abgelegen zwischen Wald und Klippen wohnen. Liebt die Familie die Abgeschiedenheit? Ist dieses geschichtsträchtige Anwesen ein Erbe? Womöglich beides. Für mich ist diese Gegend ein Abenteuer und steht im starken Kontrast zur turbulenten Stadt Barcelona.

In meinem Zimmer angekommen, lasse ich mich rücklings auf das weiche Himmelbett fallen. Von nebenan schallen die Proteste der Zwillinge durch die Wand, die eindeutig nicht mit Mrs Warners Anweisungen einverstanden sind. Mehrmals höre ich Kinderfüße über den Boden stampfen, teilweise sogar Gepolter auf dem Gang und wie Türen zugeworfen werden.

Scheint so, als hätten beide Mädchen verdammt viel Temperament. Der morgige Tag wird bestimmt aufregend.

Ich bin mit zwei Geschwistern groß geworden und weiß, wie lebhaft es zu Hause zugehen kann. Während ich darüber nachdenke, ob ich einen Blick vor die Tür werfen und Mrs Warner fragen soll, ob sie meine Unterstützung benötigt, klingelt mein Telefon in meiner Shortstasche. Ich greife in meine Gesäßtasche und hole das Smartphone hervor.

Kurzzeitig flackert der Gedanke durch meinen Kopf, dass mich mein kranker Stalker anruft. Aber das ist unmöglich. Wir sind mehrere tausend Kilometer entfernt. Uns trennen Weltmeere, so schnell kann er meine neue Nummer nicht herausgefunden haben. Andererseits habe ich in den vergangenen Wochen mehrfach die Telefonnummer gewechselt, ohne Erfolg.

Jedes Mal fand er meine Nummer heraus. Allein, an meinen Stalker zu denken, verursacht ein Prickeln in meinem Nacken. Einerseits will ich ihn loswerden, andererseits möchte ich unbedingt wissen, wie er aussieht. Ob er mich finden wird? Und falls ja, ob wir dort weitermachen, wo wir im Nachtclub aufgehört haben? Denn jedes Mal spüre ich dieses nervöse Flattern in meiner Brust, wenn ich an die Nacht im *Crystal Passion* denke. Ich bin heillos verloren.

Doch als ich den Namen auf dem Display, Anston, lese, atme ich erleichtert durch. Anston zählt seit über einem Jahr zu einem meiner besten Freunde. Er hat mich sogar nach Australien begleitet. Ich bin Anston das erste Mal an der Uni begegnet, als mir ein Tablett in der Mensa aus den Händen gerutscht ist. Alle haben mich bloß angestarrt, Anston ist aufgesprungen, um mir zu helfen. So kamen wir ins Gespräch. Seitdem haben wir uns regelmäßig zum Essen in der Mensa verabredet, und aus einem peinlichen Moment heraus entwickelte sich eine großartige Freundschaft.

Er hat nach der Landung in einem Hotel, etwa dreißig Kilometer von diesem Anwesen entfernt, in Brisbane eingecheckt.

»Ans?«, gehe ich ran. »Was gibt es?« Keuchend rolle ich mich auf den Bauch und zupfe an der seidigen Bettwäsche.

»Hey, Nuria. Ich dachte, ich rufe an, weil du dich bisher nicht gemeldet hast wie versprochen. Hast du mich etwa schon vergessen?«

»Ups«, bringe ich gespielt reumütig hervor und stütze mich mit den Ellenbogen im Bett auf. Mit den Fingern fahre ich durch mein kastanienbraunes Haar, das sich an den Enden leicht wellt. »Ich hätte mich gleich bei dir gemeldet.«

»Ach komm, lüg nicht. Hättest du nicht. Erzähl, wie ist es bei der Gastfamilie?«

»So weit ganz gut.« Was wohl übertrieben ist. Anston dürfte das Geschrei der Kinder durch meine Tür hören. Nachdenklich zwirble ich eine Haarsträhne um meinen Zeigefinger.

»Also ist es nicht so schön, wie du es dir vorgestellt hast.«

Einen kurzen Moment tritt Stille ein. Dann seufze ich und hole geräuschvoll Luft. »Nein, um ehrlich zu sein, sind die Leute hier irgendwie komisch. Vollkommen fremd und, keine Ahnung, wie ich es beschreiben soll … desinteressiert.«

»Sind sie unfreundlich?«

»Nein, das nicht. Ach, ich weiß auch nicht, ich habe mir etwas anderes erhofft. Warten wir ab, wie die nächsten Tage werden. Es kann auch daran liegen, dass ich vom langen Flug komplett erledigt bin und wieder nach Hause möchte.«

»O Mann.« Neben seiner Antwort höre ich im Hintergrund sich unterhaltende Menschen, dann, wie eine Türklingel läutet, als hätte Anston eine belebte Bar betreten. Die Stimmen werden lauter, und Jazzmusik ertönt. »Du willst nicht sofort zurück, oder? Denk an den Irren, der dir auf den Fersen ist. Der hat sicher noch nicht gecheckt, dass deine Wohnung in Barcelona untervermietet wurde.« Er lacht belustigt auf. »Mit Sicherheit filmt er gerade durch das Fenster eine fremde Frau und glaubt, das wärst du.«

Den Gedanken finde ich gar nicht lustig, da die Frau nicht weiß, worauf sie sich da eingelassen hat. Ich habe mehrfach betont, dass es jemanden gibt, der auf der Straße steht, Fotos macht und ungeniert ins Fenster glotzt. Dass es jemanden gibt, der weiterhin die Wohnung auskundschaften wird, Geschenke vor der Tür ablegen und mitten in der Nacht Sturm klingeln wird. Trotzdem wollte die Studentin die Wohnung für ein halbes Jahr mieten, weil der Wohnungsmarkt so schwierig ist und sie keine günstigere gefunden hat.

»Wie witzig, Ans. Was, wenn er ihr was antut?« Der Gedanke ist gar nicht so abwegig. Wie ich ihn einschätze, wird Demon rasen vor Wut, wenn er checkt, dass ich die Biege gemacht habe, und wird womöglich seinen Zorn an meiner Untermieterin Amber auslassen.

»Wieso ihr? Er ist nur besessen von dir.«

Ich kaue auf der Unterlippe. »Hoffen wir, dass er in Spanien bleibt und mich endlich vergisst.« Denn das war der Plan, den ich gefasst hatte, kurz nachdem mir auffiel, dass mich mein Schatten seit etwas mehr als vier Monaten verfolgt.

Es hatte alles zunächst unauffällig begonnen. Ich wurde, nachdem ich nachts die Bar verließ, in der ich jobbte, von einer dunkel gekleideten Person verfolgt, was ich nicht sofort bemerkte. Denn es kam leider öfters vor, dass mir Gäste des *Luna Ilena* nach meinem Schichtende anboten, mich auf einen Drink einzuladen, mich näher kennenlernen oder nach Hause begleiten wollten.

Manche waren sehr penetrant, betrunken und wurden teilweise handgreiflich. Deswegen nahm ich die ersten drei Abende an, dass es sich um verschiedene betrunkene Gäste handelte. Doch schon bald fiel mir auf, dass es sich bei der hochgewachsenen Person, die immer schwarze Hosen, schwere Boots und einen dunklen Hoodie trug, um ein und dieselbe Person handelte. Die Verfolgungen häuften sich immer mehr.

Aus einmal wöchentlich wurde zweimal die Woche, irgendwann täglich. Egal, wie oft ich mich zu der Person umdrehte, die im Abstand von zwanzig Metern hinter mir lief, und ihr zurief, dass sie mich in Ruhe lassen oder mir verraten soll, was sie von mir will, erhielt ich keine Antwort. Der Kerl machte mir Angst, da er kein Wort sprach. Jedes Mal glaubte ich, er würde ein Messer hervorholen und mich angreifen. Doch das tat er nie.

Er erduldete meine Beleidigungen, meine Drohungen und Fragen wortkarg. Ging ich auf ihn zu, wich er zurück und verschwand. Aber nur, um mich wieder zu verfolgen, wenn ich meinen Weg fortsetzte. Die Verfolgungen trieben mich zu Beginn in den Wahnsinn und setzten mir sehr zu. Erst nach und nach begriff ich, dass er mir bloß hinterherlief, aber mich scheinbar nicht angreifen wollte. Aber selbst das war unheimlich.

So begann der Spuk. Kein einziges Mal gab er mir eine Antwort auf meine Fragen. Er sprach sehr lange überhaupt nicht.

Bis die ersten Anrufe folgten. Anrufe, bei denen ich bloß ein regelmäßiges Atmen hörte. Nach etwa einem Monat klingelte es an der Tür und ich erhielt seltsame schwarze Briefumschläge mit kranken Liebesbekundungen oder Drohungen. Etwa wie:

Du wirst mich nicht los, meine Rose.
Wir sind unzertrennlich.

Das waren noch die netten Nachrichten. Wenn ich etwas tat, was ihm offenbar nicht gefallen hatte, fielen seine Botschaften wesentlich bösartiger aus.

Muss ich dir wirklich beibringen,
dass du keinem anderen Mann dein Lächeln
schenken sollst, der es nicht verdient hat?!
Willst du mich eifersüchtig machen?

Schon bald erhielt ich die Botschaften nicht mehr bloß als Briefe, die vor meine Tür gelegt wurden, sondern als SMS von einer unbekannten Nummer. Egal, wo ich mich aufgehalten oder mit wem ich mich getroffen habe, er wusste davon. Immer.

Mehrmals hatte ich mein Handy auf Werkseinstellungen zurückgesetzt, um sicherzugehen, dass keine Spy-App auf meinem Telefon installiert worden war. Doch nichts half.

Einige Zeit später hörte ich zum ersten Mal seine dunkle, bebende Stimme am anderen Ende des Telefons. Er atmete nicht bloß in den Hörer, sondern lachte geheimnisvoll und fragte mich, wie es mir ginge. Mein verdammter Stalker fragte mich, wie es mir ging? Er wusste es besser als ich, weil er mich sicher in dem Moment beobachtet hatte. Jedes Mal verursachte der Gedanke, ständig beobachtet zu werden, Gänsehaut. Ich schloss alle Türen und Fenster ab, zog die Vorhänge zu und verbarrikadierte mich die ersten Tage. Aber es half nichts. Ich erhielt weiterhin Nachrichten, Anrufe und Botschaften.

Deswegen vermute ich, dass er hier ist. Dass er ebenfalls nach Australien gereist ist oder reisen wird, wenn er weiterhin von mir besessen ist. Wobei ein kleiner Teil in mir hofft, dass er das Interesse an mir verliert, wenn ich um den halben Erdball vor ihm fliehe.

Er muss Familie oder Freunde haben, die er nicht so einfach verlassen, einen Job, den er nicht einfach kündigen kann. Oder doch?

Was, wenn er ein Einzelgänger ist? Nein, jeder hat Familie oder Freunde. Und das ist der Grund, weshalb ich Australien gewählt habe, um die größtmögliche Distanz zwischen uns zu schaffen, damit er aufgibt. Damit er mich nicht länger verfolgt und sich seine Obsession einstellt.

»Reden wir besser nicht darüber. Er wird nicht hier sein.« Zumindest noch nicht.

»Dann nutz deine Freiheit. Lass uns Brisbane erkunden gehen.« Gläser klirren im Hintergrund bei ihm. »Oder sollst du die Kinder ab heute betreuen?«

»Nein, ab morgen.«

»Perfekt.«

»Perfekt?«, frage ich. »Perfekt wofür?«

Plötzlich ist die Verbindung weg. »Hallo? Ans?«

KAPITEL 4

Demon

Die Rose ist die Königin aller Blumen.
Denn das bist du für mich, meine Blüte,
meine dunkle Königin.

Entspannte Musik ertönt durch die Kopfhörer, während ich einen Schluck von meinem Whisky nehme. Zwar ist es verdammt eng in der Economy, doch so habe ich eine perfekte Sicht auf meine Blüte.

Sie sitzt vier Reihen vor mir am Gang, den Kopf an die Lehne gebettet, mit Schlafmaske auf dem Gesicht und schläft mit offenem Mund. Irgendwann sitze ich während eines Fluges neben ihr, und sie kann ihr Gesicht auf meiner Schulter ablegen, wenn sie schläft. Irgendwann liege ich neben ihr, ziehe sie an mich und werde ihr mehrere Stunden ungestört beim Schlafen zusehen, jede einzelne Wimper zählen, mein Gesicht in ihrem Haar vergraben und meine Finger zwischen ihre Beine schieben.

Das Warnsignal ertönt, gefolgt von dem Aufblinken des Anschnall-Zeichens über mir. Eine genervte Durchsage zu bevorstehenden Turbulenzen wird getätigt, und schon ist meine Blüte wach. Verdammt.

Sie streift die Schlafmaske von den Augen, greift in ihren Nacken und schaut sich verschlafen um.

Fuck, siehst du mich? Ich sitze ganz in deiner Nähe.

»Kann ich Ihnen das Glas abnehmen?«, spricht mich die Stewardess an und raubt mir mit ihrem Servierwagen die Sicht auf Nuria.

Neben mir döst trotz der Turbulenzen Quest, der auch von der Nachfrage der Stewardess nicht wach wird.

»Nein«, antworte ich entnervt, in der Hoffnung, dass sie schnell weitergeht.

In dem Moment, als sie den Wagen weiterrollt und ich wieder uneingeschränkte Sicht auf meine Blüte habe, ist ihr Sitzplatz leer.

Fuck! Wo ist sie hin? Obwohl es nur drei Optionen gibt, wo sie steckt, verschafft mir der Moment, in dem ich sie aus den Augen verloren habe, ein scheißungutes Gefühl. Als hätte ich sie verloren – und das für immer.

Sie könnte die Toilette aufgesucht haben. Der naheliegendste Grund, um aufzustehen.

Sie könnte aufgestanden sein, um eine Runde im Flugzeug zu drehen und sich die Beine zu vertreten.

Sie könnte aber auch abgepasst und von jemandem angesprochen oder sogar in ein Versteck gezerrt worden sein.

Vollkommener Bullshit! Nicht in einem Flugzeug.

An Bord einer Boeing 777 gibt es so gut wie keine Verstecke. Jemand würde sofort mitbekommen, wenn eine Frau entführt werden würde. Trotzdem reißt die Kluft in meiner Magengegend immer weiter auf. *Wo bist du, meine Blüte? Wo?*

Hektisch suche ich den Gang ab. Ich sehe sie nicht. Am besten, ich gehe nachsehen.

Gerade als ich mich erheben will, um die Gänge zwischen den Sitzreihen abzulaufen, erscheint Nuria. Sie war auf der Toilette.

Offensichtlich.

Sofort lasse ich mich unauffällig wieder auf meinen Sitz zurücksinken. Verdammt, diese Frau bringt mich um das letzte bisschen Verstand. Ich hocke in einem Flieger, um bei ihr zu sein. Reise um den halben Erdball, um sie nicht zu verlieren. Sitze in der bescheuerten Economyclass, um sie die gesamte Zeit über beobachten zu können.

Trotzdem liebe ich es, die Zeit in ihrer Nähe zu verbringen. In keinem Moment meines Lebens habe ich mich lebendiger gefühlt als in den vergangenen Monaten, seit ich sie zum ersten Mal traf.

Ich grinse unweigerlich, während ich sie beobachte.

Du willst vor mir fliehen? Ich schnappe dich erneut.

Du glaubst, du wärst in Sicherheit? Ich werde dich vom Gegenteil überzeugen.

Du denkst, du bist mich für immer los? Verdammt, nein, unsere Beziehung beginnt gerade erst.

Dann fällt mein Blick auf Nurias Freund Anston, der sie hin und wieder vom Gang gegenüber anglotzt. Dass er ebenfalls an ihr interessiert ist, ist mir nicht entgangen. Ich hasse diesen Kerl. Er zieht die typische Beste-Kumpel-Nummer seit Monaten ab, um sie bald ficken zu können. Diese schleimigen Würmer sollten weiterhin dort herumkriechen, wo sie hingehören, unter der Erde.

Wenn er sie anfasst, versucht, sich ihr aufzudrängen, oder sie vögeln will, ist er der Nächste, für den ich ein Grab reserviere. Etwas stimmt mit dem Vogel nicht. Bisher konnte ich kaum Nachforschungen zu ihm anstellen.

»Was ist?«, fragt mich unvermittelt Quest. Ich löse meinen Blick unfreiwillig von Anston, dem blondhaarigen Partygänger-Verschnitt, und schaue zu meinem Freund.

»Nichts. Ich bin von den Scheißturbulenzen wach geworden, während du weiter geschnarcht hast wie ein Penner auf der Parkbank.«

»Fick dich. Ich schnarche nicht.« Etwas angefressen richtet

er sich in dem engen Sitz auf, streckt die Arme in die Luft und wirft dann einen Blick auf seine Rolex am rechten Handgelenk.

»Scheiße, noch eine Stunde. Ich will endlich aus dem beschissen engen Flieger.«

Geht mir nicht anders. Mir wäre die Businessclass, in der ich sonst reise, auch lieber. Aber so hätte ich Nuria nicht beschatten können. Sie besitzt nicht das Geld, um sich ein Ticket in der Businessclass zu leisten. Ich hätte ihr eines schenken können, aber dann wäre aufgeflogen, dass ich ihr dicht auf den Fersen bin. Nein, ich brauche diesen Kick. Weil sie gerade jetzt annimmt, dass sie mich mehrere tausend Meilen weit hinter sich in Spanien gelassen hat.

Unweigerlich muss ich bei dem Gedanken lächeln.

»Warum grinst du so?«, will Quest wissen, der mich von der Seite studiert. »Du siehst noch beschissener aus als ich. Ein Wunder, dass du überhaupt auf den Sitz passt.«

Ich verdrehe die Augen. Quest weiß nicht, dass ich Nuria verfolge. Er ist der Annahme, wir wären nur wegen des neuen Auftrags in Sydney.

»Ich freue mich auf das schöne Wetter in Australien.«

»Du verarschst mich doch«, entgegnet er. »Du hasst Australien, die Hitze, die Sonne, die gute Laune, viele Menschen.«

Da liegt er absolut richtig. Aber ich liebe jeden Ort, an dem sich Nuria aufhält.

Dennoch hat Quest recht. Er kennt mich gut, daher habe ich ihn überhaupt mitgenommen. Ich brauche ihn nicht, *das* wissen wir beide. Er ist ein langjähriger Begleiter, loyal bis in den Tod und der Mann, dem ich blind vertraue. Aber ich kann meine Jobs auch ohne ihn erledigen. Denn ich habe das Sagen, nicht er.

»Sollten wir in Australien länger bleiben, kein Ding. Im Gegensatz zu dir liebe ich den Sommer, das Meer, die heißen Schnecken in den Clubs.« Provokant grinst er seinem Display entgegen. »Und dir könnte eine Abwechslung auch nicht schaden. Ein bisschen Urlaub, Party, Flirts, geile Mädels, Blowjobs …«

»Nein«, unterbreche ich Quest.

»Nein? Wann habe ich dich das letzte Mal so richtig feiern gesehen oder dass du eine Frau klargemacht hast? Das ist zwei Jahre her.«

Die Sache ist, ich lasse ihn diese Dinge nicht wissen oder sehen. Wüsste er, dass ich vorgestern Abend im Nachtclub *Crystal Passion* als Demon unterwegs war, um ein Auge auf meine Blüte zu werfen, würde er sofort mehr wissen wollen. Ich quatsche nicht über mein Privatleben. Ganz besonders nicht über Nuria. Keiner darf wissen, dass ich den Auftrag in Australien bloß angenommen habe, um Nuria zu beschatten. Ich will nicht, dass dieses Wissen gegen mich verwendet werden kann. Dass einer meiner Feinde, und von denen laufen verdammt viele auf diesem Planeten herum, sie kidnappt, foltert oder tötet, nur um sich an mir zu rächen.

Deswegen bleibt meine Obsession geheim. Aus diesem Grund werde ich Nuria auch nicht sagen, wer ich bin oder womit ich mein Geld verdiene.

Der Auftrag in Australien, für den uns die Eltern einer vermissten Tochter engagiert haben, könnte in bloß einer Woche erledigt sein. Manchmal jedoch sind solche Vermisstenfälle durchaus schwieriger zu lösen als anfangs gedacht. In den meisten Fällen lassen sich die verschwundenen Mädchen oder Ausreißer aber bei Freunden finden, bei denen sie sich vor ihrer Familie versteckt haben. Teilweise sogar begründet, da ihre Familien sie unter Druck gesetzt haben, es zu Streitigkeiten oder in den schlimmsten Fällen zu sexuellen Übergriffen oder häuslicher Gewalt kam. Viele Vermisste wollen nicht gesucht werden, sondern ein neues Leben anfangen.

Doch selten stoßen wir auf mysteriösere Fälle, die kaum zu lösen sind. Bei denen Menschen spurlos verschwinden und die letzten Anzeichen darauf hindeuten, dass sie Opfer krimineller

Machenschaften geworden sind. Diese Fälle haben es meistens in sich.

Aber solch ein Fall war Nuria nicht. Die Auftraggeber wollte sie um jeden Preis finden, und es war leicht gewesen, sie aufzuspüren. Hin und wieder entscheide ich, je nach Stand meiner Ermittlungen, ob ich alle Informationen an meine Auftraggeber weitergebe. Wenn Kinder oder Teenager berechtigt aus einem zerrütteten Haushalt geflohen sind und ein besseres Leben ohne ihre Familie führen, lasse ich die Auftraggeber wissen, dass ich die Ermittlungen mangels Spuren einstellen musste.

Nurias Auftraggeber halte ich derzeit noch hin, da ich die klaren Absichten des Mannes, der sie sucht, nicht so richtig abschätzen kann. Warum sucht er Nuria? Solange ich das nicht weiß, übermittle ich dem Auftraggeber keine Informationen über meine Rose.

»Das war eine Frage«, reißt mich Quest aus meinen Gedanken.

»Was?«

»Warum du seit Langem keine Frau mehr klargemacht hast.« Erwartungsvoll schaut er mich an, als würde er tatsächlich auf eine Antwort hoffen. Ich verziehe die Mundwinkel, schnappe mir den Kragen seines Hemdes und zerre ihn näher zu mir.

»Geht dich einen Scheiß an, Quest. Ich ficke nicht wahllos Frauen, um kurzzeitig meinen Spaß zu haben.«

Quest umfasst mein Handgelenk und verdreht es mir geübt, sodass ich ein Knacken, dann ein fieses Stechen verspüre. *Fuck, ist er gut.* Ich zische vor Schmerz.

»Wie wäre es dann mit was Ernstem? Eine feste Freundin?«

»Die jedes Mal zu Hause auf mich wartet, wenn ich wochenlang in fremden Ländern unterwegs bin?« Spöttisch hebe ich die Braue. »Oder die ängstlich ihr Handy in der Hand hält, weil der nächste Anruf von der Polizei kommen könnte, die ihr mitteilt, dass ich erschossen wurde oder im Knast gelandet bin?«

Ich habe genügend Frauen gefickt, aber mir bringt es nicht die Erfüllung, eine Frau bloß für eine Nacht in allen erdenklichen Stellungen zu vögeln.

»Schon gut. Du suchst Ausreden.«

»Wie war das?«, fahre ich ihn an.

Quest lacht. »Du änderst deine Meinung, wenn du auf die Richtige triffst.«

Unweigerlich suchen meine Augen Nuria, die ihre Knie gegen die Rücklehne ihres Vordermanns gezogen und es sich lässig im engen Sitz in ihrer bequemen Jogginghose, weißem bauchfreien Top und zusammengebundenem Haar gemütlich gemacht hat.

Ich habe bereits die Richtige gefunden. Auch wenn sie es noch nicht weiß. Weil es keiner weiß und je wissen darf.

Und schon heute Nacht werde ich sie besuchen, sie schmecken, fühlen, berühren. Warte, kleine Blüte, ich bin näher, als du denkst. Du spürst es doch auch.

KAPITEL 5

Nuria

Wenn er mich will,
muss er all die Schatten
meines Herzens kennen.
Wissen, dass das Böse in mir wohnt.

»Bist du komplett bescheuert?«, brülle ich aufgebracht ins Telefon, als ich am Fenster stehe und ihn sehe. Das ist unmöglich sein Ernst. Wie kommt er hierher? Was denkt sich dieser Idiot dabei?

»Komm raus. Ich warte auf dich.«

»Nein, Anston. Ich gehe heute nicht feiern.«

»Lass mich nicht hängen, Nuri.«

Ich bin verdammt erledigt von dem anstrengenden Tag. Morgen früh muss ich fit sein. Außerdem habe ich Jacky versprochen, dass ich nicht wie die anderen Au-pairs bloß das Feiern im Kopf habe. Wie sähe es aus, wenn ich gleich am ersten Abend das Haus verlasse, um Spaß zu haben?

»Ein anderes Mal.«

»Heute!«, gibt er nicht nach. Vor dem Tor läuft er auf und ab, während er mit mir telefoniert. Es ist mittlerweile kurz nach Mitternacht. Ich sollte längst schlafen, würde mich der Jetlag nicht quälen und wachhalten. Im dunkelblauen Seidenpyjama verfolge ich weiter vom Fenster aus seine Silhouette. Er steht im Schein der Lichtkegel eines Wagens.

»Bist du mit dem Taxi gekommen?«

»Ich hab einen Wagen gemietet. Ich trinke auch nichts und bringe dich wohlbehütet zurück. Du hast mein Anston-Ehrenwort. Jetzt lass dich nicht so bitten.« Er winkt mir zu, um mich umzustimmen, als im selben Moment das Licht zu flackern beginnt. Die Stehlampe neben mir, die als Einziges den Raum erhellt, blinkt, als hätte sie einen Wackelkontakt. Augenblicklich muss ich an den Stromausfall vorgestern Nacht im *Crystal Passion* denken.

Ist er hier? Gänsehaut breitet sich auf meinen Unterarmen aus. Meine Nackenhaare stellen sich bei der Vorstellung auf, dass Demon tatsächlich hierhergekommen sein könnte. Unmöglich.

»Das kann nicht sein«, wispere ich.

»Was hast du gesagt?«, brüllt mir Anston durchs Handy laut ins Ohr, sodass ich das linke Auge schmerzhaft zusammenkneife.

»Ich bleibe hier. Du kannst mich nicht umstimmen, Ans. Hab einen schönen Abend, ich gehe ins Bett.«

Bevor er einen weiteren Versuch unternimmt, mich umzustimmen, was ihm irgendwann gelingen würde, lege ich auf. Plötzlich endet das Flackern der Stehlampe damit, dass das Licht komplett ausgeht.

»Fuck. *¡Coño!*« Ich glaube nicht an Zufälle.

Aber was, wenn es sich doch um einen Stromausfall handelt? Ich lasse die Hand mit dem Handy sinken, schaue kurz zu Anston, der im Schein der Lichtkegel mit hängenden Schultern auf seinen Wagen zugeht, und wende mich dann vom Fenster ab. Im selben Moment nehme ich aus dem Augenwinkel draußen einen Schatten wahr. Ich blinzele angestrengt, da ich mir nicht sicher bin, was ich gerade gesehen habe. Die grellen

Leuchten strahlen so hell, dass ich in der Dunkelheit dahinter kaum etwas erkennen kann.

Vermutlich hat Ans bloß die Tür geöffnet und diese Bewegung habe ich gesehen.

Mein Verstand spielt mir Streiche. Ganz sicher. Als nach etwa einer Minute der Wagen zurücksetzt und wendet, atme ich erleichtert durch.

Aber was ist mit der Lampe? Ich schalte die Taschenlampenfunktion meines Smartphones ein und suche mir einen Weg durch den Wohnbereich meines Zimmers zum Lichtschalter.

Als ich den Hauptschalter für die Deckenleuchten betätige, springen alle Lichter an.

Du hast dir absolut unbegründet Sorgen gemacht. »Er ist nicht hier.« Wahrscheinlich hat die Steckdose gesponnen, oder die alte stoffbezogene Schirmlampe, die ein Relikt aus dem letzten Jahrhundert sein könnte, hat kurzzeitig den Geist aufgegeben.

Schnell husche ich zum Nachttisch, wo ich die kugelförmige Lampe anstelle, dann die Deckenlampe ausschalte. Am besten gehe ich ins Bett und versuche, endlich etwas Schlaf zu bekommen. Morgen will ich um 6 Uhr aufstehen, eine Runde im Wald joggen und um 7 Uhr bereit für die Zwillinge sein. Denn diese werden jeden Morgen 07:30 Uhr zur Vorschule gebracht, von der ich sie gegen 15:00 Uhr wieder abholen soll. Ich bin gespannt auf den Tag und darauf, welchen der schicken Wagen ich fahren darf.

Nachdem ich mich aufs Bett gesetzt und mein Haar zu einem Zopf geflochten habe, schiebe ich die Füße unter die Decke und schalte das Licht aus. Es ist merkwürdig, diese Nacht in einem fremden Bett zu verbringen.

Das schwache Mondlicht fällt durch zwei sehr schmale Streifen der Vorhänge, die ich nicht komplett zugezogen habe. Ansonsten liegen das Schlafzimmer und der offene Wohnbereich in völliger Dunkelheit. Das leise Ticken des Weckers auf dem Kamin ist ungewohnt. Es klingt beinahe wie leise, gedämpfte Schritte. *Tik-Tik. Tik-Tik.*

Ich könnte die Batterie entfernen, dann nähme das nervige Ticken ein Ende. Aber die Müdigkeit siegt, bevor ich das Bett verlasse. Die erste Nacht, ohne dass Demon durch mein Fenster im Erdgeschoss starrt.

Die Vorstellung ist so befreiend. Zugleich ungewohnt, da er die letzten Monate zu einem Teil meines Lebens geworden ist. Einem lästigen Teil.

Du bist ihn los. Hoffentlich für immer.

* * *

Der Wind reißt an meinem Rock. Dieser bläht sich wie ein Ballon auf, als ich rückwärts weiter zum Abgrund gehe und die Pistole auf die Person vor mir richte.

»Bleib stehen, Nuria!«

Mit beiden Händen umklammere ich den Griff der Pistole, schniefe, weine, und schüttele den Kopf. Vor mir nähert sich Schritt für Schritt wie ein schwarzer, unheilvoller Geist eine große Gestalt. Die Person ist männlich, zumindest klingt ihre Stimme wie die eines Mannes. Eines konturlosen und gesichtslosen Mannes.

»Ich schieße, wenn du näher kommst«, bringe ich mit wackeligen Worten hervor. Warum nur zittert meine Stimme so sehr? So sehr wie meine Arme?

»Du erschießt mich nicht.«

»Werde ich.« Was gelogen ist. Aus irgendeinem Grund kann ich nicht abdrücken. Ich will, aber ich kann nicht.

»Beweise es mir. Denn ich weiß, wann du lügst, Darling.« Tränen rollen unaufhörlich über meine Wangen, während ich weitere Schritte zurücksetze.

Meine Lippen beben. Kurz kneife ich die Augen zusammen. Ring dich durch! Erschieß ihn! Mach schon!

Als ich die Augen öffne, kann ich meine Waffe nicht mehr bewegen, jemand hält sie fest.

»Schieß endlich! Töte mich!«

Die Mündung der Pistole wird direkt auf den Brustkorb der schwarzen, schattenartigen Person gedrückt. »Worauf wartest du?«

Ich schüttele den Kopf. Mir ist schlecht, schwindelig und unsagbar kalt. Haarsträhnen versperren mir die Sicht, da es auf diesem kargen, steinigen Felsvorsprung verdammt windig ist.

»Schieß!«

»Nein«, keuche ich und gebe die Waffe frei. Er hat gewonnen, mal wieder. Ich lasse die Hände schlaff an meinem Körper herabsinken. Noch bevor seine freie Hand meine Kehle zu fassen bekommt, weiche ich schreckhaft zurück, drehe mich um und renne die letzten zwei Meter zum Abgrund. Eher sterbe ich, als dass ich mit ihm zurückgehe!

Und dann falle ich. Falle in eine unergründliche, alles verschlingende Tiefe, die mich in reine Dunkelheit hüllt. Bevor ich den harten und zugleich tödlichen Aufprall ins Wasser spüre, den ich jeden Moment erwarte, schrecke ich hektisch atmend hoch.

Aufgewühlt und zugleich erleichtert, dass ich bloß geträumt habe, sitze ich im fremden Bett und hole abgehackt Luft. Mein Herz rast wie nach einem Sprint, während das Blut in meinen Ohren rauscht. Ich hasse es – hasse ihn so sehr, diesen Traum.

Kühler Schweiß liegt auf meiner Stirn, den ich mit dem Handrücken fortwische. Um nicht länger in der gnadenlosen Finsternis eingesperrt zu sein, beuge ich mich zur Nachttischlampe und schalte das Licht an. Sofort wird die Finsternis verscheucht.

Ich hasse diese sinnlosen Albträume. Dieser eiskalte Schauer, der mir jedes Mal über den Rücken wandert. Diese beklemmende und lähmende Angst, die bis in meine Eingeweide kriecht. Instinktiv berühre ich die Narbe an meinem Hals.

Obwohl ich es mir sicher bloß einbilde, juckt sie jedes Mal, wenn ich nach diesen Albträumen aufschrecke.

Um mir den Schweiß aus dem Gesicht zu spülen, suche ich das Badezimmer. Die Zahlen 03:27 starren mich auf dem Funkwecker im Regal neben dem Waschtisch an. Noch knapp zweieinhalb Stunden, dann kann ich aufstehen und der Angst, wieder von Albträumen gequält zu werden, entkommen.

»Ich hasse sie. Hasse sie so sehr.« Weil ich nicht weiß, wie ich sie deuten kann. Denn es sind keine wechselhaften Albträume, sondern es ist immer derselbe. Immer und immer wieder springe ich von der Klippe. Egal, was ich unternommen habe, ich werde die Albträume seit drei Jahren nicht mehr los.

Ich stelle den Wasserhahn an, wasche mein Gesicht und streiche mir braune Strähnen aus der Stirn. Als ich mein Gesicht abgetrocknet habe, gehe ich auf die Toilette, wasche die Hände und lege mich wieder ins Bett.

KAPITEL 6

Nuria

Ist es die Dunkelheit, die mich anlockt,
oder sind es die Abgründe meines Herzens,
die mich irgendwann unweigerlich zu meinem
Dämon führen?

Minute um Minute vergeht, in denen ich zum Himmelbett hochstarre, aber finde keinen Schlaf. Meine Augen haben sich an die Dunkelheit gewöhnt, sodass sich die Konturen des Wandschrankes schräg vor mir im kleinen Eingangsbereich abzeichnen, wie auch der Kamin, die Bücherregale, die Couch und der Sessel weiter vorn im Wohnzimmer.

Unruhig rolle ich mich auf die Seite, schließe die Augen und versuche die schrecklichen Gedanken zu verscheuchen. Ohne Erfolg. Als ich mich erneut zum Nachttisch umdrehe, um mein Telefon zu schnappen und mir irgendein YouTube-Video zur Beruhigung anzuschauen, greifen meine Finger ins Leere.

Aber … ich habe es genau dort abgelegt. Ich taste zur Nachttischlampe, um sie anzustellen, aber egal, wie oft ich den Knopf drücke, sie schaltet sich nicht an. Stimmt auch etwas mit dieser Steckdose nicht?

»Verdammte Scheiße!«, schimpfe ich, steige aus dem Bett

und erstarre in der Bewegung, als ich hinter mir, auf der gegenüberliegenden Bettseite, Schritte auf dem Parkettboden höre. Sofort gefriert mein Herz zu einem Eisklumpen.

Hitze und Kälte prickeln gleichzeitig über meinen Nacken.

»Ich liebe es, wie du fluchst.«

Unmöglich! Das kann nicht sein.

Langsam hebe ich das Gesicht über die Schulter. Er ist hier. Und er steht in meinen Räumen. Bisher ist er noch nie in meine privaten Räume eingebrochen, wenn ich anwesend war.

Ist er hier, um sich zu rächen, weil ich Spanien verlassen habe? Besonders nach unserer letzten Begegnung … Ist er wütend noch unberechenbarer als sonst?

»Warum plötzlich so still, kleine Blüte? Hast du das Sprechen verlernt, oder bist du enttäuscht, dass ich dich so schnell gefunden habe?«

Ruckartig wende ich mich zu ihm um. Seine große, schattenhafte Präsenz zeichnet sich vor dem winzigen Spalt der Vorhänge im Mondschein ab.

»Du solltest in Spanien sein«, flüstere ich.

»Ich bin, wo immer du bist.« Eingeschüchtert und verwirrt ziehe ich die Brauen zusammen, bis ich mich langsam um das Bett herum bewege. Ich muss hier raus. Schnellstens. Im Gang wird sicher kein Strom ausgefallen sein.

»Du bist gestört!«

»Erzähl mir was Neues«, fordert er mit einem kehligen und zugleich verdammt überheblichen Tonfall ein, bevor er sich auf mich zubewegt wie ein lauernder Tiger bei Nacht. Die Angst schnürt mir den Magen zu, trotzdem bewege ich mich weiter zum Eingangsbereich. Ich habe nicht mal eine Waffe oder einen Gegenstand, um mich zu verteidigen.

»Fick dich! Ich werde dich los. Schon bald. Du gehst zu weit.«

»Willst du mir drohen?«

»Nein, dich warnen«, zische ich, laufe barfuß über den flauschigen Teppich, der gleich danach in Parkett übergeht.

Ich habe es gleich geschafft. Bin jeden Moment an der Tür und kann vor ihm fliehen.

Mit geschmeidigen, langsamen Schritten kommt er auf mich zu und schnaubt spöttisch. »Wovor?«

»Davor, dass ich die Monairs darüber informiere, dass du eingebrochen bist.« Keine Ahnung, wie, da ich mir sicher bin, dass dieses gigantisch große Anwesen über eine Alarmanlage verfügt.

Sein Schnauben geht in ein überhebliches Lachen über, als wäre meine Warnung so erfolglos wie der Biss einer Maus in die Tatze eines Tigers.

»Sei nicht dumm. *¡Corazón mío!*«, antwortet er und schenkt mir zum ersten Mal einen spanischen Kosenamen, was mich nur noch wütender macht. »Würdest du die Familie wecken, würden sie niemanden vorfinden und dich für verrückt erklären. Außerdem käme ich wieder.«

»Das Risiko nehme ich in Kauf, du Bastard!«, beleidige ich ihn, drehe mich auf den Fersen um und renne zur Tür. Als ich sie aufreißen will, lässt sie sich nicht öffnen. *¡Coño! Scheiße, verdammt!* Wieso nicht?

Ich drücke mehrmals hastig die Klinke herunter, zerre an der Tür und spüre unvermittelt Demons große Präsenz hinter mir.

»Merk dir eins, du entkommst mir nicht. Nicht, wenn ich es nicht will.« Mein Herz rast wie das eines in die Ecke gedrängten Kükens, das von dem tödlichen Blick der Schlange hypnotisiert wird. Hastig wende ich mich zu ihm um. Ich sitze in der Sackgasse.

»Geh weg! Ich meine es ernst! Wenn das Stalking nicht aufhört, melde ich es der Polizei. Hinter Gittern kannst du dann bloß noch die Maden in deinem vergammelten Essen beobachten.«

Obwohl es so verdammt dunkel ist, dass ich bloß noch seine große Statur erahnen kann, recke ich das Kinn vor, aber taste nebenbei nach dem Schlüssel im Schloss. Ich bin mir zu eintausend Prozent sicher, dass ein Schlüssel im Schloss gesteckt hat, als ich die Tür nach meiner Erkundungstour hinter mir geschlossen habe.

Erneut scheinen ihn meine Worte eher zu amüsieren als zu beeindrucken.

»Ich stehe auf deine freche Zunge. Die kann sicher noch andere Dinge als mir zu drohen.«

»Ich stehe darauf, dass du zur Hölle fährst!« Als ich seinen Atem auf meinem Gesicht spüre, sammele ich all meinen Mut zusammen und stoße ihn mit beiden Händen von mir. Obwohl ich sicherlich nicht schwach bin und viel Kraft einsetze, bringe ich ihn nicht einmal ins Wanken. Stattdessen fängt er meine Handgelenke ein, zerrt mich an sich, sodass ich unweigerlich gegen ihn pralle und wütend fauche.

»Du gehörst mir. Selbst nach dem Tod wird sich das nicht ändern.« Er ist doch gestört! Vollkommen irre!

»Ich gehöre niemandem«, antworte ich stolz und bemerke zu spät, dass meine Hände, die zuvor auf seiner harten Brust lagen, zu seinem Bauch gerutscht sind. Bei der Berührung flackern die Bilder unserer letzten Begegnung vor meinem inneren Auge auf. Wie ich vor ihm auf den Kickertisch gebeugt lag, er seine Finger unter meinen Rock schob, mich beinahe zum Höhepunkt gebracht hat.

Die Tür drückt gegen meine Schulterblätter, als er mein rechtes Handgelenk umfasst und es zu seiner Hüfte führt. »Dafür gehöre ich dir« raunt er. Unvermittelt ertaste ich seine harte und mächtige Erektion. Zu meiner eigenen Überraschung befreie ich mich nicht aus seinem Griff. »Ich gehöre dir jede Nacht, jede fucking Stunde, jeden Moment, in dem du von mir träumst.«

»Du bist krank«, gebe ich mit zittriger Stimme zurück.

»Dann heile mich.« Sein Grinsen ist unverschämt.

Ich schaue zu ihm auf, obwohl sein Gesicht mit der Dunkelheit verschmolzen ist und ich praktisch blind bin. Als ich die freie Hand zu seinem Gesicht hebe, das ich bisher nie gesehen oder ertastet habe, weicht er wenige Zentimeter vor meinen Fingerkuppen zurück, als bereite ihm meine Berührung Schmerzen. Schließlich erduldet er dennoch meine Finger. Raue, gleichmäßige Bartstoppeln ziehen sich über seine rechte Wange, seinen angespannten Unterkiefer bis zum Kinn. Weiche und zugleich warme Lippen, deren Kontur ich erfühlen kann. Im nächsten Moment beißen Zähne in meinen Zeige- und Mittelfinger.

Verdammt. Das hier ist gefährlich, verdammt dumm und töricht, aber genauso aufregend. Er ist groß und offensichtlich sehr gut trainiert und gepflegt. Eine feine Zedernnote mit einem Hauch von Minze dringt in meine Nase, als sein Schwanz unter meiner linken Hand immer härter wird. Wie er sich wohl anfühlt?

Ich hatte verdammt lange keinen Sex. *Und Sex mit einem Unbekannten, der dich stalkt, ist die Lösung? Auf keinen Fall!*

»Such dir einen Psychiater. Ganz im Ernst, etwas stimmt doch nicht mit dir«, antworte ich ihm und ziehe meine Hände zurück. Ein dunkles, bedrohliches Lachen erklingt im nächsten Moment an meinem rechten Ohr. Wie mich dieses Lachen anmacht. Es klingt selbstsicher, mächtig, unendlich betörend und vibriert in meinem Körper.

»Mit dir offensichtlich auch nicht, weil du meinen Schwanz nicht sofort losgelassen hast.« Verflucht. Er verspottet mich.

»Fick dich.«

»Nein, ich werde dich ficken. In jeder Stellung, in der ich dich zum Schreien bringen werde. In jede Öffnung, um dich als Mein zu markieren. An jedem Ort, wenn du nicht damit rechnest.« Seine Worte verursachen Gänsehaut bei mir. Jedoch nicht aus Angst.

Ich hatte bisher nie einen Orgasmus beim Sex. Nie, bei keinem der zwei Männer, mit denen ich geschlafen habe. Höchstens, wenn ich es mir selbst gemacht habe. Und jetzt will er behaupten, er könnte mich zum Höhepunkt bringen, obwohl er mich kaum kennt?

»Behalte die Worte im Gedächtnis. Fantasiere weiter, denn dazu wird es nie kommen!«

Im nächsten Moment trete ich hart gegen sein Schienbein, quetsche mich an der Seite an ihm vorbei und will ins Badezimmer flüchten. Das Bad ist der einzige Ort, wo ich mich bis zum Tagesanbruch verstecken kann.

Denn Demon ist ein Geist. Er verschwindet, sobald der Tag anbricht. So war es immer.

Dummerweise komme ich nicht weit, da er mich am Arm zu packen bekommt, zurückdreht wie bei einem Tango und wieder vor sich an der Tür fixiert. Dieses Mal jedoch so, dass ich mit dem Rücken zu ihm gewandt stehe.

»Verdammt! Lass mich los.«

»Ich denke nicht daran. Ich habe verdammt lange darauf gewartet, dich wieder riechen, schmecken und spüren zu können.« Mein Atem geht abgehackt und beschlägt das Holz der Tür vor meinem Gesicht. »Sag mir eins, Nuria, wie oft hast du in den letzten Stunden an mich gedacht?«

Verdammt oft. Aber nicht auf die Weise, wie er es sich wünscht. »Ich habe dich jede verdammte Stunde in Gedanken verflucht«, antworte ich selbstsicher.

»Du hast darum gebettelt, mich nach vorgestern Nacht wiederzusehen.« Es wäre gelogen, wenn ich behaupten würde, dass mir nicht gefallen hat, was in dieser Nacht passiert ist.

»Und du willst es wieder, willst mich tief in dir spüren und dieses Mal kommen. Meinen Namen schreien und mir deinen Körper geben.«

Ich schüttele den Kopf. »Du killst mich anschließend.«

»Wieso sollte ich das tun?« Er wirkt ernsthaft überrascht über meine Aussage.

»Stalker töten immer ihre Opfer, sobald sie bekommen haben, was sie wollten«, erkläre ich ihm und nehme seine warmen Hände auf meinem Bauch und im Nacken wahr. Er hält mich wie ein Katzenjunges mit dem Griff im Nacken fixiert.

Wie höllisch groß und stark er sein muss. Auf meinem Po spüre ich seine Härte, fühle, wie er sie an mir langsam reibt. Sofort flackert jene Erinnerung an vorgestern Nacht wieder in meinem Hirn auf, als ich so kurz davor war, zu kommen, er dann aber von mir abgelassen hat.

»Ich muss dich nicht töten, weil du mir freiwillig geben wirst, was ich will.«

Instinktiv schüttele ich den Kopf, obwohl ich im Inneren weiß, dass er recht hat. Seine Finger wandern über meinen Bauch, rutschen tiefer zum Bund meines Pyjamas. Als ich sein Handgelenk umfasse und darum eine Armbanduhr und Lederbänder ertaste, lässt er sich nicht aufhalten, sondern schnappt meine Hand und führt sie mit seiner unter meine Pyjamashorts.

»Zeig mir, wie du es willst.«

»Was?«

Mein Herz rast, und obwohl ich weiterhin stark bleiben will, zittert mein Körper vor Anspannung. »Mach es dir selbst, schieb deine Finger in deine feuchte Pussy. Wenn du einmal kommst, gehe ich.«

»Du bist …«

»Krank, ich weiß«, raunt er nah an meiner Wange, beißt in meine Ohrmuschel und dirigiert dann meine Finger zu meiner Pussy. »Sei gehorsam und finger dich selbst.«

Keuchend will ich ihm ausweichen, meine Hand aus seiner reißen, aber es gelingt mir nicht. Er hält mich mit seinem massiven Körper an der Tür gefangen, presst seine Härte an mich und schiebt dann meinen Zeige- und Mittelfinger zwischen meine Schamlippen. Als wären es seine eigenen Finger, reibt und umkreist er meine Perle, taucht kurz in mich ein, um die Feuchtigkeit um meine Klit zu verteilen. Nein, nein, nein. Wenn er so weitermacht, halte ich nicht lange durch.

»Fuck, ich kann deine feuchte Pussy riechen. Bist du so bereit für mich?«

Sofort erstarre ich, verspanne mich und flehe meinen Körper an, nicht seinem betörenden Duft zu verfallen. Nicht auf seine sonore, raue und zugleich ausdrucksstarke Stimme zu reagieren. Nicht weiterzumachen, obwohl er mich dazu verleitet.

»Demon.«

»Ich weiß, dass du bei keinem Mann vor mir gekommen bist. Dass du dich für mich aufgehoben hast. Und ich würde dich hier und jetzt hart ficken, dich so laut zum Schreien bringen, bis du morgen nicht mehr laufen kannst. Aber du hast versucht, mir zu entkommen, mehrfach, obwohl ich dir vorgestern Nacht so viel gegeben habe. Ich könnte dich als Bestrafung anal ficken, ohne dich zum Orgasmus zu bringen.« Keuchend schnappe ich nach Luft. Das würde er nicht tun. »Aber ich finde die Strafe weitaus schlimmer, dass du es dir direkt vor mir selbst machst, bis du nicht mehr stehen kannst. Fang an.«

Dieser Typ weist noch mehr sadistische und psychopathische Züge auf, als ich dachte. Mit mehr Druck umkreist er meine Klit. So sehr, bis er das Kribbeln in meinem Becken weckt, bis sich meine Brustwarzen prickelnd unter meinem dünnen Oberteil zusammenziehen.

»Ich komme nicht«, versichere ich ihm.

»Ich denke schon.« Wieso ist er sich in allem, was er sich vornimmt, immer so sicher? Er zieht meine Hand unter meiner Hose hervor, hebt meinen Arm hoch und leckt anschließend genüsslich meine Finger, die zuvor an meiner Pussy waren, ab. Ein kehliges Stöhnen verlässt seine Lippen, bevor er meine Finger ablutscht. »Du schmeckst unglaublich geil. Es wird mir ein Fest sein, wenn ich dich zum Höhepunkt lecke.«

Das hat bisher keiner der Männer vor ihm versucht, weil ich es nicht wollte, mich nicht dazu überwinden konnte und irgendwie Hemmungen hatte.

»Niemals.«

Wieder zappele ich in seinem Griff, als er meine Finger erneut zu meiner Pussy führt und meine Shorts gierig herunterreißt, die an meinen Beinen herabrutscht. Ehe ich mich zur Wehr setzen kann, ruhen meine feuchten Fingerspitzen auf meiner Klit, die er massiert, reibt und umkreist, bis eine ungeahnte Hitze meinen Körper regiert und meine Beine anfangen, zu zittern.

»So ist gut. Schenk mir deinen Orgasmus.«

Meine Klit fühlt sich geschwollen an, und mit der Zeit muss er meine Hand nicht mehr dirigieren, weil ich es selbst übernehme. Ich bin an einem Punkt angekommen, an dem ich nicht mehr aufhören will, seine Anweisung erfülle, mich fallen lasse und selbst fingere.

»Fick dich mit deinen Fingern«, befiehlt er mir. Instinktiv schlucke ich hart, schüttele den Kopf und schließe die Augen. »Nein, wenn ich aufhöre, dann …«

Ohne auf meine Widersprüche einzugehen, da ich nicht mehr lange brauche, um zu kommen, umfasst er meine Mitte und hebt mich mühelos hoch.

»Ich lege die Regeln fest.« Ich gebe einen enttäuschten Klagelaut von mir.

»Weißt du was, das ist lächerlich. Verschwinde wieder und lass mich runter.«

»Du findest lächerlich, was ich mache?«, hakt er grimmig nach, trägt mich zu meinem Bett und wirft mich voran auf die Matratze. Bevor ich ihm auf allen vieren entwischen kann, greift er hart in meinen Nacken und drückt meinen Oberkörper nach unten in die Laken, so tief, dass er zwischen meinen gespreizten Knien steht. Während er mich mit einer Hand im Nacken fixiert, verpasst er mir mit der anderen einen Hieb auf meine rechte Pobacke.

»Scheiße! Was soll das!«

»Ja, scheiße. Mach weiter, oder aber ich komme auf dir, ohne dass du deinen Spaß hattest.«

»Würdest du nicht tun, du Arsch«, schimpfe ich. Er lacht diabolisch, dann bringt ein zweiter Hieb meine Pobacke zum

Glühen. Die Hitze brennt auf meiner Haut, da der Schlag kräftiger als der davor war.

»Finger dich selbst vor mir. Ich will wissen, wie gut du dich selbst befriedigen kannst, kleine Blüte.«

Ich knirsche mit den Zähnen, dann greift er nach meiner rechten Hand, führt sie unterhalb meines Bauchs zu meiner Pussy. Dicht hinter mir spüre ich seinen Atem, der plötzlich meinen Po und meine Schamlippen streift. Ehe ich realisieren kann, wie nah er meinem Arsch ist, leckt er über meine Pobacke, schiebt die andere zur Seite und vergräbt seine Zähne in meiner Haut. Gott! So nah war er mir kein einziges Mal zuvor.

Auf den zarten, warmen Atemzug reagiert meine Pussy sofort, und ich spüre, wie ich feuchter werde.

»Glaub mir, das kann ich«, versichere ich ihm.

»Zeig es mir.« Er ist nicht hier, um sich das zu nehmen, was er will. Mich. Er versucht nicht einmal, mich gegen meinen Willen zu vögeln, sondern will, dass ich mich selbst anfasse und mir Lust verschaffe?

Fester führt er meine Finger an meine Öffnung, bis ich mich überwinde und einen Finger in mich schiebe. »Sehr gut. Fick dich schneller.«

Und genau das mache ich, obwohl es mir nicht reicht, nur die Finger in mich zu schieben. Gleich darauf packt er mich an der Mitte und dreht mich auf den Rücken. »Dir fehlt mein großer Schwanz«, scherzt er.

»Mir fehlt die Ruhe, wenn ich es mir selbst mache. Ich brauche keine Zuschauer, du Bastard.«

»So verklemmt, kleine Blüte?« Er lacht dunkel, bevor er sich über mir abstützt, dann seinen Finger in derselben Bewegung in mich schiebt und zugleich mit seinem Daumen Druck auf meine empfindlichste Stelle ausübt. Dieses Mal hält er mich nicht fest.

Keuchend schnappe ich nach Luft, als sein Finger komplett in mir ist, verdammt tief.

»Fuck, du fühlst dich noch viel enger an als in meiner Vorstellung. Dieses Mal ohne Handschuhe.«

Über mir beugt er sich an meine Kehle hinab, beißt in meinen Hals und umkreist meine Klit schneller.

Gott! Er ist besser als ich. Als würde er meinen Körper bis ins kleinste Detail kennen. Beim nächsten Mal, als er mit seinem Finger in mich stößt, nimmt er einen zweiten hinzu. Er fickt mich schneller, dehnt mich, bringt meinen Körper zum Beben. Ohne Vorwarnung saugt und küsst er meinen Hals, genau die Stelle, an der sich meine hässliche Narbe befindet. Als seine weichen Lippen, gefolgt von den rauen Bartstoppeln, tiefer zu meinem Schlüsselbein wandern, reißt er mein Oberteil auf. Ich stemme die Fersen in die Laken, will mich unter ihm wegwinden, doch zugleich dieses Mal den Orgasmus mitnehmen.

»Bitte …«

»Sag meinen Namen.« Und als er das Tempo beschleunigt, ich fühlen kann, wie feucht ich bin, dass ich auslaufe, schüttele ich den Kopf und schließe die Augen. Seine Zähne graben sich schmerzhaft in meine rechte Brustwarze, als er im selben Moment meine Klit so hart reibt, dass ich Sterne in der Dunkelheit aufblitzen sehe, dann von ihm in einen nicht endenden Strudel aus Lust und Verlangen gerissen werde.

Obwohl ich mich zuvor links und rechts an den Laken festgeklammert habe, reiße ich nun die Hände hoch, um mich an seinem Hoodie festzuhalten. Mein Stöhnen geht in ein Wimmern über. Scheiße, nein. Nein, nein, wie konnte ich das zulassen?

Aber wieso fühlt es sich so höllisch gut an? So gut, dass ich will, dass er in mir ist, mich so hart fickt, wie er mir vorhin versprochen hat.

Meine Pussy kontrahiert in dem Moment, als er fest meinen Nippel zwirbelt, während sein Gesicht nach unten gewandert ist und er meine Klit leckt. Mit den Fingern fickt er mich so schnell, dass ich mich in den Laken winde, dann laut »Fuck, Demon!« schreie. So verdammt laut, dass wir sicher gehört werden.

Seine raue Zunge reibt fest über meine Perle, die zuckt und sich verdammt wund anfühlt. Ohne weiter nachzudenken, kneife ich die Augen zusammen, genieße das, was er macht, hebe ihm mein Becken bereitwillig entgegen und halte mich an seiner Kapuze fest. Keine Ahnung, wer er ist. Keine Ahnung, wie er wirklich heißt. Keine Ahnung, was er von mir will.

Aber verflucht, das, was er mit mir macht, ist verboten gut.

Nach gefühlt einer Ewigkeit, in der ich meine Kontrolle komplett an ihn abgegeben habe und zum zweiten Mal so tief komme, bettele ich darum, dass er aufhört.

»Fuck! Bitte … BITTE!«, schreie ich ekstatisch und wölbe mein Rückgrat durch. Meine Beine zittern, mein Atem geht abgehackt, als sich meine Pussy eng um seine Finger zusammenzieht. »DEMON! Komm … schon!« Gnadenlos fährt er fort, teilweise, um mir zu zeigen, wie gut er weiß, was mein Körper will, teilweise, um mich zu bestrafen.

Als er seine Finger langsamer in mir bewegt, der Orgasmus abebbt und ein heißes Rauschen in meinem Körper zurücklässt, richtet er sich zwischen meinen Beinen auf. Angestrengt keuchend blinzele ich ihm entgegen. Einem Mann ohne Gesicht. Ein verstecktes Gesicht, das er mir wohl niemals zeigen wird.

Besitzergreifend fährt seine Hand durch meine Pussy. »Ich muss dir hoffentlich nicht erklären, dass sie ab sofort allein mir gehört.« Erneut schiebt er seinen Finger in mich, sodass ich zittrig Luft hole. Eine heiße Welle rauscht unaufhaltbar durch meinen Körper. Noch nie habe ich mich so verdammt glücklich und befriedigt gefühlt, noch nie so seltsam leicht und schwerelos.

Trotzdem will ich ihm die Kontrolle wieder entreißen, stemme mich auf den Händen hoch und lache. »Nein, wir sind nicht zusammen. Sie gehört dir nicht.«

»Ach nein? Ich glaube, du bist auf keiner anderen Hand eines Mannes so hart gekommen wie meiner.« Provokant streichen seine Finger durch mich. »Sie gehört mir. Mir allein.«

Sofort entziehe ich mich seiner Hand, damit er mich nicht länger mit seinen Berührungen manipulieren kann. Ich halte das zerrissene Pyjamaoberteil über meinen Brüsten zusammen, als er seine Hand zu seinem durch und durch finsteren Gesicht hebt und offensichtlich wieder seine Finger ableckt.

»Wir sehen uns bald wieder.« Er will gehen?

»Ja, verpiss dich! Ich werde dafür sorgen, dass du nicht noch mehr von mir bekommst.«

»Hast du immer noch nicht gelernt, dass du mich nicht aussperren oder dich vor mir verstecken kannst? Meinetwegen spielen wir das Spiel weiter. Aber streng dich mehr an.«

»Scheißkerl.« Wohin soll ich noch flüchten, wenn nicht auf die andere Seite des Erdballs? In den Regenwald? In die Antarktis?

»*Dein* Scheißkerl ab sofort, kleine Blüte«, erwidert er in seiner selbstgerechten Art. »Bevor ich es vergesse.« An der Ecke zum Flur angekommen, verharrt seine Silhouette in der Bewegung. »Was hast du geträumt, das dir solche Angst gemacht hat?«

Mir sackt der Magen zusammen.

Was? Seit wann ist er schon hier? Ich habe im Badezimmer Licht angeschaltet. Es wäre mir aufgefallen, wenn er schon da gewesen wäre, als ich nach dem Albtraum das Bett verlassen habe.

»Sag es mir.«

»Ich weiß es nicht«, antworte ich wahrheitsgemäß. »Von dir vielleicht.« Denn die Gestalt in meinem Träumen ist genauso finster und schattenhaft bekleidet wie er.

Er gibt ein nachdenkliches »Hm« von sich, dann verschwindet er im Flur. »Wir gehen der Sache auf den Grund. Ich sehe dich. Überall.« Mit diesen Worten verlässt er mein Zimmer. Ich höre das Klacken des Türschlosses. Aber …!

Er hatte die gesamte Zeit den Schlüssel? Sofort krabble ich über das Bett, auf dem ich einen feuchten Fleck ertaste, auf den Nachttisch zu. Meine zittrigen Finger ertasten mein Smartphone, das zuvor verschwunden war. Er muss es einkassiert haben, damit ich ihn nicht mit dem Display anleuchten kann. *Perfide und verdammt clever.*

Als ich den Schalter der Nachttischlampe anschalte, springt das Licht an, und ich finde mich ohne Pyjamahose, mit aufgerissenem Oberteil, Bissspuren an meinen Brüsten und zerwühltem Haar im Bett vor.

Ohne zu zögern, eile ich zum Badezimmer, schnappe mir den hellgrauen Bademantel, schlüpfe eilig im Gehen durch die Ärmel und knote den Gürtel zu. Ich muss ihn verfolgen. Er kann nicht durch das Anwesen der Monairs spazieren, ohne gesehen zu werden. Es gibt Kameras im Gebäude, praktisch in jedem Gang und an den Hausfassaden. Ich habe sie gestern überall entdeckt und gezählt. Es sind weit über zwanzig Kameras installiert worden, von denen eine diesen Mann aufgezeichnet haben muss.

Ich will ein Bild. Ich will endlich wissen, wie er aussieht, wer er ist.

KAPITEL 7

Nuria

Ich sollte das Versteckspiel nicht lieben, mich der Vernunft beugen und meinen Dämon abschütteln. Aber wie könnte ich, wenn ich so fasziniert von ihm bin?

Hastig reiße ich die Tür auf und will auf den Gang stürmen, als mir Henry, der Hund der Monairs, mit einer weißen Rose an seinem Halsband schwanzwedelnd entgegenstürmt. Im Vorbeigehen kraule ich Henrys Kopf, um dann die Verfolgung aufzunehmen. Er muss über die Treppe ins Erdgeschoss geflohen sein. Am Geländer angekommen, schaue ich nach unten. Die Räume liegen teilweise im Halbdunkeln. Nur das Mondlicht scheint durch die Sprossenfenster in den luxuriösen Empfangsbereich des Anwesens. Von Demon fehlt jede Spur.

Klasse. Er ist mir entkommen, wie meistens, wenn ich versucht habe, zur Abwechslung mal ihn zu verfolgen. Er macht seinem Namen alle Ehre, weil er sich tatsächlich wie ein Dämon bewegt. Lautlos, schnell, unauffällig. »Wer bist du?«, flüstere ich mehr zu mir selbst.

»Schon wach?«, fragt jemand hinter mir, sodass ich heftig aufschreie. Henrys Pfoten tapsen über den Boden, dicht gefolgt von Schritten. Als ich mich umdrehe, entdecke ich Zain, der mit gelockerter Krawatte, aufgeknöpftem Hemd und zerwühltem Haar hinter mir im Gang erschienen ist.

»Ich bin kurz aufgewacht und habe ein Geräusch gehört.«

»War vermutlich ich. Ich bin vor zehn Minuten zurückgekommen und wollte mir etwas zu essen in der Küche suchen. Begleitest du mich?«

Es ist offensichtlich, dass Zain gut angetrunken ist. Ein leichter Alkoholgeruch weht bei jedem Wort, das er ausspricht, in meine Richtung.

Da ich ohnehin keinen Schlaf mehr finden werde und Zain das erste Mal Interesse daran zeigt, mit mir zu sprechen, zucke ich die Schultern. »Gerne.«

Seine braunen, leicht glasigen Augen wandern meinen Körper entlang.

Mierda! Ich hab ganz vergessen, dass ich unter dem Bademantel keine Shorts oder einen Slip trage. Etwas beschämt kreuze ich die Beine. Zain hebt die Brauen in die Stirn, dann schaut er zu Henry, der sich neben mich gesetzt hat. Erst jetzt fällt mir auf, dass Henry keinen Laut von sich gegeben hat, seit Demon hier war. Der Hund der Familie würde doch mit Sicherheit knurren oder bellen, sobald jemand Fremdes das Anwesen betritt, oder nicht?

»Woher hast du die Blume?« Zain runzelt die Stirn, beugt sich zu Henry herab, der seine Schnauze gegen seine Hand drückt, da er gekrault werden will. Doch Zain zieht die Rose aus dem Hundehalsband, dreht sie zwischen den Fingern und kneift ein Auge zusammen.

»Hast du ihm die Blüte angesteckt?«

»Sehe ich so aus, als wüsste ich, wo bei euch Rosen stehen?«

Nun richtet er sich zu voller Größe auf, sodass ich den Kopf etwas in den Nacken legen muss, weil er mich um mindestens einen Kopf überragt. Er dürfte um die 1,85 Meter groß sein, nicht so groß wie Demon, trotzdem wirke ich mit meinen 1,67 Meter im Vergleich ziemlich klein.

»Weißt du, was komisch ist?«, fragt er mit schwerfälliger Zunge, betrachtet die Blüte einen Moment und winkt mich danach mit zwei Fingern näher zu sich.

»Was ist komisch?«, will ich wissen und überwinde die Distanz zwischen uns. Er senkt das Gesicht zu mir herab.

»Dass im gesamten Haus keine weißen Rosen stehen. Meine Mutter hasst weiße Blüten. Sie ist nicht von hier.« Nachlässig, als wäre die Blüte eine leere Coladose, wirft er sie achtlos übers Geländer.

Wenn Demon das sieht, wird ihn das nicht freuen. Die Rose ist eindeutig von ihm, da er mir bereits in Spanien weiße Rosen geschenkt hat.

»Du riechst irgendwie nach …« unerwartet riecht Zain an mir, schnappt sich eine zerwühlte Haarsträhne und studiert mein Gesicht. »Männerparfüm.«

»Das bildest du dir ein«, antworte ich ihm und setze hastig einen Schritt zurück zum Geländer.

»Tue ich das? Ich hab vorhin einen Kerl im Wagen gesehen, der genau auf der Zufahrt zum Anwesen parkt. Zufall?« Fragend hebt er die rechte Braue. Ich weiß sofort, was er mir unterstellen will.

Rasch weiche ich einen weiteren Schritt zurück, da mir seine Art zu aufdringlich ist. »Was für einen Kerl?« Er kann Demon unmöglich gesehen haben. »Wie sah er aus?«

»Gewöhnlich. Er hat auf dem Fahrersitz gepennt, hatte blondes Haar. Mehr habe ich nicht gesehen.« *Blondes Haar?*

Plötzlich wendet er sich von mir ab, um die Stufen der Treppe hinunterzusteigen, gefolgt von Henry, der ihm schwanzwedelnd hinterherläuft.

»Saß er zufälligerweise in einem Mustang?«

»Ja, genau.«

Verdammt, das war Anston. Wieso zur Hölle sollte Anston

im Mietwagen neben der Auffahrt des Monair-Anwesens halten und schlafen? Er wollte feiern gehen, Mädels aufreißen, Spaß haben. Oder hat er gehofft, dass ich es mir anders überlege?

»Hast du es dir anders überlegt oder kommst du mit in die Küche?«, fragt Zain mich. Im nächsten Moment übersieht er eine Stufe, als er zu mir aufschaut, gerät ins Stolpern und flucht. »Verdammte Stufe!«

»Ich komme.«

»Bitte nicht so laut«, verarscht er mich, grinst vielsagend und steigt weiter die Treppe hinunter.

»Blödmann.«

Kann es sein, dass er mich vorhin gehört hat? Sofort prickelt die Hitze auf meinen Wangen. Scheiße, bitte nicht.

Einerseits will ich seine Bemerkung ignorieren, andererseits muss ich wissen, ob er mich gehört hat, als Demon bei mir war.

Ich folge ihm und lege mir die passenden Worte zurecht.

»Glaubst du etwa, dass ich bereits in der ersten Nacht einen Kerl in euer Haus schmuggle?«

Unten angekommen, dreht er sich am Treppenabsatz um, betrachtet mich eingehend, bis mir seine Blicke zu aufdringlich werden und ich wegschaue. »Hast du denn einen Mann ins Haus geschmuggelt?«

Ich hasse unverschämte Gegenfragen. »Nein«, antworte ich wahrheitsgemäß. Schließlich hatte ich nichts damit zu tun, wie Demon sich Zutritt verschafft hat.

»Dann musst du dir keine Sorgen machen, dass du rausgeschmissen wirst. Denn glaub mir, Nurisa …«

»Nuria!«, korrigiere ich ihn.

»Dann eben Nuria. Es gab schon einige Mädels vor dir, die das versucht haben und aufgeflogen sind.«

Breit grinsend tätschelt er Henrys Kopf.

»Du meinst, Henry würde anschlagen?«

»Das, und das Gebäude ist alarmgesichert und videoüberwacht. Ein Einbruch durch ein Fenster, ohne den Alarm auszulösen, ist praktisch unmöglich. Das Gelände zu betreten, ohne gefilmt zu werden, ebenso. Die Videos werden jeden Morgen von Mitarbeitern gesichtet. Falls also jemand das Grundstück unbefugt betreten haben sollte, um dich so laut zum Stöhnen zu bringen, dass ich einen Moment dachte, ich hätte meine Pornoplaylist nicht pausiert, bevor ich feiern gegangen bin, dann ja, wird das sehr schnell rauskommen.«

Ein teilweise provokantes, fast schon bösartiges Grinsen verdunkelt sein Gesicht, was bei mir Magenschmerzen verursacht. Das hat er nicht laut ausgesprochen?

Aber nun weiß ich Bescheid. Er hat mich gehört.

»Muss dir nicht unangenehm sein, Nurilla«, verarscht er mich, lacht spöttisch und setzt seinen Weg fort.

»Weißt du was, fick dich. Ich heiße immer noch Nuria, kapiert, falls das in dein Ameisenhirn nicht reingehen sollte!«

»Ameisen haben kein Gehirn«, zieht er mich weiter auf. »Außerdem geht mir dein Name so sehr am Arsch vorbei wie deine nächtlichen Aktivitäten. In wenigen Tagen bist du eine von vielen, die wieder abreist, weil sie rausgeworfen wurde oder es hier nicht aushält. Wozu mir also deinen Namen merken?«

Was ein eingebildeter Arsch!

Zu Beginn unserer Begegnung war er bloß freundlich, um mir jetzt mehrfach eins reinzuwürgen. Kann er vergessen. Ich gehöre nicht zu den Frauen, die sich von reichen, aufgeblasenen Kerlen schikanieren und herabwürdigen lassen. »Wir werden sehen, ob du dir meinen Namen nicht doch merken wirst. Denn ich habe vor, zu bleiben.« So schnell werfe ich sicher nicht das Handtuch!

»Ich verwette 10.000 Dollar, dass du verlierst und keine zwei Monate durchhältst.« Er muss sich ja verdammt sicher sein.

»Fein.« Mit selbstsicheren Schritten gehe ich auf ihn zu, strecke ihm die Hand entgegen und schenke ihm einen finsteren Blick. »Ich wette um …« Shit! Um was kann ich wetten? Was kommt einem Einsatz von 10.000 Dollar gleich? Ich habe nicht so viel Kohle. Selbst wenn, er lügt ohnehin und will bloß prahlen. Selbst wenn er die Wette verliert, würde er mir keine 10.000 Dollar überlassen. Was ein Heuchler.

»Um was? Sag schon, Flittchen.«

»Ich bin kein Flittchen. Ich kann vögeln, mit wem, wann und wo ich will. Das ist nicht verboten.«

Eine unsagbare Wut kocht in mir hoch. Trotzdem fällt mir nichts ein, was ich ihm anbieten könnte. Er belächelt meine Hand, dann überwindet er den letzten halben Meter Distanz zwischen uns, umfasst meine Schultern und senkt den Kopf, ohne mich anzuschauen.

»Ist es nicht, da hast du recht. Allerdings ist verboten, dass du fremde Typen, die es dir besorgen, in das Haus reinlässt.«

Ich habe ihn nicht reingelassen.

»Du hast keine Beweise.« Ruckartig befreie ich mich aus seinem Griff und stoße ihn von mir. Lachend wankt er zurück. Wäre er nicht angetrunken, hätte ihm mein Stoß sicherlich nichts ausgemacht. Er stinkt nach Gin, Zigarettenqualm und Gras. So erweitert, wie seine Pupillen sind, verwette ich meinen Hintern, dass er auch Pillen eingeworfen hat.

»Oh, ich denke, ich werde diese in wenigen Stunden liefern können.«

»Sei dir nicht so sicher.« Wenn ich eines mit absoluter Bestimmtheit behaupten kann, ist es die Tatsache, dass Demon sich nicht erwischen lässt. Keine Ahnung, wie er es anstellt, aber er ist clever. So clever, dass es mir Angst macht. Ich spüre sogar jetzt seine Anwesenheit, als könnte er das Gespräch zwischen Zain und mir belauschen.

»Na gut, warten wir ab. Mir ist in der Zwischenzeit ein netter Wetteinsatz eingefallen, Nutella.« *Wichser!*

Er nimmt meine Hand, nur um sie im nächsten Moment in seine andere zu legen. Ich zerre an ihr. »Verlierst du, will ich dich.«

»Mich?« Verärgert runzele ich die Stirn.

Er grinst schief. »Dich«, bestätigt er seine Entscheidung, die er bestimmt in wenigen Stunden bereuen wird. Denn er hat keine Ahnung, auf was er sich da eingelassen hat. Eine Nacht mit mir bedeutet seinen Tod. Demon war deutlich, dass er mich als seinen Besitz ansieht.

»Oder muss ich dir explizit erklären, was ich damit meine?«

»Arsch!«, zische ich. Schließlich weiß er, dass ich genau verstanden habe, was er meint. Sex mit mir.

»Willigst du ein oder kneifst du?« Seine dunkelbraunen Iriden funkeln mir entgegen.

Ich schlucke hart. »Wieso willst du mich?« Es ist doch offensichtlich, dass er mich nicht ernst nimmt oder mag.

»Hat keine Relevanz«, erklärt er unbeeindruckt. Für mich schon. »Du machst einen Rückzieher. Verständlich, große Klappe, nichts dahinter.« Er ist teuflisch gut darin, mich weiterhin zu provozieren.

»Ich willige ein, du arroganter Lackarsch. Aber bloß, weil ich gewinnen werde. Sei dir sicher, dass ich nicht innerhalb der nächsten zwei Monate gehen werde.«

»Wunderbar. Der Deal steht.«

Entschlossen funkele ich ihm entgegen, woraufhin er das Gesicht neigt, dann an mir vorbei zum Treppengeländer aufsieht. »Vater.«

»Wie ich sehe, lernt ihr euch kennen.« *Wenn er wüsste!*

Rasch entziehe ich Zain meine Hand. »Seit wann bist du zurück, Zain?«, will Mr Monair wissen und steigt in seinem schwarzen Satinmorgenmantel und Schlappen die Stufen herunter. »Guten Morgen, Nuria.«

»Seit einer Weile. Ich wäre längst im Bett, hätte ich nicht ein komisches Geräusch im Haus gehört, dem ich nachgegangen bin.« Er wirft mir einen hämischen Seitenblick zu.

Mieser …!

Ich lächele, als wüsste ich nicht, worauf er anspielt. Dann gehe ich auf die Rosenblüte zu, die wenige Meter entfernt auf dem Marmorboden liegt, und hebe sie auf. »Guten Morgen, Mr Monair. Ich möchte Sie nicht lange stören. Ich hole mir fix einen Kaffee.« Als wäre die Blüte etwas Kostbares, halte ich sie schützend in der Hand und schließe die Finger um sie.

Bevor Zain mir einen weiteren Spruch reindrücken kann, biege ich um den Treppenabsatz in den Korridor ab, wo sich die Küche befindet.

»Warum schon so zeitig wach? Konnten Sie nicht schlafen?«, ruft Mr Monair mir hinterher. Ehe mir Zain zuvorkommt, bleibe ich stehen, drehe mich um und antworte: »Der Jetlag hat mir übel zugesetzt. Ich geh anschließend eine Runde joggen und bin dann für den ersten Betreuungstag startklar.«

»Das nenne ich diszipliniert«, erwidert Mr Monair. »Daran könntest du dir ein Beispiel nehmen, Zain.«

Zain verdreht die Augen, während mir Mr Monair hinterherblickt. Anschließend setze ich meinen Weg fort und höre die gedämpfte Unterhaltung zwischen Vater und Sohn, die weniger freundlich ausfällt als noch vor wenigen Sekunden.

»Wo warst du?«, fährt sein Vater Zain an. »Hast du mal in den Spiegel geschaut!«

Da ich beide nicht belauschen will, husche ich durch die Tür der Küche und vergrabe das Gesicht in der Hand. Was eine verrückte Nacht. Was für ein verrückter Morgen.

KAPITEL 8

Nuria

Nur das Licht kann Dämonen vertreiben.
Gleichzeitig wirkt jeder Dämon tagsüber
wie dein bester Freund.
Wer trägt wirklich eine Maske?

Verschwitzt und schnell atmend von der Joggingrunde klopfe ich gegen die Scheibe der Fahrerseite. Anston pennt auf dem Sitz, obwohl es schon hell wird. »Ans! Hey! Wach auf!«

Zuerst regt er sich nicht, sodass mir kurzzeitig der Gedanke durch den Kopf schießt, er könnte tot sein. So richtig sicher bin ich mir nicht, ob mein Schatten dazu in der Lage ist, Menschen zu töten, trotzdem hat er mir mehr als einmal zu verstehen gegeben, dass er jede Person beiseiteschafft, die eine Konkurrenz darstellen könnte.

Demon könnte Arschloch-Zain gerne erledigen. Nach dem Gespräch heute Morgen würde er sogar meine Zustimmung erhalten.

Nach etwa einer Minute, die ich gegen das Fenster trommele, verzieht Anston das Gesicht, blinzelt und starrt mich verschlafen an. *Gott sei Dank, er lebt noch.*

Ich deute in einer hektischen Bewegung an, dass er das Fenster herunterfahren soll, stattdessen öffnet er die Tür, die ich sofort aufreiße.

»Was zur Hölle machst du hier? Der Sohn der Familie hat dich hier parken sehen. Du wolltest doch zurückfahren und feiern gehen«, schimpfe ich, woraufhin er die Augen zusammenkneift, als hätte er Kopfschmerzen aus der Hölle.

»Kannst du etwas leiser sprechen, Nuri? Mein Schädel brummt gewaltig.«

»Von was?«, will ich wissen. »Hast du dich allein im Auto betrunken?«

»Nein, verdammt. Red nicht solch einen Scheiß. Wieso sollte ich mich hier allein betrinken? Wo bliebe der Spaß? Ich hab auf dich gewartet.«

Vor der geöffneten Beifahrertür richte ich mich in meinen schwarzen Leggings und dem dunkelvioletten Sportbustier auf.

»Ich hab dir doch gesagt, dass ich nicht nach Brisbane mitkommen werde. Warum bist du nicht zurückgefahren?«

»Keine Ahnung ... Ich stand noch am Tor ...« Er nickt zum verschlossenen gusseisernen Tor des Anwesens etwa zwanzig Meter entfernt und schaut dann mit einem benebelten Blick zu mir auf. »Jetzt bin ich hier ... im Auto.«

»Was soll das heißen?«

»Keine Ahnung ... Ich weiß nicht, was ich hier mache, das soll es heißen!« Ich habe gestern Abend seinen Wagen wenden gesehen. Mitverfolgt, wie er an den Scheinwerfern vorbeigelaufen ist, um in das Auto einzusteigen. Was könnte passiert sein, dass er nicht mehr weiß, warum er die ganze Nacht am Straßenrand geparkt hat? Das ergibt doch keinen Sinn.

»Obwohl«, stammelt er und fährt sich über die Stirn, dann schaut er in den Rückspiegel. »Ich bin eingestiegen, und dann saß jemand auf der Rückbank.«

»Es saß jemand auf der Rückbank?«, wiederhole ich, runzele die Stirn und verziehe das Gesicht, als würde er mir ein

Ammenmärchen auftischen oder hätte zu viele *Scary Movie*-Filme gesehen.

»Sagte ich doch. Mir wurde etwas auf den Mund gepresst und dann … war alles schwarz.«

Meint er etwa, dass er betäubt wurde? Könnte es Demon gewesen sein, damit er Anston loswird? Um ihn davon abzubringen, mich weiterhin zu überreden, mit ihm feiern zu gehen? Zutrauen würde ich es ihm.

»Okay. Klingt irgendwie unheimlich.« Und gruselig. Mir fährt bei der Vorstellung ein eiskalter Schauder den Rücken herunter, dass Anston angegriffen und betäubt wurde.

Irgendwie habe ich das mulmige Gefühl, dass alles noch schlimmer, noch gefährlicher geworden ist, seit wir in Australien sind.

»Hast du gesehen, wie die Person aussah?«, hake ich nach, doch Anston schüttelt den Kopf. »Nein. Nein, ich habe nichts gesehen. Es war dunkel und ging viel zu schnell.«

»Mist! Du solltest zur Polizei gehen und die Sache melden, Ans.«

»Daran habe ich auch gedacht, aber … was soll ich den Polizisten sagen? Ich weiß nicht, wie der Täter aussieht. Sie könnten mit meiner Anzeige nichts anfangen.«

So bitter es ist, er hat vermutlich recht.

Aufgewühlt fahre ich mir übers Gesicht, seufze und schließe die Augen.

»Am besten fährst du in dein Hotel zurück. Ich muss ins Haus, duschen und dann die Kinder betreuen. Meinst du, du kommst allein klar?«

»Wäre mir lieber, wenn du bei mir wärst, aber ich kann dich wohl nicht überreden, mich zurückzufahren?«

Er sieht verdammt übel aus. Aber wenn ich ihn nach Brisbane fahre, kann ich meinen Job unmöglich pünktlich antreten.

Mit einem bittenden Blick mustert er mich und legt den Kopf schief. »Warst du joggen?«

»Ja, ich war im Wald joggen.« Und habe ehrlich nicht geglaubt, dass Anston noch hier stehen würde. Eigentlich dachte ich, Zain hätte mich verarscht.

»Es geht nicht, Ans. Du musst allein zurückfahren.«

Er seufzt enttäuscht. »So habe ich mir die Reise nach Australien nicht vorgestellt.«

Ich mir, ehrlich gesagt, auch nicht. »Ich bin mitgekommen, weil du nicht allein an diesen Ort fliegen wolltest und weil wir zusammen Zeit verbringen wollten, schon vergessen?«

»Nein, das habe ich nicht vergessen. Ich muss aber meinem Job nachgehen. Wenn ich freihabe, fahre ich zu dir und mache es wieder gut, okay?« Leise Schuldgefühle nisten sich in meiner Bauchgegend ein, da er sich mies fühlt und ich ihm ein zweites Mal absagen muss.

»Heute Abend. Lass uns heute Abend was unternehmen.«

Nachdenklich kaue ich auf der Unterlippe, dann schenke ich ihm ein aufmunterndes Lächeln. Meistens hilft es, um ihn zu besänftigen. »Heute Abend, versprochen. Ich muss auch los.« Entschuldigend streichele ich über seine linke Schulter, um mich von ihm zu verabschieden. Er greift nach meinem Unterarm und streichelt mit seinen Fingern über meine Haut.

»Du versprichst es mir hoch und heilig?«

Nun schmunzele ich, hebe zwei Finger und sage: »Du hast mein Nuria-Ehrenwort. Bis heute Abend.«

In seinen kastanienbraunen Augen kann ich die pure Vorfreude auf heute Abend aufkeimen sehen. Bevor ich meine Hand von seiner Schulter löse, hebt er sie an seine Lippen, was er zuvor nie getan hat. Dann gibt er meine Finger frei.

Es fühlt sich fremd an, dass er mich so berührt. War das ein Versehen? Eine Berührung, bei der er sich nichts gedacht hat?

Um ihn nicht weiter anzustarren, trete ich von seinem schwarzen Mustang zurück und warte, bis er den Motor startet und die Beifahrertür schließt. Als er zurücksetzt und den Wagen wendet, laufe ich auf das Tor zu. Im selben Moment leuchtet meine AppleWatch am Handgelenk auf, und ich lese die Nachricht einer unbekannten Nummer.

> Muss ich mir Sorgen machen,
> dass meine Blüte zwei weitere Verehrer hat?

Ich schnaube und ignoriere Demons Nachricht. Es geht wieder los. Er beschattet mich und weiß genau, wo ich bin und mit wem ich mich aufhalte.

Als ich wieder in meinem Zimmer angekommen bin, ist es 06:40 Uhr. Im Eiltempo nehme ich eine Dusche, putze die Zähne, föhne mein Haar und binde es zu einem Knoten hoch. Anschließend schlüpfe ich in bequeme dunkelblaue Stoffshorts und eine ärmellose, lockere Bluse, da der Tag verspricht, sehr heiß zu werden.

Erneut lenkt mich eine Nachricht von Demon ab, als ich den Gürtel durch die Schlaufen ziehe. Ich sollte sie nicht lesen. So tun, als hätte ich sie nicht bemerkt. Eine weitere folgt. Mein Handy auf dem Nachttisch blinkt in kurzen Abständen auf.

Mich treibt viel zu sehr die Neugier, zu wissen, was er schreibt. Außerdem will ich eine Antwort darauf, ob er Anston angegriffen hat. Somit schnappe ich mein Smartphone und lese seine Nachrichten, nachdem ich den Gürtel geschlossen habe.

> Sag schon. Muss ich mir Gedanken machen,
> wie ich sie loswerde?

> Es bringt nichts, mich zu ignorieren, Blüte.

> Du weißt, dass ich dir so lange schreibe, bis ich
> eine Antwort erhalte.
> Und die bekomme ich immer.

Ich atme tief durch, dann tippe ich eine Antwort ein.

Verrate mir lieber, ob du Anston in seinem Wagen betäubt hast. Das war nicht witzig!

Kaum habe ich geantwortet, ist er online.

Warum sollte ich?

Hast du oder hast du nicht?

Nein.

Nein? Wer war es dann? Oder belügt er mich? Unschlüssig hebe ich den Blick vom Handy, als es im selben Moment an der Tür klopft. Oh, Mist! Es ist 7 Uhr.

Eilig schiebe ich das Telefon in meine Hosentasche, dann laufe ich zur Tür. Im Gehen schlüpfe ich in meine Hausschuhe.

Jacky steht in der Tür. »Guten Morgen, Nuria. Bist du fertig?«

In einem pastellgrünen Kostüm begrüßt sie mich mit einem erwartungsvollen Lächeln.

»Sicher. Ich bin bereit.«

»Sehr gut. Ich zeige dir den morgendlichen Ablauf der Mädchen.« Und dieser gestaltet sich mehr als chaotisch.

Hailey sträubt sich mit Händen und Füßen, um nicht in die Vorschule zu müssen, während Maily zusieht und vor Jacky davonrennt.

Im Esszimmer eskaliert die Situation so sehr, dass Hailey ihre Kelloggsschüssel umkippt und die Milch quer über den gesamten Tisch läuft.

»Ich gehe nicht in die Vorschule! Nie mehr!«, ruft sie trotzig und bringt aufgelöst eine Wutträne nach der nächsten hervor. Etwas unbeholfen, ob ich mich einmischen sollte oder nicht, schaue ich zu Jacky, die komplett die Geduld verliert. Immer wieder starrt sie auf ihr Handy. Ich weiß, dass sie gleich zu einem Meeting losmuss.

»Normalerweise läuft das morgens nicht so ab«, entschuldigt sie beschämt das Verhalten ihrer Kinder.

»Ich kann mit beiden Mädchen auch hierbleiben«, schlage ich vor. »Und wir lernen uns heute so richtig kennen.«

Eine Angestellte wischt die verschüttete Milch weg, als Jacky heftig vom Stuhl aufspringt. »Meinst du, das geht wirklich?«

Ich nicke lächelnd. »Natürlich geht das.«

Maily mustert mich eingehend. »Ich will sie nicht kennenlernen.« Bingo. Sie ist ein wahrer Sonnenschein.

»Du wirst sie mögen, mein Schatz«, sagt Jacky zu ihr, umfasst, hinter ihrem Stuhl stehend, ihren Kopf und küsst ihr dunkelblondes Haar.

Hailey wirft den Löffel auf den Tisch, dann schiebt sie sich kräftig von der Tischplatte ab, sodass der Stuhl laut über den Boden knarzt, und rutscht vom Sitz.

»Wo willst du hin?«, fragt Jacky.

»In mein Zimmer. Ich packe meinen Koffer und ziehe heute aus.«

Was eine Ansage. Jacky holt etwas erschöpft und überfordert von ihren lebhaften Kindern geräuschvoll Luft. Als ich mich ebenfalls erhebe und den Teller mit den halb aufgegessenen Pancakes der Angestellten reiche, fragt mich Jacky ein zweites Mal, ob es in Ordnung ist, dass ich heute auf beide Mädchen aufpasse.

»Es macht mir nichts aus, wirklich nicht«, versichere ich ihr.

Sie schenkt mir ein dankbares Lächeln, dann verschwindet sie eilig auf ihren Louboutin-Absatzschuhen durch die Flügeltür des Esszimmers, wo sie noch einmal innehält und sich umdreht. »Danke, Nuria. Wenn du Hilfe brauchst, wende dich an das Personal. Mein Mann ist schon auf der Arbeit. Zain dürfte oben in seinem Zimmer schlafen.«

Was sollte ich von Zain wollen? Wenn das Haus brennt, ihn wecken und ihm das Leben retten? Das wäre der letzte Gedanke, der mir käme.

Ich bin sicher nicht schadenfroh, aber nach der Aktion heute Morgen kann ich mir bildhaft in meinem Kopf vorstellen, wie ich mit beiden Kindern vor dem brennenden Haus stehe und zum dritten Stock aufsehe, mit der Gewissheit, dass Zains Hintern kräftig durchgegrillt wird.

Zum Glück kann Jacky mein Schmunzeln nicht mehr sehen, als meine Fantasie mit mir durchgeht.

Nachdem Maily ebenfalls vor mir weggerannt ist, folge ich beiden in die zweite Etage. An der Tür angekommen, ist sie verschlossen. Nicht abgeschlossen, sondern irgendwie blockiert.

»Hey, könnt ihr die Tür bitte öffnen?«, rufe ich den Zwillingen zu.

»Du bleibst draußen! Wir wollen dich nicht in unserem Zimmer haben.« *Was für freche Zwerge.*

»Tja, da habt ihr leider Pech, denn ich werde hereinkommen, ob ihr wollt oder nicht.«

Kräftig stemme ich die Schulter gegen die Tür, um sie aufzuschieben. Keine Ahnung, wie es den beiden Fünfjährigen gelungen ist, in kurzer Zeit eine Kommode vor die Tür zu schieben, aber es kostet mich einiges an Anstrengung, die Tür zu öffnen. Als ich einen Blick durch den Türspalt werfe, finde ich die Kommode zur Seite geschoben vor. Dahinter steht Maily auf einem Stuhl und versteckt etwas mit ihrem zuckersüßen Gesicht hinter ihrem Rücken.

»Geh raus!«, weist sie mich an, als hätte sie etwas zu melden. Als ob ich mir von einem fünfjährigen Mädchen etwas sagen lasse.

»Warum?«, will ich wissen, schiebe die Tür weiter auf und rücke die Kommode nach hinten, damit weder die Tür noch das Möbelstück Stöße erhalten.

»Weil wir dich nicht haben wollen. So wie die anderen auch nicht.«

»Welche anderen?«, frage ich verwirrt.

»Die anderen Frauen, die auf uns aufpassen sollten«, antwortet Hailey, die nun in ihren roten Hosen und ihrem weißen T-Shirt an dem wackeligen Stuhl, auf dem Maily steht, vorbeigeht. Dann klatscht etwas Wabbeliges gegen mein rechtes Bein. Überrascht schaue ich zu Boden, als im selben Moment weitere Geschosse auf mich abgeworfen werden.

Um meine Füße herum bildet sich eine Wasserlache. Ist das ihr Ernst? Sie bewerfen mich mit Wasserbomben.

»Hey, lasst den Blödsinn!« Beide kichern, als sie mich schimpfen hören. »Das ist nicht …« *Wumm!*

Eine Wasserbombe trifft meine rechte Schulter, zerplatzt und spritzt mir Wasser ins Gesicht. »… witzig.«

»Verschwinde!«, »Geh weg!« rufen beide immer wieder. »Wir hören nicht auf. Wir haben sehr viele Bomben da.« Eilig rennt Hailey um die Zimmerecke, um eine große Plastikkiste rückwärts zum Stuhl ihrer Schwester zu zerren. Maily wirft zwei weitere Bomben auf mich, die ich schnell zu fangen versuche.

»Ich gehe nicht weg.« Das können sie vergessen.

Ich hätte nicht wenig Lust, die Flucht zu ergreifen und die Tür hinter mir zuknallen zu lassen, aber ich knicke sicher nicht ein. Wenn ich einmal nachgebe, werden sie mich weiter auf die Probe stellen.

Als ich eine Bombe in der Luft zu fassen bekomme, werfe ich sie zu Maily zurück. Aber so, dass sie auf ihrem Stuhlsitz zerplatzt. Ich will sie nicht knallhart am Kopf treffen, sodass sie rücklings über die Stuhllehne kippt und sich ernsthaft verletzt. Dank des Volleyballkurses stehe ich verdammt gut im Training. Aber wie sollte ich dann Jacky erklären, dass sich bereits am ersten Tag meiner Aufsicht ein Kind verletzt hat, mit dem wir im schlimmsten Fall in die Notaufnahme müssen? Nein, besser nicht.

»Wirf sie nicht zurück«, schimpft Maily.

»O doch. Wenn du mich bewirfst, mache ich das auch.« Ich kämpfe mich näher an sie heran, als Hailey weitere Wasserbomben in meine Richtung schleudert und zwei an ihre Schwester übergibt. Mehrere Bomben verfehlen mich, zerplatzen an der Kommode oder treffen die Wände. In dem Moment, als Hailey erneut auf Maily zurennt, um ihr zwei Wasserbomben zu geben, rutscht sie aus und knallt mit dem Arm gegen die Stuhllehne ihrer Schwester. Shit!

Sofort stoppt Maily ihren Angriff, und ich stürme auf Hailey zu, die auf dem Boden aufgekommen ist und nun lautstark zu weinen beginnt.

»Hailey, geht es dir gut?«, fragt ihre Schwester, springt vom Stuhl und fällt neben ihr auf die Knie. »Steh auf. Sie ist im Zimmer. Steh auf.«

Doch Hailey weint unaufhörlich weiter, schüttelt den Kopf und reißt ihre Hand aus dem Griff ihrer Schwester, die ihr aufhelfen will.

»Wo tut es weh?«, frage ich Hailey, als ich, bei ihr angekommen, in die Hocke gehe und unter ihre Arme greife. Vorsichtig helfe ich ihr auf. Sie deutet auf ihre Schulter, und große Tränen kullern ihre Wangen herunter. Als sie sich aus meinen Händen befreien will, halte ich sie fester. »Kurze Pause. Die Schlacht geht später weiter. Erst müssen wir die Verletzte versorgen«, lasse ich beide wissen. Maily starrt mich böse an.

»Wir haben gewonnen. Du bist die Verliererin.«

Als ob das nun wichtig wäre, aber solange es die beiden beruhigt, bin ich einverstanden. »Ja, ihr beide seid die Siegerinnen. Ihr könnt sehr gut werfen.«

Maily verschränkt stolz die Arme vor der Brust und nickt, während Hailey immer noch wimmert. Behutsam reibe ich über ihre Schulter. Sie zieht ihr T-Shirt am Kragen zurück. »Ich bin gebrochen.«

»Du bist gebrochen?«

»Ja, an der Schulter.« Mit dem Finger tippt sie auf ihre Schulter. Doch mit jeder Sekunde, die verstreicht, versiegen ihre Tränen immer mehr. Ein roter Fleck zeichnet sich auf ihrer kleinen Schulter ab, auf die ich puste. Sie schaut mich an, als käme ich von einem anderen Planeten. »Was machst du da?«

»Pusten, dann heilt die Verletzung schneller. Weiß doch jeder.«

»Das soll helfen?«, erkundigt sich Maily, die sich mit nassen violetten Hosen und kanariengelbem T-Shirt zu mir heruntergebeugt und ganz genau zuschaut, was ich mache.

»Merkst du den Zauber?«, frage ich Hailey. Vorsichtig wische ich mit dem Fingerknöchel ihre Tränen fort.

»Ein bisschen. Es kitzelt.«

»Dann heilt die Schulter schon«, versichere ich ihr.

Maily verzieht die kleinen Lippen. »Wenn du wieder heil bist, Hailey, geht die Schlacht weiter.« Eilig rennt sie zur Box, um weitere Wasserbomben zu holen.

Der Parkettboden ist bereits klitschnass. Wenn das Wasser ins Holz einzieht, bin ich erledigt.

»Ich habe eine viel bessere Idee!«, schlage ich vor.

»Welche?«, will Hailey wissen, die weiterhin auf ihre Schulter blickt. Ich richte ihr T-Shirt wieder. Glück gehabt, dass sie sich nicht schlimmer verletzt hat.

»Wir führen die Wasserbombenschlacht draußen im Garten weiter. Dort können wir rennen und uns verstecken. Das macht viel mehr Spaß als im Zimmer.« Hailey schaut mit erhitzten Wangen zu ihrer Schwester.

»Dafür brauchen wir mehr Wasserbomben.«

»O ja. Sehr viele mehr«, stimme ich ihr lächelnd zu. »Wo ist euer Vorrat?«

Während beide die kleinen Luftballons suchen, gehe ich ins

Badezimmer der Kinder, um anschließend mit Handtüchern das Wasser vom Boden aufzuwischen und danach die Kommode wieder an die richtige Stelle an die Wand zu schieben. Irgendwie habe ich die leise Vorahnung, dass die Zwillinge mich verdammt oft auf Trab halten werden. Denn das wird nicht der letzte Versuch gewesen sein, mich loszuwerden.

KAPITEL 9

Demon

*Selbst ihre Dornen können mich nicht
davon abhalten, mich ihr zu nähern.
Der stechende Schmerz ist kein Vergleich
zu dem Gefühl der Leere,
das ich verspüre, wenn ich nicht bei ihr bin.*

Es ist wie eine Sucht. Sie ist wie meine persönliche Droge, von der ich nicht loskomme. Wenn ich einmal damit begonnen habe, sie zu beobachten, hocke ich teilweise stundenlang vor den Monitoren und verfolge, was meine kleine Rose den ganzen Tag macht.

Quest hat das Sicherheitssystem des Monair-Anwesens gehackt, sodass die Kameraaufnahmen direkt auf meinen Laptop übertragen werden. Es war zudem ein Kinderspiel, unbemerkt ins Gebäude einzutreten, ohne den Alarm auszulösen.

Die ausgestreckten Beine locker auf dem Tisch verschränkt, streiche ich über Odins Kopf und nehme einen Zug von meiner Zigarette. Der Qualm steigt zur vertäfelten Decke des Kaminzimmers auf.

Dem Zimmer, in dem ich meine provisorische Arbeitsstätte eingerichtet habe. Die Airbnb-Immobilie strahlt den klassischen

Charme eines Herrenhauses aus. Dunkle Parkettböden, herrschaftliche Kamine aus Kacheln oder poliertem Stein, vertäfelte Holzwände, Gemälde von Polospielern und Geweihe über den massiven Holztüren. Der englische Flair kommt in diesem Haus zum Vorschein und stellt eine Abwechslung zu meinem modernen Loft in Barcelona dar, das ich unter gefälschten Dokumenten angemietet habe.

Das Leder der Chesterfieldcouch knarzt unter meinem Gewicht, als ich mich zur breiten Armlehne beuge, wo der Aschenbecher steht, und meine Zigarette ausdrücke. Odin windet sich einen Weg über meinen Brustkorb zu meiner Schulter, als ich Nuria dabei zusehe, wie sie mit den Zwillingen im Garten spielt. Sie stellt sich gar nicht so übel an. Ich hätte nicht gedacht, dass sie so gut mit Kindern umgehen kann.

Ganz besonders nicht, als beide Gören sie ausgesperrt haben und sie klitschnass das Zimmer verlassen hat. Die Mädchen setzen ihr ordentlich zu, trotzdem macht sie keinen Rückzieher. Ganz meine Blüte. Zerbrechlich, aber verdammt entschlossen und willensstark.

Unerwartet klopft es an der Tür, während ich Nurias schlanken Körper über den Rasen rennen sehe, wobei sich ihre Brüste unter der feuchten Bluse herrlich abzeichnen und auf und ab wippen. Wie sich wohl ihre Titten bewegen, wenn sie auf mir reitet?

»Ja, herein«, murmele ich genervt und klappe den Laptop zu. Quest betritt mit Lexton den Raum. Während Quest der eher vornehmere Kerl mit Herz ist, ist Lexton ein durchtriebenes Schlitzohr, das sich im Leben alles nimmt, was ihm zusteht. Selbst wenn es ihm nicht zusteht.

»Wir haben Neuigkeiten, die du vielleicht hören willst. Oder stören wir?« *Fucking ja, ihr stört mich dabei, Nuria zu beobachten.*

»Welche Neuigkeiten?« Ich hebe vorsichtig Odins Kopf von der Rückenlehne der Chesterfieldcouch, bevor er in den Spalt zwischen Wand und Couch kriecht und ich das Möbelstück abrücken muss, um ihn einzusammeln. Er liebt dunkle Spalten, so wie ich. Fuck. Automatisch muss ich an gestern Nacht denken. Ich kann jetzt noch Nurias Pussy auf meiner Zunge schmecken, ihr lautes, ekstatisches Stöhnen in meinen Gedanken hören, die zarte Haut ihrer Nippel an meinen Zähnen spüren.

Ohne mir anmerken zu lassen, dass ich jeden Moment hart werde, richte ich mich auf, um Odin zu seinem Terrarium zu tragen.

»Verdammt ist das Vieh groß geworden«, merkt Lexton mit geweiteten Augen an. »Vor zwei Monaten war er noch kleiner.«

»Bildest du dir bloß ein, weil du ihn eingerollt im Terrarium gesehen hast. Hältst du ihn kurz?« Ich weiß, welchen Schiss Lex, der sich sonst vor so ziemlich nichts fürchtet, vor Schlangen hat. Ohne ihm die Chance zu geben, eine Ausrede zu finden, halte ich ihm mein knapp 1,50 Meter langes Haustier entgegen. Etwas unbeholfen nimmt er es mir ab, während ich den Deckel des Terrariums öffne und sichergehe, dass die Temperatur der Lampe korrekt eingestellt ist.

»Scheiße, ist er schwer«, beschwert er sich.

Bevor er weiter jammert, nehme ich die Tigerpython an mich und setze sie ins Terrarium.

»Was habt ihr für Neuigkeiten?«, wiederhole ich meine Frage, da sie nicht bei der Sache sind.

Lexton räuspert sich in seinem Anzug, wechselt knappe Blicke mit Quest und fährt dann fort. »Wir haben zwei Zeugen gefunden. Die beiden sollen die siebzehnjährige verschwundene Frau zuletzt gesehen haben.«

»Es ist eher noch ein Mädchen«, unterbricht Quest ihn.

»Dann Mädchen«, antwortet Lexton genervt und verdreht die Augen. »Die beiden Zeugen haben Vendra zuletzt gesehen, bevor sie verschwunden ist.«

»Wo?«, will ich wissen, schließe das Terrarium und wende mich beiden zu.

»Ganz in der Nähe einer verlassenen Kirche. Die St. Michael's Church ist ein mittlerweile baufälliges Gebäude, das in den letzten Jahrzehnten von Bäumen und Sträuchern zugewuchert ist. Trotzdem ist es ein heimlicher Treffpunkt für einige Jugendliche, die dort Mutproben durchziehen. Eine Nacht dort pennen und solche Dinge, weil es dort – haltet euch fest – angeblich spuken soll.«

Wie witzig. »Und dort haben die Zeugen Vendra zuletzt gesehen?«

»Richtig«, erklärt Quest. »Laut den Ermittlungen der Polizei hat Vendra ihren Wagen 23:47 Uhr getankt, wobei sie von den Kameras der Tankstelle gefilmt wurde. Das sind die letzten Videoaufnahmen von ihr vor zwei Monaten.« Quest zeigt mir auf seinem Smartphone das Filmmaterial der Tankstelle, auf dem ein Toyota zu erkennen ist, in den eine blonde Frau steigt. »Dann, puff, ist sie weg. Ihr Wagen, ein silberner Toyota Yaris, wurde drei Tage später etwa eine Meile entfernt von dieser Kirche aufgefunden. Leer. Mit weit geöffneten Türen, sodass der starke Regen und Wind der letzten Tage die meisten Spuren um und im Fahrzeug vernichtet hat. Meinst du, sie war in dieser Kirche?«

»Ich gebe keine Vermutung ab, bevor nicht weitere Indizien vorliegen. Statten wir der Kirche einen Besuch ab«, ordne ich an. »Heute Nacht.«

Beide starren mich an, als hätte ich ein Alien zum Frühstück gegessen. »Oder hat gleich einer von euch die Hosen voll, weil er sich vor Geistern fürchtet? Denn ich versichere euch, der einzige Geist, den wir antreffen werden, werde ich sein.«

»Als ob ich solche blödsinnigen Schauermärchen glaube«, streitet Lexton gekünstelt auflachend ab. »Wieso willst du nicht tagsüber dorthin?«

»Weil ich mir sicher bin, dass wir die Kirche nachts nicht leer vorfinden werden.«

Mit Sicherheit treiben sich Jugendliche dort herum. Und

betrunkene Jugendliche einzuschüchtern, ist weitaus unterhaltsamer, als welche in der Schule abzufangen und zum Reden zu zwingen.

»Was ist mit den Zeugen? Willst du vorher mit ihnen sprechen?« *Sicher will ich das.* Je schneller der Vermisstenauftrag erledigt ist und Vendra gefunden wurde, desto mehr Zeit kann ich mit meiner Rose verbringen.

Und ich kann es kaum erwarten, sie heute Nacht wieder beim Schlafen zu beobachten. Auch wenn mir ihre Albträume nicht gefallen, in denen sie offenbar Nacht für Nacht Todesängste aussteht. An dieser Sache bin ich ebenfalls dran. An Nurias Vergangenheit, die mit Sicherheit Grund für ihre Albträume ist.

»Ja, ich will sie sprechen. Wer sind die Zeugen?«

»Kai Wilson und Jenna Whittaker. Beides Schulkameraden von Vendra, aber nicht ihre besten Freunde.«

»Etwa ihre Feinde?«, hake ich nach und schnappe meine Lederjacke von der Couchlehne, die ich über mein graues Shirt streife.

»Keine Ahnung. Bisher sieht es nicht aus, als hätte Vendra Feinde gehabt. Sie war überall beliebt, lebhaft, freundlich. Eben dieses klassische Mädchen an der Highschool, das jeder mag.«

Jeder hat Feinde, auch wenn er sie nicht alle kennt. Irgendwelche Neider verstecken sich immer hinter der Fassade eines Freundes.

»Nun gut, sprechen wir mit den beiden.«

* * *

Wir betreten eine gewöhnliche Highschool, um Kai und Jenna zu treffen, die sich an einem sicheren Ort verabreden wollten.

Kein Wunder. Hätte ich Lexton als Erstes kennengelernt, hätte ich als Teenager auch Panik geschoben. Lextons Tätowierungen reichen bis zum Hals und den Handknöcheln, er besitzt diesen durchdringenden Killerblick, der so manchen abstößt. Nur den Menschen, die ihm nahestehen, zeigt er seine andere, etwas freundlichere Seite.

Als Kai von der Bank im Foyer zu Lexton aufschaut, schluckt er nervös. Kai ist ein schlaksiger Junge, der vermutlich sonst eine große Klappe hat. Gerade sieht er aus, als hätte er eine Kröte verschluckt.

Quest begutachtet weiter vorn im Foyer die Sportpokale und Bilder der Schüler, während ich mich an Jennas Seite setze. Jenna, eine rothaarige Schülerin mit Seitenscheitel, hellem Rock und für meinen Geschmack zu tiefem Ausschnitt rückt sofort von mir ab.

»Sie haben Geld für Informationen geboten«, beginnt Kai das Gespräch, woraufhin ich den Kopf in den Nacken lege und zum Treppenaufgang der großen, neu sanierten Schule aufsehe. Vereinzelt steigen Schülergrüppchen die Stufen herunter.

»Es gibt eine Bezahlung. Allerdings erst, wenn sich die Informationen als nützlich erweisen«, richte ich meine Worte an Kai. Jenna dreht ihr Gesicht ebenfalls zu Kai, der neben ihr auf der langen Bank vor der Fensterfront sitzt und nervös auf der Unterlippe kaut.

»Okay. Klar, Bro, versteh ich. Wir lügen nicht. Wir sagen die Wahrheit.«

»Dann erzählt uns noch mal, was ihr mir und dem Kerl dort drüben heute Morgen berichtet habt.« Lexton deutet hinter seinen Rücken auf Quest, der betont desinteressiert jedes einzelne Bild studiert, als wären wir auf einem Museumsbesuch.

»Wie viel springt noch mal raus, wenn die Informationen korrekt sind?«, will Jenna wissen, die mich anschaut, als meine sie mir die Stirn bieten zu können. Ich besehe sie mit einem müden Lächeln. »5.000 Dollar.«

Ihre fein gezupften Brauen zucken. »Okay. Willst du anfangen, Kai, oder soll ich?«

»Du. Du hast zuletzt mit Vendra gesprochen.«

»Egal, wer spricht, fangt endlich an«, setzt Lexton die beiden weiter unter Druck.

»Wie wir heute Morgen schon sagten, gibt es diese versteckte Kirche im Wald, etwa zehn Meilen von hier entfernt. Dort werden heimliche Partys gefeiert, Rituale durchgeführt, Videos gedreht, kranke Dinge gemacht. Also so richtig verbotener Scheiß. Nicht nur, dass dort Gras geraucht wird oder so. Meiner Meinung nach spukt es dort. Und das sage nicht nur ich. Kai und ich haben am Freitag vor zwei Monaten Vendra dort zum zweiten Mal gesehen. Sie ist eigentlich kein Mädchen, das zu solchen Treffen hingeht, aber sie hatte einen Crush auf einen Typen, der, na ja …«

»Jazeem Lender«, gibt Kai preis. »Der Kapitän der Footballmannschaft.« Wie klischeehaft. »Er und seine Jungs sind fast jedes Wochenende in der Kirche und lassen es dort krachen. Wahrscheinlich ist Vendra deswegen dort gewesen. Als wir sie dort angetroffen haben, wirkte sie anders.«

»Wie anders?«, hake ich nach.

»Ja, sie stand irgendwie aufgelöst, fast schon verwirrt und verzweifelt auf dem Weg, der zur Kirche hochführt. Sie murmelte etwas vor sich hin, ihr Haar sah sehr zerwühlt aus, als hätte sie es die gesamte Zeit gerauft.«

»War sie verletzt?«, will Lexton wissen. »Hat sie geblutet, oder war sie schmutzig, als wäre sie gestürzt?«

Jenna und Kai schauen sich an. »Könnte sein. Keine Ahnung. Es war scheißdunkel in der Nacht. Ich hab sie bloß kurz mit dem Handylicht angeleuchtet, weil wir wissen wollten, wer sie ist.«

Lextons Augen werden schmal.

»Und dann?«, hake ich nach.

»Ja, dann habe ich gefragt, ob alles okay ist. Sie meinte, alles sei gut, ihr ginge es gut. Was offensichtlich gelogen war. Das konnte jeder sehen. Vielleicht war es ihr peinlich, dass wir sie so gesehen haben. Sie sah echt furchtbar aus.« Jenna zuckt die Schultern. »Also mir wäre es peinlich gewesen.« Ihre schlammbraunen Augen wandern flüchtig von Lexton zu mir.

»Und dann seid ihr weitergegangen?«, fahre ich mit der Befragung fort und mache mir nebenbei Notizen auf dem Handy. Verdammt. Nuria hat noch immer nicht geantwortet. Wird Zeit für eine neue Strafe.

»Ja«, erklärt Kai. »Wir sind zur Kirche gegangen, wo die Party voll im Gange war.«

»Wie spät war es in etwa?«, unterbricht Lexton ihn.

»Na ja, so 0:30 Uhr vielleicht? Vielleicht auch 0:45 Uhr. Ich hab nicht auf die Uhr gesehen. Dafür habe ich zufällig auf die Uhr geschaut, als ich gesehen habe, wie Jenna mit Vendra etwa um 2:20 Uhr die Kirche verlassen hat.

»Du bist mit Vendra, mit der du eigentlich nicht befreundet bist, aus der Kirche gegangen, Jenna. Wieso?«, frage ich.

»Weil sie total aufgelöst wirkte. Betrunken war und irgendwie …« Sie sucht nach den passenden Worten und gestikuliert mit der rechten Hand in der Luft. »Mehr.«

»Irgendwie mehr?« Lexton tritt einen Schritt auf sie zu. »Was meinst du damit?«

»Na ja, ich weiß, wie man sich betrunken verhält. Sie wirkte aber so, als hätte sie noch was anderes genommen.«

»Also Drogen?«, hakt Lex nach. »Werden in der Kirche Drogen vertickt? Hasch, Koks, Pillen?«

Kai und Jenna tauschen wieder vielsagende Blicke aus und nicken wie einstudiert. »Das wisst ihr nicht von uns, okay? Dann sind wir erledigt.«

Ich kratze mich an der Braue und grinse kurz. »Keine Sorge. Also bist du mit Vendra in den Wald gegangen, weil es ihr schlecht ging, Jenna. Und danach?«

»Ich wollte, dass sie nach Hause gefahren wird. Dass sie bei Freunden mitfährt. Allein fahren lassen wollte ich sie nicht. Sie war ja komplett neben der Spur und betrunken. Aber egal, wie lange ich auf sie eingeredet habe, sie wollte die Party noch nicht verlassen, sondern etwas klären. Das sagte sie immer wieder. ›Ich muss noch etwas klären. Ich muss mit ihm reden.‹«

»Ihm?«, fragt Quest, der nach seiner Erkundungstour im Foyer wieder zu uns zurückgefunden hat.

»Ja, ihm«, antwortet Jenna. »Sie meinte sicher Jaz.«

»Jazeem?«, vergewissere ich mich.

»Ja, Jazeem. Die meisten nennen ihn Jaz. Es kann nur an ihm liegen, dass sie länger bleiben wollte.« Solange Vendra nicht gesagt hat, wen sie mit *ihm* meinte, traue ich Jennas Aussage nicht vollkommen.

»Und dann wurde es komisch«, fährt Jenna fort. »Also richtig merkwürdig.« Die Siebzehnjährige holt tief Luft und schüttelt kurz den Kopf, als könne sie das Erlebte nicht fassen. »Plötzlich hat sie dann doch meinem Vorschlag zugestimmt, bei meiner Freundin Layla mitzufahren, und ist auch zu ihr gegangen. Da mich im selben Moment Kai gerufen hat, konnte ich bloß noch flüchtig sehen, wie Vendra den Waldweg zu Laylas Wagen herunterging. Sie hat auch mit ihr gesprochen, das hat mir Layla am nächsten Morgen gesagt. Aber sie hat gar nicht gefragt, ob sie mitfahren kann.«

»Sondern?«, hakt Quest nach.

»Sondern gemeint, dass Layla die Nächste sei.« *Die Nächste?*

»Wofür die Nächste?«, fragt Lexton genervt. »Sprich nicht in Rätseln, sag schon.«

»Dass wusste Layla ja auch nicht. Sie hat Vendra auch gefragt, was sie mit den Worten meint. Aber Vendra ist dann den Waldweg weitergelaufen und dann hat sie keiner mehr gesehen. Keiner, den ich kenne, zumindest.«

»Wohin könnte sie gegangen sein?«, will ich wissen.

»Keine Ahnung«, antwortet Jenna. »Es gibt circa fünf Meilen um die Kirche herum nur Wald, Felder und Sumpf. Die Polizei meinte, sie wäre abgehauen, wäre bei einem tödlichen Unfall gestorben oder hätte sich irgendwie im Wald oder im Sumpf das Leben genommen. Das ist völliger Quatsch, wenn ihr mich fragt.«

»Und wieso?« fragt Lexton barsch. Ich merke ihm an, dass

ihm die Befragung zu lange dauert und es ihn ankotzt, den beiden jede Info aus der Nase herausziehen zu müssen.

»Weil sie an dem Abend zwar komplett durcheinander gewirkt hat, aber sie mit jemandem reden wollte. Ich wette, sie hat den Jemand getroffen und das Gespräch verlief nicht gut.«

Fragt sich eher, warum sie etwa eine Stunde zuvor schon so durch den Wind war. Wenn sie in einem normalen Zustand von der Tankstelle zur Kirche gefahren ist, muss in der halben Stunde, bevor Jenna und Kai sie zum ersten Mal getroffen haben, etwas vorgefallen sein. Nur was? Was ist passiert?

»Was du ihnen nicht erzählt hast, ist die Sache mit Layla«, wirft Kai ein.

»Was ist mit ihr?« Ich studiere die Mimik der beiden. Meistens kann ich sehr gut in Gesichtern lesen und weiß, wann ich belogen werde und wann nicht.

Kai leckt sich die Lippen und schaut mir direkt in die Augen. Ein Zeichen, dass er eine Verbindung zu mir aufnehmen will, damit ich ihm glaube.

»Layla Newman wird seit einer Woche vermisst«, kommt Quest ihm zuvor und hält mir unvermittelt ein Suchplakat von ihr unter die Nase. »Das hing an der Pinnwand dort drüben.«

»Genau. Sie wird seit letzten Freitag vermisst, seit sie wieder in der Kirche war.«

Verdammt, die Kirche scheint es ja mächtig in sich zu haben und der Ort zu sein, wo junge Frauen auf mysteriöse Weise spurlos verschwinden. »Seid ihr letzten Freitag in der Kirche gewesen?«

Beide schütteln vehement die Köpfe. »Nein«, antwortet Kai. »Wirklich nicht.«

»Ich geh im Leben nie wieder dorthin.« Jenna erschaudert. »Dort haben entweder böse Mächte ihre Finger im Spiel, oder aber jemand hat es auf Schülerinnen abgesehen. Beides ist gruselig. Für mich ist die St. Michael's Church ein Ort des Bösen.«

KAPITEL 10

Nuria

Er vergiftet meinen Verstand,
trotzdem fühlt es sich gut an.
Er besitzt meinen Körper,
trotzdem fühle ich mich frei.
Er bestraft meine Sünden,
trotzdem fühle ich mich zu ihm hingezogen.

»Wieso wollt ihr nicht mehr in die Vorschule?«, frage ich Hailey, als wir zusammen im Garten auf dem Trampolin springen, sie sogar halsbrecherische Drehungen hinlegt.

»Weil Ranja uns immer hingefahren hat. Sie ist viel lieber als Mama.«

»Ranja?«, wiederhole ich und neige den Kopf, bevor ich mich vom Trampolin abstoße. »Wer ist Ranja?«

»Unsere Schwester«, antwortet Hailey beiläufig, ohne zu mir aufzusehen, als sie gefallen ist und sich vom Trampolinstoff wieder auf die Füße zieht.

»Ihr habt eine Schwester?« Abrupt stoppe ich meine Bewegung. »Wo ist sie jetzt?«

»Tot.« Maily klettert durch die Öffnung des Trampolinnetzes, rutscht mit dem Po über die Kante und springt ins Gras. »Tot. Sie ist tot.« Was sagt sie da?

»Ist sie nicht!«, widerspricht Hailey ihrer Zwillingsschwester mit einem giftigen Gesichtsausdruck. »Sie ist nicht tot.«

»Was denkst du denn, wo sie ist?«, frage ich Hailey, nachdem ich mich auf den wippenden Stoff fallen gelassen habe, um Hailey in die Augen schauen zu können.

»Weil sie bloß verreist ist. Ranja würde uns niemals für immer verlassen«, spricht sie mit gesenktem Gesicht zu mir.

»Wenn sie tot ist, kann sie nicht wiederkommen«, erklärt Maily.

»Und woher weißt du, dass sie tot ist?«, richte ich meine Frage an Maily. Ich hatte eigentlich nicht vor, mit fünfjährigen Kindern über den Tod zu sprechen, aber wie sollte ich sonst reagieren? Außerdem interessiert es mich, was es mit dieser Schwester auf sich hat, von der ich bisher nichts wusste. Wenn ihre Schwester sie zur Vorschule fahren konnte, bedeutet das, dass sie mindestens 16 Jahre alt war.

»Mama und Papa haben heimlich darüber mit der Polizei gesprochen. Wir haben sie belauscht.« Sie sind echt clever. Maily streift ihre Sneakers über die Füße, bevor sie sich mit hängenden Schultern von uns entfernt. Offenbar belastet sie der Verlust ihrer älteren Schwester sehr.

»Wenn du willst«, tuschelt mir Hailey unerwartet zu und hält dabei beide Hände um mein Ohr, »kann ich dir etwas zeigen.«

»Was zeigen?«, flüstere ich zurück, weil es wohl streng geheim ist.

»Ich hab ein Buch von Ranja.«

»Und das möchtest du mir zeigen?«

Sie nickt. »Ich kann nicht so gut lesen. Ein klitzekleines bisschen.« Sie deutet mit ihren zierlichen Fingern eine kleine Spanne mit Daumen und Zeigefinger an. »Aber du kannst mir daraus vorlesen. Liest du gern Geschichten?«

Ein breites Lächeln bildet sich auf meinen Lippen. »Ich lese sehr gerne Geschichten. Am liebsten Märchen, Fantasy und von bösen Prinzen.«

»Böse Prinzen kann ich nicht leiden.« Hailey verzieht ihre kleine Stupsnase. Im selben Augenblick nehme ich eine Bewegung im Augenwinkel wahr. Als ich den Kopf zur Terrasse des Anwesens drehe, entdecke ich Zain. Seit heute früh hab ich ihn kein einziges Mal gesehen. Mittlerweile ist es kurz nach 16 Uhr. Hat er so lange geschlafen?

Aber hey, was juckt es mich, was der Arsch so lange getrieben hat. »Manche böse Prinzen kann ich auch nicht leiden«, stimme ich Hailey zu.

Sie kichert. »Komm, ich zeig dir das Buch.«

Zain bewegt sich, ein Handtuch um den Nacken geschlungen, oberkörperfrei mit tief sitzenden schwarzen Trainingshosen, als käme er aus dem Gym, über die Terrasse auf die Lounge zu. Ich ertappe mich dabei, wie ich ihn eingehend studiere. Obwohl er über zwanzig Meter von uns entfernt ist und der glitzernde Pool uns von der Terrasse trennt, kann ich selbst von Weitem sehen, wie durchtrainiert sein Körper ist. Sein Bauch ist flach und die Arm- und Brustmuskeln ausgeprägt. Zudem kann ich ein Tattoo an seiner Flanke erkennen, allerdings nicht das Motiv.

Ich schließe die Lippen, als ich gleich darauf hinter ihm eine blonde Frau mit Pferdeschwanz in veilchenblauer, eng sitzender Shorts und Bustier durch die Terrassentür treten sehe. Sie ist mit Sicherheit nicht bloß seine Trainerin. Zain, der sich lässig auf die weißen Polster der dunklen Sitzmöbel fallen und sich einen Shake von einer Angestellten bringen lässt, dreht das Gesicht erst in meine Richtung, als ich aus dem Trampolin geklettert bin und meine Schuhe suche.

»Zeigst du mir jetzt dein Buch?«, frage ich Hailey, um Zains Blick schnellstmöglich zu entkommen.

»Ja.«

Ich biete ihr meine Hand an, in die sie ihre legt. Maily hat sich auf die Schaukel im Garten zurückgezogen, scheint ihren eigenen Gedanken nachzuhängen oder zu schmollen. So richtig dringe ich zu ihr noch nicht durch. Während ich Haileys Vertrauen nach wenigen Stunden gewinnen konnte, sperrt sich Maily immer noch in vielen Momenten.

»Maily, komm mit rein«, bitte ich sie.

»Nein!«

Zain mustert uns weiter. Scheiße. Ich kann sie nicht hier draußen allein lassen. Wenn ihr etwas passiert, bin ich schuld. Ihr Bruder sieht nicht aus, als würde er einen Moment die Aufsicht übernehmen wollen, sondern stattdessen die Blondine befummeln, die nun neben ihm Platz nimmt und deren Bein er über seines hebt. Ohne sie wirklich zu beachten, kreist er mit den Fingern über ihr Knie, höher zu ihrer Oberschenkelinnenseite.

Verdammt, schau weg, Nuria. Er provoziert dich bloß.

»Maily, komm, ich zeig ihr das geheime Buch«, ruft Hailey ihrer Schwester zu. »Sie kann es lesen.«

Sofort springt Maily von der Schaukel, stürmt wie ein Blitz auf uns zu und rast kommentarlos an uns vorbei.

Was hat sie? Ich folge ihr mit Hailey an der Hand. Als wir auf der Terrasse angekommen sind, schlingt die blonde Frau ihren Arm um Zains Nacken, vergräbt ihre Nägel in seinem dichten dunklen Haar und will ihn küssen. Will, denn er dreht das Gesicht weg, um zu mir zu starren.

»Alles fit im Schritt, Nuria?«

Wäre nicht Hailey bei mir, würde ich ihm den Mittelfinger entgegenstrecken. Nein, in den Arsch schieben.

»Bestens«, erwidere ich. »In deinem scheint es langsam eng zu werden.«

Er schnaubt kurz, öffnet den Mund und kneift die Augen zusammen.

»Was hat sie gesagt?«, fragt die Blondine pikiert, bevor ich mit Hailey schnell ins Innere flüchte.

Es kostet mich Mühe, mir mein Lachen zu verkneifen, was Hailey nicht entgeht.

»Was ist so witzig?«, fragt sie im Gehen und schaut zu mir auf.

»Ach, nichts«, antworte ich ihr, dann gehe ich vor ihr in die Hocke und deute auf meinen Rücken. »Los, hüpf auf.« Ihre Augen beginnen zu leuchten, als sie versteht, was ich vorhabe. Sie klettert vorsichtig auf meinen Rücken, schlingt die Arme um meinen Hals und die Beine um meinen Bauch. Huckepack trage ich sie in die zweite Etage.

Im Kinderzimmer angekommen, springt sie lachend von meinem Rücken. »Das hat Spaß gemacht. Du bist das beste Pferd, Nuria.«

Maily empfängt uns, mit einem verschlossenen Gesichtsausdruck vor ihrem Bett stehend.

»Sie bekommt das geheime Buch nicht«, protestiert sie.

»Aber sie kann es lesen. Sie wird uns sagen, was drinsteht«, erklärt Hailey ihr, tritt an ihre Schwester heran und umfasst ihre Schultern. Maily schüttelt stur den Kopf, dabei hält sie etwas hinter ihrem Rücken. Höchstwahrscheinlich das besagte Buch. Was könnte daran so interessant sein, dass Maily entschieden hat, dass es nicht für jeden bestimmt ist?

»Ist nicht schlimm, Hailey. Wenn deine Schwester es mir nicht zeigen will, ist das okay.« Hailey dreht sich zu mir um.

»Du sollst es uns vorlesen. Ich will wissen, was drinsteht. Die Schrift ist zu kringelig für uns.« Kringelig? Es ist also ein Buch, das per Hand geschrieben wurde, kein normaler Märchenband. Hailey bearbeitet ihre Schwester eine Weile, bis sie es ihr wegnimmt.

»Gib es ihr nicht!«, ruft Maily aufgebracht. Stolz präsentiert mir Hailey ein schwarzes Notizbuch mit den goldenen Lettern *Daily Notes*. Verblüfft hebe ich die Brauen, bevor ich kurz in dem Buch blättere. Es ist ganz offensichtlich ein Tagebuch. »Woher habt ihr das?«

»Es ist Ranjas Geschichte. Ihr Buch. Sie hat ihre Märchen dort reingeschrieben, jeden Tag. Das hat sie uns immer erzählt. Es sind geheime Märchen. Du musst sie uns vorlesen.«

»Bald können wir sie selbst lesen«, mischt sich Maily ein, tritt an mich heran und streckt fordernd die Hand nach dem Tagebuch aus.

»Hailey, deine Schwester hat recht. Das sind ganz private Märchen, die nicht jeder lesen sollte«, erkläre ich ihr, klappe das Buch zu und übergebe es Maily, die sofort ihre Arme um den Einband schlingt, als behüte sie einen kostbaren Schatz.

»Ich will nicht warten. Im Buch erfahren wir Ranjas Märchen. Sie hat uns immer Geschichten vorgelesen. Fast jeden Abend.« Es sieht aus, als wäre Hailey den Tränen nah, als sie irgendwie hilflos zu Maily schaut, die das Buch fest umklammert. »Bitte, Maily …«

Als Maily ihre Schwester anschaut, hält sie weiterhin eisern an ihrem Entschluss fest. »Wir bekommen Ärger, wenn Mummy und Daddy wissen, dass wir das Buch haben«, erklärt Maily ihrer Schwester. »Sie suchen es schon.«

Ich stutze. Mir kommt das alles sehr unheimlich vor. Eine Tochter der Familie wird für tot erklärt – die niemand mir gegenüber zuvor auch nur erwähnt hat. Polizisten, die mit ihren Eltern sprechen. Ein Tagebuch, das von den Zwillingen versteckt wird. Sollten ihre Eltern davon nicht erfahren? Ich habe bereits zwei Rundtouren durch das Anwesen gemacht. Auf keinem der Bilder habe ich eine junge Frau oder Teenagerin gesehen. Wenn meine Tochter verreist oder gestorben wäre, würden weiterhin Andenken oder Bilder an den Wänden hängen.

»Sie suchen nicht bei Nuria. Oder?« Hailey schaut zu mir auf. »Mummy schaut nur in unsere Schränke und sucht das Buch. Wenn sie es findet, weiß sie, dass wir es versteckt haben.«

»Wo habt ihr es zuvor versteckt?«, frage ich beide.

»Unter der Matratze«, erklärt mir Hailey.

»Pssst.« Maily presst ihren Zeigefinger vor die Lippen. »Sie kann es Mummy sagen.«

»Macht sie nicht. Du versprichst es uns doch, oder?«

Ich nicke und hebe die Finger in die Luft. »Ich verspreche es hoch und heilig. Ich sage kein Wort, zu niemandem.«

Es wäre ein fataler Fehler, die beiden zu verpfeifen. Damit hätte ich das bisschen Vertrauen, das ich mir seit ein paar Stunden erarbeitet habe, mit einem Mal zunichtegemacht.

Maily kommt auf mich zu und drückt mir das Tagebuch in die Hände. »Lies daraus vor.«

Ich nehme auf Haileys Bett Platz. Um ehrlich zu sein, habe ich ein mulmiges Gefühl bei der Sache. Das hier ist ein Tagebuch mit intimen Erlebnissen einer jungen Frau, die ich nicht einmal kenne. Aber was, wenn in ihm Geheimnisse stehen, die von wertvoller Bedeutung sind? Lesen oder nicht lesen? Links und rechts von mir nehmen beide Mädchen auf dem Bett Platz, bis mir Maily bei der Entscheidung hilft und das Buch aufklappt. »Lies es vor.«

KAPITEL 11

Demon

In den meisten Wäldern lauern tief
im Verborgenen Wölfe,
die bereit sind, ihren Blutrausch an
unschuldigen Mädchen zu stillen.
Ich stehe über ihnen und erlege diese Wölfe,
weil es sonst niemand kann.

Ich schalte die Scheinwerfer meines Escalade aus. Es ist kurz vor Mitternacht und verdammt, ich wäre lieber bei Nuria, als eine alberne Teenagerparty zu besuchen. Vor allem, wenn ich weiß, dass Nuria heute Abend mit ihrem hirnverbrannten Freund Anston nach Brisbane unterwegs ist, um zu feiern. Sollte dieser Hurensohn sie anfassen, reiße ich ihm die Augen aus dem Schädel und stopfe sie ihm in den Mund.

»Können wir?«, erkundigt sich Lexton, der einen letzten Zug von seiner Zigarette nimmt, sie anschließend achtlos aus dem offenen Fenster schnippt. »Oder willst du dir weiterhin Instagramstorys reinziehen? Wer ist das überhaupt?«

Ohne auf meine Genehmigung zu warten, reißt er mir mein Smartphone aus der Hand und betrachtet Nurias Instastory, in der sie sich in einer Bar filmt. Mir schnürt es bei der Vorstellung den Magen zu, dass sich nicht bloß Anston an sie ranwerfen könnte. Sie gehört mir. Wie alles an ihr.

»Ein Auftrag«, erkläre ich ihm und angele mir mein Telefon aus seinen Händen.

»Scharfes Teil.« Langsam drehe ich das Gesicht in seine Richtung und werfe ihm einen mörderischen Blick zu. »Was?«

»Halt's Maul und steig aus«, befehle ich ihm ruppig.

»Oh, oh«, merkt Quest von der Rückbank an. »Sieht aus, als stände unser Boss auf die Kleine.«

»Nicht dein Ernst«, stößt Lexton hervor. »Gibt es endlich eine Frau, die du nicht bloß ficken willst, sondern dich …«

»Aussteigen! Bewegung!«, weise ich ihn an, bevor ich ihm einen Arschtritt verpasse.

Quest zieht scharf die Luft ein und springt als Erster aus dem Wagen, gefolgt von Lexton, der mich ansieht, als erwarte er eine Erklärung. »Darüber reden wir noch.«

Nein, mit Sicherheit nicht, mein Freund. Ich verstaue mein Smartphone in der Innentasche meiner Lederjacke und verlasse den Escalade. Bereits hier empfängt uns laute Partymusik, das Gegröle von Feiernden und Lachen von betrunkenen Leuten.

Unterhalb der St. Michael's Church führt ein Waldweg durch das Dickicht, an dem die meisten Wagen parken. Ein etwas steilerer Weg, der überwucherte und moosbedeckte Stufen zum Vorschein bringt, führt zu einem komplett aus Stein errichteten Kirchengebäude, das zugleich verdammt baufällig und halb eingefallen wirkt wie eine Ruine.

Wir werden von neugierigen Augenpaaren gemustert, als wir den Weg zur Kirche hochsteigen. Rauchende Jugendliche und kichernde Mädchen verfolgen unsere Schritte.

»Ich habe es mir gruseliger vorgestellt«, erklärt Quest, der sich überall umsieht. »Das sieht ziemlich unspektakulär aus.«

Warten wir ab. Ich will die sprechen, die die Drogen verkaufen. Auf die Feiernden habe ich es nicht abgesehen. Wenn ich fertig bin, fahre ich nach Brisbane, um meine Rose zu beobachten und sie auf dem Heimweg zum Anwesen der Monairs zu begleiten.

Die massiven Kirchentüren wurden aus den Angeln gehoben. Ein Türflügel liegt quer vor dem Eingang wie eine Brücke, über die jeder laufen muss, um ins Innere der Kirche zu gelangen. In einer Ecke steht eine JBL-Box, aus der Musik von Drake ertönt. Die Wände der Kirche sind teilweise mit Graffiti bemalt, auf dem Boden sammelt sich überall Müll, liegen leere Coladosen, Chipstüten, Schokoladenverpackungen. Die Holzbänke der Kirche stehen an ihren ursprünglichen Plätzen, auf denen nun Jugendliche auf den Lehnen hocken, sich unterhalten, trinken und rauchen. Wir laufen im Mittelgang auf den Altar zu.

Bis auf die massive Altarplatte wurden die Wände und sogar Buntglasfenster beschädigt. Es sieht aus wie auf einer gottlosen Müllhalde. Selbst das Jesuskreuz wurde von der Wand gerissen, beschmiert und lehnt achtlos in einer Ecke. Überall im Kirchraum stehen Scheinwerfer verteilt, die nur akkubetrieben sein können, da mit Sicherheit der Strom abgeschaltet wurde. Das Kirchdach über uns sieht mehr als einbruchsgefährdet aus. Alles in allem genau das, was ich erwartet habe.

»Hey«, spreche ich einen großen Typen in grauem Band-T-Shirt und Jeans an, der mit Kumpels an mir vorbeilaufen will.

»Was willst du?«

»Wo bekomme ich Koks?« Kurz mustert mich der Kerl, der keine achtzehn sein dürfte, und deutet dann zum Altar, wo sich eine Nische befindet. Seine Augen bleiben länger an meiner Schläfe hängen.

»Glotz nicht so«, fährt Lexton ihn an. »Antworte ihm gefälligst.«

»Bei Cloudy. Ich würde ihn aber gerade an eurer Stelle nicht stören«, empfiehlt er uns dämlich grinsend, ohne uns den Grund zu nennen.

Ich kneife die Augen schmal zusammen. Interessiert mich nicht, ob ich jemanden störe oder nicht. Mit großen Schritten bewege ich mich auf die Nische zu, wo ich gleich darauf einen blonden Kerl entdecke, der mit dem Rücken zu mir steht und an der Wand vor sich eine junge Frau festhält.

Ich tippe gegen seine Schulter.

»Verpiss dich!«, ranzt mich der Kerl an.

»Falsche Antwort!«, entgegne ich ihm zornig. Kräftig reiße ich ihn an der Schulter zurück, damit er von der Frau ablässt. Er stolpert mehrere Schritte rückwärts, bevor er sich fängt und Lexton ihn unter den Armen zu fassen bekommt.

»Lasst mich los, ihr Wichser. Was wollt ihr von mir?!«

»Der einzige Wichser, der mir meinen Sauerstoff wegatmet, bist wohl du. Pack deinen Schwanz ein!«. Ich wende mich der jungen Frau zu, die Halt am alten Gemäuer sucht, leicht zur Seite wankt und irgendwie verstört und verunsichert zugleich aussieht.

»Wolltest du, was er da vorhatte?«, frage ich sie eindringlicher, wobei vermutlich eine Frau die Befragung besser fortführen sollte als ein Kerl wie ich.

»Halt die Fresse, Cassidy! Sag jetzt keinen Scheiß!«, droht dieser Cloud ihr. Sofort wende ich mich ihm zu. Weiterhin hält Lexton ihn in der Mangel, bevor ich aushole und ihm meine Faust hart ins Gesicht schlage. »Du wurdest nicht gefragt!«

Sein Kopf fliegt heftig zur Seite, Lexton richtet ihn wieder auf.

»Mach jetzt nicht schlapp wie dein Schwanz«, lacht er über ihn.

Ich wende mich wieder Cassidy zu, die sich zittrig über ihr braunes schulterlanges Haar streicht, danach unter ihren Augen eine Träne fortwischt. Ihre Lippen beben, als sie den Kopf schüttelt und »Nein« wispert. »Er meinte, er … er will mit mir kurz reden. Und irgendwie … Er sagte dann, dass ich keinen Aufstand machen solle. Alle würden sonst lachen …« Sie greift sich an ihren Kopf. »Es ist so … Mein Kopf fühlt sich so leer an.«

»Wenn du Schlampe dir zu viel einwirfst, mich anbettelst,

dich zu ficken, und jetzt rumheulst, als könntest du dich nicht mehr erinnern, ist dir echt nicht zu helfen. Lass dich einweisen, du Hure!« Mich nervt dieser Typ gewaltig. Erneut drehe ich mich zu ihm um, umfasse seinen Unterkiefer und bohre meine Finger in sein Gesicht.

»Noch ein Wort, Junge, und ich schwöre dir, ich liefere dich mit gebrochenen Armen bei der Polizei ab«, raune ich bedrohlich, sodass ich endlich Furcht in seinen Augen aufblitzen sehe. »Das ist mein voller Ernst. Kapiert, du kleinschwänziger Wurm?«

Ich bemerke, wie er mein Gesicht anstarrt, die Narben sieht, die sich von meiner Schläfe über meinen Unterkiefer hinab zum Hals ausdehnen und unter seinen Blicken heiß brennen.

»Hast du mich verstanden!« Er nickt einmal. Dann wende ich mich dem Mädchen zu, das allerdings die Biege gemacht hat. *Scheiße. Wo ist sie hin?*

Ruckartig gebe ich den Wichser frei. »Kümmert euch um ihn«, weise ich Quest und Lexton an, die den Wurm nach Informationen befragen sollen. Meinetwegen mit Gewalt. Denn ich verwette meine linke Arschhälfte, dass der Kerl mehr über Vendras Verschwinden weiß. Vermutlich hat er ebenfalls versucht, sie zum Sex zu nötigen, und ihr vorher irgendwelches Dreckszeug verabreicht.

Ich mache mich in der Zwischenzeit auf die Suche nach Cassidy, die nur durch den eingefallenen Durchbruch der Kirche in den Nebenraum geflüchtet sein kann. Da im Durchgang keine Scheinwerfer stehen, schalte ich die Taschenlampe meines Handys an und leuchte mir einen Weg an weiteren herummachenden Jugendlichen vorbei ins Freie.

Nicht lange und ich finde sie am Stamm eines alten Baumes kauernd vor. Sie weint bitterlich, hält die Arme um den Körper geschlungen und wispert etwas vor sich hin.

Unweit von uns höre ich das Lachen und Grölen weiterer Feiernder, die sich um die Wette das Hirn wegsaufen.

Vor der jungen Frau, die mich noch nicht bemerkt hat, gehe ich langsam in die Hocke.

»Das war nicht deine Schuld«, spreche ich ruhig zu ihr. Erschrocken hebt sie das Gesicht und starrt mich an, als wäre ich der Teufel persönlich. Rasch schalte ich die Handytaschenlampe aus, damit ich sie nicht mit meinen Narben verschrecke.

»Der Kerl dort drin ist schuld und wird bald seine Strafe erhalten. Wie geht es dir?«

Ohne ein Wort hervorzubringen, zittern ihre Lippen, schnieft sie und vergießt weitere Tränen.

»Nicht gut, ich verstehe«, beantworte ich meine Frage selbst. Wie sollte es auch anders sein. »Wie bist du hergekommen?«

»Mit einer Freundin … Sie ist … ist … schon gefahren und …«

Auch wenn es eine Scheißidee ist und sie sicher als Letztes mit einem fremden, gruseligen und wesentlich älteren Kerl mitfahren sollte, biete ich ihr an, sie nach Hause zu fahren.

»Komm, ich fahr dich zurück.«

Die pure Angst zeichnet sich auf ihrem jungen Gesicht ab. Sie schaut zur Seite, schüttelt den Kopf und zieht die Brauen zusammen. Rotes Licht flackert über ihr Gesicht, als Scheinwerfer im Wald angeschaltet werden und die anderen Besucher der Kirche hinter uns jubeln.

»Kann ich irgendwen anrufen, der dich abholt? Einen Freund oder vielleicht jemanden aus deiner Familie?«

»Nein«, antwortet sie hastig. »Nein. Sie sind nicht zu Hause.«

»Okay. Soll ich die Polizei anrufen?«

Aufgelöst wischt sie sich übers Gesicht und schüttelt den Kopf. »Nein, ich komme irgendwie zurück.«

Wenn ich eines nicht zulassen werde, dann, dass sie Opfer eines weiteren Perversen wird, der ihre hilflose Lage ausnutzt.

»Dann fahre ich dich. Los, komm. Keine Diskussion.« Vor ihr erhebe ich mich, reiche ihr meine Hand, um ihr aufzuhelfen, und warte auf ihre Antwort.

Sie wirkt hin- und hergerissen. *Cleveres Mädchen.* »Ich weiß nicht …«

»Ich verspreche dir, dass ich dich heil nach Hause bringen werde. Ich habe selbst zwei jüngere Schwestern, die verschwunden sind, und werde alles tun, damit so etwas nicht noch mehr Frauen passiert.«

»Deine Schwestern sind verschwunden? Wieso?«

Ich nicke, während sich bei der Erinnerung an Eden und Summer ein tiefes Loch in mein Herz frisst. »Sie wurden entführt, als in unser Haus eingebrochen wurde. Glaub mir, seit dem Tag habe ich mir geschworen, Täter wie diesen Kerl dort drinnen«, ich deute mit dem Daumen hinter mich auf die Kirchenruine, »aufzuspüren und zu bestrafen.«

»Sie wurden entführt?« Ihre Augen werden größer, trotzdem erweckt sie auf mich den Eindruck, als verstände sie bloß die Hälfte meiner Worte.

»Ja.« Es ist schon eine Weile her. Vor fünf Jahren. »Überleg nicht lange. Eine weitere Chance gebe ich dir nicht.«

Schließlich legt sie ihre Hand in meine, und ich helfe ihr auf. Etwas wackelig auf den Beinen folgt sie mir den steilen Weg zwischen den Bäumen hinab zu meinem Auto. Als sie nach wenigen Metern hinter mir ausrutscht und hinfällt, helfe ich ihr auf. »Warte …« Sie wirkt verdammt benebelt und scheint kaum mehr einen Fuß vor den anderen setzen zu können.

Ohne sie vorzuwarnen, hebe ich sie auf die Arme und trage sie behutsam das letzte Stück des Weges zu meinem Wagen. Pfiffe ertönen, als wir an einer Gruppe betrunkener Kerle vorbeigehen.

»Cassidy, stehst du jetzt auf Ältere, oder was?« Ich besehe das Bürschchen mit einem finsteren Blick, woraufhin er ein Stück zurückweicht. »Pass auf, was du von dir gibst.«

Kurz wirkt er erschrocken, dann aber lacht er nur schäbig.

Am Escalade angekommen, setze ich Cassidy ab, öffne die hintere Tür und warte, bis sie auf die Rückbank geklettert ist. Ich bin mir sicher, dass sie ungern neben mir sitzen will. Zumindest weiß ich das von meinen Schwestern, die auch nicht gern bei Fremden auf dem Beifahrersitz mitfahren wollten.

Cassidy fummelt nervös am Gurt, bis ich mich entscheide, ihr zu helfen, sie anschnalle und dann die Tür schließe.

Aus dem Kofferraum hole ich eine Decke, die ich ihr reiche, nachdem ich auf den Fahrersitz gerutscht bin. »Nimm die.«

»Danke«, haucht sie leise und breitet die Decke über sich aus. Ich angele mein Telefon aus der Jackentasche, um Quest und Lexton darüber zu informieren, dass ich die Kleine nach Hause fahre.

Beide sind alt genug, um zum Haus an der Klippe zurückzufinden, auch wenn sie mich zu tausend Prozent die gesamte Zeit verfluchen werden.

Kurz öffne ich Nurias Story und wünschte, ich hätte es nicht getan. Sie und Anston haben sich mit Drinks an der Bar fotografiert, und sie küsst seine Wange. Sofort flammt die pure Eifersucht in mir auf und frisst sich in meine Eingeweide. Als ich Anstons Profil öffne und seine Story anschaue, umfasse ich das Lenkrad vor Zorn fester. Er hat Nuria gefilmt, wie sie im Club tanzt, und das mit zwei wildfremden Kerlen, die ihre Hüfte umfassen und sie vor sich kreisen lassen.

Großer Fehler! Ich hole mir zurück, was mir gehört. Zuvor breche ich den Typen jeden Finger einzeln!

»Was ist?«, fragt mich Cassidy verängstigt. »Fahren wir nicht los?«

»Sicher. Wo soll ich dich hinbringen?«

KAPITEL 12

Nuria

Ich werde ihr jede Dorne einzeln abschneiden,
wenn meine Blüte meint, meine Sucht nach ihr
auf die Probe stellen zu müssen.
Die Klingen sind gewetzt, meine Rose.
Bereit, zu bluten?

»Wenn das rauskommt, bin ich so was von erledigt«, lache ich Anston ins Ohr, als ich meine Handgelenke um seinen Hals schlinge. Die Welt um mich herum erstrahlt in bunten, blinkenden Lichtern und dreht sich wie ein Karussell bei Nacht.

»Ich fahr dich später zurück, du kletterst über den Zaun, und keiner wird gemerkt haben, dass du gefehlt hast.«

Berauscht muss ich kichern. »Das war das letzte Mal, dass du mich dazu überredet hast.«

»Du bereust es doch nicht, oder?«, fragt Anston, der mir sanft über den Rücken streichelt.

Sofort schüttele ich den Kopf, denn seit ich ihn kenne, habe ich mit Anston seit Langem den meisten Spaß, da er mich zwar auf verrückte Ideen bringt, aber zu meinem besten Freund geworden ist. Sanft bewegen wir uns am Rand der Tanzfläche im Kreis, als er mir übers Haar streicht, dann länger auf meine Lippen blickt.

Das gefällt mir nicht. »Ans?«, frage ich ihn und hebe die Brauen vorwurfsvoll. Er schluckt, sodass sein Adamsapfel auf und ab hüpft, lächelt verkrampft und reibt die Lippen aufeinander. »Was, Nuri?«

»Warum hast du meinen Mund angestarrt?«

»Hast du dir eingebildet.« Wenn ich eines nicht will, dann, dass unsere Freundschaft wegen eines Kusses oder Sex in die Brüche geht. Nein, ich setze unsere Freundschaft nicht aufs Spiel.

Als ich mich zur Tanzfläche umdrehe, sind die beiden attraktiven Männer, mit denen ich vorhin getanzt habe, verschwunden.

»Wie spät ist es?«, frage ich Anston, der nun sein Handgelenk hebt und auf seine Armbanduhr blickt. »02:50 Uhr.« Rasch umfasse ich sein Gelenk, um das Ziffernblatt selbst abzulesen.

So spät? »Verdammt! Wir müssen zurück.«

»Jetzt schon?«

Wir fahren noch eine halbe Stunde. Bis ich im Bett liege, ist es mindestens 03:30 Uhr. Zwar könnte ich mich, wenn ich die Zwillinge zur Vorschule gefahren habe, noch kurz hinlegen, trotzdem wäre ich total erledigt, wenn ich die Nacht weiter durchfeiere.

»Jetzt, ja. Ich gehe kurz auf die Toilette, dann fahren wir zurück.«

Anston vergräbt unerwartet das Gesicht an meiner Halsbeuge. Ich spüre seinen Atem auf meiner Haut, dann, wie er seine Arme fester um mich schlingt. »Noch eine halbe Stunde, okay?«

»Nein, Ans. Ich will zurück«, lasse ich mich nicht überreden und löse meine verschränkten Arme von ihm. »Ich geh kurz auf die Toilette, dann komme ich zu dir. Du kannst in der Zwischenzeit überlegen, ob du gehen oder bleiben willst.« Weil nach drei Drinks meine Blase jeden Moment explodiert.

Mit leicht unsicheren Schritten bahne ich mir einen Weg durch die tanzenden Gäste des Clubs, der mehr als überfüllt ist. Die gesamte Zeit muss ich vor mich hin grinsen, weil sich gerade jetzt, in diesem Moment, meine Welt so unbesorgt und schwerelos anfühlt, als gäbe es keine Probleme, keinen Stalker, keine Albträume, keine Sorgen und Ängste.

Nachdem ich mich, statt mich an der langen Schlange vor den Damentoiletten anzustellen, auf die Herrentoiletten geschummelt habe, laufe ich in meinem hellen bauchfreien Tanktop und meinen kurzen Shorts zurück zur Bar, die auf der anderen Seite des großen Clubs liegt. Anston hat uns doch noch zwei weitere Drinks organisiert und wartet auf einem Barhocker auf mich.

Ich verdrehe die Augen und muss trotzdem grinsen, als ich ihn entdecke. Doch mein Lächeln erlischt automatisch in dem Moment, als sich eine Hand von hinten um meine Taille schlingt und ich kräftig zurückgezogen werde.

»Was soll das, kleine Blüte?« Sofort jagt mir ein eisiger Schauer über den Rücken. »Willst du mich noch eifersüchtiger machen als ohnehin schon?«

»Seit wann bist du hier?«, keuche ich.

»Seit wann bist du so ungehorsam?«

»Ich kann machen, was ich will, klar?« In dem Moment, als ich mich zu ihm umdrehen und mich von ihm befreien will, hebt er mich an der Mitte hoch und wirft mich mit Leichtigkeit über die Schulter. Verdammt, ist er stark.

»Fuck, hey. Lass mich runter!«

»Macht Platz, sie ist betrunken!«, ruft er über die Gäste und laut hämmernden Bässe der Musik hinweg wie ein Gott, der in der Unterwelt sein Gefolge befehligt. Mit großen Schritten trägt er mich Richtung Ausgang, weil ihm die Leute tatsächlich Platz machen, als handele es sich um einen Notfall.

»Bin ich nicht.« Also, schon etwas, aber nicht so sehr, um vor die Tür gesetzt zu werden. »Demon!«, rufe ich, zappele wie wild auf seiner Schulter und kralle meine Nägel fest in die schwarze Lederjacke. Eher würde ich mir die Nägel abbrechen, als dass sie bis zu seinem Körper vordringen. Daher schiebe ich sie wild entschlossen unter seine Jacke und kratze grob über seinen Rücken. Kurz zuckt er unter mir zusammen, aber denkt scheinbar nicht daran, mich abzusetzen.

Er lacht bloß belustigt über meine halbherzige Gegenwehr.

»Ich liebe deine kratzbürstige Ader.«

Erst als ihm vom Türsteher eine massive Stahltür, durch die ich vorhin mit Sicherheit nicht den Club betreten habe, geöffnet wird, lässt er mich in einer dunklen, rauchigen Gasse herunter.

»Okay, du Arsch! Die Nummer ziehst du nicht noch mal ab«, schreie ich ihn sofort an, sobald meine Absatzschuhe Halt auf dem brüchigen Asphalt gefunden haben. Mit voller Kraft stoße ich ihn von mir. Anders als sonst trägt er einen Motorradhelm, der sein Gesicht verbirgt.

Mein Stoß hat ihn nicht einmal wenige Zentimeter zurückweichen lassen. Irgendwie lauernd legt er den Kopf schief, als ich erneut Anlauf nehme und auf ihn losstürmen will. Wendig und die Hände in die Jackentaschen vergraben dreht er sich wie ein geübter Kämpfer zur Seite, lacht unter seinem Helm und schaut mir dabei zu, wie ich nach vorn zur Ziegelwand stolpere. Um nicht mit der Wand zu kollidieren, die mit Sicherheit als Sieger hervorginge, stoße ich mich von ihr ab und schnappe mir in der nächsten Drehung den Deckel einer Mülltonne. Wütend schleudere ich ihm den Metalldeckel entgegen.

»Verschwinde!«

»So viel Temperament, kleine Blüte. Sind dir über Nacht Dornen gewachsen?«, merkt er an, fängt den Deckel in der Luft mit einem ausgestreckten Arm ab und wirft ihn kräftig in meine Richtung zurück. Nur haarscharf prallt er laut krachend gegen die Wand hinter mir, sodass ich heftig zusammenzucke und mir die Ohren zuhalte. »Wir werden jeden Tag unseren Spaß haben, wenn wir zusammenziehen.«

»Zusammenziehen?!« Ich schnaube, dann strecke ich ihm den Mittelfinger entgegen. »Im Leben ziehe ich nicht mit dir Teufel zusammen!« Er hat doch den Abpfiff nicht gehört.

Leicht benebelt schaue ich mich in der schmalen Gasse um, in der Container, Mülltonnen und leere Holzpaletten aufeinandergestapelt an den Wänden stehen. Aus einem Gullydeckel wabert grauer Rauch. Links von mir befindet sich, bestimmt über zwanzig Meter entfernt, die Hauptverkehrsstraße vor dem Club, auf der Autos vorbeirasen oder Menschen vereinzelt vorübergehen.

Mit zwei großen Schritten ist Demon bei mir, umfasst meine Kehle und drängt mich zur Wand. »Noch hältst du es für Spinnerei. Aber schon bald wirst du sehen, dass ich es ernst meine.«

»Du bist gestört.«

»Nein, nur besessen von dir, seit ich dich das erste Mal sah«, korrigiert er mich und reibt mit dem Daumen seiner behandschuhten Hände über mein Kinn.

»Ist dasselbe. Ich meine es verdammt ernst, wenn ich sage, dass dein Verhalten nicht normal ist.«

»Normal ist etwas, was ich nie im Leben angestrebt habe, kleine Blüte. Öffne meinen Gürtel.«

»Was?« Er drängt mir seine Hüfte entgegen, sodass ich seine Beule an meiner Mitte spüre.

»Muss ich mich wiederholen!« Ich umfasse seinen Unterarm und drehe das Gesicht zur Seite, um ihm zu entkommen. Wieder lacht er rau und geheimnisvoll. Dann schiebt er das dunkel verspiegelte Visier des Helms zurück, sodass ich zum ersten Mal seine Augen sehen kann. Ich muss meinen Kopf ein Stück in den Nacken legen, um sie genauer zu betrachten, da er mich immer noch um fast einen halben Kopf überragt. Auch wenn die Gasse im Halbdunkel liegt und weiter entfernt goldener Schein der Straßenlaternen zu uns dringt, kann ich dunkelblaue Augen erkennen und ein paar schwarze Strähnen, die über seine dunklen Brauen fallen. Das, was ich von ihm sehe, zieht mich magisch an. Bisher habe ich keinen Mann angetroffen, der so beeindruckend schöne Augen besaß, die mich in ihren Bann ziehen.

»Nun?«, unterbricht er meine Beobachtung und neigt das Gesicht. »Ich habe gestern Nacht deine Pussy geleckt. Es wäre nur gerecht, wenn du dich revanchierst. Oder traust du dich nicht?«

Mit geöffneten Lippen keuche ich, dann trete ich ihm auf den harten Stiefel. »Etwa hier in einer räudigen Gasse?«

»Genau hier, damit du etwas lernst.«

Und was? Und bevor ich verstehe, was er mit seinen Worten meint, löst er mit der anderen Hand meine Finger von seinem Unterarm und drückt mich vor sich herunter. Meine nackten Knie prallen auf den feuchten und rauen Asphalt. Verflucht, ist er grob.

»Worauf wartest du? Ich weiß, wie oft du dir in Gedanken meinen Schwanz in dir gewünscht hast. Öffne meinen Gürtel.« Wieder umfasst er mein Kinn und zwingt mich, zu ihm aufzusehen. »Du sollst lernen, dass ich weniger gemütlich und fürsorglich werde, wenn du dich von fremden Männern überall begrapschen lässt. Wenn du den ganzen Abend so versaut sein kannst, dann mit mir erst recht. Denn glaub mir, ansonsten habe ich kein Problem damit, Anston oder die zwei Männer im Club morgen früh tot vor deiner Zimmertür abzulegen, damit du verstehst, wie ernst es mir mit dir ist.«

»Würdest du nicht tun«, fauche ich.

Er schnaubt. »Finde es heraus.« Mit dem Daumen streicht er über mein Kinn. »Du kannst es auch einfach wiedergutmachen. Du weißt, wie. Zeig mir, dass du nur mir gehörst. Sei ein braves Mädchen und blas meinen Schwanz.«

Er will mich eindeutig auf die Probe stellen und lässt mir die Wahl. Eine makabere Wahl.

Wenn er glaubt, dass ich einen Rückzieher mache, bloß weil ich mir auf dem Asphalt die Knie aufschürfe, und dass er mich mit leeren Drohungen einschüchtern kann, hat er sich geschnitten.

»Okay, du denkst, ich trau mich nicht? Vergiss es. Dann blas ich deinen Schwanz in dieser modrigen Gasse. Genau dein Niveau.« Zornig mache ich mich an seiner Gürtelschnalle zu schaffen, öffne seine schwarze, schmal geschnittene Hose und ziehe sie runter. Und zur Hölle. Sein Schwanz ist scheiße beeindruckend groß.

»Prinzessinnen fickt man im Bett. Frauen, die anderen Kerlen schöne Augen machen, in einer dreckigen Gasse.« Der amüsierte Unterton soll mich bloß noch mehr provozieren. »Jetzt mach den Mund auf und erledige brav deinen Job.«

»Bastard.«

»Ja, aber der Einzige, bei dem du kommst«, erinnert er mich an letzte Nacht. Wütend funkele ich ihm entgegen, weil er recht hat, bevor ich seinen Schaft umfasse, den ich nicht einmal komplett mit meinen Fingern umschließen kann. Er greift in mein Haar, sodass ich mich seiner anziehenden Dominanz bereit willig beuge und über seine glatte Eichel lecke. Er schmeckt anders als erwartet, herb und angenehm. Sofort verursacht sein Geschmack ein verlangendes Pochen in meinem Becken.

»Nur nicht so zögerlich. Öffne den Mund.«

Es ist nicht so, dass ich es nicht will, sondern dass ich ihm den Blowjob nicht schenken möchte, weil er sich so ruppig mir gegenüber verhält. Aber ja, auch wenn sein krankes Hirn echt schwer zu begreifen ist, kann ich verstehen, dass er eifersüchtig ist. Bloß vergisst er, dass wir nicht zusammen sind.

Ich befeuchte meine Lippen, dann nehme ich seine Härte in den Mund. Zentimeter für Zentimeter dringt sein teuflisch großer Schwanz zwischen meine Lippen. Obwohl die Männer, mit denen ich Sex hatte, mich nicht zum Höhepunkt gebracht haben, heißt es nicht, dass ich nicht weiß, wie ich einen Kerl befriedige.

Er wird staunen, dann verschwinde ich. Als ich mich zurückziehe und seinen Schwanz erneut tiefer und noch feuchter in den Mund nehme, höre ich ihn unter seinem Helm durchatmen. Mittlerweile ist sein Glied vollkommen hart. Dann beschleunige ich das Tempo, und er vergräbt seine Finger tiefer in mein offenes Haar, dirigiert mich und zeigt mir, welches Tempo er braucht. Sein herber Geschmack, der nicht aufdringlich ist, legt sich auf meine Zunge und weckt in mir die kranke Fantasie, ihn in mir spüren zu wollen, genau hier, zwischen den Mülltonnen und Palettenstapeln. Instinktiv presse ich die Oberschenkel fester zusammen, um mir nicht anmerken zu lassen, wie sehr ich seinen Mund erneut zwischen meinen Beinen spüren will.

Ich halte seinen Schaft umfasst, übe mehr Druck mit meinen Lippen aus und beschleunige das Tempo weiter.

»Fuck, ich wusste nicht …«, keucht er abgehackt.

Dass ich es kann? Ich schaue mit seinem großen Schwanz in meinem Mund zu ihm auf, und unsere Blicke kreuzen sich.

»… dass du so gut … bist …«

Glaub mir, ein zweites Mal schenke ich dir keinen Blowjob. Das ist nur die Revanche für gestern Nacht, um ihm nichts schuldig sein zu müssen. Ist das wirklich so, oder belüge ich mich?

Zum ersten Mal gerät Demon kurz ins Wanken, macht einen Schritt zurück und lehnt sich mit der Schulter gegen die Mauer hinter sich, um Halt zu finden. Ich rutsche mit den Knien schmerzhaft über den rauen Asphalt, dann nehme ich kurz meine Hand hinzu und blase seine Härte weiter. Nicht lange und er erlangt wieder die Oberhand, greift in meinen Ausschnitt und massiert meine rechte Brust, holt sie hervor und zwirbelt meine Brustwarze.

»So ist gut, Rose. Zur Hölle …« Er stöhnt kehlig auf, schaut zum Nachthimmel, zwischen den Gebäuden hoch, und genießt, was ich mache. Ohne eine Pause einzulegen und mit abgehackten Atemzügen setze ich den Blowjob fort, massiere seine Eier und bilde mit Zunge und den Lippen ein Vakuum, sodass ich noch mehr Druck ausübe und ihn um den Verstand bringe.

Mit zusammengekniffenen Augen schaut er auf mich herab, dann reißt er wieder die Kontrolle an sich, weil er verdammt kurz davor ist, zu kommen, und nicht vorhat, dass ich meinen Job vorzeitig beende. So wie er vor wenigen Nächten. Und ich würde es verflucht gern tun, kurz vorm Orgasmus, kurz bevor er vor Lust explodiert, den Blowjob abbrechen und ihn stehen lassen. Aber er dirigiert nun weiter meinen Kopf, stößt tiefer und wie im Rauschzustand immer schneller in meinen Rachen, sodass ich kurz würgen muss.

»Gleich … verdammt … gleich …« Keine fünf Sekunden später pumpt sein Schwanz und spannt sich sein Becken an. »So ist gut! Fuck, fuck, fuck. Schluck alles«, bringt er mit rauer, abgehackter Stimme unter dem Helm hervor, bevor er kehlig und verdammt intensiv stöhnt, wie ich nie einen Mann zuvor beim Sex gehört habe. Es hört sich sonderbar schön an, als wären die Laute nur für mich bestimmt. Als könnte bloß ich dieses animalische Stöhnen bei ihm erzeugen, als im selben Moment sein warmes Sperma in meinen Mund strömt. Warm und mild rinnt ein Teil seines Safts meine Kehle hinab. Ich würde alles schlucken, wäre er nicht solch ein kaltherziger Scheißkerl zu mir gewesen.

Als er schwer atmend seine Finger aus meinem Haar löst und nun über meinen Kopf streicht, löse ich meine Lippen von seinem Schwanz, der wirklich der größte und angenehm schmeckendste ist, den ich je im Mund hatte.

»Leck ihn sauber«, befiehlt er mir. Nun blinzele ich zu ihm auf, bevor ich zurückweichen will. »Leck. Ihn. Sauber.« Ich drehe mich mit dem Gesicht zur Seite und spucke einen Teil seines Spermas aus. »Leck ihn selbst sauber.«

Wackelig will ich mich auf meinen blutenden und brennenden Knien hochziehen, als Hände unter meine Arme greifen.

»Was wird das hier?« Ich drehe das Gesicht zur Seite und erblicke einen Mann, der unerwartet hinter mir steht. Tattoos zeichnen ihn bis unters Kinn, er trägt schwarze Kleidung und schaut zu Demon. Und das mit einem verdammt durchdringenden, finsteren Blick. Sein schwarzes Haar ist schräg nach hinten gekämmt und glänzt im Schein der Laterne. An den Seiten sind seine Haare kürzer getrimmt und es wurden gezackte Linien einrasiert.

Der Statur und dunklen Kleidung nach ein Türsteher. »Ich wurde belästigt und will wieder in den Club«, erkläre ich ihm.

»Ich hab nicht dich gefragt«, antwortet der Kerl harsch, würdigt mich keines Blickes, sondern starrt zu Demon, der seine Hose gelassen schließt.

»Warum seid ihr mir gefolgt?« Mein Magen verknotet sich in der Sekunde, als mein betrunkener Verstand begreift, dass der Mann hinter mir zu Demon gehört.

»Spielt keine Rolle. Wer ist sie?« Ruppig dreht mich der Mann zu sich herum. Und fuck, er sieht noch brutaler und bedrohlicher aus als vor Sekunden. Während er mich mit dunklen, durchdringenden Augen mustert, die meine Seele ergründen, zieht mich Demon an der Schulter zu sich.

»Fass sie noch mal ungefragt an, Lexton, und ich verpasse dir ein Loch zwischen die Augen!«

Nun reißt dieser Lexton seine Augen auf, öffnet die beeindruckend markant gezeichneten Lippen und starrt von Demon zu mir. »Fuck, sie ist keine ersetzbare Schnalle für dich, die du dir gerade für einen Blowjob gegriffen hast?«

Ohne auf Demons Warnung zu hören, schnappt dieser Lexton mein Kinn, senkt seinen Kopf zu mir herab und forscht in meinem Gesicht. »Das ist die Kleine, die du vorhin auf Instagram gestalkt hast.«

Ein Verrückter ist schon gefährlich genug, zwei sind mein Tod. Und ein dritter, der plötzlich am Ende der Gasse steht, ist mein Untergang. Da Demon abgelenkt scheint, nutze ich den Moment und reiße mich aus seinem Griff los.

»War nett, aber ich muss los«, zische ich, dann renne ich zurück zum Seiteneingang des Clubs. Ich überwinde die Stufen, die zum Hintereingang führen, reiße die Tür auf und husche ins Innere, bevor mich einer der beiden Teufel eingeholt hat. Mehrfach drehe ich mich um, remple einen Türsteher an und renne, als ginge es um mein Leben. Schon nach wenigen Metern bebt der Boden unter meinen Schuhsohlen und brummt der Bass der Musik in meinen Ohren. Einen Meter weiter, kurz bevor ich die tanzende und feiernde Menge erreicht habe, rutsche ich in einer Pfütze aus.

Gott! Nein! Beim Sturz knalle ich hart mit der Schulter gegen die Wand, sodass ein schmerzhafter Ruck durch meinen Körper fährt, der mich kurzzeitig lähmt. Noch bevor ich mich wieder aufrappeln kann, treten schwere Boots in mein Sichtfeld. Mein Magen krampft sich zusammen, als ich an den schwarzen Hosen aufblicke.

»Nächstes Mal solltest du andere Schuhe wählen, wenn du vor mir fliehst, kleine Blüte. Aber ich beschwere mich sicher nicht.« Und schon werde ich ungefragt hochgehoben.

»Hast du dir wehgetan?« *Sein Ernst?*

»Geht schon, bis auf meine wunden Knie. Lass mich runter.«

»Ich bring dich zurück. Die Jagd ist beendet.« *Jagd? Für ihn ist alles ein perfides Spiel?*

Am Ausgang des Clubs angekommen, warten zwei Männer, von denen der Volltätowierte gelassen eine Zigarette raucht. Der andere betrachtet mich fragend. Er hat aschblondes Haar, weichere, weniger markante und raubtierhafte Gesichtszüge, schaut aber ebenso finster wie sein Freund neben ihm.

»Glotzt nicht so, fahrt zurück«, donnert Demons Stimme unter dem Helm hervor.

»Wer ist sie?«, fragt stattdessen dieser Lexton. Demon geht, ohne ihm zu antworten, die Gasse mit mir auf seinen Armen entlang.

»Wylder. Was soll der Scheiß? Woher kennst du sie?« Der Kerl mit den blonden Haaren holt zu uns auf.

Wylder? Demon heißt Wylder? Was für ein merkwürdiger

Name. Ich habe öfter darüber nachgedacht, wie er heißen könnte. Wylder wäre mir nicht in den Sinn gekommen. Allerdings passt der Name zu ihm. Wylder erinnert mich automatisch an wild, zügellos, besessen von etwas sein. Das beschreibt seinen Charakter sehr gut. Wylder. Mir gefällt sein Name. Sehr sogar.

Stur, als gäbe es seine Verbündeten, Freunde, Fußabtreter, was auch immer sie für ihn sind, nicht, trägt er mich auf ein schwarzes Motorrad zu, das am Rand der Gasse hinter einem Container parkt. Kurz davor setzt er mich ab. Es geschieht so schnell, dass ich nicht zurückweichen kann.

»Stellt keine Fragen, fahrt zurück. Das ist eine Anweisung.« Wirklich interessant zu wissen, dass Demon nicht bloß mit mir gelegentlich in diesem schroffen Befehlston spricht.

Dieser Lexton hebt den rechten Mundwinkel, schenkt mir einen herablassenden Blick und schnaubt. »Sie ist bloß eine Eintagsfliege.« Dann schiebt er lässig die Hände in die Hosentaschen seines schwarzen Anzugs, unter dem er einen Rollkragenpullover trägt, und marschiert mit seiner großen, muskulösen Statur um die Ecke der Gasse.

Der andere Mann bleibt einen Moment stehen, verfolgt, wie sein Boss auf das Motorrad aufsteigt, dann mich an der Mitte heranzieht. »Steig auf, Nuria.«

»Sie sieht nicht aus, als ob sie mitfahren will.«

Demon fährt mit dem Gesicht zu ihm herum, als er den Motor anlässt. »Will sie, ihr Freund ist bereits ohne sie gefahren.«

»Woher willst du das wissen?«, unterbreche ich ihr Gespräch, klappe das Visier hoch und schiebe seine Finger von meiner Mitte. Mehrfach lässt er die Maschine aufheulen.

»Schau auf dein Handy. Er hat dir geschrieben.«

»Kann ich nicht. Meine Handtasche habe ich an der Garderobe abgegeben.«

Unvermittelt hält mir Demon meine kleine schwarze Tasche mit der Silberkette entgegen, die die gesamte Zeit an seinem

Lenker hing. Wie … Wie macht er das immer? Ich krame mein Portemonnaie und Handy hervor. Auf dem Display lese ich Anstons Nachrichten.

> 03:10 Uhr: Wo bleibst du?

> 03:24 Uhr: Ich finde dich nicht. Sag mir, wo du bist?

> 03:37 Uhr: Hast du die zwei Kerle getroffen
> und den Club verlassen?

> 03:43 Uhr: Halloooo?

> 03:56 Uhr: Nuri, nimm es mir nicht übel,
> ich fahr jetzt. Kein Bock mehr auf den Scheiß.

Das war vor einer Viertelstunde. *¡Carajo!* Ans muss immer sofort angepisst sein, wenn es nicht nach ihm geht.

Und was jetzt?

»Ich nehme ein Taxi.«

»Ohne Kohle?« Demonstrativ nimmt Demon meine Tasche und hält sie außer Reichweite. Obwohl er einen Helm trägt, könnte ich schwören, dass er darunter selbstherrlich grinst.

Der blonde Kerl senkt lachend das Gesicht und kratzt sich an der Schläfe. »Dann trampe ich. Kein Problem«, fauche ich angefressen, weil er mich beklaut hat.

»Kommt nicht infrage.«

»Weil ich ansonsten einem noch viel schlimmeren Monster als dir begegnen könnte? Wohl kaum.«

»Ihr versteht euch ja prächtig«, merkt der Schönling an.

»Verdammt, steig auf, Nuria!« Unter seinem bellenden Befehl zucke ich zusammen. »Ob du mit mir fährst oder den Bus nimmst, ich begleite dich zurück. Such es dir aus.«

Weil er mich jede Nacht von meiner Nachtschicht nach Hause begleitet hat. Ich würde ihn verdammt gerne ärgern und den Bus wählen, nur um ihm eins auszuwischen. Aber mit der Aktion würde ich mir ins eigene Fleisch schneiden, indem ich überhaupt keinen Schlaf finde, weil ein Bus über eine Stunde bis zum Village juckelt. Und dann müsste ich noch eine Meile angetrunken zu Fuß zum Anwesen torkeln.

Verärgert trete ich gegen seinen Stiefel, dann steige ich auf das heruntergeklappte Tritteisen, umfasse seine Schultern und steige hinter ihm auf die schwarze Kawasaki.

»Sehr brav«, lobt er mich, bevor er einen zweiten Helm vom Lenker nimmt und ihn mir, ohne mich vorzuwarnen, über den Kopf stülpt. Klasse! Ich habe sogar einen fürsorglichen Stalker. Erneut lasse ich ihn meine Nägel durch das Leder spüren. Ohne Erfolg. »Wir sehen uns später, Quest.« Schon wendet er die Maschine. Am Ende der Gasse greift er mit einer Hand nach hinten zu mir, zieht mich an meinem Po näher an sich, dann gibt er Gas und fährt auf die Hauptstraße Brisbanes.

Es ist ein bizarres Gefühl, ihm, den ich sonst bloß durch das Fenster gesehen habe, der mir immer in einem großen Abstand gefolgt ist und wenig von sich preisgibt, nun so nahe zu sein. Zwar habe ich ihm vor wenigen Minuten einen Blowjob geschenkt, doch diese Art vertraute Nähe fühlt sich sonderbar an. Schön und zugleich befremdlich.

Seit dem Nachtclub fährt uns ein großer dunkler Geländewagen hinterher, in dem vermutlich seine zwei Freunde hocken. Was hat das alles zu bedeuten?

Demon ist mir bis nach Australien gefolgt, zusammen mit seinen Freunden oder Verbündeten? Wieso? Wieso sollten mir gleich drei Männer auf den Fersen sein?

Wobei dieser Lexton mehr als überrascht gewirkt hat, als er

Demon und mich zusammen in der Gasse vorgefunden hatte. Lexton wusste nichts von mir, was bedeutet, dass Demon ihm nichts von mir erzählt hat.

Nachdem wir Brisbane über eine lange Brücke hinter uns gelassen haben, holt der Geländewagen auf, blendet grell auf und fährt kurzzeitig parallel zu uns. Demon und ich drehen gleichzeitig den Kopf in die Richtung des prolligen Autos, aus dem nun Lexton den Kopf aus dem Beifahrerfenster steckt, dann mit dem Zeigefinger nach vorn deutet, anschließend nach links. Demon nickt, bevor er auf der dreispurigen Stadtautobahn beschleunigt, sodass ich mich noch fester an seine Jacke klammere und mein Adrenalinpegel in die Höhe schnellt. Der kühle Nachtwind beißt in meine nackten Arme und Beine. Ich habe eindeutig nicht das passende Outfit für eine Motorradtour an, trotzdem will Demon eine Art kurzes Wettrennen veranstalten und gibt noch mehr Gas. Ist er irre?

Mein Herz schlägt wie wild, als wäre ich auf Dope. Trotzdem verursacht die Mischung aus der Geschwindigkeit, den funkelnden Lichtern der Hochhäuser und dem Aufheulen der Maschine ein unendliches Glücksgefühl wie bei einem Drogenrausch.

Wenn er einen falschen Move hinlegt, wir stürzen, schürfe ich mir meine nackten Beine und Arme von oben bis unten auf. Somit bleibt mir keine andere Wahl, als Demon blind zu vertrauen, dass er kein riskantes Manöver hinlegt, das uns beide das Leben kosten könnte. Der Geländewagen holt ebenfalls auf, aber Demon hängt ihn um Längen ab, bevor seine Freunde nach links abbiegen, während Demon die Autobahn auf der rechten Spur verlässt.

Etwa zehn Minuten später rast er über die Landstraße. Vor uns wird der Nachthimmel von einem zarten purpurfarbenen Wolkenschleier vertrieben. Als die Maschine neben der Mauer außerhalb des Kamerabereichs hält, tasten sich die ersten Sonnenstrahlen durch den dichten Wald.

Ich hebe den Helm von meinem Kopf, dann steige ich mit wackeligen Knien von der Maschine.

Gerade als ich an ihm vorübergehen will, bekommt er meinen Ellenbogen zu fassen und wirbelt mich zu sich herum.

Nur um mein Top über den Brüsten zu korrigieren und mit den Fingern der anderen Hand mein Kinn zu umfassen. Er streicht so zärtlich mit dem Daumen über meine Lippen, als würde er diese mit seinem Mund berühren. Bisher hat er mich nicht einmal geküsst. Nicht direkt auf den Mund.

Auf seiner dunklen Kawasaki sitzend, zieht er mich näher an sich und legt seinen Kopf mit dem Helm gegen meine Stirn. »Stell keinen Scheiß an, sonst muss ich dich wieder bestrafen, verstanden?«

Ich lächele. »Was, wenn mir deine Strafen gefallen?« *Das hast du nicht laut ausgesprochen, Nuria?* Manchmal sollte ich erst denken, dann sprechen.

»Du willst mich doch loswerden«, ertönt seine tiefe Stimme unter dem Helm. Nun umfasst er mein Kinn und hebt es an. Ich weiß, dass er hinter dem Visier in meinen Augen forscht, darin nach derselben Obsession sucht, die er zu mir entwickelt hat.

»Daran hat sich nichts geändert.«

»Lüge«, antwortet er gedehnt.

Verflucht. Er durchschaut mich, was er jedoch nicht wissen muss.

Schnell trete ich zurück, bevor ich erneut in seine Fänge gerate, umfasse den Träger meiner Handtasche und laufe zum Eingangstor. Hinter mir heult seine Maschine auf, bevor er auf der Straße wendet und anschließend wie ein schwarzer Reiter am Ende der Auffahrt von Bäumen verschluckt wird. Ich kann noch eine Minute lang sein PS-starkes Motorrad hören, das über die Landstraße jagt. Irgendwie spüre ich tief in mir, dass dieser Abend etwas verändert hat. Ich weiß bloß nicht, was es genau ist und ob es mir gefällt.

Als ich mich wieder dem Tor zuwende, öffne ich meine linke

Hand und gebe den Nummerncode ein, der jede Woche geändert wird. Damit ich ihn nicht vergesse, habe ich ihn mir auf der Hand notiert. Das Tor summt, schon betrete ich das Anwesen. Es ist 04:19 Uhr. Eigentlich dürfte mich um diese Uhrzeit keiner entdecken. Und wenn ich mich beeile, könnte ich noch zwei oder drei Stunden schlafen, ehe ich die Zwillinge wecken, sie anziehen und zur Vorschule bringen werde.

So leise wie möglich betrete ich das Anwesen, werde meine Absatzschuhe los und steige im Halbdunkeln den Treppenaufgang hoch in den zweiten Stock.

Bloß flüchtig nehme ich aus dem linken Augenwinkel einen Schatten am Geländer der Etage über mir wahr. Oder habe ich ihn mir bloß eingebildet?

Demon kann nicht zurückgekommen sein. Mich überkommt ein mulmiges Gefühl. Rasch laufe ich über den weichen Teppich des Ganges zu meiner Tür, hole im Gehen den Zimmerschlüssel hervor und schlüpfe anschließend in meine Privaträume.

Eilig schließe ich hinter mir ab, schalte das Licht an und schaue mich überall in den Zimmern um. Als ich mir sicher bin, dass ich allein bin, suche ich das Bad auf und blicke zu meinen aufgeschürften Knien hinab.

Prinzessinnen fickt man im Bett. Frauen, die anderen Kerlen schöne Augen machen, in einer dreckigen Gasse, gehen mir Demons Worte durch den Kopf. Dann wasche ich die letzten Spuren von ihm aus meinem Gesicht, putze die Zähne und schlüpfe in meinen Pyjama. Nur um keine zehn Minuten später im Bett einzuschlafen.

KAPITEL 13

Nuria

*Ein Liebesbeweis kann so groß sein,
bis du an ihm zerbrichst.
Wer sammelt am Ende die Scherben auf,
wenn es keinen mehr gibt?*

3. April

Ich liebe ihn, auf eine Art, wie ich nie zuvor einen Jungen geliebt habe. Wie ich keinen zuvor angesehen habe. Jedes Mal pocht mein Herz so laut, wenn er neben mir am Spind steht und seine Bücher hervorholt. Eigentlich sollte mir klar sein, dass diese Art Jungs gefährlich sind. Ich sehe, wie sich die Spieler des Footballteams jeden Monat mit einem anderen Mädchen zeigen.

Jazeem ist nicht anders. Er ist beliebt, sieht wunderschön aus und hat einen Adoniskörper, der jedes Mädchen schwach werden lässt. Ich will nicht schwärmen, das ist nicht meine Art. Aber mit wem kann ich sonst darüber reden?

Meinen Eltern? Wohl kaum, als Monair ist man nicht gefühlsduselig. Eine Freundin, der ich davon erzählen kann, habe ich nicht. Jess und Lilly zählen nicht wirklich zu meinen Freundinnen, auch wenn ich jeden Tag mit ihnen in der Mensa oder nach der Schule auf den Treppen abhänge. Ja, ich gehöre zu den beliebten Mädchen, nicht zu denen, die nicht beachtet oder schikaniert werden. Darüber bin ich sehr glücklich. Aber es war ein steiniger Weg, um mich bei den angesagten Mädchen beliebt zu machen. Und ich werde einen Teufel tun und ihnen davon erzählen, dass ich auf Jazeem stehe. Sie würden sich über mich lustig machen, und das will ich vermeiden. Es ist schwer, aufzusteigen und zu den begehrten Schülerinnen zu gehören, doch es kann verdammt schnell gehen, verstoßen zu werden und zu fallen.

Ich habe oft gesehen, wie andere Mädchen wegen ihres Aussehens gemobbt wurden. Wie sie fertig gemacht wurden, nur wegen ihrer Brille, Pickel, Zahnspangen, Kleidung oder ihrer Figur. Und das so richtig. Teenager können grausam sein. Wenn du heulst und am Boden liegst, treten sie extra hinterher.

Ich weiß, wovon ich spreche. Ich habe das selbst vor zwei Jahren auf einer anderen Schule erlebt. Seitdem habe ich mir geschworen, den Rich Kids angehören zu wollen. Zu denen, die immer gestylt, geschminkt und perfekt zur Highschool erscheinen. Und was soll ich sagen, es hat geholfen.

Obwohl ich jetzt ein anderer Mensch bin, eine andere Ranja, lebe ich in der Schule so sehr viel stressfreier. Allerdings kann sich das Blatt jederzeit wenden, wenn hinter deinem Rücken über dich getuschelt wird oder du eine Sache machst, die bei den anderen Mädels schlecht ankommt. Sich zum Beispiel über den falschen Kerl lustig zu machen oder die falsche Nagellackfarbe zu einer Jahreszeit zu tragen. Das sind fatale Fehler. Idiotisch, aber fatal.

Deswegen kann ich mit niemandem über meine Gefühle zu Jazeem sprechen. Meine Mutter hat keine Zeit, mein Bruder ist ein Riesenarschloch, meine Freundinnen sind fake. Somit beginne ich dieses alberne Tagebuch. Mein Therapeut meinte, es würde helfen, die Dinge aufzuschreiben, um sie zu verarbeiten.

Also los gehts. Hier bin ich – Ranja Monair.
Das ist mein erster Eintrag, länger als ich erwartet hätte.
Morgen gibt es mehr.

Es ist seltsam, etwas so Persönliches einer fremden Person zu lesen. Aber einen anderen Weg, mehr über diese seltsame Geschichte zu erfahren, habe ich gerade nicht. Neugierig schlage ich die nächste Seite auf, um den Eintrag vom 4. April zu lesen, doch Ranja hat erst am 17. April einen neuen Eintrag geschrieben, somit nach nur einem Tag ihren Vorsatz über Bord geworfen. *Das könnte ich sein.* Automatisch muss ich schmunzeln.

Neben mir greife ich in die Chipstüte auf dem Nachttisch und schiebe mir zwei Cheetos in den Mund, als mein Handy aufleuchtet. Die Chips kauend, schnappe ich mir das Telefon, entsperre es und lese die Nachricht einer unbekannten Nummer. Demon.

Futter nicht so viel ungesundes Zeug, ¡Corazón mío!

Genervt funkle ich das Display an, bevor ich mich im Zimmer umsehe. Woher weiß er schon wieder, was ich esse? Meine Augen bleiben an den zugezogenen Vorhängen kleben. Er kann nicht wie früher durch die Scheiben im Erdgeschoss in mein winziges Appartement schauen. Es gibt also versteckte Kameras. Nur wo befinden sie sich?

Provokant fische ich eine ganze Handvoll Cheetos aus der Tüte und stopfe sie mir in den Mund. Er wird es sehen und die Vorstellung, dass es ihn innerlich in den Wahnsinn treibt, nicht die Kontrolle über mich zu haben, macht mich unverschämt gut gelaunt.

Gerade als ich das Smartphone weglegen will, ohne seine Nachricht zu beantworten, und in Ranjas Tagebuch weiterlesen möchte, ploppt eine neue Nachricht auf.

Ignorier mich nicht!

O doch. Ich liebe es, die Kontrolle zu haben – und er hasst es, sie abzugeben. Ich schmunzele, dann lege ich das Telefon mit dem Display nach unten auf den Nachttisch. Erneut ziehe ich einen Chip aus der Tüte, schiebe ihn zwischen die Lippen und lecke genüsslich meine Fingerspitzen ab. Mein Nacken prickelt, während sich mein Puls beschleunigt, da ich nur darauf warte, was als Nächstes passiert.

Mein Telefon vibriert. Er ruft an. Aber ich nehme sicher nicht ab, nein. Als das Vibrieren verstummt, widme ich mich wieder dem Tagebuch und will weiterlesen.

Doch wieder vibriert mein Smartphone. Verdammt! Ich greife nach dem Handy, sehe den anonymen Anruf und drücke ihn weg. Als ich das Telefon weglegen will, ruft er direkt wieder an. Und ich drücke ihn weg.

Lass das! Immer wieder ruft er an, sobald ich ihn weggedrückt habe. Bis ich irgendwann doch kapituliere und rangehe.

»Hast du keine Hobbys?«

»Du bist mein Hobby«, höre ich seine tiefe Stimme und das Rauschen von Meereswellen im Hintergrund. Es ist kurz nach Mitternacht. Wo treibt er sich gerade rum? Sollte mir das nicht eigentlich egal sein?

»Drückst du mich noch mal weg oder legst auf …«

»Dann was? Kommst du vorbei und nimmst mir die Chipstüte weg?«

Ich lege auf und kann mir mein Lachen kaum verkneifen. In Gedanken wird er mir sicherlich den Hintern versohlen, mich wieder dazu bringen, seinen Schwanz zu blasen oder Schlimmeres. Wobei ich es, um ehrlich zu sein, mehr aufregend als schlimm finde – und genau das sollte mir zu denken geben.

Er ist der Teufel und reißt mich jeden Tag mehr in den Abgrund, verdirbt mich, lockt mich in seine Hölle, in der ich irgendwann verglühe.

Erneut ruft er an. »Hast du was vergessen?«, frage ich.

»NURIA!«, knurrt er ins Telefon.

»Ich kann essen, was ich will.«

»Sicher, nur solltest du auf dich und deinen Körper achtgeben.«

Wie albern. »Ich werde nicht fett, keine Sorge. Und falls doch, wäre das eine Möglichkeit, um dich loszuwerden?«, spreche ich meinen Gedanken laut aus.

Er schnaubt abfällig. »Wird nicht in diesem Leben passieren. Dein Körper wird mir immer gefallen.«

»Weil du bereits alles von mir gesehen hast? Was umgekehrt ja nicht der Fall ist.«

»Soll heißen?«, hakt er nach, als ich unweit von ihm eine Stimme höre. Eine männliche Stimme, die etwas in gesenkter Lautstärke sagt.

»Ich habe bisher nichts außer deinen Augen und deinem Schwanz gesehen. Irgendwie pervers. Hast du einen Fetisch, oder bist du vielleicht entstellt und willst dich nicht zeigen?«

Einen Moment verstreichen Sekunden, in denen er nichts erwidert. »Dir wird gefallen, was ich zu bieten habe. Aber das weißt du bereits. Schon bald kannst du mit deinen Händen, deinem Mund und deiner Zunge jeden Teil meines Körpers erkunden, wenn wir ein Bett teilen. Und nein, ich habe keinen Fetisch. Außer dich.«

»Ein Bett teilen?« Unweigerlich muss ich mir vorstellen, wie er nackt zu mir ins Bett steigt, mein Kinn umfasst, wie er es vor wenigen Nächten getan hat, und mich anweist, jede Körperstelle mit meiner Zunge zu erkunden. Und ja, ich stelle ihn mir muskulös, sehnig und sportlich vor. Nicht bullig wie ein Türsteher, sondern athletisch. Wenn ich mit meinen Lippen seinen verdammt großen Schwanz erreicht hätte, würde er mich an der Hüfte packen, mich bäuchlings aufs Bett werfen und von hinten in mich eindringen.

Verdammt … Denk nicht daran. Hör auf! Wieso habe ich nur bei ihm diese wilden Fantasien wie bei keinem anderen Mann zuvor? Das ist … ist nicht gesund.

Sofort kneife ich die Augen zusammen und presse die Oberschenkel fest aneinander.

»Ich bin noch in der Planung, wie groß es werden soll, wenn wir Australien verlassen.« *Was?* »Auf was stehst du mehr? Ein Boxspringbett mit weichem Kopfteil und der passenden Höhe, dass ich dich auch im Stehen von hinten ficken kann? Oder eines mit Metallgitter am Kopfende, an das ich dich festbinden kann, wenn ich dich bestrafen muss? Die Entscheidung fällt mir schwer.«

»Ich stehe auf einen Sarg, in den ich dich einsperren und zunageln kann.«

»Sex im Sarg hört sich nach einem Fetisch an. Ich wusste gar nicht, dass du auf so morbiden Scheiß stehst«, sagt er und lacht geheimnisvoll. »Ich merke schon, ich sollte dir bei diesen Dingen nicht die Entscheidung überlassen.«

»Weil ich auch keine treffen muss. Wir teilen kein Bett! Niemals!« Nicht einmal einen Sarg!

»Und doch hat dich die Vorstellung angemacht. Ich weiß, wie du aussiehst, wenn du erregt bist.« *Verflucht! Aus welcher Ecke beobachtet er mich?*

»Ich bin wütend, nicht erregt, das ist ein Unterschied.«

»Du lügst. Soll ich deine Wut besänftigen? Mir fällt schon ein Weg ein, wie. Auch wie wir die Chips wieder abtrainieren werden.« *Wir? Dieser Vogel.*

Sein dunkles Lachen dringt bis in mein Herz. Da ich das Wortgefecht gegen ihn nicht gewinnen kann, beende ich das Telefonat und lege das Smartphone zurück auf den Nachttisch.

Anders als erwartet, ruft er nicht mehr an. Ich ertappe mich mehrfach dabei, wie ich flüchtig auf das Display schaue, denn irgendwie, so seltsam es klingen mag, hoffe ich, dass er erneut anruft.

Ich bin verrückt, werde allmählich ebenso von diesem Wahn infiziert wie er – als hätte er den bösartigen Samen in meinem Geist gesät, der nun zu keimen beginnt.

Mir fällt auch ein Weg ein, um die Cheetos abzutrainieren. Einer, der ihm nicht gefällt.

Demon will mich kontrollieren? Ich glaube, er weiß noch nicht wirklich, mit wem er spielt.

Nachdem ich weitere Chips gegessen habe, lege ich Ranjas Tagebuch beiseite und rutsche tiefer ins Bett.

Mit einem Schmunzeln auf den Lippen, da ich mir absolut sicher bin, dass er mich weiterhin über eine installierte Kamera in diesem Zimmer beobachtet, knöpfe ich das Pyjamaoberteil langsam auf.

Aus den Augenwinkeln nehme ich wahr, wie neben mir, wie zu erwarten, das Display meines Handys aufleuchtet. Ich habe seine volle Aufmerksamkeit. Ohne die Nachricht zu lesen, streichele ich mit den Fingern der rechten Hand über meinen Bauch höher zu meinen Brüsten. Dabei schiebe ich das Pyjamaoberteil weiter auseinander, damit er genau sehen kann, was er begehrt, aber gerade nicht besitzen kann.

Mit leicht geöffneten Lippen massiere ich meine linke Brust, reibe mit dem Daumen über meine Brustwarze, die sich hart zusammenzieht. Je mehr ich mich berühre, desto feuchter werde ich. Ich zwirbele meine harte Brustwarze, keuche und mache ein leichtes Hohlkreuz.

»Gott«, hauche ich und schließe die Augen. Als ich meine Hand von meiner Brust löse und sie über meinen Bauch hinab zum Bund meiner Pyjamahose gleitet, klingelt mein Smartphone.

Aber wie …? Ich habe es auf lautlos eingestellt. Es kann nur vibrieren. Konnte Demon die Einstellung ändern? Das würde bedeuten, er kontrolliert und überwacht mein Handy.

Da das Klingeln kein Ende nimmt, greife ich nach meinem Smartphone und nehme den Anruf an.

»Es ist gerade ziemlich ungünstig«, erkläre ich ihm mit einem frechen und zugleich erregten Unterton. Ich höre sein angestrengtes Keuchen.

»Willst du mich killen? Hör auf damit!«

»Womit?«, frage ich unschuldig, obwohl ich genau weiß, was er meint. Das Handy weiterhin am Ohr haltend, hebe ich die linke Hand zu meinem Mund, um meinen Zeige- und Mittelfinger abzulecken, anschließend an beiden Fingern genüsslich zu lutschen und sie zu befeuchten.

»Hör auf damit, dich anzufassen, habe ich gesagt. Dein Körper gehört mir.« Die pure Erregung ist aus seiner Stimme herauszuhören.

»Angst, ich könnte es mir selbst besser besorgen als du mir?«, reize ich ihn weiter. Er knurrt, dann lacht er dunkel.

»Keiner kann dich besser zum Schreien bringen als ich. Nicht einmal du kannst es besser, weil ich genau weiß, was …«

Als meine befeuchteten Finger unter meinen Hosenbund gleiten, ich meine aufgestellten Beine weiter spreize und mit den Fingern durch meine Weiblichkeit streiche, gebe ich ein zittriges Keuchen von mir.

»… was hast du … gesagt?«, hauche ich ins Telefon, bevor ich mit den Fingern meine Klit umkreise, langsam, dafür mit leichtem Druck, sodass ich aufstöhne. »*Mierda …!*«

Vor Lust drehe ich den Kopf zur Seite. Dabei rutscht mir das Handy aus den Fingern und fällt neben das Kopfkissen.

Ich nutze meine freie Hand, um meine linke Brust fest zu massieren, während ich mit der anderen mit zwei Fingern in mich eindringe.

»Fuck, ich laufe fast aus«, wimmere ich, während ich die gesamte Zeit an Demon denken muss. Daran denken muss, wie er zwischen meinen Beinen liegt, mich leckt, seine Finger in mich eindringen und mich dehnen, mich auf seinen großen Schwanz vorbereiten.

Ich bewege die Finger rhythmisch in mir, so wie er es tun würde, dann verteile ich die Feuchte auf meiner Perle und umkreise sie fester.

Komplett der Fantasie verfallen, schließe ich die Augen und beiße auf meine Unterlippe. »Gott, mehr, mehr …«

Im nächsten Moment klingelt mein Telefon erneut und reißt mich aus meinen abgründigen Träumen von Demon. Ich schnappe es mir mit der linken Hand, schiebe den Button zur Seite und nehme den Anruf an.

»Wolltest du … noch … etwas sagen?«

»Nuria!«, knurrt er unheilvoll. »Beende es! Sofort! Ich befehle dir, dich nicht länger anzufassen! Nicht, wenn ich nicht bei dir sein kann.«

»Zu spät«, wimmere ich und übe mehr Druck auf meine Klit aus. »Ich kann … nicht … mehr …«, ich gebe ein gequältes Stöhnen von mir, »… aufhören.«

Ich höre ihn tief durchatmen, fluchen und weiß, ohne ihn vor mir stehen zu sehen, dass er am liebsten in mein Zimmer stürmen würde.

Kurz bevor meine Beine immer heftiger zittern, ich den Höhepunkt erreiche, nehme ich die Finger aus meiner Pyjamahose.

»Gut, sehr brav«, höre ich Demon, der vermutlich glaubt, ich würde seiner Anweisung gehorchen. *Wie er sich täuscht.*

Ich schiebe im nächsten Moment die Füße aus der kurzen Hose und schleudere sie mit dem rechten Fuß aus dem Bett, nur um mich gleich darauf auf den Knien aufzurichten, mich umzudrehen und das Smartphone auf der Kante des Kopfteils gegen die Wand zu stellen.

»Was hast du vor? Du sollst damit aufhören, habe ich gesagt.«

»Als ob ich auf dich hören würde«, bringe ich mit einem

Schmunzeln hervor. »Bis später, Demon.« Erneut beende ich das Gespräch, was ihn sicher in Rage bringen wird.

Ich würde zu gern sein Gesicht sehen, wissen, wie er sich gerade das Haar rauft, auf eine Wand einschlägt oder einen Stuhl umwirft, weil er nur zusehen kann.

Ich suche mit der linken Hand Halt am Kopfteil, bevor ich mich erneut mit der rechten Hand streichele und aufrecht kniend die Finger zwischen meine Oberschenkel schiebe. Meine Pussy ist weiterhin feucht, meine Klit überreizt, und meine Brustwarzen kribbeln vor Erregung. Als ich die Finger erneut in mich schiebe, leuchtet das Display vor meinem verschwommenen Blick auf. Ein Videoanruf.

Das könnte unterhaltsam werden. Denn verdammt, ich will ihn sehen. In seine Augen blicken, wenn ich komme.

Ich nehme den Videocall an und sehe vor mir, komplett in Dunkelheit gehüllt, eine sehr schwach angeleuchtete Silhouette eines Gesichts. Als ich blinzele, entdecke ich die helleren Konturen eines Totenkopfs. Er trägt eine Stoffmaske, die seine Augenpartie freigibt und das restliche Gesicht wie einen lebensechten Totenschädel bedeckt.

»Muss ich vorbeikommen und dich übers Knie legen, damit du aufhörst?!«

»Wärst du dazu in der Lage, wärst du …«, bringe ich abgehackt über die Lippen und stöhne lustvoll, »… längst … hier …« Ich verwöhne mich intensiver, schiebe die Finger tiefer und schneller in meine feuchte Pussy, bevor ich sie an den Mund hebe und ablecke.

»Du wünschst dir, dass ich bei dir wäre, meine Rose«, entgegnet er mir, womit er leider richtig liegt. Denn ja, ich würde liebend gern seine Hände auf meinen Brüsten, um meine Mitte, meinen Po und seine Zunge auf meiner Klit spüren.

Ohne zu antworten, hebe ich die Hüfte auf und ab und bewege mein Becken kreisend. Ich beiße auf meine Unterlippe, wimmere und spüre, wie sich mit jeder Sekunde der Orgasmus anbahnt. Meine Pussy zieht sich enger um meine Finger zusammen, meine Klit ist geschwollen, und ich glaube, jede Sekunde zu explodieren. Mit gesenktem Gesicht kneife ich die Augen zusammen und stelle mir vor, wie Demon zwischen meinen Knien liegt, meine Pobacken auseinanderschiebt und meine Pussy auf sein Gesicht presst, er mich zum Höhepunkt leckt. Doch am liebsten wünschte ich mir, dass er mich an den Haaren packt, nach vorn drückt und dann von hinten in mich eindringt, mich hart und animalisch fickt, sich alles von mir nimmt.

»Sieh mich an!«

»Ich kann … nicht.«

»Schau mich an!« Und als ich den Blick hebe, funkeln mir seine dunkelblauen Iriden entgegen. So verdammt schön und bösartig zugleich. Mein Körper bebt, ich stöhne immer lauter und kann meine Fantasie nicht länger zurückhalten.

»Fuck, Demon! Schneller! Tiefer!«, stoße ich hervor, bevor ich wimmernd meine Perle fester umkreise und vom Orgasmus mitgerissen werde. Mir ist unendlich heiß, ich bin nicht mehr in der Lage, einen klaren Gedanken zu fassen, als ich »Mehr, mehr, mehr!« schreie und dann in das Holz des Kopfteils beiße. Immer schneller umkreise ich meine Klit, winde mich und wimmere wie kein einziges Mal, als ich es mir selbst gemacht habe. Ich umfasse meine rechte Brust, drehe fest meine Brustwarze und schreie erneut auf, bis ich nicht mehr aufhören kann.

»Fuck, genau so. Nimm mich, fick mich, benutz mich, Demon!«

Ich beuge mich mit dem Oberkörper nach vorn, lasse mich auf die Matratze sinken und fingere mich härter, bis der erste Orgasmus einem zweiten weicht.

»Scheiße! Verdammt. Wäre ich bei dir, würde ich deinen runden Arsch packen und dich in jede fucking Öffnung ficken, so wie du danach bettelst.«

Diese Vorstellung gibt mir den Rest. Dem Spiel komplett verfallen, reibe ich meine Knospe härter, um den Höhepunkt in die Länge zu ziehen, bis ich nicht mehr kann. Mein Puls rast, mein Arm fühlt sich verspannt an, meine Stimmbänder sind vom Stöhnen und Schreien kratzig. Schwitzend und mit laut pochendem Herzen sinke ich in mich zusammen.

Angestrengt zwischen den Kissen keuchend, taste ich nach dem Smartphone auf dem Kopfteil.

»Genug gesehen?«, frage ich ihn mit zerwühltem Haar. Er kneift die Augen zusammen.

»Lange nicht genug. Das wird Konsequenzen haben.«

»Ich kann es kaum erwarten«, entgegne ich ihm, bevor ich den Anruf beende und mir das Handy aus den Fingern rutscht. Weiterhin rauscht das Blut in meinen Ohren, während ich das süchtig machende Kitzeln des Orgasmus in meinem gesamten Körper nachspüre. Ich fühle mich wie lange nicht mehr berauscht, befreit und ihm überlegen.

Langsam rolle ich mich auf den Rücken, lege die rechte Hand auf meine nackte Brust und winkle die Beine an. Ob sich Demon bereits in das nächste Auto gesetzt hat, um seine Bestrafungen in die Tat umzusetzen? Wird er mich wirklich übers Knie legen? Ja, ja verdammt, genau das würde er tun. Warum nur sorgt diese Vorstellung für noch mehr Herzrasen?

Zumindest konnte ich zum ersten Mal die Kontrolle an mich reißen. Schachmatt, Demon. Du gewinnst nicht jedes Spiel.

Kapitel 14

Nuria

Dunkle Geheimnisse können
deine Seele vergiften.
Sie zerfressen dich von innen heraus,
bis bloß noch
Verzweiflung übrig bleibt.

Einen Moment lang schließe ich die Augen, atme tief durch und ziehe die Decke über meinen nackten Körper. Dann versuche ich, die Gedanken an Demon abzuschütteln, und versinke wieder in Ranjas Welt.

17. April

Etwas Schreckliches ist passiert.

Ich weiß, ich wollte dieses Tagebuch eigentlich fortführen, aber die letzten Wochen ging es mir gut. Na ja, teilweise gut. Es gab zumindest nichts Aufregendes zu berichten. Doch seit heute hat sich alles verändert.

Jazeem ist mit Jess zusammen!!! Zumindest wird das seit heute in der Schule überall erzählt, und es ist auch schwer zu übersehen.

Ich habe beide auf Warrens Hausparty herumknutschen sehen. Sie sind nach oben gegangen, und, ehrlich gesagt, hat mich die Vorstellung umgebracht, dass beide in der ersten Etage irgendwo in einem Zimmer vögeln. Aber so ist er, das wusste ich. Es wäre auch nicht so schlimm, wenn er nur diesen Quickie mit Jess gehabt hätte. Nur warum, WARUM sind sie jetzt zusammen?

Ahnt Jess, dass ich auf Jazeem stehe? Ist sie ebenfalls in ihn verknallt und sagt uns anderen nichts davon?

Mir hat es das Herz herausgerissen, als beide an Jess' Spind standen und heftig herumgeknutscht haben. Jeder, wirklich jeder konnte dabei zusehen, wie Jazeem meine Freundin gegen den Spind gedrückt und seine Finger unter ihren Rock geschoben hat. Das fühlt sich wie Verrat an. Wie eine Lüge, an die ich all die Wochen geglaubt habe! Warum tut er mir das an?

Ich weiß, dass vieles bloß Show ist. Ich weiß, wie Jazeem wirklich ist. Ich weiß es, aber mitansehen zu müssen, wie beide ihre Zungen verknoten, bringt mich trotzdem um. Ich kann nicht mehr.

Heute habe ich kaum ein Wort mit Jess gewechselt, obwohl sie ständig was von mir wollte. Ich bin ihr ausgewichen und habe jedes Mal irgendeinen Vorwand hervorgebracht, um nicht mit ihr sprechen zu müssen. Ich wollte ihr nicht einmal in die Augen sehen.

Denn tief im Inneren weiß ich, dass es ein abgekartetes Spiel ist. Ich sollte nicht so naiv sein und glauben, sie wüsste nicht, dass ich in Jazeem verliebt bin. Freundinnen haben dafür ein Gespür. Fake-Freundinnen ebenfalls, weil sie noch viel mehr über dich wissen wollen. Um dieses Wissen irgendwann gegen dich zu verwenden.

Nach dem Unterricht bin ich am Sportplatz vorbeigelaufen. Natürlich saßen in den vorderen Rängen einige Mädels, die ihren Jungs beim Spielen zugejubelt haben. Jess hockte ebenfalls zwischen ihnen. Die neue Königin der Footballspieler. Shit! Wie sie das genossen hat. Mir war zum Kotzen zumute.

Ich wartete hinter der Glastür der Turnhalle, bei den Umkleiden, tigerte nervös auf und ab und hatte solches Herzrasen. So aufgeregt und zittrig, dass ich fast ohnmächtig geworden wäre, war ich vor keiner Prüfung.

Als die Jungs nach und nach in die Umkleiden gegangen sind, habe ich meinen Mut zusammengenommen und Jaz abgepasst.

»Hast du einen Moment?«, bat ich ihn in einem unauffälligen Flüsterton. Verschwitzt und den Helm unter den Arm geklemmt, fuhr er sich durch sein braunes Haar und verströmte den betörenden, männlichen Duft, den ich so an ihm liebe.

»Jetzt?«, fragte er gestresst und schaute sich im Gang um. Ich nickte entschlossen.

»Jetzt.«

»Na gut.« Plötzlich griff er nach meiner Hand und zog mich in den nahe gelegenen Raum des Reinigungspersonals. Er wollte nicht mit mir gesehen werden, wie immer. Ich hasse es. Neben der Tür schaltete er das Licht an, bevor ich hineinstürmte und er mir folgte. »Was gibt es?«

»Kannst du mir sagen, was das soll?«

»Was was soll?« Genervt drehte er sich von der Tür zu mir um. Ich weiß, wie sehr er diese lästigen Gespräche hasst.

»Das weißt du genau. Wir haben eine Absprache, oder gilt die nicht mehr? Du zeigst dich mit anderen Mädchen in der Öffentlichkeit, aber es läuft nichts zwischen dir und ihnen.« Seine so grasgrünen Augen suchten meine, dann kam er auf mich zu und umfasste mein Gesicht. Seine Finger rochen nach Gummi, Salz und Erde.

»Ich muss mir ständig dumme Sprüche von den Jungs anhören, dass ich nie eine abschleppe.«

»Was?« Seit wann? »Wieso sagst du das erst jetzt?«

»Weil wir nicht zusammen sind, Ran. Kapier das endlich. Ich muss dir nicht ständig alles sagen. Es geht dich nichts an, wo ich bin, was ich mache, mit wem ich mich treffe.«

Genau diese Worte, die Sätze zerschnitten mein Herz. Ich

wusste, wie wenig ich ihm bedeute. Dass ich einfach ersetzbar bin. Verdammt, ich kann nichts dafür, diesen Jungen zu lieben, vor dem mich alle gewarnt haben. Den Sohn der Vegas-Familie. Der Familie, die mein Vater mehr hasst als alles andere auf dieser Welt, weil sie Konkurrenten im Erzabbau sind. Sie führen beide gigantische Unternehmen, die Millionen verdienen, und gönnen dem anderen nichts. Dalcho und Xastra sind nicht bloß Familienimperien, sondern große Konzerne, die sich jedes Jahr einen Konkurrenzkampf liefern. Würde mein Vater erfahren, dass ich Zeit mit dem Sohn der Vegas-Familie verbringe, würde er mich als Tochter verstoßen. Denn jeden Abend, wirklich ausnahmslos jeden Abend, schimpft er über sie. Mir hingegen ist der Konzern unserer Familie egal. Zain wird irgendwann einsteigen und Vater ablösen. Ich will damit nichts zu tun haben, sondern später die Welt bereisen, Meeresbiologie studieren und irgendwo in Neuseeland Wale erforschen. Mich interessiert das alles nicht, der Status, der Ruhm und das Geld.

»Dann bedeutet dir die Zeit, die wir zusammen verbringen, etwa nichts?«, fragte ich ihn mit diesen dummen Tränen in den Augen.

»Du weißt selbst, dass das mit uns nicht dauerhaft funktionieren wird, Ran. Wenn es rauskommt, dass wir uns treffen, kann ich damit rechnen, dass mich mein Vater ins Ausland auf eine beschissene Privatschule schickt. Ich bin so kurz davor, den Sprung in das Team der Tigers zu machen. Nächste Woche wird der Trainer der Tigers kommen, um uns beim Spielen zuzuschauen und …«

»Ich weiß«, unterbreche ich ihn und klammere mich an sein verschwitztes Trikot. »Ich weiß, wie wichtig dir der Sport ist. Du kannst immer auf mich zählen, ich werde dich unterstützen und dir keine Zeit stehlen. Du musst aber auch verstehen, dass Jess sich bloß an dich rangemacht hat, um mit dir anzugeben. Sie liebt dich nicht. Sie ist fake, eine Bitch, oberflächlich, falsch und …«

»Ich liebe sie auch nicht. Aber sie hat nun mal Kontakte zu einem der Spieler der Tigers und …«

In dem Moment begriff ich. Er bumste Jess und zeigte sich mit ihr zusammen, um ihren Kontakt zu nutzen.

Sofort löste ich meine Finger von ihm und machte einen Schritt zurück. Nie kam ich mir so wertlos vor. Natürlich dreht sich alles um seine Karriere, der ich nie im Weg gestanden haben, seit wir uns seit einem halben Jahr heimlich dateten. Ich ging sogar den bescheuerten Deal mit ihm ein, dass er sich weiter mit anderen Mädels auf Partys amüsiert, während ich dabei zusehen musste. Ja, ich machte diesen Scheiß mit, weil er mir immer erklärt hatte, es würde sich irgendwann ändern. Wenn die Schule vorbei ist, könnten wir endlich fest zusammen sein, in eine gemeinsame Wohnung ziehen und die Beziehung führen, die wir uns wünschten.

Doch nun erkannte ich, wie er wirklich war. Ich hatte bis heute geglaubt, es gäbe eine Art Seelenverbindung zwischen uns. Offensichtlich habe ich mich getäuscht.

»Ranja, wo willst du hin?«

»Sorry, ich brauche Zeit.« Aufgebracht verließ ich den muffigen Abstellraum. Während Jaz sich mit meiner Fake-Freundin Jess öffentlich zeigen durfte, fanden unsere Treffen immer in Abstellkammern, im Wald, irgendwo abgelegen am Strand oder im Auto statt, da uns niemand zusammen sehen durfte.

Eine gewisse Zeit lang war es aufregend. Jetzt ist es grausam. Ich will nichts mehr als ihn. So sehr. Nur für mich allein. Ist das zu viel verlangt?

Ich liebe ihn so sehr, dass es wehtut. Dass ich daran zerbreche. Ich weiß nicht, was ich ihm noch geben kann als das Versprechen, dass ich seine Karriere unterstütze, aber nicht auf seinen Ruhm, sein Talent aus bin. Dass ich ihn so liebe, wie er ist.

Dieser Druck in mir ist unerträglich. Mit niemandem kann ich darüber sprechen. Jeder, dem ich davon erzähle, könnte uns verraten. Es gibt nur meinen Therapeuten, der mir zuhört. Und selbst er hilft mir nicht. Das Gefühl, den Schmerz herauslassen zu müssen, wird mit jedem Tag größer. So groß, dass ich es am liebsten wieder tun würde. Mich schneiden.

Mit jeder Zeile, die ich in diesem Tagebuch lese, reißt das Loch in mir weiter auf. Ich muss mit den Tränen kämpfen, als ich Ranjas verzweifelte Worte lese. So viel Schmerz, Einsamkeit und Traurigkeit sind zwischen diesen Sätzen versteckt. Der Eintrag wurde vor über einem halben Jahr geschrieben. Ich blättere vor, um zu sehen, wann ihr letzter Eintrag geschrieben wurde. Am 6. Juni, kurz vor den Sommerferien.

Zu Beginn dachte ich, Ranja wäre bloß in Jazeem verliebt, nicht aber, dass beide ein heimliches Paar sind. Dass sie so viel für ihn und ihre Liebe erduldet. Kann Ranjas Verschwinden etwas mit der Beziehung mit Jazeem zu tun haben? Mit ihrer Verzweiflung? Ist sie wirklich verreist? Hat sie die Schule abgebrochen und die Koffer gepackt, weil sie diesen Schmerz und diese heimlichen Treffen nicht mehr ausgehalten hat? Oder flog sie auf und jemand hat von der Beziehung erfahren?

Wenn jemand etwas mehr darüber weiß, dann mit Sicherheit ihr unerträglicher Bruder Zain – wobei die beiden sich scheinbar nicht sehr nahestanden. Und dieses Tagebuch. Aber heute Abend kann ich nicht mehr weiterlesen. Es ist schon kurz nach 1 Uhr nachts, und morgen früh, am Samstag, will ich ein wenig ausschlafen und dann endlich wieder eine Runde laufen gehen.

Ich schaue ein letztes Mal auf mein Handy, auf dem ich keine Nachricht von Demon lese. Enttäuscht seufze ich, dann schüttele ich den Kopf. Es sollte keinen Grund geben, enttäuscht zu sein, schließlich wollte ich ihn zum Ausrasten bringen, wollte gewinnen. Demon bestraft mich jetzt nur mit Stillschweigen für meinen Ungehorsam und meinen Spaß vorhin ohne ihn.

Ich verstecke das Tagebuch zwischen der Matratze und dem Kopfteil des Himmelbettes und schalte anschließend das Licht aus. Im Dunkeln hänge ich eine Weile meinen Gedanken nach. Denke an Jaz und Ranja. An Demon und seine Nachrichten.

Obwohl ich mir nicht sicher bin, weiß ich, wird er mich heute Nacht besuchen. Und irgendwie kann ich es kaum erwarten.

KAPITEL 15

Demon

Ich verzehre mich mit jedem Tag mehr nach ihr,
nach meiner zweiten Seelenhälfte,
von der ich nicht einmal wusste,
dass sie in dieser Welt existiert.

Vom Sessel aus, den ich an ihr Bett getragen habe, schaue ich ihr beim Schlafen zu. Wie jede Nacht. Wie jede Stunde, die ich mir Zeit nehme, um in ihrer Nähe zu sein. Etwas führt mich magisch zu ihr. Etwas, das ich nicht benennen kann. Etwas, wogegen ich mich nicht wehren kann. Nicht wehren will. So etwas habe ich bisher nie empfunden. Bis ich sie damals das erste Mal gesehen habe und seitdem hoffnungslos in ihrem Bann bin.

Es war vor etwa einem halben Jahr, an einem miesen, verregneten Abend, als ich das *Luna Ilena* betreten habe. Eine etwas abgelegene, dafür gut besuchte Bar in Barcelona, die hauptsächlich Einheimische kennen.

Ich zog mich in einer Nische zurück, dort, wo mich keiner sofort bemerkte, um mir die Frau auf der Liste anzuschauen. Mehrmals ging ich Fotos auf meinem Smartphone durch, checkte die Merkmale ab, die Daten zu Nuria Endrinal. Und dann stand sie unerwartet vor mir an meinem Tisch.

»Bist du ein Gangmitglied, Rapper oder Mitglied einer Bikergang?« Das war der Satz, der meine Seele erweckte. Nicht ihr Aussehen, nicht ihre Mimik oder ihr Lächeln, sondern ihre Stimme. So verdammt absurd es sich anhören mag, aber der Klang ihrer Stimme war das Erste, in das ich mich verliebt habe.

Glaubte ich zuvor, dass so was möglich war?

Verdammt, nein.

War so etwas möglich?

Fucking ja!

Schließlich legte ich mein Smartphone zur Seite, auf dem ich zuvor Bilder von ihr studiert hatte, die weiter entfernt heimlich von ihr aufgenommen worden waren. Dann sah ich sie. Sah sie live.

»Sehe ich für dich so verkommen aus, *Corazón mío?*«, fragte ich kühl und starrte ihr in die Augen bis auf den Grund ihrer zerrütteten Seele.

»Verkommen? Nein, nur …« Sie leckte sich über die samtigen Lippen, als sie nach Worten suchte und ihren Blick nicht von mir abwenden konnte. »Tut mir leid. Das war unüberlegt«, nuschelte sie die letzten Worte zu sich selbst. »Was kann ich Ihnen bringen?«

Unaufhörlich durchlöcherte ich sie mit meinen Blicken. Obwohl ich mir aus dem Aussehen der Personen, auf die mich Auftraggeber ansetzten, wenig machte, riss mich ihre Ausstrahlung um wie ein Orkan. Nuria trug ihr braun-rötliches Haar zu einem Pferdeschwanz hochgebunden. Die losen Strähnen des Pferdeschwanzes waren zu einem Zopf geflochten, was ihr etwas Freches und zugleich Unschuldiges verlieh.

Zwei lose, zu kleinen Zöpfen geflochtene Strähnen fielen über ihre geschwungenen, ausdrucksstarken Brauen und noch intensiveren großen Augen.

In diesem Moment wollte ich die Strähnen um meinen Finger wickeln, sie aus ihrem Gesicht streichen, um das Grün ihrer Augen genauer zu studieren.

Meine Blüte ist keine klassische Schönheit wie die Frauen, die man auf Werbeplakaten, Social Media oder Pornoseiten zu Genüge sieht.

Nein, sie ist perfekt unperfekt. Perfekt mit ihren unauffälligen Sommersprossen, diesem kleinen Grübchen auf der rechten Wange, wenn sie lächelt, und der auffallend großen Narbe unterhalb ihres Unterkiefers.

Sie ist gezeichnet vom Leben, so wie ich. Nicht nur ihr hübsches Gesicht war das Nächste, in das ich mich nach ihrer Stimme verliebt hatte, sondern ihre helle Narbe auf ihrem schlanken Hals, die bis zu ihrem Unterkiefer reicht. Sie verbarg sie nicht mit einem Schal oder Rollkragen und versteckte sie nicht unter ihrem offenen Haar, was mich beeindruckte.

Die Narbe war etwas, das ich nicht über sie wusste. Genau das Etwas, das meine Neugier entfachte und dessen Geschichte ich wissen wollte.

»Ich nehme ein Guinness«, antwortete ich ihr mit gesenkter Stimme, bevor ich vorgab, mich wieder meinem Smartphone zu widmen. Sie nickte, schaute mich aber eine Sekunde länger als nötig an. Als ich ihre Blicke auf mir bemerkte, hob ich das Gesicht.

»Gibt's was?«

Ich wusste genau, dass sie mich auf Merkmale absuchte, die mich als kriminelles Gangmitglied auswiesen. Sie konnte lange suchen und würde trotzdem nicht herausfinden, wer ich war.

»Nein, nichts. Ich bringe dir gleich ein Guinness.«

Ein greller Pfiff übertönte das Stimmengewirr und die Musik der Bar, dem ein Rufen folgte.

»Häschen, hey! Komm an unseren Tisch. Ich habe einen tierischen Brand!«, brüllte der Prolet drei Tische weiter zu Nuria, die sich zu ihm umwandte.

Kurz entdeckte ich, wie sie die Lippen zusammenkniff. Sie hasste es, so genannt zu werden. Aber keinesfalls mehr, als ich es hasste, zu sehen, wie der Typ mit ihr sprach.

Während Nuria sich in ihrem schwarzen Minirock, weißer kurzärmeliger Bluse, Schürze und in verdammt heißen Absatzschuhen auf den machohaften Gast mit Glatze und Tattoos zubewegte, betrachtete ich den grölenden Kerl genauer. Er packte Nuria ohne Vorwarnung direkt an den Arsch.

Wichser!

Wenn ich eines mehr verabscheute als das Winseln um Gnade, dann, wenn Lurche wie dieser Typ Frauen, die ihm nicht gehörten, ungefragt begrapschten. Und dummerweise war ich kein Mann, der bloß zusah. Nuria gehörte ab sofort mir. Nicht nur als Person, die ich beschatten sollte.

Jede Nacht kille ich den Kerl erneut in meinen Träumen. Jede Nacht genieße ich seine Schmerzensschreie. Jede Nacht freue ich mich darauf, ihn am nächsten Abend wieder töten zu können. Nuria wird es nie aufgefallen sein, aber nach der Begegnung mit ihr betrat der aufdringliche Kerl nie wieder das *Luna Ilena*, weil seine Überreste bereits von Würmern zerfressen werden.

Spätestens ab diesem Moment, als ich den Kerl noch in dieser Nacht beiseitegeschafft habe, wusste ich, ich wollte Nuria wiedersehen – jeden Tag. Das Gefühl war mir neu. Als gäbe es ein unsichtbares Band, das es mir unmöglich machte, mich von ihr fernzuhalten.

Je mehr ich mich dagegen wehrte, desto straffer wurde das Band. Bis ich es akzeptierte, eine Leine um mein Herz zu tragen. Meinem unstillbaren Verlangen nach ihr nachgab und sie ab sofort jeden Tag sehen wollte.

Die Erinnerung an dieses erste Treffen macht es noch süßer, meine Rose beim Schlafen zu beobachten. Jedes Mal verschafft es mir diesen gewissen Kick, dass sie aufwachen und mich in ihrem Zimmer entdecken könnte. Jedes Mal stelle ich mir vor, wie ich zu ihr ins Bett steige und mir nehme, was sie nach der Aktion vorhin offensichtlich will. Was ich will. Sie. Ihren Körper. Ihre Lippen. Ihre Pussy. Ihre Seele. Alles mein.

Zwischen den Fingern drehe ich den Stängel der weißen

Rose, während ich die Blütenblätter bei jedem wimmernden Laut, den sie von sich gibt, herausreiße. Es bereitet mir selbst Schmerzen, dabei anwesend sein zu müssen, wenn sie sich fast jede Nacht unruhig hin und her wälzt, leise wimmert. Sie leidet. Leidet in ihren Träumen. Und ich weiß nicht, wieso.

Sie ist für mich nicht greifbar. Ich weiß so gut wie gar nichts über Nurias finstere Vergangenheit, egal, wie tief ich grabe.

Ich weiß, wo sie geboren wurde: in Madrid. Weiß, dass sie 22 Jahre alt ist. Kenne ihre Hobbys: Joggen, Feiern und Lesen. Mir ist bekannt, dass sie wenige Freunde hat, hart arbeitet, um für sich selbst zu sorgen, und keine Ausbildung absolviert hat.

Nach der Schule, die sie eher mittelmäßig abgeschlossen hat, ist sie bei ihrer Familie ausgezogen. Sie hat zwei Geschwister, zwei Brüder, und ansonsten kaum Verwandte. Mit achtzehn verließ sie Madrid, keine Ahnung, warum, da selbst ihre Chats und Nachrichten, die ich gefunden habe, kaum darüber Aufschluss geben, ob sie bei einem Freund oder einer Freundin untergekommen ist. Sie hat nur noch eine Oma, die irgendwo in der Pampa Nordspaniens lebt.

Zwischen dem siebzehnten und zwanzigsten Lebensjahr finde ich rein gar nichts über sie. Nicht einmal eine Abhebung von einem Geldautomaten oder eine Überweisung, einen benutzten Pass an einer Kontrollstelle, keine Handyverbindung. Ganz so, als hätte sie ab dem 31. Oktober vor drei Jahren aufgehört, zu existieren. Erst ab dem 4. August vor etwa anderthalb Jahren konnte ich eine neu registrierte Geldkarte, Pass und Handynummer zu ihr zurückverfolgen.

Was hast du in den drei Jahren gemacht, kleine Rose? Wo warst du? Bist du eine Kriminelle, die mit falschen Dokumenten untergetaucht ist? Hast du alles, wirklich alles hinter dir gelassen und dich irgendwie unter dem Radar sämtlicher Überwachungsapparate durchgeschlagen? Hast du auf der Straße gelebt?

Das Leben auf der Straße ist hart, gewalttätig und gnadenlos. Es würde ihre Albträume erklären.

Es ist kurz vor 3 Uhr nachts, als ihr Zustand immer schlimmer wird. Was macht ihr solche Angst? Ich könnte sie trösten, sie wecken, mich zu ihr legen, bloß will ich mehr über ihre Albträume erfahren. Wissen, vor wem oder was sie nachts davonläuft. Es wird irgendwann ein Name fallen. Ich kann es nicht sein. So gern ich sie auch quäle, bestrafe und ein wenig foltere, würde ich bei ihr nicht zu diesen schädlichen Maßnahmen greifen, vor denen sie sich in ihren Träumen fürchtet. Und außerdem weiß ich, dass sie schon länger nachts leidet, als sie überhaupt von mir weiß.

Gerade als ich über sie gebeugt am Bett stehe, sie abgehackt atmet und den Kopf schüttelt, vernehme ich Schritte vom Gang. Im nächsten Moment höre ich, wie die Türklinke heruntergedrückt wird.

Fuck! Ich hab die Tür nicht abgeschlossen, weil ich ihr Zimmer nicht durch die Tür betreten habe. Sofort bewege ich mich wie beim Militär auf den Boden und rutsche lautlos unter das Bett.

Was für eine erniedrigende Situation. Die Schritte nähern sich und stammen mit Sicherheit nicht von einem der Kinder, die sie betreut. Sie sind schwerer, lauter. Auf dem Bauch liegend, hebe ich das Gesicht zur Seite und erkenne schwarze Turnschuhe mit weißen Schnürsenkeln, die neben Nurias Bett verharren.

Was wird das?

Die Person gibt keinen Ton von sich. Was, wenn sie Nuria angreift? Als ich im selben Moment beschließe, unter dem Bett hervorzukriechen und mein Messer aus dem Stiefelschaft ziehe, höre ich sich entfernende Schritte und wieder das leise Knarzen der Tür, dann, wie sie ins Schloss gezogen wird. Sofort rutsche ich unter dem Bett hervor und richte mich auf. Ich will wissen, wer sich – neben mir – ungefragt Zutritt in ihr Zimmer verschafft hat, was die Person wollte und wo sie hingeht.

Mit leisen Schritten laufe ich am Ankleidezimmer vorbei und will um die Ecke zur Tür gehen, als ich im nächsten Moment ein geflüstertes »Demon« hinter mir höre. Augenblicklich erstarre ich.

»Warte …«, bittet mich Nuria mit brüchiger Stimme.

»Ich muss gehen.« Es bringt mich um, sie abweisen zu müssen, wo sie doch endlich nach mir fragt.

Flüchtig werfe ich einen Blick über die Schulter und kann beobachten, wie Nuria nach dem Lichtschalter ihrer Nachttischlampe tastet. Um nicht von ihr gesehen zu werden, ziehe ich die Kapuze über mein Haar.

»Seit wann bist du hier?« Das Licht springt an, sodass ich leise knurrend die Hände in der Bauchtasche des Hoodies zu Fäusten balle und das Gesicht senke.

»Eine Weile.«

»Wie jede Nacht?«

»Immer, meine Blüte.« Anschließend setze ich meine Verfolgung fort, ziehe die Maske unter der Kapuze über mein Gesicht und reiße die Tür auf. Im Gang dahinter ist es stockfinster. Kurz lausche ich in die Dunkelheit hinein und vernehme unweit Schritte. Lexton und Quest warten vor dem Tor. Die beiden sind in die ungewöhnlichen Aktivitäten in diesem Haus, wie den Angriff auf diesen Anston, eingeweiht. Ich wette, es war Anston oder Zain in ihrem Zimmer. Bloß wieso? Warum schleicht sich jemand, so wie ich, in den Raum einer schlafenden Frau, um dann nach wenigen Sekunden wieder zu verschwinden? Etwa, weil er auch von ihr besessen ist? Die Schritte kommen von weiter oben.

Als ich am Ende des Korridors hinter der Ecke versteckt zum Treppenaufgang aufsehe, kann ich einen Schatten ausmachen. Im selben Moment greift jemand nach meiner Jacke am Rücken. Reflexartig wende ich mich um, bekomme den Hals der Person zu fassen und stoße sie mechanisch gegen die Wand.

Keuchend starrt mir Nuria mit geweiteten Augen im schwachen Schein des Mondlichts entgegen.

»Scheiße, du machst mir Angst«, bringt sie hervor.

»Schleich dich nicht an mich heran!«, raune ich ihr verärgert zu. Zugleich atme ich ihren blumigen Duft ein und spüre die Wärme ihres Körpers, was mich sofort erregt. Fuck!

Meine Augen wandern flüchtig zu ihrem Ausschnitt.

»Das habe ich dir auch mehrmals gesagt, und du hast nichts geändert.«

Ich hebe den rechten Mundwinkel unter der Maske, dann komme ich ihrem Gesicht verdammt nahe. »Jemand war in deinem Zimmer.«

»Du, ja.«

Genervt verdrehe ich die Augen. »Eine fremde Person.«

»Du bist mir fremd.«

»Verdammt, Nuria«, zische ich amüsiert und lausche weiterhin auf verräterische Geräusche in unserer Umgebung. Plötzlich wird eine Etage höher das Licht der Wandlampen angeschaltet.

»Hallo?«, ruft eine männliche tiefe Stimme.

»Mr Monair«, flüstert Nuria.

»Hallo? Ist dort unten jemand?« *Fuck.* Er muss uns gehört haben. Über die Kameras kann er uns unmöglich gesehen haben, da sie ausgeschaltet sind. Oder womöglich hat ihn die Tatsache, dass sie ausgeschaltet sind, alarmiert.

Sofort halte ich Nuria den Mund zu, dann dränge ich sie zurück in ihr Zimmer. Sie starrt mit geweiteten Augen zu mir auf und stolpert, da ihre Füße rückwärts nicht mit meinem Tempo mithalten können. Schnell hebe ich sie an mir hoch, trage sie ins Zimmer und schließe die Tür leise hinter uns. Sie greift an mir vorbei, um den Schlüssel umzudrehen. »Verschwinde«, flüstert sie.

»Aha, und wie?« Ich werde einen Teufel tun und ihr verraten, wie ich mir heimlich Zutritt in ihre Räume verschaffe.

»Wie du sonst in mein Zimmer gekommen bist.«

»Ich besitze keine Flügel, falls es dir nicht aufgefallen ist. Wir befinden uns in der zweiten Etage.«

»Dann wirst du wohl springen müssen«, verarscht sie mich.

Im nächsten Augenblick klopft es an ihrer Tür. Meine Blüte zuckt, noch immer in meinen Armen, zusammen.

»Nuria. Bist du wach?«, ruft Mr Monair hinter der Tür.

Im Prinzip juckt es mich nicht, wenn ich bei ihr entdeckt werde, auch nicht, wenn Nuria rausgeworfen wird, weil sie fremde Männer ins Anwesen geschleust hat – dann kann sie schneller zu mir kommen. Allerdings schien mir Mr Monair bewaffnet, und ich habe keine Lust, mir eine Kugel von Lexton aus dem Arsch ziehen zu lassen.

»Öffne die Tür«, raune ich ihr zu, setze sie vorsichtig ab und streiche über ihr zerwühltes Haar.

»Aber …«

»Geh und öffne ihm!«

Sie macht, was ich sage, wendet sich der Tür zu, während ich die Gelegenheit nutze, um zur Couchgruppe zu schleichen, danach ein Buch im Regal zu mir zu ziehen und die Mechanik des Regals zu aktivieren, ohne dass Nuria es bemerkt. Anschließend schlüpfe ich durch den Spalt zwischen der Wandvertäfelung neben dem Kamin und dem Regal.

»Mr Monair«, begrüßt sie ihren Gastvater. »Was ist los?«

»Ich hab etwas im Haus gehört. Die Kameras funktionieren nicht mehr. Ist dir etwas Ungewöhnliches aufgefallen?«

Hinter dem Regal kann ich durch einen Spalt über dem Regalbrett beobachten, wie Mr Monair Nurias Zimmer betritt und sich überall umsieht. Nuria weicht ihm in ihrem dunkelvioletten Pyjama aus, schaut sich in den Räumen um und schüttelt den Kopf.

»Nein, nein, mir ist nichts Ungewöhnliches aufgefallen.« Die leichte Röte auf ihren Wangen und das minimale Zittern ihrer Stimme verraten ihre Lüge. Verraten sie für mich, was Mr Monair anscheinend nicht bemerkt. *Wir üben das Lügen noch, kleine Rose.*

Mit einer Flinte in der Hand vergewissert er sich in jeder Ecke des Raumes, dass sich niemand in Nurias Zimmer versteckt. Er sieht hinter den langen, schweren Vorhängen nach, wirft einen Blick unters Bett und betritt das Badezimmer. Nachdem er selbst die Wandschränke kontrolliert hat, entschuldigt er sich für die Störung. Doch hinter ihm steht plötzlich dieser Wichser Zain im Gang.

»Ist was passiert?«, fragt er, bloß mit schwarzen Shorts bekleidet.

»Ich habe etwas gehört und wollte nachsehen. Die Kameras sind abgeschaltet. Hast du etwas bemerkt?«, fragt Mr Monair.

Zain schaut mit einem bedrohlichen Blick zu Nuria, der mir nicht gefällt, doch schüttelt dann den Kopf. »Ich habe nichts Verdächtiges mitbekommen.«

Kurz tauschen er und Nuria Blicke aus, die mich in den Strudel der Eifersucht treiben. Er weiß, dass Nuria etwas verbirgt, das spüre ich.

»Wo ist Henry?«, erkundigt sich Nuria, die nun zur Tür läuft und sich über ihre nackten Oberarme streicht.

»Gute Frage.« Mr Monair pfeift in seinem dunkelblauen Pyjama auf den Fingern. »Henry. Komm!« Als nichts passiert, wirkt er besorgt. »Er kommt immer. Etwas stimmt nicht. Ich sehe unten nach. Wartet so lange hier. Das ist nicht der erste Einbruch. Wenn die Vegas und ihre Drecksfirma dahinterstecken, schieße ich ohne Vorwarnung, das verspreche ich!«, flucht Mr Monair seine Drohungen, während er das Zimmer verlässt. Zain schließt hinter ihm die Tür ab – was mich in Rage versetzt. Was bildet der Kerl sich ein?

»Du solltest aufpassen, dass dein nächtlicher Besucher nicht erschossen wird.«

Ich balle die Finger der rechten Hand zu einer Faust, sodass meine Knöchel knacken.

»Mach dich nicht lächerlich. Es gibt keinen nächtlichen Besucher. Oder hast du mittlerweile Beweise gefunden, die deine Behauptung unterstützen?«, fragt Nuria.

Zain schaut sich in ihren Räumen um, bevor seine rabenschwarzen Augen auf der zerpflückten weißen Rose vor dem Sessel hängen bleiben.

»Was hat dann das da schon wieder zu bedeuten?« Mit großen Schritten läuft Zain zu der Rose, hebt sie vom Boden auf und hält sie Nuria vors Gesicht.

»Eine Rose, und?« Sie zuckt gelangweilt mit den Schultern und verschränkt die Arme vor der Brust, sodass die Ansätze ihrer Brüste hochgeschoben werden. Was nicht nur mir auffällt. Zains Augen streifen über ihre Brüste, dann Nurias nackte, perfekte Beine, die mir gehören. Die sich nur noch um meinen Körper schlingen werden, wenn ich sie mir nehme. Die Schürfwunden auf ihren Knien sind zur Hälfte verheilt. Aber auch diese entgehen Zain nicht.

»Etwas ist hier faul, und ich finde heraus, was es ist.« Bisher standen mir die beiden seitlich zugewandt, doch als Zain Nuria die Rose ruppig in die Hand drückt, dreht er mir den Rücken zu und … mir versagt bei dem Anblick kurzzeitig der Atem. Auf seinem Rücken zeichnen sich tief lange vernarbte Striemen ab. *Was in Gottes Namen …?*

Er schiebt Nuria bedrohlich vor sich her, sodass sie nicht sehen kann, wie zugerichtet er ist. Dafür kann ich es. Aber wie sollte er auch ahnen, dass ich mich in einem der Geheimgänge des Anwesens aufhalte. Wahrscheinlich weiß er nicht einmal von ihnen.

»Versuch dein Glück, Mistkerl«, ruft sie ihm hinterher, ohne aufzuschauen. »Du wirst nichts finden, weil es keinen heimlichen Besucher gibt. Die Rose habe ich selbst gekauft, weil … weil ich weiße Rosen liebe.« Mich durchfährt ein wohliger Schauer. Sie liebt meine Rosen, ich wusste es.

»Wers glaubt«, schnaubt er. »Warum ausgerechnet weiße Rosen?«

»Weil …« Nuria leckt sich über die Lippen. Sei clever, lass dir etwas einfallen. »Weil ich sie für Ranja gekauft habe.« Etwa die älteste Tochter, die seit Monaten ausgezogen ist?

Zains Augen werden gefährlich schmal. »Woher …«

»Woher ich weiß, dass du eine Schwester hast, über die hier keiner spricht?« Nuria geht auf ihn zu, reckt das Kinn in die Höhe, um zu ihm aufzusehen, und schaut ihm entschlossen entgegen. Wie ich ihren Mut bewundere. »Weil Hailey und Maily von ihr erzählt haben. Die beiden vermissen sie.«

»Erwähne ihren Namen nie mehr, kapiert, Flittchen?« Ich bin so kurz davor, hinter dem Regal hervorzuspringen und ihm das Genick zu brechen.

»Wie hast du mich genannt, du elender Wichser?!«, hält sie selbstsicher dagegen.

Meine Eifersucht auf diesen Bastard scheint wohl unbegründet. Trotzdem sollte ich ihm eine Lektion verpassen.

»Flittchen! Auch wenn ich bisher keine Beweise habe, dass du nachts jemanden einschleust, werde ich sie finden. Dann bist du fällig und bekommst hoffentlich keine weichen Knie, wenn ich meinen Teil der Wette einfordere!«

Mir schnürt sich der Magen zu, als er sie an der Hüfte zu fassen bekommt und weiter auf die geschlossene Tür zuschiebt. Was hat der Dreckskerl mit ihr vor? Im selben Moment beschließe ich, einzugreifen. *Niemand rührt sie an!*

»Ich werde die Wette nicht verlieren. Lass los!«

Am Eingang hält er meine Blüte fixiert, zwischen sich und der Tür gefangen. Ich öffne das Regal, um ihm doch das Genick zu brechen. Genau jetzt. Wenn ich es nicht tue, wird er sie verletzen oder bedrängen. Und das werde ich nicht zulassen.

Neben dem Bücherregal befindet sich ein Lichtschalter, den ich betätige. Sofort erlischt das Deckenlicht, ohne dass Nuria oder Zain von mir Notiz genommen haben. Ich ziehe mich aus dem Spalt zwischen Wand und Regal hervor, greife nach dem Messer in meinem Stiefelschaft und lasse die Klinge kreisen. *Leb wohl, du lästiger Bastard!*

»Wieso ist das Licht ausgegangen?«, fragt Zain unvermittelt.

»Tu es nicht!«, höre ich Nurias Stimme – und weiß sofort, dass sie zu mir spricht.

»Was tun?«, will Zain wissen.

Ihm die Kehle aufschneiden! Mir reicht seine nervige Anwesenheit, reichen seine Anspielungen, sie flachlegen zu können!

»Ist hier doch jemand?«, fragt er.

»Fuck, ja, und er killt dich, wenn du nicht sofort verschwindest«, warnt Nuria ihn. »Geh endlich!«

Und bevor ich diesen Hurensohn erreicht habe, öffnet sich die Tür und Nuria schiebt Zain gewaltvoll hindurch auf den halb beleuchteten Gang. Als sich Zain mit entgleisten Gesichtszügen umdreht, starrt er mich an, als sähe er einen Geist. Das Spiel ist ohnehin aufgeflogen, und es interessiert mich einen Scheiß, ob er jetzt zu seinem Vater rennt und uns verpfeift. Er ist nichts weiter als eine Witzfigur, die ich aus dem Weg räumen werde, weil sie auf meinem Spielfeld nichts verloren hat!

Ich schleudere ihm die Klinge entgegen, reiße zeitgleich Nuria an mich, dann stoße ich mit dem Fuß die Tür zu. Mit einem lauten Krachen fällt sie ins Schloss, sodass der Boden erzittert.

»Bist du wahnsinnig geworden?«, schreit mich meine Rose an.

»Schließ die Tür ab.«

»Er wird es jedem erzählen. Verdammt! Was sollte das!«

»Hättest du mich meine Sache zu Ende bringen lassen, hätte er niemandem davon erzählen können«, antworte ich, dann gebe ich sie frei. »Schließ ab.«

»Du bist komplett durchgedreht!«

»Zu recht!«

Als sie endlich den beschissenen Schlüssel umgedreht hat, fange ich sie ein, stoße sie gegen die Tür und schlage hart mit der flachen Hand neben ihrem Kopf gegen das Türblatt. »Ich bring den Wichser um, dafür, dass er dich angefasst hat.«

»Wirst du nicht tun!«, hält sie dagegen. »Er ist der Sohn der Gastfamilie, bei der ich wohne.«

»Interessiert mich das?« Ich lache freudlos, bevor ihre kleinen Fäuste auf meine Brust niedersausen. Beeindruckend lächerlich.

»Du tötest ihn nicht.«

»Er kann dich hören«, lasse ich sie wissen. Wetten, sein Ohr klebt an der Tür, und er wartet bloß darauf, mich zu erschlagen oder zu erschießen, sobald ich aus dem Zimmer heraustrete? *Was ein berechenbarer Narr!*

»Verdammt«, flucht sie. »Verdammt, du ruinierst alles.«

»Ich ruiniere alles?«, wiederhole ich grimmig. »Er ist der Penner, der dich als Flittchen bezeichnet und dich ungefragt angefasst hat! Glaubst du ernsthaft, ich schaue bloß zu? Denkst du, ich lasse das mit dir und mir machen? Lasse mir von einem dahergelaufenen Spinner das nehmen, was ich begehre? Glaubst du, ich bin nicht in der Lage, diesen Bastard zu kastrieren und ihm dann die Kehle durchzuschneiden? Da liegst du falsch!«

Sie sagt keinen Ton. Kein verdammtes Wort. Ich würde sie am liebsten hier auf der Stelle bestrafen, sie auf das Bett werfen und sie diesen ganzen Ärger wiedergutmachen lassen!

»Was ist dort drinnen los?« Ich höre Mr Monairs Stimme und hebe das Gesicht. Nuria holt zittrig und eingeschüchtert Luft. *Fuck! Zeit, zu gehen.*

Mit einem Ruck und einem bedrohlichen Raunen gebe ich Nuria frei, wende mich von ihr ab und suche den Geheimgang auf.

»Wo gehst du jetzt hin?«, zischt sie mir leise zu.

»Klär deinen Scheiß selbst, wenn du nicht willst, dass ich es tue.«

»Hey, das ist nicht fair. Was soll ich ihnen sagen?« *Als ob mich das interessiert!*

Am Regal angekommen, wende ich mich um. »Ich habe gerade nicht schlecht Lust, dich ebenfalls zu killen, nachdem du diesen Bastard beschützt hast. Mir ist scheißegal, was du ihnen erzählst. Wie wäre es mit der Wahrheit?« Spöttisch schnaubend steige ich in die Finsternis, schließe das Regal und höre noch nach einigen Metern, die ich im Geheimgang zurücklege, das Hämmern gegen Nurias Zimmertür.

Ich sollte zu anderen Mitteln greifen, sie zu mir nach Boston holen, beschützen, bei mir behalten, damit kein Bastard sie für sich gewinnt, sie anrührt, sie belästigt, sie beleidigt. Warum kapiert sie nicht, dass sie an meiner Seite so viel besser aufgehoben ist.

Und warum kapiere ich nicht, dass ich einen Scheiß drauf geben sollte, was sie will!

Jede ihrer Entscheidungen ist leichtsinniger als die andere. Zudem hege ich mit jedem Tag mehr die Vermutung, dass in diesem Anwesen etwas Unheilvolles vor sich geht. Jemand setzt diesen erbärmlichen Anston außer Gefecht. Jemand schleicht sich nachts in Nurias Zimmer. Was immer hier passiert, ist übel. Was, wenn es Nuria womöglich das Leben kosten könnte? Ich weiß noch nicht, was es ist, aber ich finde es heraus!

KAPITEL 16

Demon

Zorn und Rache sind meine
selbst geschmiedeten Waffen.
Sollte sich jemand zwischen meine Königin
und mich stellen, wird ihn ein qualvoller Tod
ereilen, der endlos andauern wird.

»Die Bullen sind bei den Monairs im Anwesen«, lässt mich Lexton Kaugummi kauend wissen, als ich im Herrenhaus die Bar ansteuere und meine gesamte Existenz hinterfrage. »Mann, dort ist richtig Alarm. Was ist passiert?«

Nachdem ich ruppig ein Glas aus dem Regal genommen und mir einen großen Schluck Macallan eingegossen habe, versuche ich, das Gelaber von Lexton, Quest und Cameron zu ignorieren.

»Wylder. Was ist dort drin zur Hölle passiert?«, fragt erneut Cameron nach. Ich schnaube, dann kippe ich den Drink herunter. Der Whisky bahnt sich brennend meine Kehle hinab, spült den Frust und Zorn nicht komplett herunter, lässt meine Gedanken um Nuria aber dennoch kurz zur Ruhe kommen.

»Eine Erklärung!«

»Was wollt ihr hören?«, fahre ich sie an, als ich mich zu ihnen umdrehe. »Dass der Sohn der Familie mich gesehen hat, ehe ich ihn umbringen konnte? Dass sie einen Einbrecher vermuten?«

Lexton erhebt sich in seinem schwarzen Rollkragenpullover und der Anzughose neben dem knisternden Kamin aus dem Chesterfieldsessel. »Keine Ahnung, was in letzter Zeit mit dir los ist, Wylder, aber erkläre es uns. Wer ist diese Frau? Seit wann kennst du sie? Wieso rennst du ihr hinterher? Wir wissen, dass sie aus Spanien kommt, weil dort deine letzten Nachforschungen stattfanden. Also, was zum Teufel geht hier vor?« Lexton dreht sich zu den Jungs um. »Wir haben das Recht, zu wissen, was hier abgeht. Nicht, um dir reinzureden, aber um dich vor Scheißfehlern zu bewahren. Ansonsten fliegen wir zurück nach Boston, was du auch tun solltest, statt dem Verschwinden dieser Mädchen …«

»Halts Maul! Mischt euch nicht ein! Ihr habt überhaupt nichts zu hinterfragen. Ihr …« Mein finsterer Blick wandert über die Gesichter der Männer, denen ich blind vertraue. Die zu meiner obersten Führungsebene gehören, denen ich mein Leben anvertraue. »Ihr unterliegt meinen Befehlen und habt nichts zu wissen, wenn ich euch nicht darüber in Kenntnis setzen will! Klar? Sollte es jemandem nicht an diesem Ort passen und er ins verschneite Boston zurückreisen wollen, ich halte keinen auf. Fliegt zurück!«

Cameron, der seit einer Woche angereist ist, dreht seinen Siegelring nachdenklich am Mittelfinger und hebt die Brauen. In seinem lockeren Muskelshirt und der grauen Jeans lässt er sich anschließend auf die Couch zurücksinken und fährt sich durch das kupferfarbene, dichte Haar. »Ich hinterfrage gar nichts und bleibe. Wenn du dich in die Frau verknallt hast, ist das so. Misch dich da nicht ein, Lex.«

»Bist du wirklich in sie verliebt? In diese Nuria, die dir vor einer Woche in der Gasse einen geblasen hat?«, fragt Lexton stattdessen nach und macht ein Gesicht, als wäre ich geisteskrank.

Ich schaue genervt zur Decke. »Und sie hat heute Nacht etwas gemacht, das dich ziemlich anpisst«, spekuliert Quest. »Was? Weiß sie überhaupt, wer du bist?«

Ständig diese nervigen Fragen. »Sie wird es noch erfahren.«

Quests Augen weiten sich, als er sich aus dem Sessel neben Cameron erhebt. Cameron hingegen lacht hämisch. »Was für eine kranke Nummer. Sie hat echt keine Ahnung, wer sie nachts besucht?« Auf den Ellenbogen stützt er sich ab, schaut zu mir und grinst amüsiert. »Warum komme ich nicht auf solch einen Scheiß.«

»Wir sind gar nicht wegen den Vermisstenfällen hier, oder?«, fragt Quest. »Hast du Boston eigentlich verlassen, um weiter nach den Entführern deiner Schwestern zu suchen? Hier? In fucking Australien? Wieso sollten sie hier sein?« *Wieso nicht?*

Ich bin an einem Punkt angekommen, an dem es wahrscheinlich unvermeidbar ist, ihnen einen Teil der Wahrheit zu offenbaren. »Absolut richtig erkannt. Was anderes habe ich nicht von dir erwartet. Ich vermute, dass sie sich hier aufhalten und weitere Aufträge der Zetos übernehmen.« Ich spüre es, tief im Inneren, dass sich hier einige Mitglieder der kriminellen Organisation namens Zetos aufhalten, Frauen entführen, verkaufen und womöglich ermorden. Ihr Netzwerk reicht über die gesamte Welt.

»Hältst du das für so wahrscheinlich?«, fragt Lexton. »Wieso? Sollten sie nicht eher in Südamerika die Aufträge ausführen? Das Einschleusen der Ware nach Nordamerika wäre weitaus einfacher. Oder bist du doch nur hier, um diese Nuria zu sehen, weil sie hier als niedliches Au-pair arbeitet?« Niedlich. Er hat ja keine Ahnung. Sie ist kein niedliches Au-pair, sondern eine Königin.

»Ich bin aus beiden Gründen nach Australien gereist. Um den Fällen nachzugehen und Nuria im Auge zu behalten. Ist das ein Problem für dich?« Ich mache einen Schritt auf ihn zu, woraufhin sich Lextons Kinnpartie anspannt.

»Nein, wieso denn? Es wird nur zum Problem, wenn du nicht mehr bei klarem Verstand bist und Fehler begehst. Ich spreche sicher auch im Namen der anderen: Ich habe nicht vor, dich aus dem australischen Knast zu holen, bloß weil du dir Zutritt zu dem Haus einer steinreichen Familie verschafft hast, um deine Herzdame zu ficken.«

»Das war selbst für dich unter der Gürtellinie«, merkt Cameron an. »Wann war Wylder jemals an einer Frau interessiert, die er nicht nur zum Vögeln in sein Bett gezerrt hat? Lass ihm doch den Spaß.«

»Liebst du sie?«, will Lexton wissen. »Sag es mir. Ich will wissen, ob ich den Kopf für sie hinhalte, wenn sie zu deiner Partnerin wird.«

»Was ist, wenn es so wäre? Würdest du für sie sterben? So wie du für mich sterben würdest, Lexton?«, frage ich, neige den Kopf und beobachte jede Gefühlsregung, die über sein Gesicht wandert. Er öffnet die Lippen, holt Luft, und dann zucken seine Brauen.

»Fuck, du meinst es zum ersten Mal wirklich ernst?«

»Todernst«, versichere ich ihm.

Cameron pfeift eine Hochzeitsmelodie. »Verdammt, ich freu mich auf den Moment, wenn wir nach Boston zurückreisen und du es in der Organisation offiziell bekannt gibst. Die anderen Frauen werden sich die Augen ausheulen.«

Sofort fahre ich zu ihm herum. »Dazu wird es nicht kommen. Keiner von euch redet darüber. Wenn ich davon erfahre, dass jemand Informationen an andere weitergibt …«

»Wirst du böse und wirfst uns raus?«, ergänzt Quest und legt theatralisch die Hand auf seine nackte Brust, da er bloß eine Jogginghose trägt. »Schon klar. Du hast mein Wort. Ich sage niemandem etwas. Wenn sie dir so wichtig ist, ist sie auch mir wichtig.« Quest stößt Lexton neben sich an. »Was ist mit dir, Lex?«

Dieser stöhnt gequält, schaut mich an, als würde er eine weitere Antwort erwarten. »Wenn dir die Sache mit der Kleinen so ernst ist, was soll ich anderes sagen. Ja, verdammt. Dann bin ich wohl dabei, bleibe in Kackaustralien und schwitze mir einen Wolf.«

»Du könntest einfach deinen stinkenden Rollkragenpullover gegen ein Muskelshirt tauschen«, merkt Cameron lachend an.

»Dich hat dort hinten keiner gefragt.« Lexton legt nie seine Rollkragenpullover ab, da sie zu seinem Markenzeichen geworden sind, aber vor allem, um seine Narben zu verdecken.

»Und du, Cam?«, richte ich meine Frage an ihn. Wendig springt er von der Couch auf.

»Mit mir kannst du immer rechnen. Egal, wie viele Frauen du willst, ich beschütze jede einzelne.« Dieser Spinner.

»Gut. Wäre das geklärt«, sage ich.

»Und was ist jetzt vorgefallen? Wieso bist du so angefressen und auf deine Prinzessin sauer? Was hat sie gemacht?«, fragt Quest.

Genervt wende ich mich wieder der Bar zu.

»Er macht wieder dicht«, merkt Lexton wie mein Therapeut an. »Besser, wir fragen später nach. Wir sollten ihn nicht überfordern.« *Wichser.* Er könnte einfach mal seine Fresse halten, wenn er merkt, dass ich wütend bin. Nein, er muss das Messer noch tiefer in die Wunde stoßen und die Klinge drehen.

»Ich will sie kennenlernen«, wirft Cam unerwartet ein. »Stell sie uns vor.«

»Vielleicht werde ich das«, antworte ich, woraufhin ich mich mit einem weiteren Drink in der Hand zu ihnen umdrehe und in fragende Gesichter blicke.

»Wie meinst du das?«

»So wie ich es gesagt habe.« Sie werden meine Rose kennenlernen.

KAPITEL 17

Nuria

Wie kann man etwas vermissen,
das man nie besessen hat?
Wie sich nach jemandem sehnen,
der einen Stück für Stück in die Dunkelheit führt?

»Du glühst ja immer noch.« Meine Hand liegt auf Mailys Stirn. Seit einem Tag liegt sie mit einer Erkältung krank im Bett, wird von Fieber, Husten und Schnupfen geplagt.

Jacky ist einige Tage mit ihren Freundinnen für einen Wellnessurlaub nach Melbourne verreist. Auch wenn sie vorgab, den Trip sofort abzusagen, um bei ihren Kindern zu bleiben, wusste ich ganz genau, dass sie von mir die Worte »Fahr ruhig, Jacky, ich passe auf die Mädchen auf« hören wollte.

Glücklich lächelnd verließ sie heute Vormittag das Anwesen mit zwei gepackten Louis-Vuitton-Köfferchen, top gestylt in einem cremefarbenen Kostüm von Chanel, passenden Pumps von Prada und ausladendem Sonnenhut.

So richtig weiß ich nicht, was ich von dieser Frau halten soll. Zu mir ist sie freundlich, aber teilweise ist sie sehr oberflächlich, wenig an ihren Kindern, dafür aber sehr an dem Image ihrer Familie interessiert.

Mr Monair, den ich ab sofort Richard nennen darf, ist in seiner Firma und wird vor 22 Uhr nicht zurückkommen. Zain ist zu Hause, hängt entweder in der oberen Etage rum oder trainiert im Fitnessraum. Der Kerl ist für mich ein wandelndes Rätsel. Nach dem Vorfall vor einer Woche hat er mich nicht an seine Eltern oder die Polizei verpfiffen.

Irgendwas an der Sache ist faul. Und das gefällt mir nicht. Denn warum sollte er nicht vor der Polizei erwähnen, dass ich den Mann, der ein Messer nach ihm geschleudert hat, offenbar kenne? Das ergibt keinen Sinn. Nun ja, eigentlich kenne ich ihn nicht. Ich weiß selbst nicht wirklich, wer dieser Mann ist. Wie Demon aussieht, was er beruflich macht, woher er kommt.

Ich habe öfter an seinem amerikanischen Dialekt bemerkt, dass er kein Spanier ist. Trotzdem spricht er meine Muttersprache fließend, als hätte er mehrere Jahre in Südamerika oder Spanien gelebt.

Also was hätte ich der Polizei schon sagen sollen, wenn ich über ihn befragt worden wäre?

Ja, ich kenne den Einbrecher. Er verfolgt mich seit etwa einigen Monaten, ist mir nach Australien nachgereist und schleicht sich jede Nacht in das Anwesen. Ach ja, ich habe ihm schon einmal einen geblasen. Ist die Information wichtig?

Hätte ich das etwa den vier Beamten, die Mr Monair in derselben Nacht gerufen hat, sagen sollen? Nein, besser nicht. Außerdem hat mir die Polizei in Spanien nicht helfen können, als ich das Stalking mehrfach gemeldet und zur Anzeige gebracht habe. Wieso sollten die australischen Beamten mehr ausrichten können? Ich kann über Demon genauso wenig hilfreiche Auskünfte geben wie Zain. Nun ja, höchstens, dass er intensiv blaue Augen und einen beeindruckenden Schwanz besitzt.

Verdammt! Wieso denke ich gerade jetzt daran?

Vielleicht, weil ich Demon, seitdem uns Mr Monair erwischt hat, kein einziges Mal gesehen habe? Weil er mir keine einzige

Nachricht in dieser Zeit geschickt hat? Weil er anscheinend aufgehört hat, mich zu stalken? Weil er mir fehlt?

Mehr als einmal habe ich mir das Hirn darüber zerbrochen, warum er sich nicht meldet. Meine erste Vermutung war, dass er sauer auf mich ist. Denn Demon ist verdammt stolz. Wenn man an seinem Ego kratzt, rächt er sich, bestraft denjenigen oder weist die Person zurück. Zumindest war das bisher bei mir so. Dann aber dachte ich, dass er einfach verhindert sein könnte. Womöglich ist er zurückgereist, wo auch immer dieser Teufel wohnt. Und schließlich nisteten sich die wirren Gedanken in meinem Verstand ein, dass ihm etwas zugestoßen sein könnte.

Denn egal wie oft ich mein Handy in die Hand nahm und unseren Chat öffnete, ich fand keine Nachricht vor. Selbst dann nicht, wenn ich versuchte, ihn noch einmal zu provozieren. Er war nicht mehr online, als wäre er vom Erdboden verschluckt worden.

Mehr als einmal hat es mir in den Fingern gejuckt, ihm zu schreiben. Ich habe mich nicht dazu durchringen können. Einerseits will ich nichts sehnlicher, als dass er aus meinem Leben verschwindet. Andererseits vermisse ich ihn irgendwie. Ich denke so oft an seine tiefe, sonore Stimme und die eindringlichen Augen unter dem Motorradhelm. Sehe seine große, imposante Statur vor mir und sehne mich nach seinem maskulinen Duft, vermischt mit einer rauchigen Holznote. Stelle mir seine Hände vor, die meine Mitte umfassen, und seine Zunge, die mich zum Stöhnen gebracht hat. Er geht mir einfach nicht aus dem Kopf.

Die Polizei wird weiterhin nach dem Einbrecher suchen, sie werden Demon jedoch nicht aufspüren können, wenn er nicht aufgespürt werden will. Denn offensichtlich ist er ein Phantom und kennt den Grundriss des Anwesens und dessen Geheimgänge in- und auswendig.

Am Tag nach seinem letzten Besuch habe ich das gesamte Bücherregal vergebens nach Hebeln oder Knöpfen abgesucht, um es wie er zur Seite zu schieben, aber es ist mir nicht gelungen. Jeden Abend stehe ich fluchend vor dem Regal und taste die gesamten Bretter ab. Nichts ist passiert. Ich kann den geheimen Gang einfach nicht finden, durch den Demon offenbar unbemerkt das Anwesen betreten kann, wann und wie oft er will.

Trotz der Funkstille bin ich mir sicher, dass er mich weiterhin beobachtet. Ich fühle es. Und manchmal glaube ich, ihn nachts hinter einem Baum im Garten stehen zu sehen. Hin und wieder glimmt das Rot einer Zigarette auf, wenn ich mitten in der Nacht aus dem Fenster der zweiten Etage herunterschaue. Trotzdem bin ich mir nie so richtig sicher, ob er es wirklich ist. Das letzte Mal meine ich, ihn in der Nacht vor vier Tagen entdeckt zu haben. Seitdem ist es ungewöhnlich still um Demon geworden.

Ob ihn die Polizei doch geschnappt hat? Nein. Nein, das kann nicht sein. Ob seine Obsession mit mir aufgehört hat? Falls ja, warum freut es mich nicht? Wollte ich nicht genau das? Wieso fühle ich mich nicht erleichtert?

»Ich werde sicher sterben«, reißt mich Maily mit einem leisen Murmeln aus meinen Gedanken, als ich ihr ein kühles Tuch auf ihre Stirn lege.

»Du wirst ganz schnell wieder gesund werden«, tröste ich sie. »Hailey, zieh dich bitte um.«

Hailey schaut ihre Abendsendung und ruft mir von der Couch im Spielzimmer zu: »Ich möchte noch nicht.«

»Es wird Zeit fürs Bett.« Denn es ist schon kurz nach 20 Uhr.

»Nein!«

Ich gebe nicht nach. Ansonsten testen sie meine Grenzen weiter aus. »Zieh dich um, okay? Ich komm gleich ins Bad und wir putzen deine Zähne.«

»Dann liest du uns aus Ranjas Märchen vor?«, fragt Maily mit angeschlagener Stimme. Ich drehe mich wieder zu ihr und streiche eine dunkelblonde Haarsträhne hinter ihr rechtes Ohr.

»O ja. Wir müssen ja wissen, ob Ranja die Höhle der Meerjungfrauen gefunden hat.«

»Hat sie. Das weiß ich«, sagt Hailey, nun doch entschlossen, sich umzuziehen und ins Bett zu kommen, damit sie die Geschichte nicht verpasst. »Ich beeile mich.«

Ich nehme Ranjas Tagebuch, aus dem ich beiden Mädchen jeden Abend vorlese. Natürlich nicht die Tagebucheinträge von ihr und Jazeem, sondern ein frei erfundenes Märchen über Meerjungfrauen, faule Prinzen, sprechende Vögel und zaubernde Zwerge. Ich habe mir extra eine lange Geschichte ausgedacht, die ich jeden Abend in das Buch lege, sodass die Zwillinge glauben, ich läse aus Ranjas Tagebuch vor.

Nachdem Hailey ihr Nachthemd angezogen, ihre Zähne geputzt und ihr Haar gekämmt hat, rennt sie hastig aus dem angrenzenden Badezimmer und schlüpft zu ihrer Schwester unter die Decke.

Kein einziges Mal haben sie mich heute Abend nach ihrer Mutter gefragt, was mich irgendwie traurig stimmt. Ob beide überhaupt merken, dass Jacky nicht da ist? Sie wissen zwar von ihrer Reise, trotzdem wollte ich als Kind immer wissen, wann meine Mama zurückkommt, wenn sie verreist war. Ich hielt einen Tag ohne sie kaum aus.

»Es kann weitergehen. Lies vor, Nuria.« Mit großen, erwartungsvollen Augen schaut mir Hailey entgegen, während Maily ihren fiebrigen Blick senkt und den Kopf träge auf das Kissen legt.

Ich rücke die Decke über beiden zurecht und klappe Ranjas Buch auf. »Wo waren wir.« Im Buch blättere ich zu der Seite, auf der meine Geschichte auf einem DIN A5 großen Zettel steht, und beginne, zu lesen.

Währenddessen sucht Hailey mit ihrer kleinen Hand meine. Es ist kaum zu glauben, wie sehr mich beide Mädchen nach über einer Woche doch zu mögen scheinen, obwohl wir einen so holprigen Start hatten. Aber auch ich habe sie sehr ins Herz geschlossen.

Ich nehme Haileys Finger in meine Hand, dann lese ich weiter. Schon nach einer Seite ist Maily eingeschlafen, während mir

Hailey gebannt an den Lippen hängt. Wenn ich jedoch an die wahre Geschichte ihrer großen Schwester Ranja denken muss, in der ich jede Nacht vor dem Einschlafen weiterlese, dreht sich mir der Magen um.

Als es 20:40 Uhr ist, beende ich die Geschichte. Hailey gähnt bereits, bettelt aber, dass sie wissen will, wie es weitergeht. »Morgen, kleine Motte. Dann lese ich weiter. Zuvor musst du schlafen.«

»Trägst du mich ins Bett?«, bittet sie mich.

Nachdem ich das Buch beiseitegelegt habe, hebe ich Hailey behutsam aus dem Bett ihrer Schwester und trage sie in ihr eigenes. Sie schaut mich die gesamte Zeit an, als ich ihre Bettdecke richte. »Was machen wir morgen?«, fragt sie verschlafen.

»Worauf hast du denn Lust, Hailey? Sollen wir eine Freundin von dir zum Spielen einladen, wenn Maily sich weiter ausruhen muss?«

Sofort schüttelt Hailey den Kopf. »Nein. Wir dürfen keine Freundinnen mit nach Hause bringen. Das mag Papa nicht.«

Wie seltsam. Warum sollte man das seinen Kindern verwehren?

Um sie nicht weiter zu löchern, reiche ich ihr ein Plüschnilpferd.

»Okay, schlaf gut, kleine Motte.« Ich gebe ihr einen Kuss auf die Stirn, dann nehme ich Ranjas Tagebuch, schalte das Nachtlicht neben der Tür an und das Deckenlicht aus.

Als ich leise die Tür hinter mir zugezogen habe, erwartet mich Zain. Er lehnt gegenüber an der Korridorwand und mustert mich vom Scheitel bis zur Sohle wie einen Fremdkörper, der nichts im Anwesen der wohlhabenden Familie zu suchen hat.

Wann hört er endlich auf, mich so feindselig zu behandeln? Er muss mich nicht mögen, aber er könnte mich wenigstens in Ruhe lassen. Langsam stößt Zain sich in seinem grauen Ralf-Lauren-Polohemd, seinen sandfarbenen Khakihosen und Jordans von der vertäfelten Wand ab.

»Was ist?«, will ich wissen.

»Hast du einen Moment?«

»Für dich? Nein«, weise ich ihn bestimmt ab und kassiere dafür ein kühles Grinsen, das schnell wieder verblasst. Eilig laufe ich an ihm vorüber zu meiner Zimmertür. Gerade als ich die Türklinke umfasse, erscheint seine Hand in meinem Sichtfeld und hält die Tür zu.

»Ich will mit dir reden.«

»Aber ich nicht mit dir.« Trotzdem drehe ich mich zu ihm um. Seine grünen Augen wandern über mein Gesicht, studieren meine Augen, gleiten über meine Nase zu meinen Lippen.

»Woher hast du dieses Buch?« Unvermittelt greift er mit der freien Hand nach dem Tagebuch und will es mir aus den Fingern reißen.

»Geht dich nichts an!« Ich versuche, seinen Griff zu lösen. Er gibt kein Stück nach.

»Es geht mich sehr wohl etwas an, da es das Tagebuch meiner Schwester ist.«

»So wichtig kann es dir ja nicht sein. Hier im Haus spricht keiner über sie außer den Zwillingen«, erwidere ich.

»Aus gutem Grund. Gib es her!«

Dieser miese Sack geht mir gewaltig auf die Nerven. »Was kann es für einen Grund geben, um sämtliche Spuren eines Familienmitglieds zu beseitigen?« Denn genau das hat er doch mit dem Buch vor: es mir wegnehmen, um es zu verstecken oder zu vernichten. Das werde ich nicht zulassen. Obwohl ich Ranja nicht kennengelernt habe, ist mir ihre Geschichte wichtig, damit sie jemand in Erinnerung behält. Und die Zwillinge wollen vielleicht irgendwann mehr über sie erfahren.

»Du stellst zu viele Fragen, Nuria. Das hier ist keine Sache, in die du deine Nase stecken solltest.«

Droht er mir? »Zu spät. Ich gebe das Buch nicht her.« Weiterhin rangele ich mit ihm um das Buch wie um einen Football auf dem Spielfeld.

»Muss ich es mir mit Gewalt holen?«, fragt er.

»Versuch es!« Kräftig reiße ich das Knie hoch, doch er weicht mir rechtzeitig aus, bevor seine Kronjuwelen Bekanntschaft mit meinem Knie machen können. *Scheiße, ist er schnell.*

»Netter Versuch.« Da er nun einen halben Meter von mir Abstand genommen und das Buch dabei losgelassen hat, greife ich schnell hinter mir zur Türklinke. Er startet einen neuen Angriff, sodass ich ihm das Tagebuch gegen den Schädel schlage. Verwirrt von dem, was ich gerade getan habe, starrt er mich an. Ich nutze den Moment, husche durch die Tür und werfe sie hastig zu.

»Gib es mir!«, brüllt er durch die geschlossene Tür.

»Nein!«, antworte ich trotzig. »Ich werde es zu Ende lesen.«

»Das will ich doch auch.« *Was?* Ich drehe mich überrascht zur Tür um. »Du weißt doch sicher, was mit deiner Schwester passiert ist. Wieso willst du es lesen?« Ich war davon ausgegangen, dass die Monairs nur den beiden Mädchen nichts über das Verschwinden ihrer Schwester erzählt hätten, weil sie noch so jung sind.

»Streng deinen Verstand an. Eben weil ich nicht alles weiß«, sagt er aufgebracht. »Gib mir das Tagebuch, Nuria. Ich bin Ranjas Bruder. Ich weiß, dass meine Eltern nicht über sie sprechen, weil irgendetwas vorgefallen ist, woraufhin Ranja von einem Tag auf den anderen verschwunden ist. In dem Buch könnten alle Antworten stehen. Wenn meine Eltern es in die Finger bekommen, werde ich nie welche erhalten«, fährt er fort, während ich nicht weiß, was ich glauben soll. Denn seine Stimmung kippt und wandelt sich von der gewohnten Wut zu Verzweiflung. Es könnte ein billiger Trick sein, damit ich die Tür öffne. Es könnte jedoch auch wahr sein, was er sagt. Schließlich geht es um seine Schwester.

»Was haben dir deine Eltern erzählt, was mit Ranja passiert ist?«

Einen Moment ist es still, sehr still. »Sie meinten, dass Ranja in eine Klinik eingewiesen wurde, weil …« Er seufzt, dann wird seine Stimme leiser, brüchiger. »Weil sie sich wieder selbst verletzt hat. Sie haben eine Borderlinestörung diagnostiziert, und eine stationäre Therapie soll helfen, die Sache in den Griff zu bekommen. Bloß, verdammt …!«

»Bloß verdammt, was?«, hake ich nach.

»Ich habe die psychiatrischen Kliniken in der Umgebung besucht, herumtelefoniert, Leute befragt, keiner hat meine Schwester aufgenommen.«

»Vielleicht unter einem anderen Namen.« Denn ich weiß, wie wichtig seiner Familie ihr Ruf ist.

»Ich war in jeder einzelnen Einrichtung im Umkreis von hundert Meilen, Nuria, das sagte ich doch. In jeder habe ich ein Foto von Ranja gezeigt. Ich bin ihr Verwandter, die Kliniken müssten mir Auskunft geben. Keiner hat sie erkannt. Sie war nicht dort. Außerdem ist sie seit knapp einem halben Jahr verschwunden, ohne sich zu melden, ohne mir eine Nachricht zu hinterlassen. Das würde sie nicht tun, kapierst du das? Anfangs habe ich den Scheiß geglaubt, den mir mein Vater erzählt hat, aber jetzt … Bitte, Nuria, gib mir das verdammte Buch. Ich habe seit mehreren Wochen danach gesucht. Keine Ahnung, wo du es gefunden hast, aber gib es mir.«

Flach atmend lausche ich jedem seiner Worte und wäge ab, was ich tun soll. Wenn er lügt, dann ist er verdammt überzeugend. Nervös kaue ich auf dem Nagel meines linken Daumens, schaue auf das Notizbuch in meiner rechten Hand und ringe innerlich mit mir, was ich tun soll. »Ich habe es noch nicht zu Ende gelesen. Wenn ich es beendet habe, gebe ich es dir. Du hast mein Wort.« Ich muss vorher die Wahrheit wissen, falls Zain mich doch belügt und das Buch zerstören will.

Ein enttäuschtes und zugleich frustriertes Seufzen ertönt hinter der Tür. »Kann ich dir vertrauen?«

»Kann ich dir denn vertrauen?«, frage ich.

»Ich habe deinen kriminellen Freund, der mich fast gekillt hätte, nicht verpfiffen. Also ja, ich würde sagen, du kannst mir vertrauen.«

Nun drehe ich den Schlüssel um, öffne die Tür und starre Zain entgegen, der tatsächlich mitgenommen aussieht. So zerzaust habe ich das schwarze Haar des Schönlings noch nie gesehen. Seine dunklen Augen wandern instinktiv zum Buch in meiner Hand, das ich hinter meinem Rücken verschwinden lasse. »Wir machen eine Kopie, das ist mein Vertrauensvorschuss. Ich behalte das Original.«

Seine Brauen heben sich in die Stirn. »Du siehst aus, als käme da noch ein Aber.«

»Aber …«, beginne ich. »Ich will wissen, wieso du mich und meinen nächtlichen Besuch nicht verraten hast. Sag mir, warum.« Schließlich hätte Demon ihn fast erledigt.

»Du willst einen Grund?« Nun macht er einen Schritt auf mich zu, bis uns bloß noch etwa dreißig Zentimeter trennen. Jeder meiner Muskeln ist zum Zerreißen angespannt und darauf vorbereitet, einer Attacke auszuweichen, sollte er mich erneut angreifen, um das Buch zu stehlen. »Ja.«

Langsam senkt er sein Gesicht zu meinem herab, dabei schaut er mir tief in die Augen. So lange, dass es mühsam ist, seinem Blick standzuhalten.

»Weil ich wissen will, wie dein nächtlicher Besucher im Haus herumspazieren kann, ohne von Kameras gefilmt zu werden.«

»Das weiß ich auch nicht.«

»Du weißt es. Du musst. Gibt es eine Sicherheitslücke in der Alarmanlage?«

»Wieso willst du das unbedingt wissen?«

Er kneift seine Augen mit diesen unverschämt langen Wimpern zusammen. »Da ich mir sicher bin, dass meine Schwester auch über diese Sicherheitslücke Bescheid wusste und ungesehen das Anwesen verlassen hat.«

Sagt er die Wahrheit? Oder will er die Informationen doch, um sie gegen mich zu verwenden?

»Wieso nimmst du das an?«, bohre ich weiter.

»Du vertraust mir nicht.«

»Kein bisschen«, erkläre ich ihm, weil er ein Arsch sein kann, wie viele verwöhnte, reiche Schnösel – trotz der anderen Seite, die er mir eben von sich gezeigt hat.

»Ich weiß, dass Ranja das Haus irgendwie verlassen haben muss, weil sie eine geheime Beziehung mit Jazeem, einem Jungen aus ihrer Schule, geführt hat.« *Er weiß davon?* »Du bist vielleicht schon in ihrem Tagebuch über den Namen des Kerls gestolpert. Dieser Typ rückt nicht mit der Sprache raus, egal wie oft ich ihn zur Rede gestellt habe. Und glaub mir, ich hab so einiges unternommen, damit er redet.«

»Woher weißt du von ihrer Beziehung, wenn nicht aus dem Tagebuch?« Schließlich haben Ranja und Jazeem sich alle Mühe gegeben, um sie geheim zu halten.

»Weil ich eines Nachts ihr Zimmer betreten und sie weinend mit einer Flasche Wodka im Bett vorgefunden habe. Da hat sie mir von ihm erzählt.« Nachdenklich mustere ich Zain, während er weiterspricht. »Sie hat mir allerdings nicht gesagt, wie sie nachts heimlich aus dem Haus geschlichen ist, ohne dabei erwischt zu werden. Doch genau das will ich herausfinden, jetzt, da sie weg ist.«

Er nimmt Abstand zu mir und scheint auf meine Antwort zu warten.

Obwohl ich tierische Angst habe, meine Entscheidung zu bereuen, schaue ich entschlossen zu ihm auf. »Okay, du bekommst eine Kopie des Tagebuchs. Ich meine es ernst.«

Die Anspannung fällt bei meinen Worten von Zain ab, und er atmet tief durch.

»Danke.« *Danke?* Ich hätte jede Antwort von ihm erwartet, aber sicher kein Danke. Also scheine ich richtig gelegen zu haben. Er würde sich nie so untypisch verhalten, wenn er sich nicht wirklich Sorgen um seine Schwester machen würde.

Hoffentlich.

Hoffentlich belügt er mich nicht.

KAPITEL 18

Nuria

Immer wenn mein Nacken kribbelt,
weiß ich, bist du bei mir.
In mir, in meinen Gedanken,
meinem Herzen, meiner Seele.
Was, wenn es dich nicht mehr gibt?

Das Arbeitszimmer von Zains Dad ist ein nobel eingerichtetes Büro mit meterhohen Akten- und Bücherregalen, die hinter einem kolossalen Schreibtisch aus massivem Holz stehen.

Das Licht des Kopierers wandert über Zains Gesicht, während wir gemeinsam die Kopien aus dem Buch anfertigen. In regelmäßigen Abständen blickt er nervös auf seine Armbanduhr. »Dad kommt in wenigen Minuten zurück.«

»Dann kopieren wir den Rest morgen.«

»Nein. Ich will es heute Nacht lesen.«

»Es sind über hundert handgeschriebene Seiten.«

Er sieht mich an, als wäre ich ein Hundewelpe, der in einem Teich gelandet ist. »Ich bin gut darin, Seiten zu überfliegen.«

Sicher ist er das. Gespielt genervt verdrehe ich die Augen.

Während Zain die nächste Seite umblättert, werfe ich hinter dem Vorhang einen Blick in den Garten. Das Büro von

Mr Monair, nein, Richard, befindet sich in der ersten Etage. Ich habe eine gute Sicht auf das Metalltor und die Auffahrt dahinter. Falls Scheinwerfer den Weg beleuchten, schalte ich sofort das Licht im Büro aus, damit wir nicht entdeckt werden. Doch bisher liegt der Garten im Dunklen, wie auch die Auffahrt. Nur die zarte Mondsichel kämpft sich einen Weg durch die Wolkenfetzen.

Es sieht wunderschön aus, zugleich prickelt mein Nacken, ein Vorbote, der sich nur bei einer Person zeigt. Als ich meinen Blick von der Auffahrt losreiße, steht plötzlich wie aus dem Nichts eine dunkle Gestalt mit Kapuze und Maske vor dem Fenster. Schreckhaft stolpere ich zurück.

»Demon.« Er ist zurück? Nach dem Schockmoment nistet sich Erleichterung in meinem Brustkorb ein. Er hat mich nicht verlassen oder aufgegeben? Aus irgendeinem Grund freut es mich, ihn zu sehen, und ein Lächeln stiehlt sich auf mein Gesicht.

»Was ist?«, erkundigt sich Zain, der mein Keuchen gehört haben muss. Der Vorhang ist wieder zugefallen, bevor Zain ihn erreicht hat und wieder öffnet. »Ist mein Dad schon da?«

Dieses Mal befindet sich keine Silhouette eines Mannes hinter dem Fenster. Er ist verschwunden, trotzdem rast mein Herz wie bei einem Sprint. »Nein.«

»Was hat dich dann so erschreckt?«, will er wissen, dreht sich vor dem Fenster zu mir um und hat keine Ahnung, dass Demon wieder hinter ihm steht. Mir stockt der Atem. *Tu es nicht!*, denke ich. *Mach keinen Scheiß, Demon.*

Gänsehaut breitet sich auf meinem gesamten Körper aus, als ich Zain am Arm packe und ihn vom Fenster wegziehe. »Er ist hier.«

Hastig ziehe ich den Vorhang zu. So sehr sich ein kranker, unvernünftiger Teil, tief verborgen in mir, nach Demon gesehnt hat, gewinnt mein Verstand die Oberhand. Demon ist zu allem bereit, wenn ich ihm einen Grund liefere, eifersüchtig sein zu müssen. Gerade befinde ich mich allein mit Zain, dem Kerl, dem er vor Tagen, ohne mit der Wimper zu zucken, ein Messer entgegengeschleudert hat, in einem Raum. Das allein wäre für Demon Grund genug, um ihn jetzt zu erledigen.

»Wer?« Zain versucht, mich zu packen. »Dein Freund?«

Freund? Wohl kaum. »Ja«, lüge ich. »Er stand vor dem Fenster.«

Zains Augen weiten sich, dann dreht er sich um, um die Vorhänge mit einem Ruck aufzuziehen. »Bist du verrückt«, fahre ich ihn an. »Willst du sterben!«

Mittlerweile bin ich mir ziemlich sicher, dass Demon mich nicht töten wird. Dafür aber jeden, der sich zwischen ihn und mich stellt. Panisch schließe ich die Vorhänge wieder, als niemand hinter dem Fenster steht. Mein Herz springt mir jede Sekunde aus der Brust bei der Vorstellung, dass ein Schuss genügt und Zain neben mir mit einem Loch im Kopf zu Boden sinkt.

»Er würde mich ernsthaft töten?«, fragt er mich. »Dein Freund ist ein Mörder?« Aus seinem Mund hört sich das so … so … so verdammt gruselig und falsch an. Doch er hat recht.

»Ich sage mal so, bisher hat er es nicht in meiner Anwesenheit getan. Trotzdem halte ich ihn für dazu fähig, ja.«

»Mit wem zur Hölle bist du zusammen? Erpresst er dich? Seid ihr wirklich zusammen?« Jetzt beginnt es, kompliziert zu werden. Nur was soll ich ihm sagen? Nein, wir sind nicht zusammen. Er stalkt mich, und ich werde in den dümmsten Momenten schwach, obwohl ich ihn beißen, treten und der Polizei melden sollte? Denn genau so ist es. Niemand wird nachvollziehen können, wieso ich meinem Schatten mit jedem Tag mehr verfalle. Dass mich der Nervenkitzel süchtig macht, mich der Gedanke irgendwie beruhigt, dass jemand dort draußen ist, der mich beschützt. Der zwar verdammt besitzergreifend ist, allerdings auch eine besorgte Seite versteckt. Ich verstehe es ja nicht einmal selbst.

»Es ist kompliziert«, weiche ich ihm aus, als ich im selben Moment ein lautes Klopfen an der Scheibe höre. Erschrocken drehe ich mich um.

»Duck dich!«, warne ich Zain. Dann ziehe ich den Vorhang zurück und entdecke weit entfernte Scheinwerfer, die sich über der langen Auffahrt dem Haus nähern.

Neben dem Fenster direkt vor dem Kopierer kniend, schaut mir Zain entgegen.

»Dein Vater kommt.«

»Wir sind noch nicht fertig.«

»Wir kopieren morgen den Rest. Los, packen wir zusammen.«

Keine Ahnung, wie es dazu kommen konnte, dass ich den Typen, den ich bis vor zwei Stunden noch bis aufs Blut gehasst habe, nicht Demon ausliefere, sondern wir nun zusammenarbeiten. Es soll nicht heißen, dass ich Zain ab sofort blind vertraue – im Leben nicht. Er könnte mich immer noch hintergehen. Jedoch habe ich die Fäden in der Hand, indem ich Ranjas Tagebuch behalte und Zain nur die Kopien besitzt.

Schnell schnappe ich mir das Buch vom Kopierer, als Zain das Licht ausschaltet. Dann fliehen wir gemeinsam aus dem Büro seines Vaters, das er wieder abschließt. Vor dem Treppenaufgang angekommen, eilen wir die Stufen hoch. Unsere Wege trennen sich, als ich in die zweite Etage abbiege, er mit dem eingerollten Papierstapel einen Stock höher läuft.

»Dein Freund scheint mich doch zu mögen, wenn er uns gewarnt hat«, ruft er mir mit einem Grinsen zu.

Das bezweifle ich. Bevor ich ihm eine Antwort geben kann, öffnet sich die Haustür, und ich husche wie ein Wiesel in mein Zimmer.

Abgehackt atmend schaue ich zur Decke auf. Das war knapp. Ich brauche einige Minuten, bis sich mein Adrenalinhaushalt wieder beruhigt hat, und ich beschließe, eine Dusche zu nehmen, um danach Ranjas Tagebuch im Bett weiterzulesen, was Zain vermutlich heute Nacht ebenfalls vorhat.

* * *

Mitten in der Nacht reiße ich die Augen auf. Ich habe etwas poltern gehört. *Das Buch …* Ich bin beim Lesen eingeschlafen, nur warum ist das Licht aus?

Plötzlich starre ich vier dunklen Gestalten entgegen, die mit grellen Neonmasken, deren Augen x-förmig sind und die ein breites Grinsen tragen, maskiert sind.

»Tag der Wiedergutmachung«, höre ich Demons gedämpfte Stimme hinter der Maske mit dem roten Neongesicht. Schon wird mir ein Tuch über den Mund gebunden.

»Was?«, bringe ich hinter dem Knebel panisch hervor, als im selben Moment die Decke von meinem Körper gerissen wird und mich die maskierten Männer aus dem Bett heben. Zwei umfassen meine Arme, zwei meine Beine. Ehe ich begreife, was geschieht, werde ich aus dem Bett gehoben und befinde mich auf wackeligen Füßen zwischen den vier Männern.

»Demon, was wird das?«

Hinter mir umfasst jemand mit einer behandschuhten Hand mein Kinn und hebt es zurück an seine Brust. »Unser Kennenlernen. Genieß es, kleine Rose.« Es ist Demon selbst. Sinnlich streicheln seine Finger meine Kehle hinab, bis zu meinen Schlüsselbeinen und Brüsten. Seine Hand gleitet unter den Stoff meines Pyjamaoberteils und schmiegt sich um meine rechte Brust.

»Vertraust du mir?«, fragt er mich. Obwohl ich es nicht tun sollte, weil ich nicht einmal weiß, welches Gesicht sich hinter der Maske wirklich verbirgt, starre ich den anderen drei Maskierten entgegen, die sich vor mir positioniert haben, und zögere einige Sekunden.

Mein Verstand schreit mir *nein* zu, mein Herz rast in meiner Brust. Aber meine Neugierde ist geweckt. Ich könnte womöglich auf diesem Weg das erste Mal mehr über Demon erfahren.

»Sag nur ein Wort, und du bist schneller in deinem Schlafzimmer zurück, als du dich versiehst.«

»Soll heißen?«, bringe ich nuschelnd hervor und drehe das Gesicht über die Schulter zu der rot leuchtenden Neonmaske.

»Wir machen einen Ausflug.«

»Wohin?«, will ich wissen.

»Lass dich überraschen. Also? Ja oder nein?«, drängt er mich erneut zu einer Entscheidung. Im Prinzip könnte er sich ohne meine Einwilligung nehmen, was er will.

»Wetten, sie lehnt ab«, höre ich den Kerl vor mir, der wie die anderen einen schwarzen Hoodie und ein neongelbes Maskengesicht trägt.

Da hat er sich geschnitten.

»Gib ihr Zeit«, besteht Demon in einem leicht bedrohlichen Unterton. Der Mann mit der grün leuchtenden Maske wirft sich lässig auf mein Bett.

»Falls sie bleibt, bleibe ich auch. Das Bett ist verdammt bequem.« Die Stimme habe ich bisher noch nie gehört. Bei dem gelb leuchtenden Maskierten bin ich mir beinahe sicher, sie schon einmal gehört zu haben. Bei dem Typen in der Gasse hinterm Club, diesem Lexton.

Ich hole so tief Luft, wie mit dem Knebel möglich ist. »Gott, ich werde es bereuen. So verdammt bereuen«, murmele ich die erstickten Worte und lege den Kopf in den Nacken, um Demon entgegenzublicken. Spielerisch massiert er meine Brust weiter und lässt den Daumen um meine Brustwarze kreisen.

Er neigt den Kopf. »Und?«

»Ja.«

»Ja, was?«, fragt mich der Typ mit dem blau strahlenden Smiley, woraufhin Demon mir den Knebel aus dem Mund zieht.

Befreit schnappe ich nach Luft. »Ja, ich bin bei eurem Ausflug dabei.«

»Nichts anderes habe ich erwartet«, antwortet mir Demon, der sein Gesicht zu meinem senkt, dann beide Hände um meine Wangen legt. Kurz wirkt es, als würde er mich küssen wollen, wenn er nicht maskiert wäre.

Der Kerl in meinem Bett richtet sich schlagartig auf.

»Dann sollten wir uns beeilen.« Schon werden mir die

Augen mit dem Tuch von Demon verbunden. Ein weiterer seiner Freunde fesselt meine Hände vor meinem Körper mit Handschellen.

»Was soll das?«

»Plötzlich so ängstlich?«, hakt Demon süffisant lachend mit einem rauchigen Unterton nach. »Du vertraust mir doch. Ich bringe dich unbeschadet zurück. Du hast mein Wort.«

»Nein, nein, ich habe keine Angst«, halte ich dagegen, bevor ein Ruck durch meinen Körper geht und ich hochgehoben werde. »Ich will nur nicht, dass ich mich blind verletze.«

Seine Jungs lachen.

»Jede hätte sich an ihrer Stelle vor Angst in die Hose gemacht, sie denkt an blaue Flecke.« Die Stimme gehört diesem Quest, den ich ebenfalls vor Tagen in der Gasse gesehen habe und der nun eine blaue Neonmaske trägt.

»Keine Sorge, kleine Rose. Darauf achte ich. Gehen wir, Jungs.«

Wie lange standen sie bereits um mein Bett herum? Ich will mir gar nicht ausmalen, wo dieser Ausflug enden wird und was sich Demon hat einfallen lassen. Doch die Aufregung kribbelt wie ein Adrenalinkick in meiner Magengegend. Er ist zurück. Endlich

KAPITEL 19

Nuria

Ich bin süchtig nach dem Rausch,
den er mir verleiht, obwohl ich genau weiß,
dass ein Dämon einen unweigerlich ins Verderben
stürzen wird.

Schon wenige Minuten, nachdem ich von Demon durch vermutlich einen muffigen Geheimgang des Monair-Anwesens getragen wurde, weht frische Luft um mein Gesicht. Wir befinden uns im Freien. Eine schwere Metalltür fällt zu, das Klappern von Schlüsseln und eines Gitters sind zu hören.

»Wo bringt ihr mich hin?«

»Wo es dir gefallen wird«, versichert mir Demon.

»In einen Keller?«

»Viel besser.« Statt bedrohlich oder furchteinflößend zu wirken, scheint Demon in einer sonderbar aufgeheiterten Stimmung zu sein. So oft habe ich ihn rau, harsch, beinahe genervt erlebt, sogar erregt, aber selten amüsiert.

Scheiße, worauf habe ich mich eingelassen? – kreist die Frage durch meinen Kopf, als ich im nächsten Moment abgesetzt und dem Anschein nach blind in ein Auto bugsiert werde. Hände greifen unter meine Arme, umfassen meine Mitte, helfen mir, auf der Rückbank Platz zu nehmen. Gleich darauf finde ich mich eingekeilt zwischen zwei Kerlen wieder. Ich weiß, dass sie neben mir sitzen, da ich ihre Atemgeräusche höre, wie sie Platz genommen und sich angeschnallt haben.

Jemand legt mir einen Gurt um, schon fallen mehrere Autotüren zu. Der Motor wird gestartet, dann setzt der Wagen zurück. Nervös spiele ich mit den Fingern meiner gefesselten Hände.

»Könntet ihr mir wenigstens einen Tipp geben, wohin die Reise geht?«

Jemand umfasst mein Kinn, nicht grob, sondern fast schon vorsichtig, als wäre ich zerbrechlich. »Zum Unterricht«, antwortet mir eine raue, tiefe Stimme, die eindeutig zu Lexton gehört, diesem volltätowierten, finster dreinblickenden Riesen.

»Unterricht?«, wiederhole ich verwirrt. »Welchem Unterricht?«

»So viele Fragen«, merkt die fremde Männerstimme an. »Hier. Gebt ihr meinen Hoodie. Nicht dass sie sich noch erkältet.«

Zwar ist es nicht sehr kalt, trotzdem trage ich bloß den kurzen Pyjama, bevor mir ein Pullover vorn fremden Händen umgelegt wird. Der Pullover riecht nach einem sinnlichen Männerparfüm, nach *Amber & Vetiver.*

Okay. Okay, welche Entführer geben ihrem Opfer einen Pullover, damit es nicht friert. Zwar will ich Demon vertrauen, trotzdem würde ich lügen, wenn ich sagen würde, dass ich ihm bedingungslos vertraue. Aber der Pullover wärmt mich, riecht angenehm und verleiht mir das Gefühl, nicht halb nackt zwischen den dunkel gekleideten Kerlen zu hocken, die sonst was geplant haben könnten.

Ich bin an dem Punkt angekommen, mir sicher zu sein, dass mich Demon nicht mehr töten wird. Das hoffe ich wenigstens. Bloß weiß ich, dass er zu weitaus bösartigeren Dingen bereit ist. Dingen, die mich nachhaltig verderben, brechen, mir schaden könnten.

Mein Puls rast unaufhörlich, während ich auf jedes Geräusch

achte. Musik wird angestellt, ein Fenster heruntergefahren, dann streift der Qualm einer Zigarette meine Nase.

»Gib mir einen Zug«, richte ich meine Worte an Lexton, der links von mir sitzt. Eine Hand greift in meinen Nacken. »Ich glaube nicht, dass Wylder will, dass du rauchst.«

»Wenn sie es will«, höre ich von vorn und weiß nun, dass Demon, also Wylder, am Steuer sitzt.

»Na gut. Öffne brav den Mund.«

Ich fauche, bevor ich den Mund öffne und mir Lexton den Filter der Zigarette zwischen die Lippen schiebt. Anschließend nehme ich einen Zug und weiß, dass sämtliche Blicke auf mir ruhen.

Provokant blase ich diesem Lexton den Qualm entgegen, schmunzele und richte mich nach vorn, um seinem Griff in meinem Nacken auszuweichen.

»Ganz schön freches Mädel hast du dir ausgesucht, Boss.«

Boss. Wieso nennen Demon alle Boss?

»Ich liebe ihr Temperament. Schüchtere sie mir nicht zu sehr ein. Ich will später ihr Feuer sehen.«

Feuer? Welches Feuer? Bis mir das Licht aufgeht: Wir sind auf dem Weg zu einer Orgie. Mein Herz steht still.

Das würde er mir nicht antun, oder?

»Okay, stopp, haltet an«, rufe ich sofort. Augenblicklich legt der Wagen eine Notbremsung hin, von der ich nach vorn in den Gurt gerissen werde.

»Was ist?«, fragen mich Demon und dieser Fremde, dessen Gesicht ich ebenso wenig gesehen habe wie Wylders, im Chor. »Ist dir schlecht?«

»Schlecht? Nein, ich habe es mir anders überlegt. Ich bin mir sicher, dass ihr nette Jungs seid«, fasele ich dummes Zeug, um der Situation irgendwie zu entkommen, und kassiere mir ein hämisches Lachen.

»Nette Jungs«, raunt mir Lexton ins Ohr. »So hat mich bisher keine Frau, seit ich sechzehn war, mehr bezeichnet.«

»Sie kneift«, merkt Quest an.

»Willst du zurückgefahren werden?«, fragt mich Demon. »Wieso?«

»Wieso? Ich dachte, wir machen einen Ausflug. Wir beide, nicht zu fünft. Ich weiß, wie das hier enden wird, und nein …«

Schlagartig ist es verdammt still im Wagen, bevor jemand meine Wange umfasst. »Ja, es wird *damit* enden, ich mache dir nichts vor, kleine Rose.« Demon weiß also, was ich meine. Ich irre mich nicht. »Allerdings wird dir das, was dich erwartet, gefallen.« Sein Daumen reibt über meine Unterlippe. »Du kannst jederzeit nein sagen oder nach Hause gebracht werden. Doch heute ist die Nacht, in der ich mir nehme, was mir gehört. Und zwar dich.«

Mir versagt kurz der Atem, da er seine wahren Absichten verdammt schamlos ausspricht. »Also? Sollen meine Männer aussteigen oder dabei sein, wenn ich dich nehme? Such es dir aus. Denn dass ich dich nicht vögeln werde, steht nicht zur Option.«

Rasch schlage ich seine Hand weg. »Doch, selbst das steht zur Option. Ich lass mich nicht von einem kranken, gesichtslosen Fremden ficken«, antworte ich selbstsicher, obwohl seine Worte Hitze in meine Mitte jagen.

»Ich bin dir immer noch fremd?«, schnaubt er herablassend. »Verdammt, Rose, du denkst doch pausenlos daran, wie sich mein Schwanz in dir anfühlt.«

Instinktiv schlucke ich und ziehe die Knie fester aneinander.

»Ich glaube, das hier ist nicht für unsere Ohren bestimmt«, merkt Quest an. »Ich schnappe frische Luft.« Und plötzlich steigen auf einen blinden Befehl hin Demons Männer aus.

»Ich steige ebenfalls aus«, beschließe ich, suche mit den gefesselten Händen zwischen den Sitzen das Gurtschloss.

»Witzig, Nuria. Du steigst nicht aus.« Sofort ertönt das Klacken der Autoverriegelung.

»Ich steige aus, Demon.«

»Du vertraust mir nicht mehr?«, hakt er nach und schnallt sich ab. Unvermittelt steigt er zu mir auf die Rückbank, setzt sich zu mir und schnallt mich ab. Aber bloß, um mich einen Moment später auf seine Beine zu heben.

»Wie soll ich dir vertrauen, wenn ich nicht weiß, wer du bist? Ob du nicht mein Killer bist?«

»Habe ich dir nicht mehrfach bewiesen«, er zupft den Pullover an mir zurecht und korrigiert die Kapuze. »dass ich dich nicht missbrauchen, verletzen oder töten will?«

Beinahe zärtlich streicht er eine Strähne hinter mein Ohr, umfasst dann meinen Po und drückt seine Härte zwischen meine Schenkel. »Ich will nur, dass du mein bist. Ich will, dass dieser Moment besonders wird. Meine Jungs sollen wissen, wie verdammt wichtig du mir bist, und dass du die Frau bist, die ich für den Rest meines Lebens ausgewählt habe.«

Seine Worte klingen so bedeutsam, so endgültig, so entschlossen, als hätte kein Gegenargument eine Chance, um ihn umzustimmen. Und je öfter er mir beweist, mir sagt, wie wichtig ich ihm bin, desto mehr verfalle ich ihm. Denn ich will jemand Mächtigen an meiner Seite, jemanden, der mich beschützt, für mich da ist, mich bedingungslos liebt. Dabei spielt das Aussehen keine Rolle für mich. Trotzdem will ich wissen, wer er ist.

»Und du lässt mir keine Wahl, mich selbst zu entscheiden, ob ich den Rest meines Lebens mit dir verbringen will?«, stelle ich ihm die Gegenfrage.

Ein sonores Raunen dringt unter seiner Maske hervor. »Du weißt bereits, dass du es willst. Dein Körper weiß es.« Seine Hand rutscht von meiner rechten Pobacke zwischen meine Beine. Ich keuche erregt auf. »Deine Gedanken, in denen ich seit Wochen wohne, wissen es. Deine Seele, die sich jedes Mal nach mir sehnt, indem du die letzten Tage Nacht für Nacht minutenlang am Fenster gestanden hast, um mich im Garten zu suchen oder dein Handy nach Nachrichten gecheckt hast, weiß es. Du willst es. Tief in deinem Herzen. Du willst mich. Bloß deine moralischen Vorsätze stehen dir im Weg.«

Jedes Wort, das er ausspricht, sauge ich in mich auf, verinnerliche es, es bringt mein Herz zum Singen. Ich schlucke hart, lecke mir über die Lippen und kann nicht leugnen, dass ich ihn vermisst habe.

»Sag mir, dass ich mich täusche, und ich werde dich für immer gehen lassen.«

Verblüfft hebe ich die Brauen. Er setzt mit dieser Frage alles aufs Spiel und wäre bereit, mich aufzugeben, wenn ich ihn belüge. Denn ja, es wäre eine Lüge, zu behaupten, dass ich mich nicht zu ihm hingezogen fühle.

Daher drehe ich das Gesicht zur Seite, ohne zu antworten, und schließe hinter der Augenbinde die Augen. Plötzlich spüre ich seine warmen Lippen an meinem Hals, seine Zunge an meinem Unterkiefer, dann, als ich das Gesicht zu ihm drehe, seinen Mund auf meinem. Der erste Kuss. Und dieser Kuss reißt mich vollends in die Schlucht aus Finsternis und Sünde.

Sofort pocht mein Becken, breitet sich kitzelnd Gänsehaut unter dem dicken Hoodie auf meinem Körper aus, und ich rutsche näher an ihn, als mich seine Zunge verschlingt. Als ich den Kuss erwidere, tobt ein innerer Wirbelsturm in mir, der nur besänftigt werden kann, wenn ich ihn noch intensiver spüre.

Feucht reiben meine Lippen über seine, als er meine Unterlippe zwischen die Zähne zieht, in sie beißt und mich dann wieder hungrig küsst. Dabei rutsche ich unauffällig über seine Härte, die sich fester gegen meine Weiblichkeit drückt. Sein erregtes Stöhnen erklingt, an das ich so oft nachts vorm Einschlafen denken musste.

»Fuck, ich würde dich am liebsten hier ficken, wenn dieser Moment nicht etwas Besonderes werden sollte.«

»Geht mir auch so«, erwidere ich, woraufhin er in mein Kinn beißt.

»Scheiße, du bist perfekt.«

Seine Hände schieben sich unter meinen Hoodie, während meine gefesselten Hände ebenfalls auf Wanderschaft gehen und unter seinen Kapuzenpullover gleiten. Er hat nicht gelogen. Was ich spüre, ist glatte Haut, unter der sich feste, definierte Brustmuskeln abzeichnen. Ich wandere mit den Händen weiter hoch, bis sie sein Gesicht streifen. Dann stöhnt er an meinem Mund, als ich etwas Unebenes an seinem Gesicht ausmache.

Wie ein Warnsignal ziehe ich die Finger zurück, als hätte ich mich verbrannt. »Berühr mich, wo du willst, wann du willst, wie du willst.« Seine Finger umschließen mein Handgelenk und schieben es tiefer zu seiner Hüfte. »Denn das werde ich auch tun, wenn ich dich in allen erdenklichen Stellungen vögeln werde.«

Ich muss schmunzeln, dann schiebe ich ihm die Maske vom Gesicht, greife unter seine Kapuze in seinen Nacken und suche blind seine Lippen. Meine Finger zerteilen dichte, seidige Haarsträhnen, die wenige Zentimeter lang sind. Stürmisch und gierig küsse ich dieses Mal ihn, lasse ihn unter seinem Hoodie meine Nägel spüren und versinke in seinem betörenden Duft aus Zedernholz und Zitrone.

Er überlässt mir in diesem Moment die Kontrolle, als sich unsere Zungen umkreisen, und umfasst fest meine linke Pobacke, schiebt meine Hüfte rhythmisch vor und zurück und entfacht in mir das unersättliche Verlangen, wie ich es nie zuvor bei einem Mann gespürt habe. Er ist perfekt. Für mich perfekt, mit all den finsteren Facetten seiner Präsenz.

Keine Ahnung, ob ich krank oder besessen oder einfach nur verliebt bin, aber ich ziehe mich auf den Knien höher, um meine Pyjamahose herunterzuziehen.

Hände halten mich davon ab. »So unersättlich, kleine Rose? Nicht hier. Sagte ich doch.«

Keuchend senke ich mein Becken wieder, als er mit den Fingern über meine nackten Oberschenkel streichelt. »Erst turnst du mich an, dann …« Ein Zeigefinger legt sich auf meine Lippen.

»Gedulde dich. Du wirst bald wissen, wofür.«

Plötzlich klopft es an der Scheibe links von mir.

»Sollen wir zurücklaufen oder einen Wagen anhalten und klauen, damit ihr ungestört bumsen könnt?«, fragt dieser fremde Kerl. Demon stöhnt genervt. »Cameron«, murrt er, dann gibt er mich frei, um im nächsten Moment meine Hände von seinem Körper zu nehmen. Aber nicht, ohne die Fingerknöchel meiner rechten Hand zu küssen und mich seine Zähne spüren zu lassen.

»Die Scheiben sind schon beschlagen«, höre ich Quest.

»Aber der Escalade schaukelt noch nicht. Die bumsen noch nicht«, wirft Lexton ein. »Also gehts nun weiter oder – FUCK!«

Das Quietschen von Rädern eines rasant näher kommenden Wagens reißt mich aus meinem benebelten Zustand. Doch recht schnell wird das Quietschen der Reifen von dem Aufheulen eines Motors abgelöst.

»Scheiße! Verdammt! Aus dem Wagen!«, brüllt Lexton.

Ehe ich realisieren kann, was hier geschieht, prallt etwas mit voller Wucht gegen das Auto, in dem ich mich mit Demon befinde. Heftig werde ich mit dem Rücken gegen die Lehne des Beifahrersitzes gerammt und keuche schmerzerfüllt auf.

»Wylder!«, ruft jemand, als ich mich im selben Moment an Demon festklammere und hastig die Augenbinde vom Gesicht schiebe. Der Escalade wird unaufhörlich über die Straße geschoben. Dann ertönen Schüsse. Panisch reiße ich die Augen auf, als ich Demons Maske entgegenblicke und dieser die Tür öffnet. »Wir müssen raus. Los.«

Als ich über die Schulter blicke, sehe ich, wie der schwere Geländewagen, in dem wir uns befinden, Meter um Meter Richtung Leitplanke zur Steilküste gedrängt wird.

Weitere Schüsse fallen, während ich glaube, mich in einem Film zu befinden. *Das ist … Das ist unmöglich wahr!* Und zugleich verursachen die Schüsse in mir das Bedürfnis, aufzuschreien. Sie rütteln etwas in meinen Erinnerungen wach, bringen an die Oberfläche, was ich längst vergessen hatte.

Demon hebt mich wendig neben sich auf die Rückbank, bevor er sich nach vorn zum Fahrersitz beugt, um die Zentralverriegelung zu öffnen. »Steig aus, bleib hinter dem Wagen in Deckung. Cameron!«, ruft er.

»Was passiert hier?«, frage ich ihn, als ich dabei zusehe, wie er eine Waffe aus dem Hosenbund zieht und aussteigt.

»Frag nicht. Steig aus, los!« Bei seinen Worten verknotet sich mein Magen.

Er greift rasch an mir vorbei zum Türgriff und stößt die Tür auf. Bevor ich von der Rückbank des Escalade gerutscht bin, greifen Hände unter meine Arme.

»Hab dich, kleiner Fuchs.« Ich blicke gleich darauf einem Maskierten mit rot glühenden X-Augen, einem Smileygrinsen und nacktem Oberkörper entgegen. Cameron.

»Duck dich!«

Erneut schlagen Kugeln in den Geländewagen ein, Scheiben zersplittern, der Motor des fremden Autos heult auf. An der Ecke des Hecks schaue ich in geduckter Haltung vorbei, obwohl mich dieser Cameron, der ebenfalls seine Waffe gezogen hat, davon abhalten will und einen Arm um meinen Oberkörper schlingt. Mein Blick wandert zu der schwarzen Pistole. Ich habe so eine zuvor schon einmal gesehen. Der Name liegt mir auf der Zunge. Wieso … Wieso erinnere ich mich nicht. Er beginnt mit einem G.

G … G … G …

Angestrengt und in Gedanken versunken, obwohl es der absolut unpassendste Moment ist, runzele ich die Stirn.

Weitere Schüsse fallen, von denen ich aus meiner Überlegung gerissen werde. Der weiße Jeep, der den Escalade gerammt hat, setzt auf einmal zurück, nur um im nächsten Moment mit durchdrehenden Rädern an Demon und seinen Verbündeten, die weiterhin auf ihn schießen und vor ihm zur Seite springen, vorbeizurasen.

Das Blut rauscht in meinen Ohren, bevor ich neben dem

Hinterreifen auf dem Asphalt zusammensinke und flach ein- und ausatme.

Atme. Atme. Atme.

Jeder Atemzug ist die reinste Qual, als hätte ich das Atmen verlernt und der Überfall meinen Körper gelähmt.

»Wie geht es ihr?« Aus den Augenwinkeln verfolge ich, wie Demon in mein Sichtfeld tritt und vor mir auf ein Knie fällt.

»Gut, ihr geht es gut«, versichert Cameron ihm. »Was zur Hölle war das?«

»Die Zetos«, erklärt Lexton ihm. »Du hattest recht, Wylder. Die Wichser sind sogar in Australien. Wer hätte das gedacht. Das wird ein Spaß.«

Spaß? Das ist für Lexton Spaß?

Demon umfasst mein Gesicht und prüft mich anschließend eingehend auf Verletzungen und Kratzer.

»Zetos?«, will ich keuchend wissen. »Was sind die Zetos?«

Quest tritt ebenfalls an uns heran, eine Hand locker in die Hosentasche geschoben, in der anderen eine Pistole, die er im Bund seiner schwarzen Jeans mit Rissen an den Knien verstaut.

»Du willst es nicht wissen, Hübsche.«

KAPITEL 20

Nuria

Was, wenn die eigentliche Gefahr nicht der Feind ist, der dich liebt? Sondern dein Freund, der dich hasst?

Mir sitzt die Angst von dem Angriff immer noch im Nacken. Keiner erklärt mir wirklich, wer diese Zetos sind, warum wir angegriffen wurden. Sie machen weiter, als wäre nichts geschehen. Wie oft haben sie bisher solche Situationen erlebt, um das, was passiert ist, mal eben wegzustecken?

Mit dem demolierten Escalade setzen wir die Fahrt fort und fahren vor einem altenglisch anmutenden Herrenhaus vor, das in unmittelbarer Nähe einer Steilküste errichtet wurde.

Um ehrlich zu sein, wirkt es auf den ersten Blick noch unheilvoller als das Monair-Anwesen am ersten Tag. Wein bedeckt große Flächen der Erker und Steinfassade. Ein eher kläglich gepflegter Garten mit verdorrtem Rasen, mehreren eingefallenen Steinmauern und zwei leeren Brunnen, die schon bessere Zeiten erlebt haben, umgeben die Auffahrt zum Gebäude. Mir entgehen die Kameras nicht, die an den Säulen der Auffahrt, die schon lange keine Torflügel mehr tragen, installiert worden sind.

Im Dunkel der Nacht erhebt sich das dunkle Steingebäude vor uns wie ein finsteres Gruselanwesen.

Lexton lehnt sich unerwartet vor, dann dreht er das maskierte Gesicht zu mir.

»Ist irgendjemandem von euch Idioten aufgefallen, dass sie keine Augenbinde mehr trägt und weiß, wo sie hingefahren wird?«

Triumphierend schmunzelnd blicke ich ihm entgegen. »Du kannst auch die Maske abnehmen, Lexton, ich weiß bereits, wie du aussiehst.«

»Woher?«, will Cameron wissen, der sich vom Beifahrersitz zu uns umdreht.

»Weil er Wylder und sie in einer Gasse erwischt hat und dachte«, Quest feixt rechts von mir und verpasst Lexton hinter meinem Rücken einen Stoß gegen die Schulter, »der Boss bräuchte Hilfe.« Sein Feixen geht in ein belustigtes Lachen über, das selbst mich kichern lässt.

»Bei was?«, fragt Cameron neugierig, kratzt sich an der nackten, muskulösen Brust, auf der ich erst jetzt auf der oberen Hälfte und seinem linken Arm die kunstvollen Maori-Tätowierungen genauer bewundere.

Lexton und Quest beginnen neben mir, wie Teenager zu lachen. Ich schmunzele in mich hinein.

»Bei was?«, wiederholt Cameron, als Demon den prolligen Geländewagen vor den Steinstufen, über denen ein vermoostes Vordach thront, parkt.

»Willkommen im vorläufigen Anwesen der Hölle«, spricht Demon unheilvoll, schon wendet er sich zu mir um. »Legt ihr die Augenbinde an.«

Ich seufze. »Wirklich?«

»Wirklich. Du bist nicht zum Spaß hier, sondern für eine Wiedergutmachung.«

»O fuck, wenn sie so endet wie in der Gasse, dann …«, setze ich an, bevor mir Lexton das schwarze Tuch umbindet. Meine Handgelenke sind weiterhin mit Handschellen fixiert.

»Was war in dieser Gasse?«, bohrt Cameron weiter. »Wieso weiß jeder, was dort gelaufen ist, nur ich nicht? Erklärt es mir.«

»Tja, hättest du deinen Arsch einen Tag früher in den Flieger gesetzt, würdest du wissen, worüber wir uns unterhalten, Cam«, erklärt Lexton mit diesem herrischen Tonfall, der jedes Mal ein Schaudern bei mir verursacht.

Schon werden die Türen geöffnet, ich aus dem Wagen gehoben und dann zum Haus getragen. Obwohl ich nichts sehen kann, weiß ich, dass wir uns zum Eingang bewegen. Kies knirscht unter den Schuhsohlen von Lexton, der mich auf seinen Händen trägt, was mir verdammt unangenehm ist.

Das wehklagende Quietschen und Knarzen einer Tür ertönt, als mich ein Geruch aus Möbelpolitur, Leder und schwerer Holznote empfängt.

»Ich kann auch laufen«, versuche ich Lexton davon zu überzeugen, mich herunterzulassen.

»Davon bin ich nicht überzeugt. Im Club hast du vor unseren Augen zuerst die Wand, dann den Boden geküsst.«

Unweit höre ich Demon lachen, wie auch Quest. »Den Anblick werde ich nicht so schnell vergessen.« Ja, macht euch ruhig lustig darüber, dass ich in einer verdammten Pfütze ausgerutscht bin. Das wäre jedem passiert, der vor Teufeln wie ihnen davongerannt wäre.

»Da war ich betrunken und nicht Herr meiner Sinne«, kontere ich, klammere mich fester an Lextons Hoodie fest und schnaufe angefressen.

»Auch nicht, als du Demons Schwanz geblasen hast?«, hakt Lexton nach. »Du hast mir dabei ziemlich munter gewirkt.«

»Was?«, stößt Cameron hinter uns hervor. »Dabei habt ihr sie kennengelernt?«

»Kennengelernt ist nicht das richtige Wort«, zische ich in seine Richtung, obwohl ich nicht wirklich etwas erkennen kann. Gerade frage ich mich, warum ich hier bin, wieso ich mich wie eine Stoffpuppe in ein Gebäude tragen lasse, in dem die Jungs sonst was mit mir anstellen könnten. Aber irgendwie erwecken sie auf mich keinen skrupellosen Eindruck. Okay, sie tragen Waffen, sie sind gewaltbereit und zählen nicht zu den schüchternen Nerdboys, trotzdem fühle ich mich mit jeder Minute in ihrer Anwesenheit wohler, beinahe sicher.

»Sie dachte, ich wäre ein Türsteher und würde ihr zu Hilfe eilen.« *Ja, lach mich aus, du herzloser, volltätowierter Schrank.*

Mehrere Schritte hallen durch einen eindeutig recht großen Raum, der mit Steinplatten, Beton oder Fliesen ausgelegt sein muss. Die Schritte werden auch nicht von Teppichen gedämpft, als das Klacken eines Schlosses zu hören ist, dann das Quietschen einer Türangel.

In diesem Raum dringt ein warmer, blumiger Duft in meine Nase. Ein Duft, den ich nicht in einem alten Herrenhaus bei diesen Schurken vermutet hättet.

»Setz sie ab, Lex«, befiehlt Demon in seinem üblichen dominanten Unterton, der bei mir dieses Kribbeln zwischen den Rippen verursacht.

Mein Herz klopft wieder schneller, da mir bewusst ist, was als Nächstes folgen wird. Demon hat es angekündigt, und aus diesem Grund, einfach weil ich weiß, wie seine Wiedergutmachung aussehen wird, falle ich vor ihm auf die Knie.

»Hoppla, was wird das?«, fragt Quest, als Hände meine Schultern umfassen. Sofort schießt mir die Röte ins Gesicht. *Mierda! No!* Knie ich vor Quest?

»Wir lernen das noch«, erklärt mir Demon in einem seltsam erheiterten Tonfall. »Du kniest vor dem Falschen, meine Rose.« Im nächsten Moment wird mir aufgeholfen und mir danach die Augenbinde von meinem Gesicht und Handschellen von meinen Gelenken abgenommen.

Und was ich zwischen den zwei maskierten Männern erkenne, verschlägt mir die Sprache. Ein Meer aus weißen Rosen bedeckt den Boden einer großen Halle, die rechts von mir mit bodentiefen Fenstern und links mit einer Spiegelwand versehen ist. Das Deckenfresko über uns wird vom Licht der flackernden Stehkerzen angestrahlt, die in den Ecken des Raums aufgestellt wurden wie in einer Kirche. Ich fahre zu Demon herum, doch kann ihn nicht mehr ausmachen. Die Gesichter der vier sind nun von identischen Masken verdeckt und jeder trägt einen schwarzen Hoodie. Offenbar auch Cameron.

»Was wird das für ein Spiel?« Denn plötzlich, als wäre es abgesprochen worden, werde ich zwischen mehreren Händen um die eigene Achse gedreht, Finger streifen mein Gesicht, meine Beine, meinen Po, ziehen mir den Pullover aus, öffnen meinen Pferdeschwanz und streichen mir anschließend über die nackten Arme. Mein Atem geht flach, während ich verzweifelt herausfinden will, wer von den Männern Demon ist.

Keiner spricht. Erst als jemand meine Bewegung stoppt und mich mit gesenktem Gesicht an der Mitte packt, ahne ich, dass es Demon ist.

»Vor den anderen?«, frage ich ihn verunsichert. Er neigt das Gesicht, dann reißt er mir mit einem Ruck das Oberteil auf, sodass Knöpfe auf dem Parkettboden landen.

Rückwärts treibt er mich zu dem Blütenmeer, während hinter mir jemand meine stolpernden Schritte abfängt und mir die Pyjamashorts herunterzieht. Sie landet um meine Fußknöchel, ehe ich weiter zurückgetrieben werde und die Shorts zurücklasse. Gänsehaut breitet sich auf meinem Körper aus, bevor der Mann vor mir zwei Finger hebt und mit ihnen eine Bewegung in seine Richtung andeutet. Im nächsten Moment verdunkelt sich wieder mein Sichtfeld, ich werde gedreht und anschließend an den Schultern vollkommen entkleidet.

»Alles okay? Oder muss ich befürchten, dass du mir jeden Moment umkippst?«

»Ja«, antworte ich Demon, der sich vor mir befindet und wieder mit mir spricht, damit ich ihn erkenne.

Hände umfassen meine Brüste, massieren sie, zwirbeln

meine Brustwarzen, während meine eigenen Hände nach vorn gezogen werden. Sind es Lextons Hände um meine Brüste?

»Zieh mich aus«, befiehlt mir Demon, woraufhin ich blind über seinen Hoodie taste. Mit den Fingerspitzen umfasse ich den Saum seines Pullovers und ziehe ihn anschließend über seinen Kopf, bis er mir hilft und der Pullover aus meinen Fingern gerissen wird.

Zugleich spüre ich Finger, die über mein Rückgrat gleiten. Jemand greift in mein Haar, weitere Hände verschwinden zwischen meinen Schenkeln. »Wie fühlt es sich an?«, will Demon wissen.

Auf merkwürdige Weise verdammt gut. Fremdartig, aber nicht aufdringlich. Ich taste nach seiner Maske, die ich ihm abnehme, um anschließend besitzergreifend in sein volles Haar zu fassen und mein Gesicht zu heben. Ehe meine Lippen seine suchen können, trifft sein Mund meinen. Gott! Der Kuss, der folgt, raubt mir kurzzeitig alle Ängste. Hungrig und immer begieriger umkreisen sich unsere Zungen. Finger zerteilen meine feuchten Schamlippen, gleiten zwischen ihnen hin und her, bis sich das unbändige Verlangen in meinem Becken ausdehnt.

»Verdammt, wird sie schnell feucht«, höre ich Lexton, der, wenn es seine Finger zwischen meinen Schamlippen sind, verdammt langsam vorgeht.

»Ich weiß. Ihr Körper springt sofort auf mich an«, raunt Demon, beißt zärtlich in meine Unterlippe und führt meine Hände zu seinem Gürtel. Ich öffne die Schnalle, versinke immer tiefer in dem Kuss und dem Gefühl aus Albtraum und reinem Verlangen. Denn nie zuvor war ich so besessen davon, gevögelt zu werden, einen Mann tief in mir zu spüren.

Nachdem ich seine Hose heruntergezogen habe, lässt er sich nach hinten sinken und zieht mich auf sich. Wie schon im Wagen ertaste ich harte, definierte Bauch- und Brustmuskeln, dann seinen verdammt großen, schweren Schwanz. Als ich mich nach vorn beuge, um ihn zu küssen, zu schmecken und mit meinen Lippen jeden Zentimeter seines Körpers zu erkunden, dringen Finger von hinten in mich ein. Keuchend halte ich inne, schon greift eine Hand in mein Haar.

»Lass dich nicht ablenken. Blas ihn. Cameron will sehen, wie gut du es kannst«, befiehlt Demon.

Ein Schnauben ist rechts von mir zu hören. »Sie kann es mir auch beweisen, indem sie meinen Schwanz bläst.« Demons Knurren vibriert in meinem Körper nach.

Ich muss schmunzeln, bevor ich mit der Zunge Demons Eichel befeuchte und mein Becken rhythmisch zu den Fingerstößen bewege.

Dann nehme ich seine Härte in meinen Mund auf, mit jedem Herabsenken tiefer. Sofort spannt sich sein Becken an, legt sich sein milder und zugleich rauchiger Geschmack auf meine Zunge. Ich lausche seinem rauen Stöhnen.

»Verdammt, nimmt sie ihn tief auf«, merkt Cameron an, der anscheinend öfter bei solchen abgründigen Orgien dabei war. Zugleich wird meine Klit feucht umkreist, während zwei Finger in mich stoßen und meine Lust ins Unermessliche ankurbeln.

Meine Pobacken werden auseinandergeschoben, als ich Demons Schwanz weiter blase, den Druck erhöhe, und zugleich etwas zwischen meine Pobacken tropft. Dann, als ich keuchend und zitternd weitermache, dringt unerwartet ein Daumen in meinen Anus. Sofort wimmere ich auf. Hände massieren weiterhin meine Brüste, fester, besitzergreifend.

Währenddessen dirigiert Demon meinen Kopf in dem Tempo, wie er es braucht. »So ist gut, kleine Rose. Sehr gehorsam. Nimm ihn noch tiefer auf.«

Ich strenge mich weiter an, bis er die Kontrolle übernimmt und meinen Mund fickt. Ich blende komplett alles um mich herum aus. Meine Knie zittern immer heftiger auf den Rosenblüten, bevor die Hand aus meinem Haar verschwindet und stattdessen meine Hüfte umfasst wird. Im selben Augenblick wird mir die Augenbinde abgenommen, und ich blicke einer riesigen Schlange mit weit aufgerissenem Maul auf einem nackten, durchtrainierten Oberkörper tätowiert entgegen. Das Licht taucht Demons muskulöse Brust und Oberarme, an denen ich zwei Schnitte erkenne, in einen goldenen Schein.

Enttäuscht stöhne ich auf, da er wieder eine Maske trägt.

»Steig auf mich«, befiehlt er mir und hebt gebieterisch seine rechte Hand, in die ich meine lege. Seine schlanken Finger verschränken sich mit meinen. Mehrere schwarze Ringe sind um sein Handgelenk tätowiert, von denen ich kurz fasziniert bin, bevor ich auf sein maskiertes Gesicht herabblicke, anschließend auf seine Hüfte rutsche.

Er hält meine Hand wie die einer Königin, die sich auf ihn setzen soll, sodass ich mir kurz auf die Unterlippe beiße.

»Jetzt reite mich, bevor ich es nicht mehr länger aushalte und dich ficke, wie du es die gesamte Zeit willst.«

Lächelnd beuge ich mich etwas zu ihm nach vorn, umfasse seine Schulter und senke danach meine Hüfte.

Zentimeter für Zentimeter dringt sein riesiger Schwanz in meine Pussy. Keuchend schließe ich die Augen, weil das Gefühl, von ihm bis zum Zerreißen ausgefüllt zu werden, so überwältigend ist.

»Weiter, oder bin ich zu groß für dich?«, provoziert er mich. Obwohl es stimmt. Er ist höllisch groß.

Ich schüttele den Kopf, weil ich Lexton schnauben höre, dann hebe ich mein Becken, um es erneut zu senken und ihn mit einem Wimmern aufzunehmen.

»Scheiße«, wispere ich.

»Fuck ja, scheiße«, höre ich Demon unter der Maske stöhnen, als ein heißkalter Schauer mein Rückgrat hinab rieselt. Wir sehen uns eine Sekunde lang an, bis ich mich auf ihm bewege und ihn reite. Intensiver und schneller, bis er beim vierten Stoß komplett in mir ist und ich sofort weiß, dass dieses Gefühl, ihn so tief in mir zu spüren, mich süchtig werden lässt.

Um uns herum haben sich seine Freunde versammelt, die uns zusehen und die Show genießen, wie ich ihren Anführer reite. »Sie bewegt sich verdammt geil«, merkt Quest an. »Ich würde verdammt gerne tauschen.«

»Reite ihn schneller«, befiehlt Lexton, der an uns herantritt und dessen Befehl ich Folge leiste. Ich beschleunige das Tempo und hefte den Blick bloß auf Demons Maske. Wie er unter der Maske aussieht? Verzieht er die Lippen? Unterhalb des Maskenrands zeichnet sich ein gepflegter dunkler Bartschatten ab, und ich erkenne einen ausgeprägten Adamsapfel. Jemand völlig Fremden, Geheimnisvollen zu reiten, hat seinen Reiz. Es turnt mich unglaublich an, was ich nicht erwartet hätte.

Wie an seinem kostbarsten Besitz gleiten seine Hände an meinem Körper entlang, umfassen meine Brüste, streicheln meinen Bauch. Doch obwohl ich nicht in seine Augen schauen kann, weiß ich, wird er jeden Moment jede Zurückhaltung vergessen.

Plötzlich, als ich glaube, ich könnte mich ewig auf ihm bewegen, umfasst er meine Kehle und wirbelt mich herum. Ich finde mich im nächsten Augenblick auf allen vieren wieder, bis er mich von hinten an der Hüfte packt, an sich zieht und seinen Schwanz in mich stößt. Erschrocken schreie ich auf. Ohne Pause nimmt er mich von hinten, und das verdammt ungezügelt und hart, als könnte ich ihm sonst weglaufen und zu einem seiner Freunde überwechseln. Haut trifft auf Haut, während ich die Nägel in die Rosenblüten kralle. »Perfekt vorbereitet, Lex. Du solltest dich bei ihm bedanken, kleine Rose.«

»Bedanken?«, keuche ich zittrig.

»Willst du sie gleich heute überfordern?«, fragt Lexton verwundert. *Was meint er damit?*

»Lehnst du ab?«, fragt Demon angestrengt atmend hinter mir. »Wie sieht es mit dir aus, Cameron? Willst du immer noch wissen, wie sie bläst?«

»Hey, sicher nicht«, unterbricht Lexton ihn sofort, bevor

Cameron an mich herantritt. Was für gottlose Gedanken hat Demon wirklich?

Nach kaum einem Wimpernschlag kniet Lexton vor mir, wird seinen Pullover los und öffnet die Hose.

»Du erlaubst?« Und schon massiert er seine Härte, die bis zur Hälfte tätowiert ist, in seiner Hand. Ich drehe das Gesicht zu Demon, der in mir bis zum Anschlag verharrt. Schwer keuchend runzele ich die Stirn.

»Dein Ernst?«, frage ich ihn. Demon neigt das Gesicht, umfasst meine Pobacken und schiebt sie auseinander.

»Mein fucking Ernst. Sie sind wie meine Brüder.«

Leicht verschwitzt wende ich mich Lexton zu. »Mach den Mund auf, Baby, sonst fickt dich dein Dämon nicht weiter.«

Für diesen Satz kassiert Lexton einen finsteren Blick von mir. »O yes, dieser Blick killt mich. Mit dem darfst du deinen Job gerne ausführen.«

Ich zeige ihm meine Zähne, bevor er mit der Schwanzspitze meine Lippen entlanggleitet. Dann öffne ich den Mund zu einem Stöhnen, da im selben Augenblick Demon meine Klit umkreist.

»Du gehörst mir, vergiss das nie. Ich leih dich nur für Dienste aus. Dienste, die dir gefallen.« Er ist so unendlich verdorben, dass ich mich wirklich frage, wie er so werden konnte. Zugleich ist dieses Spiel mehr als aufregend. Ich öffne meine Lippen und nehme Lextons Schwanz in den Mund. Er streichelt über meinen Kopf. »Schön feucht und tief, bekommst du das hin?«

Besser, als du dir vorstellen kannst. Wobei ich vor Lexton verdammt viel Respekt habe. Ihn möchte ich nicht gegen mich aufbringen, da er sicher imstande ist, fünf Männer auf einmal zu erledigen. Ich komme seinen Bewegungen entgegen, nehme seine wesentlich herber schmeckende Härte tiefer auf, lutsche sie und stöhne auf, als Demon mich endlich wieder fickt.

Schon nach wenigen Minuten bin ich den beiden komplett erlegen. Lexton raunt kehlig der Decke entgegen: »Du hast nicht übertrieben. Sie bläst saugeil«, als ich das Tempo beschleunige und mehr Druck mit den Lippen ausübe, ihn tiefer blase und spüre, wie er nach einigen Minuten nicht mehr die Kontrolle besitzt, sondern ich sie übernehme.

Er stößt in meinen Rachen, bekommt nicht genug, während ich die Fingernägel in seine Oberschenkel kralle. Quest und Cameron schauen uns stillschweigend zu, wie ich von zwei Männern gleichzeitig beansprucht werde. Und zur Hölle, Demon besitzt eine außergewöhnliche Ausdauer, nimmt mich animalischer und so tief, dass er einen Punkt in mir trifft, der mir jeden Moment den Boden unter den Knien wegreißt. Dabei will ich zuerst Lexton zum Höhepunkt bringen, um anschließend zu kommen. Ich darf den Orgasmus nicht zu früh erreichen, da ich ihn genießen will.

Und dann, als ich glaube, jeden Moment zu explodieren, pulsiert Lextons Härte, er stößt mehrere Male tief in meinen Mund und flucht derbe Sprüche.

»Verfickte Scheiße, sie ist besser als jede Hure!«, bevor sein Schwanz pumpt und ich sein Sperma auf der Zunge schmecke. Mild und warm rinnt es meine Kehle hinab. »Verdammt geil.« Er schaut auf mich mit angespanntem Oberkörper herab, zerwühlt mein Haar und blinzelt mir mit geöffneten Lippen entgegen.

Ich schlucke sein Sperma, um frei atmen zu können. Noch mal schiebt er sich in mich, bevor ich nicht mehr kann, aufstöhne und seinen Schwanz freigebe.

»Jetzt komm für mich!«, befiehlt mir Demon, der nun sein volles Potenzial ausschöpft und mich so heftig nimmt, dass ich sicher überall blaue Flecken davontragen werde. Wimmernd senke ich den Oberkörper und gebe mich ihm völlig hin, winde mich vor ihm und schreie laut seinen Namen, »Gott, Demon!«, als die erste Orgasmuswelle durch meinen Körper hinwegrauscht. Ich stehe wie unter Strom. Meine Haut prickelt überall, meine Beine zittern unaufhörlich, mein Atem geht abgehackt, und meine Pussy zieht sich eng zusammen, sodass ich ihn ebenfalls fluchend stöhnen höre.

»Gott! Wie eng!« Rau schnaubt er, stöhnt auf und stößt drei Mal tief in mich, bevor er in mir kommt. Diese Laute, die er von sich gibt, sind alles, woran ich die letzten Tage so oft denken konnte, wenn ich die Augen in einem stillen Moment geschlossen hatte. Sie sind nur für mich bestimmt. Mein. So wie dieser Mann mir gehört. Und verdammt, der Gedanke, dass mir dieser starke, muskulöse und geheimnisvolle Mann gehört, lässt mein Herz wie wild schlagen.

KAPITEL 21

Demon

Sie ist meine Droge, nach der ich giere.
Meine Königin, die ich verehre.
Mein Untergang, der unweigerlich bevorsteht.
Trotzdem will ich nicht von ihr loskommen.

»Warum vor den anderen?«, fragt sie mich, während sie nackt und erhitzt auf mir liegt und ich die Finger über ihren Rücken kreisen lasse. So nah habe ich sie bisher nie gespürt, als wären wir eins. Verschmolzen zu einer Seele. Die Jungs sind vor wenigen Minuten gegangen.

»Um ihnen zu zeigen, dass du mir alles bedeutest. Dass du mir gehörst. Ich mir nie so sicher war, eine Frau an meiner Seite zu wollen, wie dich vor wenigen Minuten.«

»Was eine verdrehte Ansicht«, merkt sie kichernd an, bis ich meine Finger hebe und ihr dunkelbraunes, langes Haar durchkämme. Seidig gleiten ihre Strähnen durch meine Finger. Ihr Haar fühlt sich so weich an, dass ich am liebsten mein Gesicht darin vergraben will.

»Du hast es genossen. Oder täusche ich mich?«

Einen Moment legt sich eine beruhigende Stille über uns. Jedes Mal, wenn sie mir nicht widerspricht, weiß ich, stimmt sie mir zu. Tief im Inneren ihres Herzens verlangt sie mehr, habe ich sie auf den sündhaften Pfad getrieben, auf dem sie nicht mehr umkehren will. Und genau das verschafft mir ein Gefühl der Genugtuung. Es beweist mir, wie ähnlich wir uns sind.

»Wie spät ist es?«, fragt sie plötzlich, richtet sich über mir auf und greift wie selbstverständlich nach meiner linken Hand, um auf der Uhr um mein Handgelenk die Zeit abzulesen.

»04:24 Uhr. Heilige Scheiße! Ich muss zurück.«

»Du bleibst.«

Als sie Anstalten macht, von mir zu klettern, umfasse ich ihre Mitte und drücke sie an mich. »Du bleibst«, wiederhole ich. »Oder muss ich dich fesseln?«

»Ich muss zurück zu den Monairs.«

»Es ist Sonntag. Du hast heute frei und wirst den Tag bei mir verbringen.«

»Maily ist krank. Ich habe heute nicht frei.«

Sie hebt ihr bildhübsches Gesicht und blickt mir mit gerunzelter Stirn entgegen. Hinter der Maske kann ich mir mein Grinsen nicht verkneifen. Sie ist so unsagbar schön. Im Kerzenschein werden ihre großen Augen, die vollen, natürlichen Lippen und ihre leicht hervorgehobenen Wangenknochen betont. Ihr Haar fällt herrlich zerwühlt vom animalischen Sex über ihre Schultern und runden, perfekten Brüste.

»Du weißt also nicht alles«, stellt sie fest.

Langsam hebe ich das maskierte Gesicht, bis meine Maske ihre kleine Nasenspitze berührt. »Aber fast alles«, raune ich unheilvoll.

»Und ich nichts über dich.« Sie kneift misstrauisch die Augen zusammen. »Ich kenne weder deinen Namen noch weiß ich, wie dein Gesicht aussieht.«

»Dafür hast du andere Dinge von mir gesehen, die die meisten nicht zu Gesicht bekommen«, scherze ich und genieße ihr Seufzen, das die Anspielung auf meinen Schwanz ihr entlockt.

»Wer bist du wirklich, Demon?«, fragt sie und umfasst mein Gesicht. Jeden Moment befürchte ich, dass sie mir die Maske vom Gesicht reißt. Trotzdem halte ich sie nicht auf, denn ich weiß, dass ihr bewusst ist, dass alles endet, wenn sie erfährt, wer ich bin.

»Jemand, der absolut vernarrt in dich ist, kleine Rose.« Sinnlich spiele ich mit einer Haarsträhne von ihr, deren Spitzen ich über ihr Gesicht gleiten lasse wie einen Pinsel. »Jemand, der dich beschützen will, der dich um jeden Preis besitzen will und der dein zukünftiger Mann ist.«

Sie hebt die rechte Braue, während ihre Daumen über das Plastik der Neonmaske streicht. »Soll ich einen Mann lieben, der hinter einer Maske lebt?« Berechtigte Frage.

»Es wird der Moment kommen, in dem du sie mir abnehmen darfst. So lange«, ich lasse ihre Haarsträhne sinken, schiebe meine Finger um ihren Hals und hebe mit dem Daumen ihr Kinn an, »wirst du das lieben, was ich dir gebe.«

Ob sie mich wirklich irgendwann lieben wird? Dieselbe Intensität der reinsten Besessenheit und Hingabe spüren wird, wie ich sie für sie empfinde? Aber wieso hätte sie die Worte *Soll ich einen Mann lieben* gewählt, obwohl sie genauso gut hätte sagen können: *Soll ich mit einem Mann zusammensein?*

Entwickelt sie Gefühle für mich? Ist sie bereits verliebt?

»Und wenn mir das nicht genügt?«, wispert sie, während ich so verdammt kurz davor stehe, mir die Maske selbst vom Gesicht zu reißen, damit sie mich sehen kann. Damit sie das Gesicht sieht, neben dem sie jeden Morgen aufwachen wird, nachdem ich sie die Nacht davor bis zur Erschöpfung in meinem Bett in Boston gevögelt habe.

»Du wirst dich in Geduld üben müssen, kleine Rose. Es hat seine Gründe, dass ich mich dir nicht zeigen kann. Außerdem …« Mit gesenktem Blick scheint sie innerlich abzuwägen, ob sie sich gedulden kann oder weiterziehen wird. »… hast du mich bereits einmal ohne Maske gesehen.«

Augenblicklich hebt sich ihr Blick, und im Grün ihrer klaren Iriden sprüht ein Funkeln auf, das nicht vom Kerzenschein herrührt.

»Wann? Wo?«, fragt sie aufgeregt.

Erneut muss ich grinsen, ohne ihr eine Antwort zu geben.

»Du belügst mich.« Sie seufzt enttäuscht.

»Das habe ich nie und werde ich nie.« Ich kann mitverfolgen, wie es in ihrem Kopf arbeitet und sie sämtliche Erinnerungen auf der Suche nach meinem Gesicht durchwühlt.

»Du wirst irgendwann die Antwort kennen«, versichere ich ihr. »So lange lebe ich für dich hinter einer Maske.«

Etwas wie Traurigkeit flackert um ihre schönen Augen. Und zudem ein Hauch Enttäuschung, als sie die Lippen öffnet und zur Seite blickt, dort, wo die Spiegelwand unsere nackten Körper auf dem Rosenmeer zeigt.

»Bist du ein Mitglied einer kriminellen Organisation, stehst auf der Liste der gesuchten Verbrecher des FBI und kannst dich deshalb nicht zeigen?«, bohrt sie weiter und ahnt nicht, wie richtig sie mit ihrer Annahme liegt.

»Inwiefern?«, stelle ich ihr die Gegenfrage.

»Diese Zetos. Sie haben dich und deine Freunde angegriffen. Das war keine einfache Auseinandersetzung zwischen Kerlen, die sich hassen. Das war … Es fielen Schüsse, sie wollten dich töten. Das war ein verdammter Mordanschlag mitten auf der Landstraße. Was wollen sie von dir?«

Nun beginnt sie, die richtigen Fragen zu stellen. »Sie wollen meinen Tod und mittlerweile auch den meiner zukünftigen Braut«, erkläre ich ihr, woraufhin sie sich auf mir wie selbstverständlich aufsetzt und beide Hände über meine Brust wandern lässt. Sie spürt es. Das Bedürfnis, mich überall zu berühren, das Band, das uns unweigerlich zusammenführt. Sie kann selbst jetzt, obwohl ich sie überall berührt habe und in ihr war, nicht genug von mir bekommen.

»Zukünftigen Braut?« Sie verdreht die Augen, schnaubt

amüsiert, als wäre es eine lächerliche Vorstellung und schaut zur Seite, bis sie mich wieder anschaut, als ich keinen Ton sage. »Du meinst das wirklich ernst?«

Rasch umfasse ich ihre Kehle. »Todernst. Das hast du immer noch nicht begriffen, nicht wahr, kleine Rose?« Selbst meine Männer haben kapiert, dass das zwischen Nuria und mir keine flüchtige Bekanntschaft, kein kurzer Flirt oder Fick ist.

Keuchend leckt sie sich über die Lippen. »Du lenkst immer wieder ab.« Sie umfasst meinen Unterarm, um meine Hand von ihrem Hals zu lösen, was ich nicht zulasse. »Die Zetos. Warum wollen sie dich tot sehen? Woher kommen sie? Woher wissen sie, wer du bist? Wo du bist?«

»So viele Fragen …« Seufzend gebe ich ihren Hals frei, nicht ohne zuvor die Narbe unter ihrem Unterkiefer mit dem Zeigefinger nachzuzeichnen. »Du liegst mit deiner Vermutung nicht falsch. Aber ich habe keine verfickte Ahnung, wie uns die Zetos abpassen konnten. Normalerweise agieren sie im Untergrund Amerikas. Ihr Sitz ist in Newport. Sie handeln mit Waffen, Drogen, seltenen Tieren und Menschen. Male dir so ziemlich die abartigsten Dinge aus, zu denen die Anhänger dieser Organisation imstande sind. Deine Fantasie reicht nicht einmal ansatzweise aus, um ihre Grausamkeit und ihr menschenverachtendes Handeln zu beschreiben.«

Ihr schlanker Körper versteift sich auf mir, obwohl sich ihre Brustwarzen leicht zusammenziehen, sodass die Versuchung verdammt groß ist, die Maske hochzuschieben, um ihre Nippel zwischen die Zähne zu nehmen.

»Was hast du gemacht, dass sie dich ermorden wollen?«

»So viel und doch zu wenig.«

»Hey«, schimpft sie plötzlich und lässt ihre kleine Faust auf meine Brust sausen, sodass ich gespielt leidend zusammenzucke. »Sprich nicht immer in Rätseln wie ein Orakel.«

»So brutal«, necke ich sie und bin froh, dass die Maske verdeckt, wie sehr mir das gefällt.

»Sorry, ich wollte dir nicht wehtun.« Niedlich, wie sie sofort ihre Tat bereut. »Warum sind sie hinter dir her?«

»Weil ich ihnen mit meinen Leuten mehrfach in die Quere gekommen bin. Ich lasse mir meine Geschäfte nicht von diesem räudigen Dreckspack ruinieren, die billige Waren verticken und Menschen versteigern und versklaven.«

Mit geöffneten Lippen blinzelt sie. »Geschäfte? Was verkaufst du?«

Nun neige ich das Gesicht. »Dies und das«, ziehe ich sie auf.

»Ebenfalls Drogen und Waffen, nicht wahr?«

Unter der Maske beiße ich mir auf die Unterlippe, bevor ich über ihre Wange streichele. »Cleveres Mädchen. Wieso verlangst du Antworten, wenn du sie bereits kennst?«

Sie wirkt ehrlich verstört, als sie meine Worte hört, und will von mir aufspringen.

»Damit will ich nichts zu tun haben, Demon.«

An der Mitte bekomme ich sie rechtzeitig zu fassen. »Du steckst schon mittendrin. Im Gegensatz zu den Zetos handelt meine Organisation nicht mit Menschen und Kindern.«

»Aber der Rest ist schon schlimm genug.«

»Die Zetos sind nicht bloß meine Konkurrenten, sondern Mörder meiner Familie. Deswegen bin ich auf Rache aus und werde jeden dieser Bastarde auf dieser Welt aufspüren, um ihn zu töten.« Reine Furcht flackert in ihren Augen auf. Sie windet sich in meinem Griff, bis ich sie freigebe und sie hektisch auf den Blüten aufspringt.

»Du bist ein Mörder!« Auf dem rechten Unterarm stütze ich mich auf, während sie dabei ist, ihre Pyjamahose, ihr halb zerrissenes Oberteil und Cams Hoodie vom Parkettboden aufzusammeln.

»Überrascht dich das? Du wusstest längst …«

»Nein!«, fährt sie mir über den Mund. »Wusste ich nicht. Nicht so richtig. Erst recht nicht, dass du der Kopf einer Mördervereinigung bist, die auch noch Waffen und Drogen vertickt.«

»Aus deinem Mund hört sich das verdammt furchtbar an«, amüsiere ich mich über ihr bockiges Verhalten und bleibe gelassen liegen. Sie streckt mir den Mittelfinger entgegen.

Fuck! Ich liebe ihr Temperament. Mit ihr wird es niemals langweilig werden.

»Wenn ich könnte, würde ich dir jetzt erneut einen Mülleimerdeckel über den Schädel ziehen, damit dein Hirn an die richtige Stelle rückt!« Eilig schlüpft sie in den Hoodie, der zur Hälfte ihre runden Pobacken und langen Beine preisgibt. Aus meiner Perspektive ein sehr delikater Anblick.

Ich raune herausfordernd: »Nach dem erbärmlichen Versuch lägst du schneller nach dem fünften Orgasmus vor Lust schreiend unter mir, als dir lieb ist.«

»Mach dich nicht über mich lustig!«, schimpft sie, dreht sich danach auf den nackten Füßen um und marschiert stolz wie eine Königin zur drei Meter hohen Holztür. Als sie die Klinke herunterdrückt, richte ich mich entspannt auf und steige in meine Hose.

Mehrfach drückt sie die Klinke herunter, bis sie begreift, dass sie eingesperrt ist. »Du Penner öffnest die Tür!«

Süffisant lachend streiche ich mein Haar zurück und ignoriere ihren Wutanfall. »Demon! Öffne die Tür!«

»Nur, wenn du auf Knien darum bettelst«, reize ich sie weiter.

Sie trommelt mit den Fäusten gegen die Tür. »Hey, Cameron, Lexton, Quest!«, schreit sie. »Öffnet die Tür.«

»Sie werden einen Teufel tun und auf dich hören. Ich erteile die Anweisungen, schon vergessen, kleine Rose?«

Wütend fährt sie mit ihren geballten Händen zu mir herum. Gleich fliegt ein Gegenstand in meine Richtung, wetten?

Gott, wie ich mich auf den Moment freue, wenn ich sie wieder bändige. Sie mir schnappe und sie ficke, bis ihr Feuer verpufft.

Sie greift nach einem Pullover, den einer der Jungs auf den Boden geworfen hat, dann tritt sie an mich heran und schleudert ihn mir wie eine Peitsche entgegen. *Niedlich.*

Sofort greife ich nach dem Kleidungsstück, zerre Nuria zu mir und zwinge sie zu einer Drehung, sodass sie keine zwei Sekunden später, mit dem Ärmel des Pullovers um ihren Hals, mit dem Rücken zur mir gewandt vor mir steht. »Beruhige dich wieder. Oder muss ich böse werden?«

»Hör auf, mich zu provozieren, du Pisser«, schnaubt sie, umfasst den Ärmel mit zittrigen Armen. Sie wendet all ihre Kräfte auf, um sich zu befreien. Ich ziehe die Schlinge fester zu.

»Ich mache das äußerst ungern, Nuria. Aber du solltest aufpassen, in welchem Ton du mit mir sprichst und mir mehr Respekt zeigen.«

Ich schlinge ein Bein um ihren rechten Unterschenkel, sodass sie die Balance verliert und auf die Knie sinkt. Damit sie nicht umkippt, löse ich den Pulloverärmel von ihrem Hals, ersetze ihn durch meinen Unterarm und greife in ihr Haar.

»Ich respektiere kein Monster.«

»Aber lässt dich von ihm ficken?«

»Ich wusste nicht, wer du bist.«

»Das weißt du auch jetzt nicht, weil du voreilige Schlüsse ziehst.«

Vor Wut schreit sie auf, bis ich meine Hand aus ihrem zerwühlten kastanienbraunen Haar löse und mit ihr zwischen ihren Oberschenkeln entlangstreiche, ihre Pussy ertaste, ihre Schamlippen teile. Sie keucht auf.

»Du würdest dich selbst jetzt, nachdem du mehr über mich weißt, von mir nehmen lassen. Nicht wahr?«

Verlangend gleite ich durch ihre immer feuchter werdende Pussy, erreiche ihre empfindlichste Stelle und massiere ihre Klit.

»Das ist nicht fair«, wispert sie, woraufhin ich mit den Mundwinkeln unter der Maske zucke.

»Fair ist nichts in diesem Leben. Ich lasse dir keine Wahl. Jetzt gib dich mir hin.« Ich drücke sie mit dem Oberkörper nach vorn, aber nicht, ohne zuvor ihre Handgelenke über ihrem Rücken zu verschränken. Voller Gier öffne ich meine Hose und befreie meinen harten, schweren Schwanz. Und sie folgt meinem Befehl, zappelt zwar in meinem Griff, aber öffnet sich für mich.

»Demon«, knurrt sie. »Das ist … Die Unterhaltung ist noch nicht zu … ENDE!«, stöhnt sie laut auf, als ich meinen Schwanz umfasse und in sie schiebe. Und gleich beim ersten Stoß bis zur Hälfte in ihr bin. Keuchend schaue ich zu den an die Decke gemalten Engeln, die uns beim animalischen Sex zuschauen.

Ich ziehe mich aus ihrer feuchten Pussy zurück, um im nächsten Moment noch tiefer in sie einzudringen. Das überwältigende Gefühl, mit ihr komplett vereint zu sein, ist wie eine Droge. Sie gehört mir, egal, was sie an mir anstößig, verdorben, kriminell findet.

Während sie in einer bescheidenen, ärmlichen und wohlbehüteten Welt aufgewachsen ist, bin ich im Reich der Strenge, Härte und Dunkelheit erschaffen worden. Sie wird irgendwann die Dunkelheit lieben, so wie ich sie lieben gelernt habe.

Immer schneller werdend ficke ich sie, merke, wie ihre Wut erlischt und sie sich tiefer und ohne Widerwillen von mir nehmen lässt. Schwer atmend reibe ich über ihre rechte Pobacke, schiebe den Pullover höher zu ihren Schultern und nehme mir, was ich die gesamte Zeit wollte. Und der Anblick im Spiegel vor mir gibt mir den Rest. Sie starrt mir entgegen, blinzelnd und stöhnend, wie meine erlegte Beute.

Unter mir beginnt sie zu zittern, als ich ihre Klit umkreise und so fest drehe, dass sie aufschreit. Mein Moment. Ich gebe ihre Handgelenke frei, greife zu meinem Stiefelschaft und ziehe eine einschneidige Klinge hervor. Ohne ihr die Möglichkeit zu geben, mir auszuweichen, schiebe ich ihr den Messerrücken zwischen die Zähne.

»Halt sie. Wenn du sie verlierst, zeichne ich dich.« Im Spiegel kann ich mitverfolgen, wie sie von meiner Ankündigung überrumpelt wird. Trotzdem beißt sie mit den Zähnen auf die Klinge. »Sehr brav, meine Rose.« Dann ziehe ich mich aus ihr zurück, woraufhin sie seufzt und einen missmutigen Laut von sich gibt.

Ich erhebe mich, umrunde sie und ziehe ihr den lästigen Hoodie aus, nur um sie im nächsten Moment an mir hochzuheben und zum Fenster zu tragen. Mit der Klinge zwischen ihren hübschen Lippen wird sie für mich unwiderstehlich. Sie dreht das Gesicht über die Schulter und sieht aus dem Fenster, hinter dem es hell wird. Fest umfasse ich ihren kleinen Arsch, bevor ich am Fenster mit ihr angekommen bin und mich tief mit meiner vollen Größe in ihr versenke.

Sie muss Lexton draußen rauchen gesehen haben, der uns nun zuschaut. Dabei zusieht, wie ich meine Rose unbändig im Stehen am Fenster ficke. Mit erhitztem Gesicht kneift sie die Augen zusammen und stöhnt immer lauter. Ihre Pussy läuft vor Geilheit aus und zieht sich eng und warm um meine Härte zusammen.

»Verlierst du das Messer, folgt eine Strafe!«, drohe ich ihr. Sie schüttelt den Kopf, hält sich an meinen Schultern fest und lässt sich von mir immer wieder auf meinen Schwanz auf- und abheben. So intensiv und tief habe ich sie bisher kein einziges Mal gespürt. Es ist die reinste Sünde. Ich keuche angestrengt unter der Maske, als ihr Körper bebt, ihre Pussy so hart um meinen Schwanz kontrahiert, dass ich glaube, sie würde mich zerquetschen. Schneller und gieriger stoße ich in sie, bis sie den Kopf in den Nacken legt und schreit. Das Messer fällt direkt zwischen uns, landet mit der Schneide auf meinem Bauch.

Lexton nimmt einen tiefen Zug von seiner Kippe, tritt näher ans Fenster und grinst breit.

»Fuck«, fluche ich, während Nuria sich komplett fallen lässt und vollkommen berauscht stöhnt, wimmert, schreit. Meine Frau so zum Höhepunkt zu bringen, sie so zu erleben, macht mich unendlich geil, bis ich nach mehreren harten Stößen meine unersättliche Gier nicht mehr zurückhalten kann und mich in ihr ergieße. Knurrend versenke ich mich ein letztes Mal tief in ihr, bevor ich erschöpft das Gesicht senke und zwischen uns blicke.

»Nimm das Messer«, bringe ich abgehackt über die Lippen.

»Was?«, fragt sie überrascht, bevor sie sich über die Lippen leckt.

»Nimm es.«

»Warum?«

»Um dich zu zeichnen.«

KAPITEL 22

Lexton

Loyalität sollte nicht mit Freundschaft verwechselt werden.
Loyalität reicht über den Tod hinaus, wo Freundschaften bereits zerbrochen sind.

Was zur vermaledeiten Hölle ist in Wylder gefahren? So habe ich ihn nie zuvor erlebt. Er ist komplett besessen von dieser Frau. Klar, diese Spanierin ist echt niedlich, bläst nicht übel und fickt sich sicher großartig, aber was hat sie an sich, dass er sie pausenlos nimmt? Für sie diese Inszenierung im Spiegelsaal hergerichtet hat? Sie stundenlang nachts besucht?

Und jeder von uns weiß, wo er sich rumtreibt, wenn er nicht im Haus ist. Sicher nicht auf der Suche nach den verschwundenen Mädchen, für die wir doch eigentlich hier sind.

Wylder scheint es echt erwischt zu haben. So richtig.

Denn als ich mir draußen den demolierten Escalade anschaue, der von mehreren Kugeln durchlöchert wurde, vögeln beide wieder, und das, während er ihr das Zeichen der Dykats zwischen den Brüsten einritzt. Junge, er will sie wirklich zu seiner Königin machen. Was, wenn diesem Landei Boston nicht gefällt? Wenn sie die Falsche für ihn und er nur scharf auf ihren

Körper ist, sie aber im Kern eine billige Bitch wie so viele macht- und geldgierige Weiber ist?

Obwohl … Ist ja nicht so, als könnte ich Nuria nicht beiseiteschaffen, falls sie falsche Absichten hegt, Wylder betrügt, ausnimmt oder Informationen preisgibt. Soll er seinen Spaß haben. Der endet, wenn ich merke, dass sie ihm schadet.

Ein tödlicher Unfall kann so unverhofft und schnell vonstattengehen, dass ich mir eigentlich keine Gedanken über sie machen sollte. Wieder schreit sie unter ihm, als er zwischen ihren Beinen kniet und sie nimmt.

Ich rauche mehr ›Zigaretten danach‹ als Wylder, weil ich ständig hart bin. Dabei sollte ich mir Gedanken darüber machen, wie uns die Zetos gestern Nacht abpassen konnten. Die Wichser werden zu einem Problem. Sie wissen, wo wir uns aufhalten, dass wir ihnen auf den Fersen sind. Es wird Zeit, dass ich mich in ihrem Club umsehe, auch wenn der Boss dagegen ist.

»Bitte! Bitte! Demon!«, schreit Nuria mit heiserer Stimme. »Gott! Ich kann nicht mehr.«

An der Spiegelwand nimmt Wylder seine Frau nun von hinten, bis beide an der Wand auf die Knie sinken. Tief durchatmend verdrehe ich die Augen, richte meinen harten Schwanz und trete danach an eines der Fenster. Als ich dagegen klopfe, dreht Wylder sofort das Gesicht über die Schulter.

»Soll ich einen Rettungswagen rufen oder dich ablösen?«, biete ich an. Die zwei dürften keinen Schritt mehr gehen können, und Wylders Schwanz dürfte sicher glühen.

Wylder hebt langsam den Mittelfinger in meine Richtung, und ich weiß, dass er mir unter seiner Maske schief entgegengrinst.

»Kümmere dich um den Wagen«, ruft er durch das Glas. Ich gebe vor, ihn nicht verstanden zu haben, kneife die Augen zusammen und halte die Hände hinter die Ohren.

»Was?«

Schließlich gibt er seine Königin frei, hebt sie an sich hoch und trägt sie zum Fenster. Als er es geöffnet hat, setzt er Nuria auf der Fensterbank ab.

»Hey«, beschwert sie sich und verdeckt ihren Hintern, als ob ich diesen nicht schon vor wenigen Stunden nackt gesehen hätte.

»Tausch den Wagen, Lex. Die Kiste ist im Arsch.«

»Ach wirklich«, antworte ich und greife in Nurias Nacken, woraufhin sie sich versteift und zu mir dreht. »Willst du dasselbe scharfe Modell?«, frage ich zweideutig.

Wylder neigt den Kopf, bevor er mein Handgelenk zu fassen bekommt und es von seinem Eigentum löst. »Dasselbe, ja. Nimm Cameron mit. Ihr trennt euch nicht und haltet euch an meine Anweisung.«

»Cam pennt«, erwidere ich.

»Du fährst nicht allein. Nicht, wenn die Zetos in der Nähe sind.« Was für ein großes Herz mein langjähriger Freund hat.

»Ich wecke ihn und trete ihm in den Arsch.«

Wylder lacht. »Melde dich.«

Ich salutiere genervt, weil ich mir manchmal vorkomme, als wäre ich ein Kleinkind und er mein Erziehungsberechtigter. Wobei ich seine Sorgen um seine Leute verstehen kann, schließlich sind wir im vergangenen Jahr mehr als einmal angegriffen worden, und elf unserer besten Männer wurden erschossen.

Nachdem er Nuria von der Fensterbank gehoben hat, die sich erstaunlich schnell um seinen Hals schmiegt, obwohl sie uns vor Stunden noch nicht vertraut hat, schließt er das Fenster. Ich stöhne gequält. *Schade, dass ich nicht seine Rose betreuen durfte, während er sich ausruht. Ich hätte verdammt viel Spaß mit ihr gehabt.*

* * *

»Meinst du, wir werden noch lange in Australien hocken?«, fragt Cameron, der von seinem belegten Hähnchen-Baguette mit viel zu viel Mayonnaise abbeißt.

»Hast du Heimweh?«

»Nein«, antwortet er. »Aber mir gefällt Boston besser.«

»Die stickige Stadtluft, der Verkehrslärm, die Menschenmassen, der Stau, die vermüllten Straßen, der kalte Regen … Klar, da verstehe ich dich, mein Freund«, verarsche ich ihn.

Cam wirft mir einen mörderischen Seitenblick zu, als ich an meiner Zigarette ziehe und den Qualm aus dem geöffneten Fenster blase. »Was hat dir den Vormittag vermiest? Im Gegensatz zu mir bist du heute Nacht auf deine Kosten gekommen.«

Ich setze den Blinker des neuen Wagens, um in Brisbane in ein eher zwielichtiges Stadtviertel abzubiegen, wo sich einige Bars, Spätshops und morbide Geschäfte befinden. Irgendwo liegt das *Knife West*.

»War sie wirklich so gut? Oder hast du vor dem Boss bloß nicht raushängen lassen wollen, dass sie scheiße bläst.«

»Sie war gut«, versichere ich ihm. »Die Beste«, korrigiere ich mich, woraufhin sich Cameron mit großen Augen fast verschluckt. Dann kratzt er sich an der Braue, wendet den Blick auf die Straße und schaut sich um.

»Hey, sag mal … Wo zur Hölle sind wir hier?«

»Im räudigsten Viertel Brisbanes.« Neben einer Mülltonne parke ich den neuen Escalade in einer Seitengasse, werfe einen Blick durch die Frontscheibe zu den rauen, verwaschenen Hausfassaden der Gasse hinauf. Die meisten Fensterläden sind zugezogen, die Feuerleitern darunter verrostet.

»Der Boss hat dir verboten, Alleingänge zu machen.«

»Das weiß ich selbst, du Genie. Aber der Boss hat gerade andere Dinge zu tun, und ich will die Ratten finden, die uns gestern auf offener Straße abknallen wollten!«, blaffe ich zurück.

Cameron packt endlich sein Baguette weg, klopft die Krümel von den Hosenbeinen und dreht sich zu mir. »Ich ziehe mir keinen Ärger zu, wenn das hier in die Hose geht.«

»Ich weiß, du kleines Weichei. Deswegen bleibst du auch im

Wagen hocken«, antworte ich knapp grinsend, öffne die Autotür und steige aus dem Geländewagen.

»Lex!«

Bevor Cam Einwände vorbringen kann, beuge ich mich zum Seitenspiegel, richte vor ihm meinen Rollkragen und streiche über mein geglättetes, zur Seite gestrichenes Haar. *Sitzt alles perfekt.*

Sofort springt Cameron aus dem Auto. »Ich ruf Wylder an!«

Was eine Memme. »Richte ihm Grüße von mir aus.«

»Bist du komplett bescheuert? Er wird dich killen, wenn es nicht zuvor die Zetos getan haben!« Cameron umrundet die Schnauze des Escalade, um sich mir in den Weg zu stellen.

»Hältst du mich für einen Anfänger? Ich habe dich vor vier Jahren unterrichtet, dir beigebracht, wie man eine Pistole richtig hält. Also setz deinen Hintern in den Wagen, gibt mir fünfzehn Minuten, schon bin ich zurück.«

Er macht ein besorgtes Gesicht, als wäre heute meine Beerdigung. »Bleib entspannt und bewach das Auto.« Ich drucke seine Schulter, dann schlendere ich die Gasse entlang, um zur Hauptstraße zu gelangen.

Um die Ecke liegt das *Knife West*, eine Bar, vor deren Tür sich Zigarettenstummel im Aschenbecher häufen und hinter deren Scheibe das Schild *Closed* hängt. Meine Einladung, den Club zu betreten. Im Inneren kann ich niemanden ausmachen. Sie pennen sicher noch. Es ist 05:15 Uhr am Morgen. Ich hole mein Handy aus der Jackettinnentasche, wähle die Nummer der Polizei.

Gleich darauf geht ein Bulle ran.

»Queensland Police Service. Wie kann ich Ihnen helfen?«

»Ich stehe gerade vor der Bar *Knife West*. Es findet eine Schießerei statt.« Mit dem Finger schnipse ich mehrmals gegen das Glas der Tür, um Knallgeräusche vorzutäuschen. »Es liegen schon zwei verletzte Menschen am Boden. Bitte kommen Sie schnell.«

Wenn meine Berechnung stimmt, wird in fünf bis sieben Minuten die erste Steife eintreffen.

»Wie ist Ihr Name?«, werde ich gefragt, bevor ich auflege, dann meine Pistole ziehe, den Rollkragen über die untere Gesichtshälfte ziehe und mit dem Pistolengriff die Türscheibe einschlage. Wie zu erwarten, stecken die Schlüssel im Schloss der Tür, sodass ich sie aufschließen und das schäbige Lokal betreten kann. *Was für Volltrottel.*

In der Tür bleibe ich stehen und schaue mich in der Bar um, deren Grundriss ich zuvor gründlich studiert habe. Links und rechts Tische, vor mir die Bar aus poliertem Holz mit rot bezogenen Hockern, weiter hinten ein Zigaretten- und Spielautomat. Gras- und Zigarettengestank kriecht in meine Nase.

»Willkommen, ihr Schlampen, Daddy ist zu Hause!«, brülle ich, bevor ich über die Scherben gehe, die unter meinen Sohlen knirschen. Nicht lange und ein Kerl stürmt mit ausgeleiertem Unterhemd, hageren Ärmchen und behängt mit Goldschmuck wie Omas Christbaum auf mich zu. Starrt mich an, dann eilt er zurück.

»Überfall!«, brüllt er. *Was ein Armleuchter.* Wenige Sekunden später pressen sich zwei bulligere Typen durch die Tür, die ich mit Kopfschüssen erledige, ehe sie ihre Knarren anlegen können.

»War das schon alles? Wo bleibt mein herzlicher Willkommensempfang?« *Fuck, bin ich heute gut gelaunt, weil ich den geilsten Blowjob seit Langem geschenkt bekommen habe.*

Als sich die Feiglinge im Hinterraum verbarrikadieren, schieße ich aus sicheren Abstand auf das Schloss, trete die Tür ein und steige über die toten Kerle davor.

»Sorry, Jungs, ich hoffe, ich trete keinem von euch zu nahe«, raune ich und finde mehr als drei Kerle in einem rot ausgeleuchteten Raum vor, die von zwei halb nackten Frauen umgeben sind. Zwei Frauen, deren verprügelte Gesichter mir sofort auffallen. *Heilige Scheiße!*

Schreiend und um ihr Leben bettelnd, kriechen die Frauen hinter das Sofa, als ein Kerl mit strähnigem schwarzen Haar und Kinnbart über den Couchtisch, auf dem Kokspäckchen und Gras liegen, zu mir steigt. Ich ziehe meine zweite Knarre, mit der sie nicht gerechnet haben, dann schieße ich auf die zwei Typen, die die Flucht ergreifen, statt mich abzuwehren. Wie schlaffe Säcke sinken sie an den Wänden zusammen, bevor ich beide Pistolenläufe auf den Kerl mit Kinnbart richte. Dieser hebt nun die Hände in die Höhe.

»Dykats! Wie habt ihr uns gefunden? Bist du allein?«

»Draußen wartet eine Armee«, lüge ich.

»Lügner«, gibt er zurück und hält mir seinen Pistolenlauf entgegen. Wenn er schneller abdrückt, bin ich erledigt. Ich brauche ein Überraschungsmoment.

»Ich hoffe, der Fick hat sich gelohnt«, sage ich dem Kerl und nicke zu der verängstigten und zusammengekauerten Frau. Für den Bruchteil einer Millisekunde huschen seine Augen zu der halb nackten Frau. *Mein Moment.* Ich schieße ihm in die Eier. »Denn das wird der Letzte in deinem erbärmlichen Leben gewesen sein.« Ehe er abdrücken kann, sinkt er brüllend vor Schmerz nach vorn, landet direkt mit dem Gesicht vor meinen Füßen und flennt wie ein Baby. Ich setze den rechten Fuß zwischen seinen Schulterblättern ab, beuge den Oberkörper herunter und greife in sein zotteliges Haar.

»Fahr zur Hölle, Nummer dreiunddreißig!« Dann verpasse ich dem heulenden, vor Schmerz wimmernden Lurch einen Kopfschuss. Die dreiunddreißigste Person, die ich getötet habe – eine Zahl, die schneller steigt, als ich damals erwartet hätte. Von dem Schuss zucken die Frauen erschreckt zusammen, die mich nicht die Bohne interessieren.

»Ladys, ihr werdet gleich abgeholt. Wir sehen uns hoffentlich kein zweites Mal.« Mit diesen Worten stoße ich die linke Tür, die zum Hinterausgang des Clubs in den Privatbereich führt, auf und schiebe die Leiche davor zur Seite.

»Queensland Police!«, höre ich die Rufe der Polizisten, bevor ich den Gang entlang eile und danach die Treppe hochsteige. Davor befindet sich ein Fenster, das ich im Eiltempo entriegele und hochschiebe. Direkt unter mir steht Cameron am Wagen, schaut sich überall um, nur nicht nach oben. Als ich ihm eine leere Dose, die auf dem Gitter der Feuerleiter liegt, an den Kopf werfe, legt er endlich den Kopf in den Nacken. *Wo hat er seine Augen, verdammt?*

Ich werfe ihm die Knarren herunter, damit ich keine Waffen am Körper trage, falls mich die Polizisten schnappen und überprüfen.

»Versteck sie.« Als ich die zweite Pistole heruntergeworfen habe, ruft Cameron: »Hinter dir!«

Doch zu spät, jemand greift in meinen Nacken und schlägt mein Gesicht hart auf das Eisengeländer, sodass ich die Engel singen höre.

»Mieser Wurm. Du denkst, du kannst in die Bar spazieren, meine Leute abknallen und dich einfach verpissen, he?!«

Bevor mein Schädel ein zweites Mal gegen das Geländer gerammt wird, umfasse ich den Handlauf mit beiden Händen, fange den Schwung ab und starre Cameron entgegen, der über die Feuerleitern auf dem Weg zu mir ist. *Fuck! Bleib unten.*

»Sag schon, wer bist du?«, fragt mich der Kerl hinter mir und drückt mich weiter nach vorn. Ich winkle die Arme an, um mich mit einer ruckartigen Wendung aus seinem Griff zu befreien und ihm dabei die Faust ins Gesicht zu schlagen. Mein Schädel schmerzt höllisch. Als mich der Zetos-Kerl mit zusammengebundenem Haar und Muskelshirt sieht, kneift er die Augen zusammen.

»Dykats!«

»Du besitzt ja doch Grips!«, merke ich keuchend an, ziehe meine Klinge aus dem Stiefelschaft meiner Boots und schleudere sie ihm entgegen. Sie verfehlt haarscharf seinen Hals, als er zur richtigen Seite ausweicht. Verdammt! Mein Sichtfeld verdoppelt und trübt sich in immer kürzeren Abständen.

Er stürmt in der nächsten Sekunde auf mich los, reißt die Hände hoch zu meinem Hals und kassiert einen Faustschlag zwischen die Rippen von mir, der ihn nicht zu jucken scheint. Nach dem Bruchteil einer Sekunde hänge ich gefährlich über das Geländer gebeugt. Es geht beschissene vier Meter in die Tiefe, wenn die Sache übel läuft.

Als ich ihn von mir drängen will, da das Scheißgeländer leicht nachgibt, ertaste ich eine Klinge in seinem Hosenbund. Cameron springt die letzten Stufen zu mir hoch, die Pistole auf den Zetos-Kerl gerichtet. *Schieß schon!*

Doch bevor er abdrücken kann, wird das Geländer aus der Verankerung gerissen, und ich stürze mit dem Bastard am Hals nach unten.

Rasch ziehe ich im Fall die Klinge aus seinem Bund und ramme sie ihm in die Halsseite, bevor ich hart auf dem Asphalt aufpralle. Ein heftiger Ruck blockiert meine Lunge, mein Schädel scheint in hundert Stücke zerborsten zu sein. Alles wird schwarz. Eine Schmerzwelle regiert meinen Körper. Aber Schmerz ist ein Zeichen, dass ich noch lebe, selbst wenn ich mir mehrere Knochen gebrochen haben muss.

Der Ballast wird von meinem Körper gerollt. »Lex! Lex! Lebst du noch?«

Ich schnaufe gequält. Das Atmen fällt mir weiterhin schwer, obwohl der Kerl von mir gerollt wurde. »Lex!«

»Bitte … leiser. Mein Schädel … brummt höllisch.«

Im nächsten Moment sind Schritte zu hören. »Queensland Police, heben Sie Ihre Hände.«

Ein Stöhnen verlässt meine Lippen. »Ich will die Hände sehen«, blafft ein aggressiver Bulle, bevor ich einen Spaltbreit die Augen öffne. Mit blutverschmierten Händen kniet Cameron neben mir und starrt dem Bullen aggressiv entgegen, während er nach seiner Knarre tastet. »Mach, was er sagt«, raune ich unter

Anstrengung. Er soll jetzt nicht den Helden spielen und dabei erschossen werden. »Cam!«

Cameron pfählt mich mit seinen Blicken. »Scheiße. Das ist …«

Trotzdem befolgt er die Anweisung, richtet sich auf und streckt die Hände in die Luft.

»Und Sie am Boden.«

»Soll ich auch meine gebrochenen Hände ausstrecken?«, frage ich die zwei sich nähernden Cops und bringe nicht einmal mehr ein Grinsen zustande.

KAPITEL 23

Nuria

***Sollte man einen Dämon in sein Herz lassen,
bloß weil er dir statt seiner
angsteinflößenden Augen
einmal ein unschuldiges Lächeln schenkt?***

»Wo hast du kochen gelernt?«, frage ich ihn, während ich den rechten Fuß auf die Sitzfläche des Stuhls ziehe und dabei Demons nackten, athletischen Oberkörper studiere. Mit dem Rücken zu mir gewandt, steht er am Herd der dunklen Landküche und brät Spiegeleier, French Toast und Kartoffelspalten.

»Von meinen Schwestern.«

Er hat Schwestern? Bei jeder Bewegung wölben sich seine Arm- und Rückenmuskeln, da er bloß eine schwarze Jogginghose trägt, die verdammt tief sitzt und oberhalb seiner Hüfte zwei Grübchen auf seinem Rücken preisgibt. Immer wieder starrt er auf sein Handy oder seine Armbanduhr.

»Wie heißen deine Schwestern?«

»Sie hießen … Eden und Summer und … sind verschwunden.«

Verschwunden? Ich falte nervös die Serviette, verunsichert, wie ich mit der Information umgehen soll.

»Wie meinst du das, sie sind verschwunden?«

»Sie wurden vor fünf Jahren bei einem Einbruch in unser Haus entführt.«

»Das … Das tut mir leid.«

»Muss es nicht. Du konntest es nicht wissen.« Mit einer Pfanne dreht er sich zu mir um. Ein maskierter Fremder, der oberkörperfrei Frühstück um kurz vor sechs Uhr morgens zubereitet, nachdem ich kaum ein Auge zugemacht habe.

»Ich habe selbst gelernt, für mich zu sorgen, als ich ausgezogen bin. Da ich mir nicht ständig den Fast-Food-Scheiß reinziehen wollte, habe ich die Gerichte gekocht, die meine Schwestern zubereitet haben, und später mehr ausprobiert.«

Mit dem Bratenwender schiebt er mir einen French Toast auf den Teller, zwei Spiegeleier und gebratene Kartoffelspalten. Mitten auf dem Tisch platziert er Sour Cream und Waldbeerensoße.

»Hier mästest du mich, aber im Bett darf ich keine Chips essen?«, versuche ich, das Thema zu wechseln. Er neigt das Gesicht. Ich liebe diese Geste, weil ich mir vorstellen kann, wie er die Augen zusammenkneift und sich in diesen dunkelblauen wunderschönen Augen Fragezeichen bilden.

»Iss so viele Chips, wie du willst, solange du ansonsten auf mich hörst«, antwortet er mit einem süffisanten Unterton, stellt die Pfanne auf den Herd, nachdem er sich nichts aufgefüllt hat, und schnappt sich sein Telefon. Wieder entsperrt er das Display.

»Willst du nichts essen?«, frage ich ihn, als er neben mir Platz genommen hat, obwohl ich die Antwort bereits kenne.

»Ich esse später. Lass es dir schmecken.«

Woher weiß er, was ich am Morgen am liebsten für eine verrückte Kombination esse?

Warum stelle ich mir diese Frage überhaupt? Er weiß alles über mich.

Er greift nach einer Kartoffelecke, taucht sie in die Sour Cream ein und hält sie an meinen Mund, den ich bereitwillig öffne. Wann hat je ein Mann für mich gekocht? Nie. Wirklich nie.

Als ich den Bissen kaue, seufze ich leise.

Wieder schaut er auf sein Handy, als eine Nachricht aufblinkt.

»Ist etwas passiert?«, frage ich. Automatisch muss ich an die Zwillinge denken. Doch diese sind bei Mrs Warner gut aufgehoben. Es ist Wochenende, somit kümmert sich die Haushälterin um die Mädchen.

»Guten Morgen, Leute.« Quest betritt, ein Handtuch um die Hüfte geschlungen, die Küche. »Heilige Scheiße, sie ist ja immer noch hier«, stößt er hervor und starrt mich an, als wäre ich wie ein Komet in der Küche gelandet.

»Scheiße!«, knurrt Demon im selben Moment. »Dieser Bastard!«

»Was ist?«, fragen Quest und ich wie einstudiert, schauen dann zu Demon, der vom Stuhl aufspringt.

»Quest, bleib bei Nuria. Wenn sie aufgegessen hat, fahr sie zurück.« Aber … Die Worte senken sich schwer wie ein Stein in meine Magengegend. Gerade noch dachte ich, ich hätte die Chance, Demon etwas mehr kennenzulernen, schon will er mich wieder zurückschicken.

»Wird gemacht. Wo sind Lex und Cam?«

»Frag besser nicht«, bringt Demon mit einem aggressiven Unterton hervor, bevor er sich mir zuwendet, die Hand um meinen Hinterkopf schmiegt und sein Gesicht mit der Maske auf meinen Scheitel senkt. »Ich melde mich später bei dir, meine Rose.«

Schon zwei Sekunden später ist Demon durch die Tür gestürmt, und Quest inspiziert den Herd.

»Für mich hat er natürlich nichts gekocht. Mieser Sack«, mault er.

»Du kannst etwas von mir abhaben.« Ich deute mit der Gabel auf den Stapel French Toasts, den ich niemals allein verdrücken kann.

Quest wendet sich mir mit seinem ebenfalls sehr athletischen Oberkörper zu, lächelt breit und nimmt auf dem Stuhl Platz, wo gerade noch Demon gesessen hat.

»Freundlich von dir. Aber mein Boss bringt mich um, wenn ich dir das Essen wegnehme.«

»Dann erzähle ich Demon, dass du meine Wünsche ausgeschlagen hast, wenn du mein Angebot nicht annimmst, Quest. Was, meinst du, wird dein Boss dazu sagen?«

Er schüttelt den Kopf. »Verdammt, du bist wie er. Dann kann ich unmöglich nein sagen, wenn mein Leben auf dem Spiel steht.«

»Absolut richtig erkannt.« Wenn ich Demon nicht ausfragen kann, dann eben Quest. Er hat auf mich von Anfang an einen ziemlich vertrauenswürdigen Eindruck gemacht – verglichen mit den anderen Jungs schien er beinahe sanft und fürsorglich, als er mir seinen Pulli umgelegt hatte. Nachdem ich ihm zwei French Toasts und Kartoffelecken auf den leeren Teller geschoben habe, er sich auf das Essen stürzt, höre ich von draußen den Motor eines Motorrads aufheulen. Rasch drehe ich mich nach links zum Küchenfenster um, hinter dem ich Demon in schwarzer Kleidung auf seiner Maschine sitzen sehe, bevor er losrast. Was könnte passiert sein?

»Machen diese Zetos wieder Ärger?«, frage ich Quest.

»Ich hoffe nicht. Kann sein, dass Wylder eine neue Spur zu den vermissten Frauen erhalten hat.«

»Vermisste Frauen?«, hake ich nach, bevor ich von einer Kartoffelspalte abbeiße.

»Ja.« Quest säbelt sich ein großes Stück vom goldbraun gebratenen French Toast ab, tunkt es in die Waldbeerensoße und schiebt es sich quer in den Mund. Dunkelblonde, feuchte Haarsträhnen fallen über seine Brauen, als er kaut und mich aus ehrlichen, dunkeln Augen ansieht.

»Seit mehreren Wochen werden junge Frauen vermisst. Deswegen sind wir hier, weil die Spur nach Australien geführt hat.

Na ja«, korrigiert er sich und grinst breit. »Wir sind sicher auch hier, weil du hier bist und du Wylder komplett den Kopf verdreht hast.«

Sein Spruch geht an mir vorbei, weil ich mich über diese sonderbaren Zufälle wundere. Ranja wird schließlich auch vermisst.

»Wie alt sind die vermissten Frauen?«

Quest verzieht seinen Mund und kratzt sich anschließend nachdenklich mit dem Knöchel des Zeigefingers am Kinn über den Dreitagebart.

»Es waren Schülerinnen der Abschlussklasse. Ich glaube, sechzehn und siebzehn Jahre. Vendra und Layla heißen die beiden Vermissten. Sie haben die Wellington Highschool besucht.«

Mir dreht sich schlagartig der Magen um, als ich den Namen der Schule aus seinem Mund höre. Dabei hole ich tief Luft und verschlucke mich an dem Bissen. So heftig, dass Quest aufspringt, meinen Stuhl zurückzerrt und mir auf den Rücken klopft. »Verdammt, kratz mir nicht ab, Wylder filetiert mich, wenn du blau anläufst und erstickst.«

Hektisch winke ich mit der rechten Hand ab, greife zum Orangensaft auf dem Tisch und nehme zwei Schlucke. Mein Gesicht dürfte hochrot angelaufen sein, während mir Tränen in den Augen stehen. Als ich mich wieder gefangen habe, frei durchatmen kann, nimmt Quest wieder mit besorgten Blicken Platz.

Wie peinlich.

»Wellington Highschool«, spreche ich mit kratzigen Stimmbändern weiter, um von dem Vorfall abzulenken. »Sucht ihr auch nach einer Ranja Monair?«

Nun schüttelt Quest den Kopf. »Nein, nein, ihr Name steht nicht auf der Liste. Monair? Ist das nicht die Familie, bei der du als Au-pair arbeitest?«

Ich nicke, nehme noch einen Schluck von dem Saft und ziehe die Augenbrauen zusammen. »Schade«, murmele ich.

»Wird diese Ranja vermisst?«, hakt Quest nach.

»Ja, seit Juni.«

»Wenn du willst, kann ich mehr über sie herausfinden«, bietet er mir an, erhebt sich und verlässt die Küche, nur um wenige Minuten später einen Laptop auf dem Tisch abzustellen und ein Programm zu starten. Gleich darauf deutet er auf ein schwarzes Fenster, auf dem in grün leuchtenden Zahlen und Buchstaben so ziemlich alle wichtigen Informationen über Ranja Monair aufgeführt sind. Von der Handynummer bis zur Bankverbindung. Heilige Scheiße. Er ist… Ich schaue über den Rand des PCs.

»Du bist ein Hacker.«

»Ein verdammt guter«, versichert er mir stolz. »Sind Informationen dabei, die du brauchst?«

Ich schüttele den Kopf, da ich keine Meldung darüber finde, ob sie in einem Krankenhaus eingeliefert worden ist.

»Kannst du herausfinden, wann ihr Handy zuletzt benutzt wurde? Oder ob sie sich in einer Klinik aufhält?«

»Jap«, antwortet er, als wäre es das Selbstverständlichste auf der Welt, private Informationen über andere Menschen herauszufinden. Gerade hoffe ich, meinen Antworten so nah wie noch nie zu sein. Obwohl ich Ranjas Tagebuch noch nicht beendet habe, weiß ich von Zain, dass sie von einem Tag auf den anderen verschwunden ist.

»Ein letzter Anruf ging am 5. Juni raus. Er dauerte 7 Minuten und 41 Sekunden. Danach …« Er tippt etwas auf seiner Tastatur ein, runzelt die Stirn. »Gab es keine weiteren Anrufe, Nachrichten oder Handynutzung. Dasselbe auch bei ihrem Onlinebanking und der Geldkarte. Die letzten Aktivitäten fanden am 3. Juni statt und, wow …«

»Was?«, frage ich interessiert, stehe auf und stelle mich hinter seinen Stuhl.

»Sie hat 22.780 Australische Dollar abgehoben. Das ist die letzte Kontobewegung. Sieht für mich aus, als hätte sie ihr Konto leer geräumt und wäre dann verduftet.«

Ist sie also freiwillig ausgezogen? »Findest du auch Einträge oder Versicherungsdaten darüber, ob sie in eine Klinik eingewiesen wurde?«

Quest dreht das Gesicht zu mir. »Du stellst Fragen. Gib mir zwei Minuten.« Ein neues Fenster öffnet sich. Seine Finger fliegen so routiniert über die Tastatur, dass mir schwindelig wird. Jetzt weiß ich, wie es Demon gelungen ist, mich überall zu orten. Mit Quests Hilfe. So gekonnt, wie Quest an Informationen über Personen gelangt, ist es für Demon ein Kinderspiel gewesen, an meine neueste Handynummer, Adresse, Chatnachrichten mit anderen und Onlinekäufe heranzukommen. Mit Sicherheit wusste er, bevor ich den Button *Buchen* auf der Homepage der Flugairline geklickt habe, dass ich Flüge nach Australien buche.

Verdammt! Ich hatte nie eine Chance, für ihn unterzutauchen.

»Nope. Keine Einträge. Ab dem 6. Juni finde ich keine Nutzung einer privaten Krankenversicherungskarte, angelegter Akte in einer Klinik, noch Flug im In- oder Ausland oder benutzten Pass.« Meine Augen werden größer, als das Programm Zeile für Zeile schreibt, in der die Anfrage von Quest beantwortet wird. »Nichts. Diese Ranja ist wirklich verschwunden. Oder ...« Er legt den Kopf in den Nacken, um mir mit diesen warmen, offenen Augen entgegenzublicken. »Wie ein Profi untergetaucht, was ich mir schwer bei einer Schülerin vorstellen kann. Oder ...«

»Oder?«, hake ich nach.

»Oder sie ist tot«, spricht er den Gedanken aus, der mir öfter durch den Kopf ging. Gerade jetzt erinnere ich mich an Mailys Worte. »Tot. Sie ist tot.«

Keuchend löse ich die Augen von Quest, um erneut zum Display zu schauen. Tot. Wieso? Hat sie sich selbst das Leben genommen, oder wurde sie ermordet?

Wie ist sie gestorben? Warum denken Richard und Jacky, dass ihre Tochter tot ist, während Zain hofft, dass seine Schwester von ihren Eltern verstoßen und auf eine andere Schule oder in eine Klinik geschickt wurde?

Und wenn Maily doch recht hat, warum verkünden Jacky und Richard nicht offiziell, dass ihre Tochter nicht mehr lebt? Warum verschweigen sie diese Tatsache?

Was zur Hölle ist wirklich mit Ranja passiert?

KAPITEL 24

Nuria

Die Abgründe der menschlichen Seele sind tief.
Manchmal tiefer, als es die finstersten Absichten des Teufels sein könnten.

28. April

Ich weiß immer noch nicht, wie ich das verarbeiten soll. Wie das passieren konnte. Was ich jetzt tun soll. Scheiße! Scheiße! Mein Leben ist scheiße!

Ich habe zwei Stunden heulend im Badezimmer zugebracht, als ich das Ergebnis des Schwangerschaftstests gesehen habe. Sicherheitshalber habe ich sogar einen zweiten gemacht. Bei beiden kam dasselbe Ergebnis heraus.

ICH BIN SCHWANGER!

Scheiße! Scheiße! Scheiße! Scheiße! Scheiße! Scheiße! Scheiße!

Was mache ich jetzt?!

Laut dem blöden Test bin ich seit über drei Wochen schwanger. Es gibt nur zwei Männer, die infrage kommen. Und ich möchte von keinem der beiden ein Kind erwarten. Beide würden darauf bestehen, dass ich es sofort abtreibe. Keinen der beiden sollte ich darüber informieren. Nein, auf keinen Fall.

Ich muss selbst einen Weg finden, um das Problem loszuwerden. Irgendwie. Nur wie? Ich kann mit meinen Freundinnen nicht darüber reden. Sie würden mich sofort auslachen und für dumm halten, weil ich nicht richtig verhütet habe – wobei sie ja keine Ahnung haben. Sie würden mich verstoßen, es überall herumerzählen, mich bloßstellen.

Ich wünschte mir, wünschte mir so sehr, dass es eine Person in meinem Leben gäbe, der ich davon erzählen kann. Bloß eine. Mum kann ich nicht davon erzählen. Sie würde ausrasten. Für sie bedeutet der Ruf der Familie alles. Würde herauskommen, dass ihre minderjährige Tochter geschwängert wurde, würde sie mich verstoßen. Außerdem kann ich es nicht sagen. Sie würde Dad sofort davon berichten und das … das geht nicht.

Mir muss etwas anderes einfallen.

Keuchend senke ich das Tagebuch, als ich im Stuhl neben Mailys Bett zurücksinke. Meine Augen huschen zu Maily, die ein iPad in den Händen hält und sich für eine halbe Stunde einen Film anschauen darf. Ihr Husten ist schlimmer geworden, ihr Fieber ist heute Nachmittag gesunken. Mrs Warner hat die Kinder die letzten Stunden betreut und einen Abstecher ins Zimmer der Mädchen gemacht, nachdem Maily weinend vor meiner verschlossenen Tür nach mir gerufen hat.

Ich fühle mich so elend, heute Nacht nicht da gewesen zu sein, sondern sie mit Demon verbracht zu haben, obwohl mich Maily gebraucht hätte. Sie war zwar nicht allein, ihr Vater, Zain und Mrs Warner waren hier, aber trotzdem fühle ich mich, als wäre es meine Verantwortung gewesen.

Hailey ist heute bei einem Kindergeburtstag. Ich habe sie vor einer Stunde zu den O'Brians mit dem mir von der Familie gestellten Wagen gefahren. Scheinbar darf sie doch Freundinnen treffen, nur eben nicht im Anwesen der Monairs.

Um mein Fehlen heute Nacht wiedergutzumachen, verbringe ich den Nachmittag mit Maily, habe ihr Lieblingsessen, kleine Spieße mit Würstchen, Käse, Tomate und Gurke, zubereitet und lese in Ranjas Tagebuch weiter.

»Du liest sehr schnell«, merkt Maily an, als sie mir mit trüben Augen entgegenblickt. Aus den Lautsprechern des iPads ertönen schrille Cartoonstimmen.

»Ja. Die Geschichte ist sehr spannend.«

»Hat Ranja schon davon geschrieben, warum die Prinzessin im Märchen nicht mehr ins Schloss zurückkommen kann?«, will sie wissen. Sanft streiche ich über ihre Stirn, während sie mich erwartungsvoll aus traurigen Augen ansieht.

»Nein, dort bin ich noch nicht.« Nachdenklich schaue ich Maily an und frage mich, wie viel meiner ausgedachten Geschichte über Ranja als Prinzessin sie durchschaut. »Bist du dir wirklich sicher, dass deine große Schwester nicht mehr nach Hause kommen wird?«

Sie nickt mit vorgeschobener Unterlippe. »Ja. Sie wäre wieder da. Oder denkst du, sie kommt wieder?«

Mein Bauchgefühl verrät mir: Nein. Nein, sie kommt nicht mehr wieder. Wenn ihr beide Geschwister so viel bedeutet haben, hätte sie einen Weg gefunden, um sie zu sehen, sie in der Vorschule besucht oder sie angerufen. Aber das hat sie nicht.

»Ich weiß es nicht, kleine Motte«, antworte ich ebenfalls traurig. Sie schluchzt, woraufhin ich das Tagebuch auf dem Nachttisch ablege und sie in den Arm nehme. »Ich werde herausfinden, warum Ranja weggegangen ist. Sie hat dich sicher nicht verlassen, weil sie es wollte, sondern es musste. Sie liebt dich über alles, das hat sie so oft geschrieben.«

Und es ist nicht gelogen. In den Einträgen, in denen Ranja über eher ereignislose Tage erzählt, schreibt sie immer wieder, wie dankbar sie ist, ihre kleinen Schwestern zu haben. Sie bedeuten ihr alles, und sie will all den Schmerz, den sie erleben musste, ihnen ersparen.

Als ich Maily getröstet habe, klopft es an der Tür. Eilig klappe ich das Buch zu und schiebe es unter Mailys Kopfkissen, bis ich die Worte »Hier bist du« von Zain höre.

Maily schaut mich alarmiert an, damit ich ihm nichts über Ranjas Tagebuch erzähle.

»Maily, wie geht es dir?«

»Gut«, antwortet sie knapp.

»Gut, ja?« In dunkelblauen Bermudas und weißem Polohemd lässt sich Zain rechts von mir auf das Bett seiner kleinen Schwester sinken und beginnt, ihren Bauch zu kitzeln.

»Du hast hier Kakao stehen, eine kleine Snackbar und schaust einen Film im Bett. Dir sollte es hervorragend gehen, Prinzessin.«

Maily kichert, stößt ihn mit den Händen weg und windet sich unter der Decke. »Hör auf, hör auf, mich zu kitzeln«, bringt sie lachend und nach Luft ringend hervor. Sie schlägt mit einem strahlenden Gesicht seine Hände weg, um ihn zu provozieren. Zain klettert auf ihr Bett und kitzelt sie weiter, was sie ebenfalls bei ihm versucht.

Ich muss schmunzeln, als ich beiden dabei zusehe, bis Zain sich tief durchatmend erhebt und die Decke über seiner Schwester richtet. »Ich muss kurz Nutella sprechen. Wartest du hier?«

Nutella klebt ihm gleich eine – denke ich mit gesenkten Augenlidern und gespielt feindseligem Blick.

»Sie heißt NU-RI-A!«, erklärt Maily ihm wie eine Lehrerin. »Nuria. Nicht Nutella.«

»Dann eben Nuria. Kommst du kurz vor die Tür, Nuria?«, bittet er mich mit einem eindringlichen Gesichtsausdruck, der verrät, dass er mir etwas Dringendes zu erzählen hat.

»Kurz, klar.«

Im Gang stehend, vergewissert er sich mehrmals, dass wir ungestört sind, bis er mich an der linken Hand packt, dann in ein Nebenzimmer zieht, wo sich ein Gästezimmer befindet.

Verwundert schaue ich mich um.

»Wo warst du die letzte Nacht?«, fragt er plötzlich.

Ich ziehe die Brauen zusammen. Er hat meine Abwesenheit bemerkt? »Mit einem Freund feiern.«

»Deinem nächtlichen Freund?«

Rasch senke ich den Blick zum Teppichboden, bevor ich die Halbwahrheit sage. »Nein. Mit einem anderen Freund. Ich war in Brisbane. Wieso fragst du?« Ich kann das Thema nicht schnell genug wechseln.

»Weil ich wissen will, wie weit du bist«, erwidert er, nachdem er die Tür geschlossen und sogar abgeschlossen hat.

»Mit Ranjas Tagebuch?«

Er nickt.

»Dort, wo Ranja schreibt, dass sie schwanger ist«, erkläre ich ihm. »Wusstest du davon?« Er sieht nicht aus, als wäre er überrascht, eher wütend.

»Nein! Nein, ich wusste es bis gestern Nacht nicht. Dieser Bastard! Ich bring ihn um.«

»Jazeem?«, hake ich nach, als er mich ungefragt an der Mitte zu fassen bekommt und tiefer in den Raum schiebt. Erst jetzt merke ich, dass wir uns nicht in einem gewöhnlichen Gästezimmer befinden. Rechts von mir steht ein Himmelbett mit mintfarbener Bettwäsche, unter mir erstreckt sich ein heller Teppich auf dem Parkettboden, links von mir befindet sich ein weißer Schreibtisch mit Aufsatz, auf dem ein großer Kosmetikspiegel steht. Alle Möbelstücke in diesem Raum wirken leer geräumt. Der Raum an sich scheint sehr feminin und hell eingerichtet. An dem Spiegel hängen drei Polaroidfotos. Auf ihnen erkenne ich flüchtig drei Mädchen, die die Zunge herausstrecken und eine Schuluniform tragen. Auf einem weiteren sehe ich Zain mit einer brünetten, wunderschönen jungen Frau. Auf dem dritten ist das brünette Mädchen mit den Ponyfransen allein unter einem Baum zu sehen. Das hier ist Ranjas Zimmer. Es sind die ersten Fotos, die ich von ihr im ganzen Haus sehe.

»Nein, nicht dieser Hurensohn. Von Jazeem ist sie nicht schwanger, wie sie selbst geschrieben hat. Sie haben immer aufgepasst.«

Wie weit hat er gelesen? Davon weiß ich noch gar nichts. »Von wem dann?«

»Das solltest du selbst lesen. Ich bring ihn um!« Zains Finger bohren sich tief in meinen Bauch, bis er mich freigibt und außer sich vor Zorn vor dem Bett mit der breiten samtbezogenen Bank auf und ab tigert.

»Sag es mir.«

»Nein.« Aufgewühlt fährt er sich durchs Haar, schließt die Augen und holt zwischen zusammengebissenen Zähnen zischend Luft.

»Zain. Wie viel hast du gelesen?«

»Alles, alles, was wir letzte Nacht kopieren konnten. Bis zum 22. Mai. Mir fehlen nur noch zwei oder drei Einträge, bevor Ranja verschwunden ist oder eher …« Er wendet mir das Gesicht zu, das so von Entsetzen, Wut und Schmerz erfüllt ist. »Beiseitegeschafft wurde.«

»Was? Wieso?«

Langsam gehe ich auf ihn zu. »Weil sie von ihm schwanger war und das Kind nicht mehr wegmachen konnte.«

»Sie war erst über der dritten Woche. Ich hab gegoogelt. In Australien ist es bis zu vierundzwanzigsten Woche erlaubt …«

»Sie war in der sechsundzwanzigsten Woche.«

»Ohne dass sie es bemerkt hat?«

»Offensichtlich«, bringt er mit starrem Blick hervor. »Und dann hat sie ihn um Hilfe gebeten.«

»Wen?«

Tief durchatmend senkt er das Gesicht.

»Wen, Zain? Sag es mir.«

»Meinen Dad.«

Kurz glaube ich, dass ich keine Luft bekomme, mir der Boden unter den Füßen weggerissen wird und ich mich verhört habe.

»Was? Bitte, was?«, wiederhole ich stockend. »Das kann nicht sein. Das ist …«

»Unvorstellbar?«, beendet er meinen Satz, kommt mit drei Schritten auf mich zu und umfasst meine Schultern. »In diesem Anwesen ist nichts unvorstellbar, kapiert, Nuria?«

Ich lehne mich zurück, um in sein Gesicht zu blicken. Bisher ist mir nichts Verdächtiges in diesem Anwesen aufgefallen, außer Demons nächtliche Besuche. Der Angriff auf Anston in seinem Auto geht mir durch den Kopf, oder das Mädchen, das ich am ersten Tag im Garten gesehen habe. Klar, ich hatte manchmal ein ungutes Gefühl, aber das ist nichts Handfestes.

»Das glaube ich nicht.«

»Du glaubst es nicht? Oder willst es nicht glauben?«, hakt er nach. »Ich habe es gelesen und lüge nicht. Du wirst es ebenfalls lesen und, scheiße … Ich dachte immer, unser Wichser von Vater würde wenigstens Ranja nichts antun. Ich habe … habe … habe einfach nichts gemerkt. Dabei hätte ich es merken müssen, oder?«, fragt er mich nun vollkommen neben der Spur mit verzweifeltem Blick. »Als Bruder hätte ich sehen müssen, dass mein eigener Vater meine Schwester missbraucht, oder? Warum hat sie nichts gesagt? Wieso … Wieso hab ich nichts mitbekommen? War ich so blind? Ich hätte ihr helfen können, irgendwie, und …«

Komplett gebrochen und gefangen in seinen eigenen Schuldgefühlen stehen ihm Tränen in den Augen. Er schüttelt immer wieder den Kopf, als könnte er selbst kaum glauben, was er laut ausspricht. Als könnte er nicht begreifen, zu was sein Vater fähig ist. Ich erkenne Abscheu, Ekel und unendlichen Hass in diesen dunklen Iriden, die denen seines Vaters zum Verwechseln ähnlich sind.

Bevor er weiterspricht und sich selbst dafür hasst, dass er nichts bemerkt hat, schlinge ich meine Arme um ihn. »Es ist nicht deine Schuld, Zain. Du kannst nichts dafür, was passiert ist.«

»Aber ich hätte es verhindern können, ich hätte … hätte … hätte ihn umgebracht.«

»Nein«, keuche ich. »Nein, dann hättest du dich zum Mörder gemacht.«

»So wie er vermutlich?« Obwohl ich ihn umarme, bleibt er starr wie eine Litfaßsäule stehen, erwidert die Umarmung nicht, und jede Faser seines Körpers ist angespannt, als wäre die Umarmung für ihn unerträglich. »Ist mir egal! Ich hätte das Monster getötet, bevor er anderen weiteren Schaden zufügt und meine Schwester verschwinden lässt.«

Langsam löse ich die Hände von ihm, da ich merke, dass ihn eine Umarmung nicht tröstet, sondern ihn irgendwie noch mehr reizt. Wieso? Wieso ist eine simple Umarmung für ihn unerträglich?

»Zain?«, unterbreche ich ihn in seinem Redefluss, weil er unaufhörlich Morddrohungen und Flüche ausspricht. »Was hast du mit den Worten gemeint: ›In diesem Anwesen ist nichts unvorstellbar‹ und ›Ich dachte immer, unser Wichser von Vater würde wenigstens Ranja nichts antun‹?«, will ich wissen, umfasse sein Gesicht und will, dass er mir in die Augen schaut. »Hat er dir auch etwas angetan?«

Eine Weile starrt er mich wie vom Blitz getroffen an. Dabei lese ich die Antwort in seinen Augen ab. »Also ja. Was?«, will ich wissen.

Er zieht die Brauen zusammen, reißt sich aus meinen Händen los, als würde ich ihm Schmerzen zufügen, und fährt sich über das Gesicht.

»Zain«, spreche ich seinen Namen ruhig aus, doch er blockiert komplett, bewegt sich zur Tür und dreht den Schlüssel um.

»Lies weiter, wenn du es ertragen kannst. Lies weiter, Nuria.«

Mit einem flauen und verdammt unguten Gefühl lässt er mich in Ranjas Raum zurück, in dem immer noch ein leichter Hauch von Fliederduft in der Luft schwebt.

11. Mai

Ich halte es nicht länger aus.

Es ist 02:35 Uhr, und er ist gerade gegangen. Wie jedes Mal fühle ich mich schlecht, benommen, ekelhaft. Gäbe es nicht diesen Ort der Stille in meinem Kopf, in den ich mich jedes Mal verkrieche, wäre ich sicher komplett verrückt geworden. Dieses Mal hat er, als er fertig war, das Licht angeschaltet und die Schnitte auf meinen Unterarmen gesehen. Er ist von jetzt auf gleich, wie meistens, von dem Monster im Dunkeln, das nachts in mein Zimmer eindringt, weil ich es nicht abschließen darf, zu meinem Vater gewechselt. Sobald das Licht anging und er sich zu mir aufs Bett gesetzt hat, nahm er meinen Arm und runzelte besorgt die Stirn. Besorgt?! Besorgt, als wäre das, was vor einer Minute geschehen ist, nicht Grund zur Sorge.

»Du solltest damit aufhören, Ranja«, erklärte er mir. »Wenn das deine Mutter sieht, wird sie dich wieder in eine Klinik schicken, willst du das?«

Ich schluckte die Tränen herunter, zog meinen Arm aus seinem Griff und presste ihn an meinen Körper. Fürsorglich streichelte er über meinen Rücken, wobei mir jedoch nur übel wurde. »Wenn dich etwas bedrückt, rede mit mir. Du weißt, dass du mir alles anvertrauen kannst, mein Kind.«

Um nicht mit ihm zu diskutieren, da ich dies schon seit Monaten nicht mehr wage, habe ich bloß genickt.

»Ich bekomme es in den Griff«, versicherte ich ihm. »Die Prüfungen in der Schule setzen mir gerade ziemlich zu.«

»Natürlich bekommst du das in den Griff«, antwortete er, umfasste meinen Hinterkopf und gab mir einen Kuss auf die Stirn. Galle stieg meine Speiseröhre hoch. »Du bist ein fleißiges und sehr gehorsames Mädchen. Ich bin stolz auf dich.«

Mit diesen Worten erhob er sich in seinem weißen Hemd und schwarzen Anzughosen, deren Gürtel er im Stehen schloss.

Wie versteinert hockte ich auf meiner Matratze, dem Ort, an dem ich nachts angewidert von mir selbst kaum schlafen kann, und hielt das Gesicht gesenkt. Als ich hörte, wie er die Türklinke herunterdrückte, murmelte ich die Worte, die ich für unaussprechlich hielt.

»Ich bin schwanger.« Einerseits wollte ich den Satz sofort zurücknehmen, nachdem ich ihn ausgesprochen hatte, andererseits war ich erleichtert darüber, dass es nun jemand wusste. Jemand. Hoffentlich er, mein Vater. Nicht das Monster, das mich seit Jahren vergewaltigte.

Das Klacken der Tür drang an meine Ohren, bis sich mir Schritte näherten. »Du bist schwanger?«, wiederholte er meine Worte. Ich sah unter Tränen in den Augen zu ihm auf. Obwohl ich nicht weinen wollte, konnte ich die Tränen nicht zurückhalten. Meine Unterlippe zitterte unaufhörlich. Ich hasse es, wenn ich kurz davorstehe, zu weinen, ohne es verhindern zu können.

»Seit wann?«, fragte er, während ich mir rasch die Tränen fortwischte, obwohl immer neue nachkamen.

»Fünfundzwanzigste Woche. Ich war … war vorgestern beim … beim … Frauenarzt.«

Eine mir allzu vertraute Stille trat ein. Die Stille, die jedes Mal vorherrschte, wenn er im Dunklen mein Zimmer betrat und ich wusste, was mich jeden Moment erwarten wird. Die Stille, die mich innerlich schreien, flehen, wimmern ließ. Er reagierte, doch nicht als mein Vater, sondern als das Monster.

Nach über einer Minute traute ich mich, zu ihm aufzusehen.

Der reine Wahnsinn stand in seinen Augen, als er mich ansah. So ansah wie etwas, das sein Leben ruinieren könnte. Wie seinen Feind. Komischerweise änderte sich gleich darauf sein Gesichtsausdruck, als wäre alles doch nicht so schlimm. Er leckte sich über die Lippen, kam zu mir und blieb vor mir stehen. Als er meine Hand griff, glaubte ich einen winzigen Moment lang, er würde mich in den Arm ziehen und trösten. Aber das tat er nicht. Einerseits hätte ich eine Umarmung von ihm als meinem Dad, den ich früher so vergöttert habe, gebraucht. Andererseits hätte sie mich angewidert, da seine Hände nicht an Körperstellen geblieben wären, wo sie zwischen Vater und Tochter sein sollten.

Seine Augen betrachteten die vielen Schnitte auf meinem rechten Unterarm, die ich mir gestern mit der Rasierklinge zugefügt hatte.

»Lass mich das übernehmen, Ranja. Wir finden eine Lösung, um das Problem aus der Welt zu schaffen.«

Ich nickte. »Du willst es wegmachen lassen?«, fragte ich ihn verunsichert, weil ich nicht genau wusste, wie er das Problem beheben wollte.

»Eine andere Entscheidung steht nicht zur Auswahl. Du kannst es nicht behalten.«

»Aber … aber … ich bin eine Woche über der Zeit … Wo, wo …«

»Ich kümmere mich darum. Jetzt leg dich wieder hin und schlaf. Du musst in wenigen Stunden ausgeschlafen zur Schule gehen.«

Richtig. Obwohl ich nach den Nächten, in denen er sich in mein Zimmer schleicht, kaum ein Auge zubekomme.

Er gab meine Hand frei, seufzte, als er erneut meine Schnitte ansah, die ich rasch mit der Hand verdeckte, dann ging er auf die Tür zu. »Wir sollten einen anderen Therapeuten suchen. Dein jetziger scheint dir nicht helfen zu können.«

Mit diesen Worten ließ er mich allein mit meinen Gedanken, Gefühlen und Sorgen zurück. Und jetzt sitze ich hier. In einer Stunde fahre ich meine Geschwister Maily und Hailey zur Vorschule, anschließend zur Highschool. Dabei fühle ich mich so müde. So unendlich müde und verloren. Jeder Tag ist ein Kampf. Jeden Tag muss ich meinem Vater gegenübertreten. Jeden Tag könnten Mitschüler die leichte Wölbung meines Bauchs sehen. Jeden Tag könnte das Lästern und Tuscheln losgehen. Jeden Tag sehe ich Jazeem zusammen mit Jess, die nun fast einen Monat lang ein Paar sind.

Der Junge, den ich liebe, der Einzige, der mir ein bisschen Licht in der Dunkelheit geschenkt hat, hat mich verlassen. Nun gibt es bloß noch diese Ausweglosigkeit, diese Sinnlosigkeit, diese Zweifel.

Mir ist schlecht, und meine Gedanken rasen.

An einigen Stellen ist die Schrift verschwommen und das Papier leicht gewellt. Wie bitterlich muss Ranja geweint haben, als sie diese Zeilen verfasst hat? Mir schmerzt es in der Seele, was sie allein durchstehen musste. Ihr eigener Vater, der sie Nacht für Nacht vergewaltigte, ohne dass sie sich wehren konnte. Er ist ihr Vater, verdammt! Ein Vater sollte seine Tochter beschützen, ihr helfen, sie behüten.

Zain hat recht! Ich könnte ihn ebenfalls umbringen, für das, was er Ranja angetan hat! Wie soll ich diesem Monster jemals wieder in die Augen sehen können, ohne ihm das Gesicht zu zerkratzen! Wie lange ging der Missbrauch schon? Ranja schreibt, über Jahre.

Automatisch muss ich an Maily und Hailey denken. Was, wenn sich Richard auch an ihnen vergeht! Gänsehaut breitet sich auf meinem Körper aus. Nein, nein, bitte nicht.

Ich klappe das Buch zu und schiebe es unter das Kopfkissen, als mein Handy vibriert. Es ist fast 23 Uhr. Beide Mädchen liegen in ihren Betten, aber die Tür ist nicht abgeschlossen.

Erneut vibriert es, erst dann werfe ich einen Blick auf das Smartphone, wo eine anonyme Nummer steht. Demon?

Vollkommen zerstreut und aufgewühlt schnappe ich mir das Handy und nehme den Anruf an.

»Demon, endlich, was ist passiert? Kommst du heute Nacht vorbei?«

»Demon?«, fragt Anston am anderen Ende. »Meinst du gerade echt deinen Stalker?« *Heilige Scheiße!*

Stocksteif erstarre ich in meiner Bewegung. »Ähm, ich meinte einen Freund, den … ich hier … im Anwesen kennengelernt habe. Ein Angestellter. Ich soll ihn Demon nennen, weil er aussieht wie ein Dämon.«

Was fasele ich für einen Blödsinn? Geräuschlos verziehe ich das Gesicht und schlage mir gegen die Stirn.

»Aha, okay. Und der Mitarbeiter soll heute Nacht vorbeikommen? Es ist schon nach 23 Uhr? Läuft da was?«

Wie erkläre ich ihm das Ganze jetzt, damit es Sinn ergibt?

»Richtig, ja. Er soll gleich vorbeikommen, das war so vereinbart, weil ich mir sicher bin, das was … mit dem Abfluss im Waschbecken nicht stimmt. Es stinkt bestialisch. So kann ich nicht schlafen. Tagsüber hatte er andere Aufgaben zu erledigen.«

»Klar. Jetzt kommt er nachts, um dein Rohr zu reinigen.« *Shit, aus seinem Mund hört sich das echt lächerlich an.* Aber ich bin zu durch den Wind, um mir etwas Besseres einfallen zu lassen

»Red nicht solch einen Schwachsinn! Da läuft nichts, klar? Er ist ein Angestellter im Anwesen, der für die Hausmeisteraufgaben zuständig ist«, schimpfe ich.

»Sicher«, murmelt er, räuspert sich und holt anschließend tief Luft.

»Warum rufst du an?«

»Warum wohl? Weil ich übermorgen zurückfliege, vielleicht? Etwa vergessen?« *Shit!*

»Doch, klar. Ich hab es nicht vergessen.« *Was gelogen ist.*

»Sicher hast du es vergessen. So wie du vergessen hast, mir auf meine letzten Nachrichten zu antworten oder zurückzurufen. Was ist in letzter Zeit mit dir los? Bin ich dir so scheißegal geworden? Ständig sagst du unsere Treffen ab, gehst nur an meine Anrufe, wenn sie anonym sind wie bei deinem beschissenen Psychostalker!« Sofort wallt Wut in mir auf, weil er Demon nicht als beschissenen Psychostalker zu bezeichnen hat.

»Und jetzt vergisst du meine Abreise? Tolle Freundin, echt. So eine braucht jeder.« Was ein Blödmann.

»Ich war beschäftigt und hatte viel um die Ohren. Eines der Kinder ist krank und …«

»Du amüsierst dich mit dem Hausmeistergehilfen, klar. Wen willst du verarschen? Demon ist dein Stalker. Rhea hat mir erzählt, dass du ihn hin und wieder Demon nennst. Ist er hier?«

»Nein«, lüge ich und fühle mich dabei verdammt mies. Wie eine Verräterin, die gegen ihre Prinzipien handelt. Was ich letztendlich bin. Noch vor Wochen hätte ich rigoros ausgeschlossen, mich auf Demon einzulassen, bin extra vor ihm geflohen, und jetzt … Jetzt kann ich in jeder freien Minute, die ich nicht über Ranja nachdenken muss, nur an ihn und letzte Nacht denken.

Instinktiv ziehe ich das Top zwischen meinen Brüsten ein Stück herunter, wo sich das Mal von Demon befindet. Hin und wieder ziept und juckt es. Es ist ein spiegelverkehrtes D, über dem ein Y thront, dessen vertikaler Strich mit dem D verschmilzt. Demon hat mich gezeichnet, so wie er es angekündigt hat. Teilweise frage ich mich nun, ob ich komplett bescheuert bin, weil ich im Rausch und vor Gier zugestimmt habe, oder ob es mir schmeichelt, dieses Zeichen zu tragen, dessen Bedeutung ich noch nicht richtig kenne. Es ist eine Mischung aus beidem.

»Etwas stimmt doch nicht, Nuri. Letztens im Club warst du einfach verschwunden, hast mich an der Bar sitzen lassen wie einen Deppen. Wenn ich dir nicht wichtig bin, dann sag es. Ich komm damit klar. Aber belüg mich nicht.«

Üble Schuldgefühle nisten sich in mir ein, da ich ihm recht geben muss und eine miese Freundin bin.

»Ans, es tut mir wirklich leid. Ich wollte dich nicht im Club sitzen lassen.«

»Ach komm, spar dir deine Ausreden. Wenn ich dir wirklich etwas bedeute, dann bist du übermorgen am Flughafen und verabschiedest dich von mir. Denn im Gegensatz zu dir bist du mir wichtig, Nuri. Ich wäre nicht nach Australien gereist, hätte ich gewusst, dass wir nicht mal einen gemeinsamen schönen Abend verbringen und du mich ständig abweist.«

Traurig senke ich die Augenlider, hole tief Luft und nicke,

was er nicht sehen kann. »Ich bin übermorgen beim Flughafen, versprochen.«

»Ich glaub dir deine Versprechen nicht mehr. Du hast mir in letzter Zeit so viel versprochen und mich hängen gelassen. Sei da oder nicht. Dann weiß ich, ob ich dir nicht komplett egal bin.«

Bevor ich antworten kann, hat er aufgelegt.

KAPITEL 25

Demon

Ich sehe dich.
Ich spüre dich.
Ich bin ein Teil deiner Seele.
Egal, wo du bist, meine Rose.
Ich weiß es als Erster.

»Du kannst von Glück reden, dass sie dich nicht verdächtigen!«, raune ich Lexton verärgert entgegen, der im Krankenhaus nach der OP erwacht ist.

Mit einem Kopfverband, einem gegipsten Unterarm, tiefschwarzem Bluterguss um das rechte Auge, gebrochener Nase, Rippen und Halskrause liegt er im Krankenhausbett und hat die Eier, die Augen genervt zu verdrehen.

»Dafür gehen uns die Schweine nicht mehr auf den Sack. Ich habe alle erledigt«, antwortet er mit diesem siegessicheren Grinsen, das mich noch wütender werden lässt.

»Bist du jetzt noch stolz auf deine Aktion?«, fahre ich ihn an, umfasse den Bettbügel und beuge mich bedrohlich nah zu ihm herab. »Denn wenn ja, fehlt nicht mehr viel und ich werfe dich aus der Organisation.«

»Bleib mal locker«, entgegnet er mir mit kratziger Stimme.

»Wieso so angespannt, Wylder? Untervögelt kannst du nicht sein.«

Quest räuspert sich hinter mir. »Lex, provozier ihn nicht. Du hättest bei der Nummer draufgehen können und reißt jetzt Witze. Komisch war die Aktion wirklich nicht.« Ich drehe das Gesicht über die Schulter zu Quest und einem verdammt kleinlauten Cameron, der jeden meiner Blicke meidet.

»Die Aktion hätte aber nicht besser laufen können, wenn ich den letzten Penner nicht übersehen hätte.«

»Hast du aber«, antworte ich, obwohl ich weiß, dass jeder Satz verschwendete Zeit ist. »Sobald du wieder halbwegs auf den Beinen bist, fliegst du zurück nach Boston.« Mein Blick ist gnadenlos. Lex kennt mich lange genug, um zu wissen, dass wir an einem Punkt angekommen sind, an dem ich nicht mehr diskutiere.

»Dein Ernst? Bestrafst du mich jetzt, weil ich dir und deiner neuen Kleinen den Arsch gerettet habe? Denn ich versichere dir eines …«, wird er lauter, bis er das Gesicht unter Schmerzen verzieht.

»Reg dich nicht auf«, unterbricht Cameron ihn.

»Doch, ich rege mich auf. Ich hab den Alleingang unternommen, um dir«, Lex schaut mir grimmig entgegen, »und den anderen den Arsch zu retten.«

Ach, sieht er das so? »Ändert nichts an der Tatsache, dass du meine Anweisungen missachtet hast. Mal wieder.«

Er ist mein wichtigster Mann, ohne Frage. Das war er immer und wird er immer bleiben. Seit ich ihm vor zehn Jahren in Amerika den Arsch vor den Bullen gerettet habe, weil er bei einem misslungenen Raubüberfall auf eine Bank geschnappt wurde, ist er ein loyaler Mann. Wenn nicht sogar das loyalste Mitglied. Eben weil er mir seine Freiheit und verhinderte Abschiebung nach Rumänien zu verdanken hat.

Hätte er damals nicht auf offener Straße mit hinter dem Kopf verschränkten Händen laut herumgebrüllt, dass er das Geld für seine Familie brauchte und er kein räudiger Krimineller ist, als er von bewaffneten Polizisten vor der Bank umzingelt wurde, hätte ich mich wahrscheinlich beim Vorbeifahren auf meinem Motorrad nicht für ihn interessiert.

Aber seine Worte haben etwas in mir bewirkt. Etwas, um so weit zu gehen, seine Kaution zu bezahlen, ihm gefälschte Papiere zu beschaffen und ihn in meine Organisation aufzunehmen.

Lexton wird immer meine rechte Hand, mein Schutzschild, mein Mann sein, der für mich durchs Feuer gehen würde. Aber seine Alleingänge sind ein zu hohes Risiko, das ich nicht mehr eingehen werde. »Wie soll ich nun erfahren, ob im Zetos-Quartier einige tote Mitglieder wussten, wo die vermissten Mädchen festgehalten werden?«

»Du denkst, dass sie noch leben?«, wirft Quest ein.

Sicher denke ich das. Wenn die Zetos in die Sache involviert sind, werden sie die Mädchen verkauft haben. Aber ohne einen der Zetos zu befragen, gestaltet sich die Suche wesentlich aufwendiger.

»Sie könnten auch von anderen entführt oder sogar ermordet worden sein«, sagt Lex knapp.

»Möglich, aber unwahrscheinlich«, antworte ich verärgert, richte mich auf und werfe einen Blick auf meine schwarze Smartwatch. Es ist kurz nach 22 Uhr. Ich habe mehr als sechs Stunden im Krankenhaus zugebracht, um auf das Ende der Operation zu warten, und gebetet, dass Lex die OP übersteht. Davor musste ich Cameron vom Queensland Police Service abholen, nachdem er befragt wurde, und habe Quest angerufen, damit er sich ins Krankenhaus bewegt, nachdem er Nuria im Anwesen der Monairs abgesetzt hat.

Diesen Tag habe ich mir, ehrlich gesagt, anders vorgestellt.

»Du wirst nicht mehr Teil der Nachforschungen sein, Lex. Quest wird die Nacht bei dir bleiben, damit du nicht auf dumme Gedanken kommst und das Krankenhaus verlässt«, fahre ich fort. »Und Cam …«, ich wende mich ihm mit einem todbringenden Blick zu, »… wird heute Nacht zur Strafe vor dem Monair-Anwesen Wache stehen.«

Cameron öffnet den Mund, um genervt zu stöhnen, aber kann sich rechtzeitig fangen. Ich grinse schief.

»Ja, geh du deinen Spaß haben, nachdem du mir den Einlauf des Jahrhunderts verpasst hast«, beschwert sich Lex, bevor ich mich ihm wieder zuwende.

»Den werde ich haben. Obwohl es hier schon lange nicht mehr um Spaß geht, sondern etwas Größeres, was sich zusammenbraut.«

Denn Quest hat mir von der verschwundenen Tochter der Monairs berichtet, nach der Nuria ihn befragt hat. Irgendwas geht in diesem Anwesen vor.

Der erwachsene Sohn trägt tiefe Striemen auf dem Rücken, die älteste Tochter wird seit über vier Monaten vermisst, ohne dass die Familie eine öffentliche Suche startet. Das alles stinkt zum Himmel. Ich werde meine Rose sicher nicht unbewacht in dem Anwesen lassen, wenn merkwürdige Dinge darin vorgehen, die ich noch nicht geklärt habe.

»Deswegen brauchst du mich hier, Wylder«, erklärt mir Lex und umfasst mit der gesunden Hand meinen Unterarm. »Gerade bin ich dir nicht nützlich, weil ich in diesem Kackbett festsitze, aber sobald ich hier raus bin …«

»Vreau să fii în siguranță.« *Ich will deine Sicherheit,* spreche ich auf Rumänisch zu ihm, damit die anderen uns nicht verstehen.

»Și vreau să nu fii nepăzit. Cine va fi acolo să te țină în siguranță dacă mă trimiți?« *Und ich will dich beschützen und für deine Sicherheit sorgen,* erwidert er mit ernstem Gesichtsausdruck. Ich weiß, dass für ihn oberste Priorität hat, mich zu beschützen. Dass er für mich sterben würde und nicht abreisen will, damit ich nicht unbewacht bin. Dennoch, er sollte vorerst an seine Genesung denken.

»Ich komme allein zurecht«, antworte ich. Er sieht nicht glücklich über die Entscheidung aus. »Ich werde morgen nach dir sehen, Bruder.« Mit einem besorgten Blick schaut er mir entgegen, bevor ich mich vom Bett abwende. »Wenn du recht hast, befanden sich die Mädchen in den Fängen der Zetos und sind im nächsten Container Richtung Amerika unterwegs. Dann wäre unser Auftrag erledigt, sobald wir sie finden.« Aber wenn er falschliegt, sind beide Schülerinnen von einem Wahnsinnigen entführt worden und womöglich längst nicht mehr am Leben.

Und irgendwie beschleicht mich das ungute Gefühl, dass auch Ranjas Verschwinden mit allem zusammenhängt und uns die Zetos nur nach Australien gefolgt sind, um mich abzupassen. Was wiederum vermuten lässt, dass wir einen Maulwurf in unseren Reihen haben, der die Zetos darüber informiert hat, wo ich mich befinde.

Lex, Cameron und Quest vertraue ich bis in den Tod. Aber nicht allen Mitgliedern der Organisation, die für mich arbeiten. Was, wenn mich dieser jemand bewusst auf die Nachforschung der Mädchen angesetzt hat, um mich wie auf einer Schlachtbank den Zetos auszuliefern? Es muss einen Verräter geben. Anders kann es nicht sein, da das alles irgendwie zusammengehört, ich nur nicht weiß, wie.

* * *

Es ist kurz nach 1 Uhr, als ich über die Mauer des Anwesens klettere und mich hinter der Hecke locker auf den Mulch fallen lasse. Jeden Moment werde ich den Duft meiner Blüte einatmen, ihr Haar mit den Fingern umschließen, während ich in ihr bin. Sie spüren und jeden lustvollen Laut, den sie über die Lippen bringt, wie ein Gebet an mich, aufsaugen. Allein bei dem Gedanken werde ich hart.

Geschützt hinter der Hecke, wo mich die Kameras nicht filmen können, beobachte ich zunächst das Anwesen und schalte über mein Smartphone das Überwachungssystem aus. Dabei sehe ich eine Nachricht von Nuria, die tatsächlich will, dass ich vorbeikomme.

Plötzlich geht das Licht im dritten Stock des Gebäudes an. Gleich darauf sehe ich zwei Personen in Zains Zimmer nahe am Fenster stehen. Ich kneife die Augen zusammen, hebe anschließend mein Telefon vor mein Gesicht, um mit der Kamerafunktion die Szene heranzuzoomen. Denn ein Fernglas, wie ich es sonst bei mir trage, um meine Rose zu beobachten, führe ich heute nicht mit mir.

Als ich die Personen am Fenster vergrößere, spannt sich jeder Muskel meines Körpers an. Nuria steht mit diesem Zain in seinem beschissenen Zimmer in einer innigen, langen Umarmung.

Was machst du da, meine Rose? Warum umarmst du diesen Bastard, der dich doch nur ficken will? Für ihn bist du nichts weiter als eine Errungenschaft, die er einen Tag später wegwirft.

Oberkörperfrei schlingt der Typ seine Arme um mein Eigentum. Um meine Frau! Sofort sehe ich rot und mahle mit dem Kiefer.

Ich setze meine Kapuze auf, ziehe meine Klinge aus dem Motorradstiefel und jogge anschließend unbemerkt im Nachtschatten über den Rasen zum hinteren Teil des Gebäudes.

Um die Ecke des Anwesens angekommen, gehe ich vor dem Gitter, das sich vor einem der Kellerfenster befindet, in die Knie und hebe es an. Die Schrauben sind seit Tagen gelockert, sodass ich das Gitter mühelos entfernen kann.

Als ich mit dem rechten Fuß das Fenster anstoße, schwingt es auf. Auch das Fenster habe ich vor Tagen geöffnet, sodass es bloß angelehnt ist. Bisher hat keiner gemerkt, dass der Griff verstellt wurde. Nachdem ich im Kellerraum angekommen bin, ziehe ich das Gitter wieder über den Schacht und bahne mir anschließend einen Weg durch den Heizungsraum.

Denn von diesem Raum aus führt ein Gang zu einem Weinkeller, in dem sich hinter einem der vielen Regale ein Geheimgang befindet. Das Anwesen ist praktisch von Geheimgängen durchzogen wie ein Schweizer Käse. Mit dem Smartphone leuchte ich mir einen Weg im verdammt schmalen Treppenaufgang, der zur zweiten Etage hochführt. Überall befinden sich Rattenkot und Spinnweben. Kellerasseln und Spinnen flüchten sich in die Ecken, als ich die groben Steinstufen hochsteige und vor einer Abzweigung ankomme. Der Weg nach rechts führt zu meiner Rose. Diesen Weg kenne ich bereits in- und auswendig. Nach links geht es weiter in die dritte Etage, wo weitere versteckte Gänge beinahe in jeden Raum führen. Mit Sicherheit wurde das Anwesen aus dem Grund konstruiert, um jemanden zu verstecken, auszuspionieren oder etwas Geheimes zu lagern. Und mir kommt das Labyrinth aus Geheimgängen sehr gelegen.

Da ich den linken Gang bloß einmal bis zur Hälfte erkundet habe, weiß ich nicht, wo ich herauskommen werde und was mich erwartet. Weiterhin spuken mir die irren Gedanken um Zain und meine Rose im Kopf herum. Wie er sie verführt, sie einlullt, sie für sich beansprucht. Ich bring ihn um, wenn er etwas macht, was sie nicht will! Zugleich bete ich, dass meine Blüte sich nicht von diesem Hurensohn vögeln lässt. Dass sie ihn nicht will.

Falls doch, wird es in einem Blutbad enden!

Ich senke den Kopf in dem schmalen Gang, der keine 1,80 Meter hoch sein dürfte. Mit 1,95 Meter ist es verdammt eng in diesen Korridoren, sodass ich mit den Schultern immer wieder die Wände streife. Nachdem ich eine weitere Treppe in die dritte Etage hinter mir gelassen habe, sind die Gänge breiter gebaut. Wie seltsam.

Mit der Taschenlampe des Handys leuchte ich den etwa drei Meter breiten Korridor aus. Langsam laufe ich weiter, bis ich um eine Ecke biege und allmählich glaube, mich verlaufen zu haben. *Fuck! Wo bin ich?* Denn der Gang führt meiner Meinung nach in eine entgegengesetzte Richtung. Dabei sitzt mir die Zeit im Nacken!

Ich hätte alle Gänge in den letzten Tagen auskundschaften sollen, nicht bloß einen Teil. Die Karte zu den Gängen habe ich jedoch auf meinem Smartphone.

Als ich das Dokument auf dem Handy öffne, runzele ich die Stirn, da der Gang offenbar in die vierte Etage zu einem wesentlich größeren Raum führen soll.

Verwundert laufe ich weiter, bis ich vor einer Holztür mit Eisenbeschlägen ankomme. Als ich sie öffnen will, ist sie verschlossen. Zu schade, aber kein Hindernis für mich. Aus der Jackentasche ziehe ich mein kleines Lederetui, in dem sich nicht bloß Bargeld und gefälschte Pässe befinden, sondern auch Dietriche.

Ohne zu überlegen, da ich wissen will, was hinter der Tür ist, stelle ich das Handy in der Ecke neben der Tür ab, damit es auf das Schloss leuchtet, anschließend mache ich mich an der Tür zu schaffen, deren auffällig modernes Schloss ich nach etwa zwei Minuten geknackt habe. Ein leises Klicken ist zu hören, schon springt die Tür auf. Lief hervorragend.

Das Erste, was mir entgegenschlägt, ist ein widerwärtiger säuerlicher und nach Verwesung riechender Gestank.

»Zur Hölle ...«, fluche ich, kneife ein Auge zusammen und halte mir das rechte Handgelenk vor Nase und Mund.

Erst danach leuchte ich ins Innere des geheimen Raumes, der aus Steinmauern errichtet wurde. Es ist verdammt kühl und stickig hier drin. Und der Raum ist nicht leer. Im Lichtstrahl meiner Taschenlampe stehen zwei Kinder. Nicht möglich!

Der Junge und das Mädchen weichen verängstigt zurück und verstecken sich hinter einer Steinsäule, die das Deckengewölbe trägt.

Ich schwenke das Handy nach rechts, dann nach links und zähle zwei weitere Kinder. Sie tragen bloß verdreckte Hosen, T-Shirts und Pullover. Ihre Haare sind zerzaust, ihre Hände und Gesichter schmutzig. Und dann trifft mein Licht auf eine zugedeckte, zusammengekauerte Person in der hinteren Ecke. Sie wirkt größer und ist kein Kind.

Sich in die Ecken verkriechend, mustern mich die Kinder, bevor ich die Hände hebe.

»Keine Sorge, ich tu euch nichts«, versichere ich ihnen. »Wieso seid ihr hier?« Ich nehme die Kapuze ab, um den Kindern weniger angsteinflößend entgegenzutreten, wobei die Narben auf meinem Gesicht sicher für noch mehr Furcht sorgen.

Keines der vier Kinder spricht ein Wort. Auch die Gestalt in der Ecke reagiert nicht. Niemand antwortet mir.

Aber auch ohne Antwort weiß ich, wieso sie hier sind. Wozu sie hier sind. Mir steigt nicht bloß vom Verwesungs- und Fäkaliengeruch Galle die Speiseröhre hinauf, sondern vor Ekel und rasendem Zorn. Diese Kinder werden mit Sicherheit nur aus einem Grund an diesem Ort versteckt: um von kranken Pädophilen missbraucht zu werden. Ich kann die Angst in ihren Gesichtern sehen. Die Angst vor mir. Wie oft müssen sie bereits den Satz »Keine Sorge, ich tue euch nichts« gehört haben, bevor doch genau das geschehen ist?

Langsam durchschreite ich den Raum, um nach der Person in der rechten hinteren Ecke zu sehen. Sie liegt zusammengerollt, der Kopf ist auf die Knien gelegt, als ob sie schläft. Dunkles Haar fällt über ein Gesicht, das ich nicht erkennen kann. Eine Decke ist um ihre Beine geschlungen, und auf den ersten Blick wirkt sie lebendig. Doch dieser unvergleichbare Gestank des Todes geht von ihr aus.

Ich gehe vor der Person in die Hocke, dann hebe ich ihren Kopf an. Das reine Grauen starrt mir entgegen, sodass ich scharf die Luft einziehe. Ich habe bereits mehrere Leichen gesehen, allerdings nicht in diesem fortgeschrittenen Stadium.

Bei der Vorstellung, dass die Kinder seit Wochen mit einer Leiche an diesem Ort gelebt haben müssen, dreht sich mir erneut der Magen um. Als ich ihren Hals beleuchte und keine Tätowierung ausmachen kann, wie sie meine Schwestern tragen, atme ich erleichtert durch. Die Frau ist weder Summer noch Eden. Aber wer ist sie?

Vorsichtig lasse ich ihren Kopf mit den Worten »Ruhe in Frieden« sinken, dann drehe ich das Gesicht über die Schulter zu den Kindern, die mich aus weitem Abstand mustern und eng zusammenstehen. Das älteste Kind, ein Junge von vielleicht zehn Jahren, steht schützend vor den Kleinen und starrt mich mit finsteren und zugleich verängstigten Blicken an.

Was mache ich jetzt mit ihnen?

In meiner Verzweiflung reißt mich der älteste, schwarzhaarige Junge aus meinen Gedanken: »Es wird gleich jemand kommen.«

Alarmiert hebe ich die Brauen, aber habe sofort verstanden. »In Ordnung. Ich komme wieder. Du hast mein Wort.«

Ich muss zu Nuria und sie schnellstens aus dem Anwesen schaffen, bevor den Kindern geholfen werden kann und die Situation hier eskaliert. Vorsorglich mache ich Bilder von dem Raum, der Leiche und den Kindern, bevor ich den Raum verlasse und tief durchatme.

Diese Schweine, die dafür verantwortlich sind, werden dafür bluten!

Wieder auf dem Gang setze ich meine Suche nach meiner Rose fort, als ich im selben Moment Schritte höre. Der Junge hatte recht.

Verflucht! Die Schritte kommen aus dem Gang rechts von mir, sodass ich schnell um die Ecke abbiege und mich eng an die Wand presse. Wenn die Person in meine Richtung abbiegt, schnappe ich sie, bevor sie mich entdeckt.

Doch die Schritte verstummen, wie erwartet, direkt vor der großen Holztür, durch die ich erst vor wenigen Sekunden gekommen bin. Als ich einen Blick um die Ecke werfe, muss ich an mich halten, um der Person kein Messer in den Rücken zu rammen.

Diese Mrs Warner sucht in ihrer Blazertasche nach Schlüsseln. Eine Frau ist an den schmutzigen Geschäften beteiligt? Wie bösartig kann eine Frau sein, um Kinder in diesen dunklen, kalten Raum mit einer Leiche einzusperren? Sie trägt eine Kühlbox in der rechten Hand, die sie kurz abstellt, um die Tür zu öffnen.

»Essenszeit, ihr Gören.« Mit einem *Wumm* fällt die Tür hinter ihr zu, und ich stehe so kurz davor, sie abzupassen, wenn sie den Raum verlässt, um ihr die Kehle durchzuschneiden.

Auch wenn es mir in den Fingern juckt, entscheide ich mich dagegen und warte, bis sie wieder herauskommt. Nur so erfahre ich, ob die Kinder geredet haben oder nicht.

Plötzlich vibriert mein Handy zwischen den Fingern, dessen Taschenlampenfunktion ich ausgeschaltet habe, um nicht entdeckt zu werden.

Als ich mir sicher bin, dass Mrs Warner bei den eingesperrten Kindern ist, schalte ich das Display an und lese eine Nachricht von Nuria.

jsmeah zru g

Was? Ohne lange zu überlegen, weiß ich, dass sie in Gefahr steckt. Leise fluchend stoße ich mich von der Wand ab, um so geräuschlos wie möglich in den Gang abzubiegen, aus dem Mrs Warner gekommen ist.

Mein Handy vibriert. Ein Anruf von meiner Blüte. Rasch nehme ich den Anruf an.

»Hey, was ist los?« Doch statt eine Antwort zu hören, dringen ein Rascheln, ein Poltern und das Klirren von Glas an meine Ohren.

»Gib mir das Handy!« Es ist eine männliche Stimme, die ich nicht eindeutig identifizieren kann, bevor es erneut raschelt, anschließend der Anruf endet.

Fuck!

KAPITEL 26

Nuria

Ein Freund kann dir das schönste Lächeln schenken, um über seine finsteren Vorhaben hinwegzutäuschen, während das Monster kein Lächeln dafür braucht.

Nachdem ich Anston mehrfach per Nachricht versichert habe, dass ich übermorgen pünktlich am Flughafen sein werde, checke ich meine Nachrichten. Keine Nachrichten von Demon.

Was ist bei ihm los? Wieso meldet er sich nicht? Wird er mich heute Nacht wieder überraschen, entführen, mir den Verstand rauben und mir endlich die Möglichkeit geben, ihn richtig kennenzulernen? Was ist mit seinen Schwestern passiert? Und wieso sucht er hier in Australien nach vermissten Frauen? Hofft er, hier seine Schwestern zu finden? So weit von seiner Heimatstadt Boston entfernt?

Plötzlich fällt mir ein, dass er mir gesagt hat, ich hätte ihn bereits ohne Maske gesehen. Wann? Wann, verdammt, könnte das gewesen sein?

Soweit ich mich erinnern kann, war ich nie in Boston. Es kann also nur in Barcelona gewesen sein. Wo könnte das gewesen sein? Es gibt nicht viele Orte, wo ich mich aufhalte. Auf dem Campus der Universität, in der Bar, in der ich gejobbt habe, oder in meiner Wohnung. Da er älter als ich zu sein scheint, ist es zwar möglich, dass er sich auf dem Campus aufgehalten hat, vielleicht auch, um dort seine vermissten Schwestern zu suchen, allerdings ist es wahrscheinlicher, dass er mich im *Luna Ilena* zuerst getroffen hat. Und das macht die Suche nach Antworten nicht einfacher, weil ich unzählig viele Gäste in der Bar bedient habe. Verdammt. Verdammt! Ich will endlich wissen, wer er ist. Wann und wo er mich zuerst gesehen hat. Wie er überhaupt auf mich gekommen ist. War unsere Begegnung ein Zufall?

Wie konnte es passieren, dass ich so verdammt süchtig nach ihm geworden bin? Süchtig nach seiner Stimme, seinem muskulösen Körper, seinem Duft bin? Und gerade mein sehnlichster Wunsch ist, ihn jetzt hier bei mir zu haben?

Ich schüttele den Kopf. Ich bin nicht süchtig, nicht so wie er. Ich denke bloß häufig an ihn, das ist alles. Gerade sehne ich mich nach seiner Stärke und seiner Nähe, da er derzeit die einzige Person ist, mit der ich über das Gelesene sprechen könnte.

Als ich das Smartphone mit einem enttäuschten Seufzen beiseitegelegt habe, weil er mir immer noch nicht geschrieben hat, obwohl ich ihn gerade heute, nach der schrecklichen Erkenntnis brauche, lese ich in Ranjas Tagebuch weiter.

Mir fehlen nicht mehr viele Seiten, bis ich weiß, was sie in den letzten Tagen vor ihrem Verschwinden erlebt hat. Aber es ist schmerzhaft, weiterzulesen.

Der nächste Eintrag ist ungewöhnlich kurz und nicht einmal eine halbe Seite lang.

22. Mai

Was passiert hier? Wie soll ich das, was ich gesehen habe, für mich behalten können? Wenn sie wissen, dass ich sie während ihrer abscheulichen Veranstaltung beobachtet habe, weiß ich, werden sie mich umbringen. Ich sollte es der Polizei melden!

Zuvor muss ich sicherstellen, dass ich nicht von den Kameras gefilmt wurde, und das Videomaterial löschen. Sonst bin ich erledigt. Und dann … dann … Ich muss hier weg! Dieses Horrorhaus macht mich wahnsinnig! Die Dinge, die hier passieren, sind unheimlich, bösartig, grausam!

Verwirrt von ihren Worten, runzele ich die Stirn und überfliege sie erneut. Von welchen Dingen schreibt Ranja? Was hat sie gesehen? Was ist so schrecklich, dass sie es nicht benennen kann? Mit keiner Silbe erwähnt sie ihre Schwangerschaft oder ihren Vater.

Ohne Pause lese ich weiter.

27. Mai

Sie haben mich erwischt! Sie wissen, was ich gesehen habe, und haben mich seit zwei Tagen in mein Zimmer eingesperrt und mir mein Handy weggenommen. Das hier ist so viel größer und gefährlicher, als ich anfangs gedacht habe. Dieses Haus beherbergt das wahre Böse. Ich spüre, dass mir nicht mehr viel Zeit bleibt, um das aufzuschreiben, was ich gesehen habe. Sie überlegen bereits, was sie mit mir machen werden. Schwanger nütze ich ihnen nichts. Dad könnte mich fortbringen, aber selbst das wäre keine Lösung, um mich mundtot zu kriegen. Deswegen, weiß ich, werde ich höchstwahrscheinlich sterben.

Sie wusste, dass sie sterben wird?, frage ich mich unweigerlich. Was kann so viel schlimmer sein als der Missbrauch ihres eigenen Vaters an ihr, um sie zu töten, falls sie redet? Hat sie einen Mord gesehen?

Wenn es meinem Vater nicht gelingt, seine Partner davon zu überzeugen, dass ich den Mund halte, dann wird ihm keine andere Wahl gelassen. Denn ich könnte ausplaudern, was ich vor einer Woche im grünen Saal im vierten Stock gesehen habe …

Ich wollte bloß mitten in der Nacht zu Dad, ihm vorschlagen, das Kind zu behalten, auszutragen und in eine Babyklappe zu geben, als ich sein Arbeitszimmer leer vorgefunden habe. Doch hinter einer Schiebetür, die nicht komplett geschlossen war, konnte ich Stimmen und seltsame Geräusche hören.

Mein gesamter Körper steht vor Entsetzen und Grausamkeit wie unter Strom. Der Schock über das Unaussprechliche, was im Tagebuch folgt, was unschuldigen Kindern in diesem Anwesen angetan wird, was Ranja erleben und bezeugen musste, lässt mein Herz bluten. Als ich denke, es kann nicht schlimmer kommen, scheint Ranja eine weitere Tragödie erlebt zu haben.

Gerade als ich das Arbeitszimmer verlassen wollte, hörte ich Schritte aus dem Nachbarraum und die Worte einer Person, die ich niemals in diesem Zimmer erwartet hätte. Es war …

Gerade will ich die Seite umblättern, als ein Klopfen an meiner Zimmertür mich schreckhaft zusammenfahren lässt. Sind es die Zwillinge? Könnten Hailey und Maily ebenfalls Opfer ihres Vaters geworden sein?

»Nuria, bist du noch wach?« Es ist Zain. Erleichtert atme ich aus, bevor ich das aufgeklappte Tagebuch auf den Nachttisch schiebe, anschließend aus dem Bett springe.

Mir ist immer noch übel von dem, was ich gelesen habe. Von dem, was ich über Mr Monair erfahren musste. Ich kann keine Nacht länger in diesem Anwesen bleiben und muss mit jemandem darüber reden. Über die Flut von Gefühlen, die mich übermannt. Über den Zorn, die Trauer, das Mitgefühl. Über Ekel, Angst und Verzweiflung.

»Ja, ich bin noch wach.«

Als ich Zain die Tür öffne, steht er mit einem halbgeöffneten dunklen Hemd und in tief sitzenden Anzughosen vor der Tür und verströmt den Duft eines teuren Parfüms. Er sieht aus, als hätte er sich nach den gelesenen Einträgen seit heute Nachmittag wieder beruhigt.

»Warst du feiern oder warum siehst du so …« Ich deute mit der rechten Hand vor seinem Körper auf und ab. Selbst sein dunkles Haar ist vornehm zur Seite gestrichen, was ihn wie ein Männermodel aussehen lässt. »… vornehm aus«, spreche ich weiter, als ich die richtigen Worte gefunden habe.

»Ja, ich war kurz unterwegs und musste den Kopf freibekommen.«

»Verständlich.«

Damit wir nicht belauscht werden, schaue ich mich hinter ihm im Gang um. »Warum bist du hier?«

»Kann ich kurz reinkommen?«, bittet er mich mit diesem vertrauenserweckenden Lächeln.

»Sicher. Ich war gerade dabei, die letzten Seiten in Ranjas Tagebuch zu lesen.«

»Genau deswegen bin ich hier«, erklärt er, nachdem er die Tür geschlossen hat, tiefer in den Raum tritt und etwas zu suchen scheint. Als seine Augen auf dem aufgeklappten Tagebuch, das auf dem Nachttisch liegt, hängen bleiben, geht er darauf zu.

»Mir fehlen die letzten Einträge. Ich dachte, wir lesen sie gemeinsam, denn …« Er wendet sich mit einem besorgten Gesichtsausdruck zu mir um. »Ich glaube, es wird hart, was uns erwartet. Es sei denn, du willst das Tagebuch allein zu Ende lesen?«

Ich verschränke die Arme locker vor dem Schlafshirt, da mein neuer Pyjama, den ich extra für die Reise gekauft habe, gestern Nacht von meinem Liebhaberpsycho zerrissen wurde, als er über mich hergefallen ist. Bloß in schwarzen Pantys und T-Shirt fühle ich mich etwas nackt vor ihm. Denn seine Augen wandern, zwar nicht aufdringlich, trotzdem nicht unbemerkt, über meine nackten Beine.

»Wir können das Tagebuch gemeinsam zu Ende lesen. Ich bin bereits beim letzten Eintrag, und du glaubst nicht, was Ranja beobachtet hat. Es ist mindestens genauso schlimm, wenn nicht sogar schlimmer, als das, was ihr passiert ist.«

Zain wirft einen flüchtigen Blick in das Tagebuch, während er es vom Tisch hebt. »Noch schlimmer als das, was mein Vergewaltiger von Vater ihr angetan hat?«, fragt er mich ungläubig. »Kaum vorstellbar.«

»Es ist schlimm, sehr schlimm.« Und ich sollte schnellstmöglich das Haus verlassen. Ich kann mit dem Wissen, was in diesem Gebäude vor sich geht, keine Nacht länger bleiben. Am besten, ich schreibe Demon, damit er mich abholt. Direkt morgen früh werde ich der Polizei melden, was in diesem Haus passiert ist, und kann als Beweis das Tagebuch vorlegen. Jetzt verstehe ich erst so richtig, wieso dieses Buch so sehr von Bedeutung ist. Wieso es ihre Eltern um jeden Preis finden wollten, wieso Ranjas Zimmer leer geräumt wurde, wieso sie verschwunden ist. Sie hätte ein unglaubliches, ein unsagbar grausames Geheimnis ans Tageslicht gebracht.

»Lesen wir es am besten auf meinem Zimmer. Dort kommt nie jemand rein, und wir sind ungestört«

Obwohl ich Zain immer noch nicht zu einhundert Prozent traue, nicke ich. Seine Verzweiflung und Wut, die ich heute Nachmittag erlebt habe, können unmöglich vorgetäuscht worden sein. Er hasst seinen Vater abgrundtief für das, was er seiner Schwester angetan hat. Und somit stehen wir auf derselben Seite. Denn das tue ich auch. Ich hasse Richard Monair.

In Zains Zimmer angekommen, tippe ich eine Nachricht an Demon, dass ich heute Nacht unmöglich in diesem Anwesen verbringen will. Ich will nicht allein sein, nicht allein im Bett liegen, nachdem Zain und ich noch furchtbarere Details aus Ranjas Leben erfahren haben.

»Ich hoffe, du magst Pizza mit Salami und Peperoni?«, fragt Zain und zeigt auf den Pizzakarton auf dem Couchtisch, während er auf die dunkle Couchecke zusteuert. Mir ist jedoch gar nicht nach Essen. Weiterhin hält Zain Ranjas Tagebuch in der Hand, ganz so, als würde er es niemandem mehr überlassen, als wäre es sein kostbarster Besitz.

Ich schließe die Tür hinter mir, um mich im Zimmer umzusehen. Die Räume sind ähnlich wie meine eingerichtet. Rechts befinden sich ein Kamin und Fernseher an der Wand, vor dem eine dreiteilige Couchgarnitur in dunklem Leder platziert wurde. Zu meiner Linken steht ein gewaltiges Boxspringbett, auf dem die Decken und Kissen unordentlich zurückgelassen wurden und zwei Hemden liegen.

Zain klappt den Deckel der noch dampfenden Pizza auf.

»Zain«, unterbreche ich ihn in seinem Vorhaben.

»Ja?«

»Weißt du, was in diesem Haus vor sich geht?«

»Was meinst du?«, erwidert er und zieht fragend die Brauen zusammen.

»Na ja, ich meine, dein Dad hat deine Schwester nachts … Du weißt schon. Und ich will dir nicht zu nahe treten oder direkt fragen, aber hast du dasselbe durchmachen müssen wie sie?«

Anhand seiner Reaktion weiß ich, dass ich mit meiner Vermutung nicht falschliege. Denn augenblicklich verschwindet sein charismatisches Lächeln, er gibt den Deckel des Pizzakartons frei und richtet sich auf. Plötzlich legt er das Buch auf der Sitzfläche des Dreisitzers neben sich ab und zieht sein Hemd aus.

»Was wird das?«, will ich wissen und muss vermutlich einen perplexen Gesichtsausdruck aufsetzen.

Ehe ich eine Antwort erhalte, wirft Zain das Hemd neben sich über die Couchlehne und dreht sich anschließend mit dem Rücken zu mir um. Das reine Entsetzen macht sich in mir breit, als ich unzählige breite und vernarbte Striemen auf seinem Rücken entdecke. Es sind teilweise wulstige, sehr schlecht verheilte Narben, die unermessliche Schmerzen bedeuten.

»O mein Gott«, stoße ich aus, gehe auf ihn zu und betrachte die Narben auf seiner Haut genauer. Ich kann nicht anders, als über sie zu streichen, woraufhin er zittrig durchatmet, als könnte ich ihm mit der Berührung wehtun.

»Wer hat dir das angetan?«, will ich wissen, obwohl ich die Antwort bereits ahne.

KAPITEL 27

Nuria

Jede Frau braucht ein Monster an ihrer Seite, um sich sicher zu fühlen, da in den Straßen sehr viele Ungeheuer lauern.

Zain dreht sich langsam zu mir um. »Mein Dad. Jede Narbe steht für meinen Ungehorsam, einen Verstoß gegen seine Regeln. Es begann, als ich noch ein Kind war. Ich habe sie niemandem zuvor gezeigt, außer dir.«

Keuchend hebe ich die Brauen, schüttele ungläubig den Kopf und kann nicht anders, als ihn zu umarmen. »Das tut mir so … so verdammt leid.«

Auch dieses Mal versteift er sich in der Umarmung, bis er sie zulässt und seine Arme unerwartet um meinen Rücken schlingt.

»Ich dachte, er wäre nur zu mir so, nicht, dass er meine Schwester ebenfalls …«, wieder spannt sich seine Rückenmuskulatur unter meinen Fingern an, »… misshandelt.«

»Er hat so etwas höchstwahrscheinlich nicht bloß euch angetan«, erzähle ich ihm.

»Was meinst du?«, hakt er nach. Ich hebe das Gesicht an, um in seine Augen zu blicken, und lockere meine Umarmung.

»In Ranjas letztem Eintrag beschreibt sie eine Szene, die sie beobachtet hat. Sie schreibt über Kinder, die von Partnern deines Vaters im Nebenraum seines Büros missbraucht wurden.«

Kaum habe ich meinen letzten Satz beendet, öffnet er die geschwungenen Lippen und schaut mir aufgewühlt in mein Gesicht.

»Das kann nicht wahr sein.«

»Es ist wahr. Es muss wahr sein. Aus diesem Grund wollen deine Eltern das Tagebuch. Ich weiß nicht, ob deine Mum eingeweiht ist, aber ich weiß, dass dein Dad davon erfahren hat, dass deine Schwester das Treffen beobachtet hat. Das ist höchstwahrscheinlich der Grund, warum sie verschwunden ist. Nicht, weil sie von deinem Dad schwanger war, sondern weil sie Dinge gesehen hat, die sie nicht hätte sehen dürfen. Die nicht sein dürfen.«

»Nenn ihn nie wieder Dad in meiner Anwesenheit, Nuria. Dieses Monster ist nicht mein Dad.«

»Ich wollte …«

»Schon okay. Nicht schlimm. Du kannst nicht verstehen, wie es sich gerade in mir anfühlt. Was ich gerade fühle. Ich hatte so gehofft, er hätte Ranja nicht angerührt.« Der reine Schmerz flackert über sein Gesicht, als er eine Haarsträhne von mir hinter mein Ohr streicht. »Ich dachte, er würde ihr nicht wehtun, nicht so wie mir. Ich habe nie Narben auf ihrem Rücken gesehen, also ging ich davon aus …«

Seine Mundwinkel zucken, als er sich über die Lippen leckt und anscheinend gegen die innere Trauer ankämpft.

Erneut nehme ich ihn in den Arm, um ihm Trost zu spenden. Und dieses Mal nimmt er die Umarmung sofort an und schmiegt sein Gesicht an meine Schulter.

»Es ist nicht deine Schuld.«

»Doch. Ich hätte mit ihr reden sollen, sie fragen müssen, ob er dasselbe mit ihr macht wie mit mir.«

»Es ist schwer, über solche Themen zu reden, Zain. Ihr ist es auch schwergefallen, mit dir darüber zu sprechen.« Sanft streiche ich über seinen Rücken, fühle seine innere Zerrissenheit und Selbstzweifel. Als er den Kopf anhebt und er mein Gesicht mit beiden Händen umfasst, bin ich diejenige, die dieses Mal erstarrt. Denn ohne es vorhergesehen zu haben, senkt er sein Gesicht und legt seine Lippen auf meine.

Anders als bei Demon überflutet mich eine unangenehme Kälte. Spüre ich nichts, weder das Verlangen, den Kuss zu erwidern, noch das Gefühl von Verbundenheit. Es fühlt sich komplett fremd und falsch an.

Nach etwa zwei Sekunden weiche ich ruckartig vor ihm zurück und hebe den linken Handrücken an meinen Mund. »Das … geht nicht. Das hier ist falsch und …«

Zain überwindet mit einem Schritt die Distanz zwischen uns. »Wieso? Weil mich dein heimlicher Freund töten wird?«

Wieso hört sich das aus seinem Mund so lächerlich an. »Ja, verdammt. Wenn er es herausfindet, dann …«

Erneut umfasst er meinen Kopf, um mich wieder zu küssen, dieses Mal bedrängender. »Hör auf, Zain. Ich will das nicht.« Rasch drehe ich das Gesicht zur Seite. »Ich weiß, dass du gerade viel durchmachst und glaubst, dass dir diese Art Nähe hilft, aber es ist nicht so. Außerdem habe ich jemanden, den …« Kurz gerate ich ins Stocken. *Was willst du sagen? Jemanden, den du liebst?*

»Dem ich etwas bedeute.« Wie hirnverbrannt klingt das?

»Du bedeutest mir auch etwas, Nuria. Außerdem ist er nicht hier, und du offensichtlich nicht fest mit ihm zusammen, oder täusche ich mich?«

Ich bin viel mehr als mit Demon zusammen.

»Das geht dich nichts an, Zain«, halte ich ihn auf Abstand. »Es war vermutlich eine dumme Idee, das Tagebuch mit dir gemeinsam zu lesen.« Als ich mich aus seinen Griffen befreie, um das Tagebuch vom Sitzpolster einzusammeln, umfasst er reflexartig mein Handgelenk.

»Das Buch bleibt bei mir.«

»Nein, ich lese es zu Ende«, beharre ich.

»Damit du damit zur Polizei rennen kannst?«

Was hat er gesagt? Langsam drehe ich das Gesicht zu ihm. Sein zuvor leidender und schmerzerfüllter Gesichtsausdruck ist nun einem bösartigen Funkeln in den Augen gewichen. Ich erkenne ihn kaum wieder. Was läuft hier?

»Du bekommst das Buch nicht, Nuria. Denn es ist mein Glück, dass du noch nicht eine Seite weiter gelesen hast.« Vor meinen Augen blättert er die Seite um, auf der er mir in gespielt schockierter Stimme einen Satz vorliest: *»Zain, mein eigener Bruder, ist Teil dieses abartigen Treffens.«*

Entsetzt öffne ich den Mund, während sich mein Magen schmerzhaft zusammenzieht. *Scheiße. Scheiße! Wie konnte ich so dumm sein?*

Er wollte die gesamte Zeit das Buch haben, um zu erfahren, was seine Schwester aufgeschrieben hat, ob sie ihn erwähnt hat.

»Es war alles gelogen. Du …«, wispere ich zu mir selbst. Seine vorgeheuchelte Wut auf seinen Vater, seine Sorge um seine Schwester, seine freundliche Seite.

»Nicht alles. Ich wollte noch mehr über dich herausfinden, deinen Freund, der die Geheimgänge entdeckt hat, und den anderen Kumpel von dir, der öfter vor dem Haus auf dich gewartet hat.«

»Anston?«

»Ja, Anston. Der Typ war mir zu aufdringlich, also musste ich ihn kurzerhand in den Schlaf schicken. Er hatte nichts auf unserem Grundstück verloren! Aber schlimmer als dieser Anston ist dein nächtlicher Besucher.«

Nicht Demon, sondern Zain hat Anston in seinem Wagen betäubt, damit er nicht zufällig über die Geheimnisse der Monairs stolpert.

»Wieso?«, frage ich ihn.

»Wieso wohl.« Ich zerre an seinem Griff. »Um ihn abzupassen und zum Schweigen zu bringen. Ihr wisst zu viel. Aber da ich nicht weiß, wer dein nächtlicher Besucher ist, wollte ich ihn anlocken.«

Dieser miese Bastard!

»Er wird jeden Moment hier sein, nicht wahr? Du kannst dir sicher sein, dass ich ihn erschieße«, raunt er mir den letzten Satz so leise ins Ohr, dass ich vor Zorn rotsehe.

»Dad!«, ruft er seinen Vater, bevor ich mit dem rechten Ellenbogen aushole und ihn mit aller Kraft in seinen Brustkorb ramme.

»Du miese Ratte! Du ekelhafter Wichser!«, brülle ich ihn an, wende mich von der Couch ab und eile davon. Im Rennen entsperre ich mein Handy und tippe eilig eine Nachricht an Demon ein. Noch bevor ich die Tür aufreißen und durch sie flüchten kann, werde ich hart zu Boden geworfen. Mein Kinn kracht auf den Parkettboden, meine Zähne schlagen schmerzhaft aufeinander, sodass mir Tränen in die Augen treten. *Gott!*

Mit der ausgestreckten Hand tippe ich auf den roten Anrufhörer. *Demon! Ich brauche dich. Bitte, bitte, bitte geh ran!* Obwohl ich gleichzeitig panische Angst habe, dass Zain und sein Vater ihn angreifen werden, glaube ich doch, dass er ihnen überlegen ist. Ein Freizeichen ertönt, als ich weiter unter Zain zappele.

»Geh runter von mir!«

»Gib mir das Handy!«, knurrt Zain, streckt seine Finger nach meiner Hand aus, als mir das Telefon von einer anderen Hand abgenommen wird. Erschrocken sehe ich auf und entdecke vor mir Richard Monair. »*Mierda!*«, fluche ich zischend.

»*Mierda*, genau.« Er steckt das Smartphone in seine hintere Hosentasche, bevor er seinen Sohn an den Haaren packt. »Wirst du nicht mal mit einer Frau fertig?«, faltet er ihn zusammen, während ich mich auf den Unterarmen unter Zain befreie und nach vorn krieche. Nachdem Zains Gewicht von mir genommen wird, will ich mich aufrichten, um davonzurennen. Allerdings geht mein Plan nicht auf, da eine Hand mein T-Shirt am Rücken schnappt und ich mit einem kräftigen Ruck zurückgerissen werde.

»Ins Zimmer! Na los!«, blafft Mr Monair mich und offensichtlich auch seinen Sohn an. Stolpernd komme ich in Zains Zimmer zum Stehen. Ehe ich mir einen weiteren Fluchtweg einfallen lassen kann, schließt Mr Monair hinter sich die Tür ab und verstaut den Schlüssel ebenfalls in seiner Hose. *Verdammt! Was jetzt?*

Eilig drehe ich mich barfuß um, stürme auf den Couchtisch zu und bekomme den dreiarmigen Kerzenhalter zu fassen.

»Bleibt von mir weg!«, drohe ich ihnen mit zittriger und doch entschlossener Stimme. Ich weiß, was mich erwartet, wenn ich erneut am Boden liege. Sie werden mich zum Schweigen bringen, töten und womöglich vorher quälen. So wie sie Ranja unendliche seelische und körperliche Schmerzen zugefügt haben. Diese Familie ist im Kern verdorben und krank!

Mr Monair belächelt meine behelfsmäßige Waffe, richtet seine Hemdärmel und kommt zwei Schritte auf mich zu.

»Für so mutig und kampfbereit hätte ich dich nicht gehalten, Nuria. Ich dachte, du gehörst zu der Sorte, die sofort in Tränen ausbricht und um ihr Leben jammert.«

Ich erwidere Mr Monairs zynisches Grinsen mit einem giftigen Blick. Ich kämpfe, bis zum Ende.

Doch zugleich ist da plötzlich diese Schlucht hinter mir. Dieser Abgrund. Ich kann die salzige See riechen, das Rauschen der Wellen hören. Was passiert hier?

»Du erschießt mich nicht«, höre ich unerwartet dieselben Worte, die mich in meinen Albträumen plagen, Mr Monairs Mund verlassen. Er bewegt seine Lippen, trotzdem sprechen sie die falschen Worte aus. Wie erstarrt mustere ich seine große Gestalt, die unerwartet vor meinem Sichtfeld von schwarzen Wolken umhüllt wird.

»Das werde ich!«, erwidere ich, weniger entschlossen als vor wenigen Minuten. Dabei umklammere ich keine Pistole mit den Händen, sondern einen Kerzenständer.

Plötzlich tritt ein Mann aus der Dunkelheit, und es ist nicht Mr Monairs gebräuntes und kantiges Gesicht, sondern ein dunkelblonder Mann mit tiefschwarzen Augen wie die der dunkelsten Nacht. Er trägt ein schwarzes Hemd mit hochgestelltem Kragen und eine weiße Jackettjacke. Ehe ich begreife, in meinem eigenen Albtraum – einem Tagtraum, einem Flashback – gefangen zu sein, katapultiert mich ein Griff um meine Kehle in das Hier und Jetzt zurück. Ich werde hart gegen die Wand zwischen den Fenstern gestoßen.

»Nimm ihr den Kerzenständer ab und knebel sie«, befiehlt Mr Monair, ehe mir meine einzige Waffe aus der Hand gerissen wird und ich die Hände zu den Fingern hebe, die sich schmerzhaft und brutal in meinen Hals bohren. Panisch japse ich nach Atem, zappele in seinem Griff und will nach ihm treten. Mit jeder Sekunde nimmt mein tränenverschleiertes Sichtfeld schwarze Ränder an. *Nein! Nein! Ich muss etwas unternehmen!*

Als Zain mit einem Seidenschal zurückkehrt, den er mir zwischen die Zähne zerren will, wird es schlagartig dunkel. Sämtliche Lampen im Raum sind erloschen. Diesmal ist es nicht die reine Finsternis meines Albtraums, sondern Demons.

Sofort lässt Zain von mir ab, und Mr Monairs Griff lockert sich um meinen Hals. »Wieso ist das Licht ausgegangen?«

»Er ist hier«, erklärt Zain seinem Vater.

»Wunderbar, dann erledigen wir ihn vor ihr.«

Ein unheilvolles, spöttisches Lachen durchbricht die Dunkelheit. »Es lauern viel größere Monster in der Dunkelheit als ihr, die euch selbst für welche haltet. Niemand rührt meine Frau an, wenn er nicht den Todeswunsch hegt.«

Mr Monair will sein Lachen erwidern, als ich vor mir bloß einen Windzug wahrnehme und dann höre, wie sein Lachen in ein gurgelndes Röcheln übergeht. *Was hat Demon gemacht? Wo, wo ist er?*

»Was ist passiert?«, fragt Zain. »Dad? Wo bist du? Sag etwas.«

»Etwas«, scherzt Demon. Verhöhnt ihn aus der Dunkelheit heraus. Dann höre ich Zain qualvoll aufschreien. Panisch wende ich das Gesicht nach rechts, halte meinen wunden Hals umfasst und versuche, etwas in der Dunkelheit zu erkennen. Doch es blitzen bloß kleine Funken vor meinem Sichtfeld auf, da mir immer noch schwindelig vom Würgen ist. Ich keuche und versuche, gleichmäßiger zu atmen, während ich Schritte höre, dann, wie etwas umfällt.

»Verschwinde! Wer auch immer du bist, VERSCHWINDE!«, schreit Zain panisch. »Dad?«

»Mit dir spiele ich noch eine Runde. Dein Kinderficker von Vater kann dir nicht mehr helfen. Er muss gerade an sich denken, weil er auf dem Boden verblutet. Wovon möchtest du dich zuerst trennen? Den Augen oder den Fingern?«

Keuchend halte ich meinen Hals und taste mit der linken Hand vor mir die Umgebung ab. *Wo sind sie?* »Demon.«

»Warte kurz, meine Rose. Das hier war schon die gesamte Zeit fällig.«

Und bevor ich ihm antworten kann, höre ich einen grellen Schrei. Mir treibt der Laut, den Zain von sich gibt und der kaum ein Ende zu nehmen scheint, Tränen in die Augen. Ich halte mir die Ohren zu, als mich Hände umdrehen und ich gleich darauf an eine warme Brust gedrückt werde.

»Hör nicht hin.« Es ist Camerons Stimme, die ich nicht an diesem Ort erwartet hätte. Ein Knacken tritt an meine Ohren, dann höre ich, wie etwas oder jemand polternd umfällt. Demon setzt seine Abrechnung weiter fort und spielt mit Zain, so wie er es angekündigt hat. Gott, zu was ist er fähig?

»Wylder. Es reicht«, versucht Cameron, ihn zu beruhigen.

»Noch lange nicht!«, knurrt Demon.

»Bitte, hör auf«, bringt Zain winselnd hervor, ehe wieder etwas poltert und ein ersticktes Keuchen zu hören ist.

»Wieso sollte ich, du Wurm! Du bist wie dein Vater. Ein

abartiges Individuum, das anderen Menschen schadet. Du hast dein Leben verwirkt!«

»Mein Vater hat auch mir Gewalt angetan.«

»Trotzdem hat es dich nicht dazu gebracht, anders zu werden als er! Die Kinder, ich habe sie gesehen. Und als ich in ihre Augen geblickt habe, habe ich mir geschworen, dass sie ihren Peinigern kein einziges Mal mehr in ihrem Leben ins Gesicht blicken müssen!« Ein gequältes Jaulen ertönt. »Du!«

Wieder kracht es.

»Bist!«

Mit einem Ruck wird der Vorhang vor dem Fenster heruntergerissen, als Zain versucht, sich daran festzuklammern.

»Abschaum!«

Zain kniet vor Demon am Fenster. Und dann beobachte ich eine Bewegung. Eine, die so schnell geht und so bedeutungslos sein könnte und zugleich ein Leben beendet. Eine Klinge wird über Zains Hals gezogen, schon hält er sich verzweifelt die blutüberströmte Kehle. Das Letzte, was ich von ihm höre, sind seine röchelnden Laute, bevor er an seinem eigenen Blut erstickt.

Das Ganze ist barbarisch. Skrupellos. Menschenverachtend. Und genau diesen Gedanken dürfte Demon auf meinem Gesicht ablesen, als ich mit vor Schock aufgerissenem Mund zusehe, wie Zains toter Körper schlaff in sich zusammensinkt.

»Was hast du … getan?«, frage ich flüsternd. »Was hast du …« Mir bleibt das letzte Wort im Hals stecken.

Demon schüttelt das Blut mit einer Bewegung von seiner Klinge ab, dann kommt er auf mich zu.

Im selben Moment regt sich links von mir Mr Monair. Er hält sich die blutende Brust, spuckt einen Schwall Blut aus und würgt angestrengt.

Als Demon bemerkt, dass er noch lebt, zieht er seine Pistole unter der Jacke hervor, bloß, um eine Sekunde später auf sein Gesicht zu schießen. Innerlich schreie ich auf. Schreie, weil ich so viel Brutalität nicht ertragen kann. Eine Hand schiebt sich über meine Augen, doch es ist zu spät, ich habe alles gesehen und wünschte, wünschte so verdammt sehr, ich hätte es nicht gesehen.

Aufgelöst reiße ich die Hand von meinem Gesicht, weil ich einfach nicht glauben kann, was gerade passiert ist. Noch vor wenigen Minuten stand ich mit Zain in seinem Zimmer, habe ihn umarmt und geglaubt, er bräuchte Trost, bis er sich als Monster entpuppt hat. Nun liegen er und sein Vater tot in großen Blutlachen.

Demon kommt mir mit den Worten »Jetzt bist du sicher« entgegen und streckt seine blutbedeckte Hand nach meinem Gesicht aus.

Schreckhaft und kopfschüttelnd weiche ich vor ihm zurück, obwohl ich nicht weit komme, da Cameron immer noch hinter mir steht.

»Du hast beide getötet«, bringe ich geschockt hervor.

»Sie mussten sterben. Eine andere Option gab es nicht.«

»Gab es nicht?«, wiederhole ich seine Worte entsetzt. »Natürlich gab es die. Sie hätten verhaftet und vor ein Gericht gestellt werden können und nicht von dir hingerichtet werden müssen!«

Langsam lässt er seine Hand sinken, nachdem ich ihm ausgewichen bin, und hebt den rechten Mundwinkel. Es juckt mir in den Fingern, ihm die Kapuze von seinem Haar zu reißen, bloß um einmal, nur einmal, sein komplettes Gesicht sehen zu können.

»Und dann? Kämen sie nach fünf, oder lass es fünfzehn Jahre sein, wieder aus dem Knast, um weitere Kinder zu missbrauchen? Anderen Menschen zu schaden? Nein, diese kranken Kreaturen haben ab dem Moment ihr Anrecht auf ein Leben verwirkt, als sie Hand an das erste unschuldige Kind gelegt haben. Als sie Menschen zwischen den Mauern dieses Anwesens zum Sterben zurückgelassen haben. Findest du, Menschen, die das getan haben, sollten weiterleben?«

Unerwartet hält er mir sein Handy vors Gesicht, auf dem

ich ein Foto von einem gemauerten, dunklen Raum erkenne, in dem sich Kinder befinden. Bleiche, verschmutzte Gesichter, in deren Augen so viel Leere und Angst steht, starren in die Kamera.

Augenblicklich fällt es mir wie Schuppen von den Augen, als ich das Gesicht eines kleinen Mädchens wiedererkenne. Es ist das Kind, das ich am Tag meiner Anreise im Garten gesehen habe. Ich habe es mir nicht eingebildet. Das arme Kind muss weggelaufen sein, aber konnte vermutlich den eingezäunten Garten nicht verlassen.

Er wischt nach rechts, schon erscheint das nächste Bild, auf dem eine zusammengekauerte Gestalt in der Ecke abgebildet ist.

»Sollen diese Arschlöcher eine zweite Chance bekommen? Sollen diese Schweine weiterleben und weitere Leben zerstören? Sag mir, wenn ich mich täusche, aber ich habe immer einen Gerechtigkeitssinn bei dir gespürt. Also, was haben diese Männer schon anderes verdient als den Tod? Ein erfülltes Leben?!«

»Das habe ich nicht gesagt. Aber …« Ich nehme ihm das Smartphone ab, um das Bild genauer anzuschauen.

Meine Augen ruhen länger auf der dunkelhaarigen Person in der Ecke des Gewölbes, und mich überkommt eine düstere Vorahnung. »Wer ist die Person?«

»Die Tochter der Monairs«, erklärt mir Demon. Nein. *Nein, bitte nicht.* Aber sie muss es sein. »Mrs Warner ist ebenfalls in die Sache verwickelt, wie die gesamte Familie.«

Indem ich Mrs Warner darauf aufmerksam gemacht habe, dass sich ein Kind im Garten befindet, muss sie sofort begriffen haben, dass ein Kind fehlt. Verdammt!

Als ich ein Foto weiter wische, sind keine weiteren Aufnahmen von den eingesperrten Kindern oder der toten Frau zu sehen, sondern von mir. Ausnahmslos von mir, wie ich mich vor meinem Bett umziehe, wie ich in Ranjas Tagebuch lese, als ich mir ein Sandwich in der Küche zubereite, wie ich auf dem Trampolin mit Hailey springe …

Sofort nimmt mir Demon sein Handy ab.

»Zeit, zu gehen«, kündigt er an. »Sammele das Tagebuch ein, Cam. Den Rest wird die Polizei erledigen.« Als Cameron meine Schultern locker umfasst und Demon zärtlich über meine Wange, tiefer zu meiner geschundenen Kehle streicht, ziehe ich mich zurück.

»Nein«, antworte ich entschlossen.

»Nein?«, fragt er. »Was nein?«

»Nein, ich komme nicht mit.«

»Tja, leider lasse ich dir keine Wahl, meine Rose.«

»Du zwingst mich nicht, Demon. Wenn ich nein sage, meine ich auch nein. Ich werde heute Nacht …«

Erwartungsvoll neigt er das Gesicht. »Hierbleiben?« Ich hasse es, wenn er mich verspottet. »Vor etwa einer Stunde hast du mir geschrieben, dass ich dich abholen soll.«

»Ja, nein. Ich habe mich umentschieden und werde mir ein Hotel suchen, in dem ich übernachten kann.«

»Es sind alle Hotels ausgebucht«, erklärt er mir.

»Lüge.«

»Schon vergessen? Ich weiß alles. Ich diskutiere nicht. Du kommst mit.« Und bevor ich weitere Einwände vorbringen kann, hat er mich auf seine Arme gehoben. Aufgebracht und wütend zappele ich auf seinen Armen, boxe gegen seine Brust und will von seinen Händen rutschen. Doch er lacht mich bloß aus.

»Wieder so brutal, meine Königin.«

»Du bist brutal! Ein fucking Monster!«

»Ich habe nie bestritten, dass ich eines bin. Du nennst mich nicht umsonst Demon.« Weiterhin ringe ich mit ihm, bis es mir gelingt, von seinem Arm zu rutschen, und er mich anschließend an der Hand zu sich zieht. »Nicht so schnell.«

»Lass los!«

Cameron verfolgt uns mit verschränkten Armen. »Törnen euch diese Machtspielchen an, oder warum müsst ihr euch jedes Mal fetzen, wenn ihr anderer Meinung seid?«

»Anderer Meinung?«, frage ich Cameron erschüttert. »Das hier sind keine simplen Meinungsverschiedenheiten, sondern komplett unterschiedliche Lebenseinstellungen. Dein Boss ist ein Mörder!«

»Das überrascht mich jetzt«, lacht Cameron, der mich auch nicht ernst nimmt. Mit einer Drehung, wie es Demon schon zwei Mal gemacht hat, zieht er mich an seine Brust, dann hebt er mich an der Mitte über seine Schulter.

»Du Arsch lässt mich runter.«

»Bettle auf Knien vor mir.« Sicher nicht!

»Fick dich!«

»Wiederhole das, wenn ich dich vögele.«

Cameron seufzt theatralisch, als mich Demon aus dem Zimmer trägt und ich den Kopf hebe.

»Wenn du dir eines hinter die Ohren schreiben kannst«, klärt mich Cameron auf, »dann, dass mein Boss niemals seinen Entschluss ändert. Niemals.«

Ich schnaube frustriert. *Warten wir ab. Ich finde einen Weg, um abzuhauen!*

Obwohl ich mir wirklich nicht sicher bin, ob ich das will.

Aber Demon ist ein Mörder! Ein Killer. Was ich gesehen habe, kann ich nicht ignorieren. Zu was ist er noch bereit?

KAPITEL 28

Nuria

*Kann eine Rose ohne Wasser überleben?
Reicht Liebe allein aus, um am Leben
zu bleiben?*

Von der Rückbank aus beobachte ich, wie Cameron den Laptop aufklappt. Mindestens zwölf verschiedene Kameraaufnahmen sind darauf abgebildet, sodass mir kurzzeitig der Mund offensteht.

»Die Polizei dürfte jeden Moment eintreffen«, erklärt er und klickt die Außenkamera an, die das geöffnete Eingangstor filmt.

Mir wird erst jetzt das Ausmaß von Demons Überwachung bewusst. Er hat die Kameras des gesamten Gebäudes der Monairs angezapft und jeden meiner Schritte und die der Familie überwacht.

Demon, der den schwarzen Geländewagen lenkt, schaut in Abständen auf den Bildschirm des Laptops. Wie Cameron prophezeit hat, fahren im selben Moment drei Polizeiwagen auf die Einfahrt des Anwesens und parken vor dem Hauseingang. Jetzt wird es spannend.

»Die Tür ist offen, keine Sorge«, beantwortet Demon meine Frage, die ich mir in Gedanken gestellt habe. Im Rückspiegel begegne ich seinem Blick, dem ich rasch ausweiche. Stattdessen beobachte ich die Szene, die sich gleich darauf im Inneren des Hauses abspielt. Vier Polizisten betreten mit gezogenen Waffen das weitläufige Foyer. Sie teilen sich kurz darauf auf. Cameron wechselt zu den Kameras in den ersten, dann zweiten Stock.

»Sehr gut, weiter, gleich habt ihr sie gefunden«, murmelt er konzentriert.

Gleich darauf öffnet ein Polizist die Tür zu Zains Zimmer. Seine Taschenlampe sucht den Raum ab, bevor sie auf Mr Monairs leblosem Körper hängen bleibt. Sofort greift der Polizist zum Funkgerät am Hemdkragen und gibt eine Anweisung durch. Die scharfen Schwarz-Weiß-Aufnahmen fangen beide toten Körper ein. Direkt vor der Kamera liegt Mr Monair, rechts neben dem Bett ist Zain reglos zu sehen, allerdings bloß die Hälfte seines Körpers.

Mir verschafft der Anblick Gänsehaut. Es kommt mir immer noch wie ein Traum vor, was innerhalb der letzten Stunde passiert ist.

Wenige Augenblicke später halten sich über vier Polizisten im Raum auf, prüfen, ob die am Boden liegenden Personen noch am Leben sind, und suchen den Raum nach weiteren Menschen ab.

Im selben Moment muss ich an die Zwillinge denken, die bald aus dem Schlaf gerissen werden, ohne dass ich ihnen erklären kann, was passiert ist. Ohne dass ich sie beruhigen und trösten kann. Mir bricht es das Herz, nicht bei ihnen zu sein.

Mrs Warner betritt im Morgenmantel die Treppe in der ersten Etage und wird von zwei Polizisten mit den beiden Kindern ins Foyer geführt. Mehrmals dreht sich Mrs Warner zu dem Beamten um, scheint mit ihm diskutieren oder die Sache erklären zu wollen. Maily und Hailey wirken benommen und verängstigt. Üble Schuldgefühle nisten sich in meiner Magengegend ein.

»Los, was braucht ihr so lange, um das gesamte Anwesen zu durchsuchen«, höre ich Cameron zu sich selbst sagen.

»Sie können den Geheimgang nicht übersehen haben. Sie finden sie«, merkt Demon an, während er den Geländewagen im Eiltempo über die Küstenstraße lenkt. Wieder sucht er meinen Blick. Wieder weiche ich ihm aus. Ich kann ihm nicht in die Augen sehen. Nicht, nachdem ich gesehen habe, zu was er fähig ist.

Mir war bewusst, dass Demon kein Unschuldiger ist, allerdings war mir nicht klar, zu welchem Monster er sich entpuppen kann. Obwohl, und das muss ich mir eingestehen, er keine Unschuldigen ermordet hat, sondern Menschen, die nichts anderes als den Tod verdient haben.

Nach wenigen Minuten führen zwei weitere Polizisten, eine Frau mit Pferdeschwanz und ein hochgewachsener Mann, mehrere Kinder die Stufen des Anwesens herunter.

Mein Gott! Es sind so viele Kinder.

Eingeschüchtert laufen sie die Stufen hinab. Mittlerweile haben sich auf der Zufahrt des Anwesens weitere Polizei- und zwei Krankenwagen eingefunden.

»Mission erfolgreich erfüllt, würde ich sagen«, verkündet Cameron mit einem triumphierenden Lächeln. »Diese Familie kann keinen Schaden mehr anrichten, und die Kinder sind frei. Hoffentlich werden sie bald zu ihren Familien gebracht.«

Trotzdem kam jede Hilfe für Ranja zu spät.

Ruhe in Frieden. Du hast diesen grauenhaften Tod und ein so trauriges, schmerzerfülltes Leben nicht verdient. Ich hoffe, dass es dir dort, wo du gerade bist, besser geht, stoße ich das Gebet in Gedanken ab.

Tränen nisten sich in meinen Augenwinkeln ein, als ich an Ranjas Tagebucheinträge denken muss und auch an die Zwillinge, die ich in den letzten Wochen so lieb gewonnen habe. Sie werden mir fehlen, sehr sogar.

Ich hänge eine Weile meinen Gedanken nach, kämpfe gegen

die Tränen an und merke nicht, dass Demon bereits vor seinem Anwesen gehalten hat. Rasch wische ich die Tränen fort.

»Wie geht es dir?«, will Demon wissen, der sich auf seinem Sitz zu mir umdreht. Ich meide seinen Blick und schaue stattdessen stur aus dem Seitenfenster. Er stöhnt genervt, dann steigt er aus dem Wagen. Cameron klappt den Laptop zu, um es ihm nachzumachen.

Ich hingegen bleibe hocken.

Erst als Demon meine Tür öffnet, verlasse ich den Geländewagen.

»Maulst du jetzt rum, *Corazón mío?*«, fragt mich Demon, als er mich mitten in der Nacht zum gruseligen Haus, das er und seine Freunde bewohnen, begleitet.

Immer noch schmecke ich Galle auf der Zunge, fühle ich mich elend und ist mir übel von dem, was ich vor wenigen Momenten erlebt habe.

»Tu doch nicht so, als hättest du mich heute Nacht nicht sehen wollen.« Er umfasst mein Kinn.

Ich verdrehe die Augen. »Nicht so.« Die grausamen Bilder im Anwesen, die Schreie von Zain und das viele Blut habe ich nicht vergessen.

Er raunt genüsslich.

»Wenn es dich beruhigt, ich habe mir den Abend auch anders vorgestellt und wäre bereits bei Runde drei.«

»Runde drei?«, hake ich abgekämpft nach und lasse seine zärtliche Berührung zu. Einerseits will ich nach den Schrecken des Abends seine Nähe und Sicherheit. Andererseits will ich nichts mit dem Monster, das ich heute in ihm gesehen habe, zu tun haben. Er streicht über meine Kehle, die immer noch vom Würgen brennt.

»Runde drei, dich in allen Stellungen zu vögeln, die ich mir über den Tag hinweg überlegt habe.«

Mit beiden Händen stoße ich ihn von mir. »Das Einzige, was du heute vögeln wirst, ist deine Hand.«

Stolz wende ich mich von ihm ab, als mir Cameron die Tür zum schummrig beleuchteten Flur aufhält. »Willkommen zurück, kleine Königin.«

Er kann sich sein schelmisches Grinsen nicht verkneifen, als ich die weitläufige Vorhalle betrete, in der antike Nussholzmöbel, eine Pendeluhr, ein verstaubter Kronleuchter und gruselige Tiergemälde an den Wänden hängen.

Neugierig schaue ich mich um, als ich keine vier Schritte weit komme und von Demon am Arm gepackt werde.

»Meine Räume befinden sich in der ersten Etage.«

»Schön für dich«, antworte ich knapp.

»Für dich auch.«

»Nein, ich schlafe lieber auf einer Couch als mit dir perversem Schlächter.«

Cameron lacht amüsiert. »Wenn du willst, penn bei mir? Ich habe heute Nacht keinen Menschen getötet«, schlägt er vor, woraufhin ich mich zu ihm umdrehe und Zeuge werde, wie Demon ihn zurückstößt.

»Denk nicht mal daran, Cam!«

Ich liebe seine Eifersucht, noch viel mehr seinen Drang, mich beschützen zu wollen. Bloß nimmt sein Beschützerinstinkt mehr als besorgniserregende Züge an, wenn dabei Menschen die Kehle durchgeschnitten wird. Ich reibe über meine nackten Oberarme, da ich weiterhin bloß ein Oversize-T-Shirt und Slip trage.

»Ist angekommen, reg dich ab.«

»Sollte dir langweilig sein, Cam, geh schlafen oder lös Quest ab.«

Von was ablösen? Mir fällt erst jetzt so richtig auf, dass der Großkotz Lexton und Quest fehlen. Wo stecken sie?

Bevor ich fragen kann, werde ich auf Demons Arme gehoben, der im Vorbeigehen eine weiße Rose aus einer der Vasen zieht. Denn in diesem Foyer stehen zwei große Vasen auf Anrichten und Kommoden, in denen großköpfige schneeweiße Rosen arrangiert worden sind.

»Du denkst, mit einer Rose kriegst du mich rum?«, bringe ich schmunzelnd über die Lippen. Denn auch, wenn ich es nie zugeben würde, schmeichelt mir das tatsächlich.

»Ich muss dich nicht rumkriegen, du gehörst mir bereits.«

Über einen imposanten Treppenaufgang aus dunklem Holzgeländer und Stufen trägt er mich in die obere Etage. Unter jedem Schritt geben die Stufen ein schauriges Knarzen von sich, bis wir in der ersten Etage auf der Galerie angekommen sind und Demon mich absetzt. Meine Chance, ihm zu entkommen, obwohl er verdammt geschickt darin ist, mich überall wie seine Beute herumzutragen, festzuhalten oder vor sich herzutreiben.

Als hätte er meinen Fluchtversuch zurück ins Erdgeschoss erwartet, streckt er beide Hände aus. »Willst du wirklich noch spielen?« Am liebsten würde ich ihm die Rose, die mich eben noch zum Lächeln gebracht hat, ins Gesicht schlagen. Rasch versuche ich links, dann rechts an seiner großen Statur vorbeizukommen.

»Demon.«

Da er wieder eine Maske trägt, die allerdings bloß seine Augenpartie bedeckt, kann ich seine untere Gesichtshälfte erkennen. Er erinnert mich an einen Dieb, einen maskierten Rächer, der auf jedes Gesetz pfeift.

»Wir können auch hier Runde eins einläuten. Cam will sicher ein zweites Mal sehen, wie gehorsam du sein kannst.«

»Kannst du vergessen«, zische ich mit hochgerecktem Kinn, kralle mich an seinem Pullover fest, unter dem ich harte Muskeln spüre, und starre ihm finster entgegen.

Anders als erwartet hebt er mein T-Shirt hoch, statt mich auf die Knie zu zwingen. »Lass den Mist«, schimpfe ich, als ich mich im T-Shirt verheddere, um es mir nicht über die Arme ziehen zu lassen. Cameron dürfte von unten einen herrlichen Blick auf meinen nackten Bauch und meine Brüste erhaschen.

Dann höre ich das Reißen von Stoff. »Scheiße, du hast nicht …!« Mein T-Shirt wurde mir vom Körper geschnitten, sodass die Fetzen zu Boden sinken. »Sag mal, gehts noch?«, beschwere ich mich. Sofort verschränke ich die Arme vor den Brüsten, als Demon einen Schritt auf mich zukommt.

»Wenn du nicht willst, dass ich dasselbe mit deinem Slip mache, wirst du ihn von allein los.«

Meine Augen werden größer, während sein Grinsen breiter wird. Geübt lässt er seine schwarz-silberne Militärklinge zwischen den Fingern kreisen. »Drei!«

Ich schüttele den Kopf. Denn die Vorstellung, dass die Klinge zwischen meinen Beinen entlangfährt, mich womöglich an einer empfindlichen Stelle schneidet, hinterlässt bei mir ein eisiges Schaudern.

Rückwärts weiche ich auf dem alten roten Läufer zurück. Hinter mir erstreckt sich ein dunkel vertäfelter Gang, von dem mehrere Türen abgehen.

»Hör auf ihn, Kleine«, ruft mir Cameron hoch. *Ich befolge keine Anweisungen eines Irren.*

»Zwei!«

Stattdessen wende ich mich um und renne. Flüchte in den Gang, um hektisch jede Türklinke herunterzudrücken. Ausnahmslos jede Tür ist verschlossen. Wieso?

Erst am Ende lässt sich die Klinke der letzten Tür öffnen, die direkt in einen Wohnbereich mit schweren, dunklen Chesterfieldgarnituren, Steinkamin und Bett mit dunklen Holzpfosten führt. *Shit!*

Ich bin in eine Falle getappt.

»Eins«, haucht Demon wie ein Geist hinter mir.

Erschrocken quietsche ich auf, da ich ihn nicht hinter mir herkommen gehört habe. Seine Hand schmiegt sich um meinen Bauch, wandert höher zu meiner rechten Brust, die er fest massiert. Dann drängt er mich tiefer in das Zimmer, in dem nun eine Wandlampe rechts von mir anspringt und das Zimmer in ein warmes Orange taucht.

Ehe ich mich befreien kann, führt er mich statt zum Bett um

die rechte Ecke, wo ich ein abgedunkeltes Terrarium aus dem Augenwinkel entdecke.

Mir bleibt keine Zeit, einen Blick in den riesigen Glaskasten zu werfen, als ich mich im nächsten Moment in einem Badezimmer wiederfinde.

Demons Finger zwirbeln meine linke Brustwarze, so fest, dass ich zittrig aufkeuche, dann leckt seine Zunge über meinen Hals, suchen seine Zähne mein rechtes Ohrläppchen. Seine linke Hand schiebt sich besitzergreifend unter meinen Slip, bevor Finger zwischen meine Pussy gleiten.

»Komm schon«, wimmere ich.

Sofort lege ich den Kopf in den Nacken, als er meine Klit ertastet und sie reibt. Sie fühlt sich immer noch wund von gestern Nacht an, trotzdem und auch wenn ich mich dagegen wehren will, kann ich nicht gegen das berauschende Gefühl, das er in mir auslöst, ankommen.

»So ist gut. Fuck, ich habe deine kleine Pussy vermisst«, raunt er in mein Ohr, während ich nur einen Moment, bloß einen winzigen Augenblick das Gefühl genießen will, das er jedes Mal in mir verursacht. Ich drohe jede Sekunde auszulaufen, zu kommen, und kann das Stöhnen nicht länger zurückhalten. Dabei wollte ich eisern sein.

Anders als im Wohnbereich schaltet er im Badezimmer, das mit einer gläsernen Dusche, einem WC und einem Waschtisch mit Rundspiegel ausgestattet ist, nicht das Licht an. Ein angenehmer, maskuliner Parfümduft durchströmt den Raum.

»Was wird das?«, frage ich ihn.

»Wonach sieht es aus?« Er gibt mich einen Augenblick frei, bloß um hinter sich die Tür zu schließen und mich in der Dunkelheit mit ihm einzusperren. Rückwärts schiebe ich die nackten Füße über die kühlen Fliesen, taste blind nach dem Waschbecken, als mich eine Hand an der Hüfte zu ihm zieht.

»Entkleide mich.«

»Ein Bitte wäre freundlich.«

»Wirklich? Da hast du recht.« Unvermittelt ist er vor mir verschwunden, bloß um im nächsten Augenblick vor mir zu knien. Kühles Metall streift über meinen rechten Oberschenkel, und bevor ich realisiere, dass es seine Klinge ist, löst sich mein Slip von der rechten Hüfte. Gleich darauf wird die schwarze Spitze auf der anderen Seite durchtrennt und mein linker Fuß angehoben. Damit ich nicht die Balance verliere, klammere ich mich an seinem Haar fest und dann …

»Gott!«, keuche ich, als seine Zunge zwischen meinen Beinen entlanggleitet und ohne Vorwarnung in mich eindringt. Mit der linken Hand suche ich Halt am Waschbeckenrand, mit der anderen in seinem dichten, seidigen Haar. Er leckt mich, und das so hart und gierig, das gleich darauf meine Klit pocht und ich beim Eindringen seiner Finger aufstöhne.

»Das ist … Bestechung …«

»Ich liebe Bestechungen«, entgegnet er mir mit rauer, kehliger Stimme.

Während er mich mit seinen Fingern fickt und dehnt, leckt er meine Perle immer fester und hält mit der anderen Hand meinen Po umfasst.

»Demon«, wimmere ich, als meine Brustwarzen kribbeln, mein Becken pocht und ich jeden Moment von dem Orgasmus explodiere. Mein rechtes Bein zittert so verdammt bedrohlich, dass ich Angst habe, es könnte jeden Moment wegknicken, ich könnte rückwärts umfallen und mit dem Schädel auf den Boden knallen, würde er mich nicht halten.

»Demon, bitte … Ich kann mich nicht mehr … so lange …« Und dann werde ich von einer heftigen Orgasmuswelle überwältigt, denn er fickt mich mit seinen Fingern noch tiefer, beißt kurz in meine Klit und schafft es, dass mein Verstand komplett abschaltet. Laut stöhnend winde ich mich in seinem Griff, kralle mich in seinem Haar fest und werfe den Kopf in den Nacken. Mein Knie gibt etwas nach, woraufhin Demon mich ein Stück zur Badewanne treibt und ich auf dem Rand Platz nehme. Aber, ohne auch nur eine Sekunde lang seine Finger oder Zunge von mir zu lösen. Rechtzeitig fange ich mich hinter mir am gegenüberliegenden Rand ab, als er beide Füße von mir über seine Schultern hebt. Und ich einfach nur noch seinen Schwanz in mir spüren will.

Kaum da der erste Höhepunkt abgeebbt ist, folgt ihm ein zweiter. Er spreizt meine Beine weiter, vergräbt sein Gesicht zwischen meinen Schenkeln, lässt mich ein zweites Mal so tief und lange kommen, dass ich angestrengt nach Luft schnappe. »Fuck. Gott, bitte …«, wimmere ich. »Bitte beende es … oder … oder fick mich.«

Langsam leckt er durch meine Spalte, bevor ich bloß noch seine Finger in mir spüre, nicht aber seine Zunge auf meiner Klit.

»Ich liebe dein Betteln. Ziehst du mich jetzt aus, wie ich es befohlen habe?«

Scheiße. Es ist ihm gelungen, mich dort zu haben, wo er es die gesamte Zeit wollte. Dieser Bastard.

»Scheißkerl.«

Er raunt gefährlich. »Du darfst dabei fluchen, das törnt mich noch mehr an.«

Mit einem Ruck hebt er mich vom Wannenrand, nachdem er seine Finger aus mir genommen hat, und zieht meine Hände an seinen Körper. »Falls du nicht weißt, wo ich stehe. Genau vor dir.«

»Hör auf, mich zu verarschen«, antworte ich angestrengt keuchend und beeile mich, ihm mit zittrigen Fingern den Pullover über den Kopf zu ziehen, anschließend seinen Gürtel zu öffnen, und lasse zu, dass er mich vor sich auf die Knie drückt. Es ist mehr als fair, da er die letzten Minuten vor mir gekniet hat. Während ich seine Hose öffne, schiebt er mir die Finger, die zuvor in mir waren, in den Mund. Ich schmecke mich selbst, schmecke ihn und dann, als er seine Finger aus meinem Mund nimmt, schiebt er mir seinen harten Schwanz zwischen die Lippen. »Mich weiter ausziehen, nicht vergessen.«

Ich kann mir vorstellen, wie er grinst, als er mich daran erinnert. Mit der rechten Hand umfasse ich seine riesige Härte, die ich nicht einmal ansatzweise mit den Fingern umschließen kann. Ich nehme sie tiefer und gieriger auf und blase seinen Schwanz so fest und feucht, dass ich ihn gleich darauf tief und rau stöhnen höre.

»Du killst meinen Verstand, meine Rose.« Er greift in mein Haar, bloß um sich noch tiefer in mich zu schieben, bis in meinen Rachen, während ich seine Hose mit einer Hand herunterzerre. Er schmeckt so sündhaft gut.

Heftig atmend und leicht würgend nehme ich seinen Schwanz tiefer auf, lasse mich von ihm dirigieren und spüre, wie er aus seiner Hose steigt.

Dann, als ich glaube, dass er sich dem Blowjob komplett hingeben will, schiebt er meinen Kopf zurück. »So gern ich dich den Job beenden lassen würde, gibt es bloß eine Sache, die ich noch mehr will.«

Mit diesen Worten hebt er mich an sich hoch und trägt mich in eine andere Ecke des Raums. Erst als kaltes Wasser auf mein Haar und meine Schultern prasselt, weiß ich, dass wir in der Dusche stehen.

»Scheiße, ist das kalt.«.

»Dir wird gleich wärmer«, raunt er. Um meine Hände werden unerwartet Handschellen gelegt.

»Was? Wieso fesselst du mich?«

»Damit du nicht umfällst«, antwortet er mit dieser Überlegenheit in seiner Stimme, die mich tierisch anmacht. Kaum da meine Handgelenke über meinem Kopf angebracht worden sind, hebt er mich hoch, werde ich von ihm gegen die Fliesenwand gestoßen, und er dringt hart in mich ein. Und das so zügellos und ungehalten, dass ich vor Lust aufschreie. Mit besitzergreifenden und harten Stößen dringt er immer tiefer in mich, sodass ich meine Beine als einzigen Halt um seine Hüfte schlinge. Zähne beißen in meine Brustwarzen, Finger umfassen meinen Unterkiefer, und ein Daumen schiebt sich zwischen meine Lippen. Demons Zunge leckt über die ziepende Stelle zwischen meinen Brüsten, was ihm ein Stöhnen entlockt, dann nimmt er mich weiter. Er ist so höllisch groß, so dominant und besessen, dass mir schwindelig wird. Ich beiße hart in seinen Daumen, bevor Lippen meine suchen und ich seinen hungrigen Kuss erwidere. Immerfort fickt er mich unter dem Wasser, das mit jeder Sekunde wärmer wird.

Ich balle die Finger in den Handschellen zu Fäusten, als er seine Hand fest um meine Kehle legt. So fest, dass ich weiß, dass er mich ersticken könnte, wenn er will. Dieser Nervenkitzel zwischen Gefahr und Sex lässt mich bloß noch hemmungsloser werden. Ich gebe einen japsenden Laut von mir, während ich jede Sekunde komme. Mein Leben liegt in seiner Hand, und ich weiß, wozu er bereit ist. Dass er mit nur wenigen Griffen oder Bewegungen mein Leben auslöschen könnte. Und es doch nie tun wird.

»Komm für mich, meine Königin. Und sag mir dabei, wen du für den Rest deines Lebens in dir spüren willst.«

Stöhnend kneife ich die Augen unter dem prasselnden Wasser zusammen, bis er sein Tempo beschleunigt, über eine empfindliche Stelle in mir reibt, die mich gleich darauf zum Schreien bringt.

»Ja! Verdammt, ja, ich will … nur dich …!« Blind und ihm wehrlos ausgeliefert beiße ich vor Lust in seine Schulter. Bis ich Blut schmecke. Sein Blut.

»Fuck, ich liebe es, wenn du Male auf mir hinterlässt, *¡Corazón mío!*«, keucht er. Ich wimmere, und meine Pussy kontrahiert. Sie zieht sich eng um seinen großen Schwanz zusammen, der mich fast zerreißt, als Demon nach drei harten Stößen gemeinsam mit mir kommt.

Etwas, was ich zuvor nie erlebt habe. Halb stöhnend und halb knurrend dringt er das letzte Mal in mich ein, dann pulsiert seine Härte, dann ergießt er sich in mir, während ich mich zittrig an die Handschellen klammere, um mir nicht die Schultern auszukugeln. Ich schreie seinen Namen vor dem überwältigenden Orgasmus, der so tief, so intensiv geht. Immer und immer wieder, bevor er zu meinen Handgelenken greift und mich aus den Handschellen befreit. Als sie sich lösen, reiße ich die Hände zu seinem Gesicht, um ihn zu küssen, um noch mehr *eins* mit ihm zu sein, ihn überall mit jeder Faser zu spüren.

Gierig umkreisen sich unsere Zungen, während er immer noch in mir ist, ich nicht genug von ihm bekomme. Gleichzeitig gleiten meine Fingerspitzen der linken Hand über Unebenheiten auf seinem Gesicht. Es fühlt sich an wie ein Narbengeflecht, wie eine zweite Schicht, die über seiner Haut liegt.

Keuchend löst er sich von meinen Lippen, beißt noch einmal in meine Unterlippe und setzt mich danach langsam ab. Meine Finger rutschen an seinem Körper herab, gleiten über seine muskulöse Brust, die ich mit Küssen bedecke, während er mich an der Taille aufrecht hält. »Verdammt, ich liebe dich, so fucking sehr, dass es mir keine Sekunde leidtut, dir Angst eingejagt, dich verfolgt und ausspioniert zu haben.«

Was hat er gesagt? Er liebt mich? Diese Worte gehen unter die Haut. Ich hätte sie nicht erwartet. Nicht so schnell, nicht jetzt.

Ich löse die Lippen von seiner Brust, schlinge die Handgelenke um seinen Nacken und stelle mich auf die Zehenspitzen. Er ist so verdammt groß, dass er mich um über einen Kopf überragt, mir mit Leichtigkeit mit seinen Händen jeden Knochen brechen könnte. Er umfasst mein Kinn, küsst mich erneut hungrig und einnehmend. »Komm mit mir nach Boston. Werde meine Frau, werde Teil meines Lebens, meines Imperiums, meiner Familie.«

Von seiner unerwarteten Bitte überrumpelt, runzele ich die Stirn. »Was hast du gesagt?«

»Ich könnte dich auch zwingen, was mit Sicherheit unterhaltsam wäre, nur …« Vorsichtig streicht er über mein feuchtes Haar. »Es würde mir viel bedeuten, wenn du dich mir freiwillig anschließt.«

Überfahren von seinen Worten, versuche ich, gleichmäßig Luft zu holen. Ich bin mir gerade nicht sicher, ob ich aus seinem Mund die richtigen Worte verstanden habe. Ich soll ihn nach Boston begleiten? Ihn heiraten?

»Nuria? Sag etwas.« Es ist das erste Mal, dass er verunsichert klingt. Als bereue er, seine Bitte laut ausgesprochen zu haben.

»Gib mir Zeit«, antworte ich ihm.

»Deine Antwort lautet nein?« Ein enttäuschter und misstrauischer Ton schwingt in seiner Stimme mit.

»Nein, es heißt nicht nein. Aber …«

Er stöhnt gequält.

»Lass mich ausreden.«

»Es war ein Fehler, dich gefragt zu haben.«

»Nein, war es nicht«, antworte ich. »Es war sogar der erste Schritt, der mir beweist, dass du mich an deinen Entscheidungen teilhaben lässt, mich nicht bevormundest und deine Entscheidungen nicht über meinen Kopf hinweg fällst.«

»Und trotzdem reicht dieser Vertrauensvorschuss nicht aus, um dich sofort zu einem Ja zu bringen.«

»Demon«, beginne ich und suche mit den Händen seine Schultern. »Ich weiß nicht, wer du bist. Ich weiß so gut wie gar nichts über dich. Jetzt in ein fremdes Land, eine fremde Stadt zu ziehen, ist … ist einfach zu unüberlegt.«

Eine beklemmende und irgendwie bedrohliche Stille tritt über das Rauschen des Wassers ein. Noch vor wenigen Augenblicken hat er Menschen getötet, und jetzt bittet er mich, ihn nach Boston zu begleiten? Ich bin nicht leichtgläubig, nicht dumm und lasse mich nicht von Sex und dieser Anziehung zwischen uns zu einer übereilten, verhängnisvollen Entscheidung treiben. Wenn ich einmal in Boston bin, wird es nicht so leicht sein, dort wieder wegzukommen. Ich kenne dort keine Menschenseele.

»Gib mir Zeit, darüber nachzudenken.«

»Liebst du mich?«, will er plötzlich wissen, drückt mich

gegen die Fliesenwand hinter mir und kesselt mich mit seinem großen Körper ein. Eine Hand legt sich um mein Gesicht. »Liebst du mich, Nuria oder nicht? Ich will eine Antwort.«

Die kann ich ihm nicht geben. Es wäre gelogen, wenn ich nein sagen würde, weil ich diese Anziehung zu ihm spüre, dieses Prickeln im Nacken, dieses Flattern zwischen den Rippen, diese Nervosität, wenn er in meiner Nähe ist. Zudem muss ich pausenlos an ihn denken, an die Nächte, an seine Worte, seinen Körper, seine Stimme. Gott, diese Stimme und sein Duft.

Ja, ich fühle mich wie nie zuvor zu ihm hingezogen, bloß bin ich mir nicht sicher, ob es Liebe ist. Und, ehrlich gesagt, habe ich Angst davor, ihn zu lieben. Einen Mann zu lieben, der so unberechenbar und gefährlich sein kann, macht mir Angst. Reicht dieses Anziehung aus, um ihm blind nach Boston zu folgen?

»Nuria«, verlangt er nach einer Antwort. Ich hole tief Luft und auch wenn es mir das Herz zerreißt, schüttele ich den Kopf. »Nein, nein … Ich liebe dich nicht.«

Es fühlt sich an, als hätte sich mit der Halblüge, wenn es so eine Bezeichnung dafür gibt, schlagartig die Wassertemperatur verändert. Von warm in eiskalt.

Er knurrt, dann zieht er sich von mir zurück. »Es heißt jedoch nicht, dass ich dich nicht mag«, versuche ich, meine Antwort zu retten.

Er schnaubt, als würden ihm diese Worte den letzten Stoß verpassen. »Du magst mich. Etwa so, wie du Mrs Warner gemocht hast, die den eingesperrten Kindern nachts ihr Essen gebracht hat?« *Was?*

»Oder wie du Zain gemocht hast, der dich mit seiner Heuchelei fast dazu gebracht hätte, dich zu vögeln?«

»Was, nein!«, entgegne ich ihm. »Ich hätte nicht mit ihm geschlafen.«

»Ach komm«, knurrt er zornig. »Ich weiß, was ich vor dem Fenster gesehen habe. Du hast ihn umarmt, geküsst, hast dich dermaßen von ihm täuschen lassen, dass ich mir nicht sicher bin, ob du mich überhaupt *magst.*« Er betont das Wort ›magst‹, als wäre es das widerlichste Wort, das er je gehört hat.

»Demon«, will ich ihn unterbrechen und suche mit ausgestreckten Händen nach ihm in der Dusche. Doch ich kann ihn nicht ertasten. Wo ist er?

»Sag mir, dass ich dir nichts bedeute, das würde es mir in der Hinsicht leichter machen, meine nächsten Entscheidungen zu fällen.«

»Die so ausfallen, dass du dir nimmst, was du willst?«

Ein dunkles Lachen dringt durch die Finsternis, bis ich die Mischbatterie ertaste und das Wasser ausstelle. Denn offensichtlich hat Demon die Dusche verlassen.

»Schien doch der beste Weg mit uns.«

»Nein! Vergiss es. Wenn du mich nicht respektierst, sondern wie deine Beute behandelst, werde ich niemals nach Boston mitkommen.«

»Du sprichst von Respekt, obwohl du diejenige bist, die erst diesem Anston, dann Zain um den Hals fallen musste? Pass auf, was du sagst!«

»Wir sind nicht zusammen, Demon!«, stelle ich die Sache richtig, die anscheinend in seinem Kopf ganz andere Dimensionen angenommen hat. »Ich. Bin. Nicht. Dein. Eigentum!«

»Du gehörst mir.«

»Nein. Nicht, wenn ich mich nicht dazu entschieden habe, dir gehören zu wollen.«

»Wie albern.«

»Du findest das albern?«, fahre ich ihn an und verlasse die Dusche, aber nicht, ohne mir die Schulter an der beknackten Wand zu stoßen. »Scheiße«, fluche ich, woraufhin er an mich herantritt und über meine Schulter streicht.

»Hast du dir wehgetan?«

»Geht schon. Wo war ich …«

»Dabei, mir zu erklären, dass du mir gehörst«, antwortet er.

Ich schnaube vor Wut. »Habe ich nicht gesagt.«

»Aber gut, dann gehörst du nicht zu mir und bist ab sofort allein auf dich gestellt. Ich komme zum Vögeln vorbei, und wenn dich wieder jemand mit einer Waffe bedroht oder dir das Handy klauen will, schaue ich bloß zu. Kein Problem.«

Wie er das sagt, hört sich das echt daneben an. »Ich vögele nicht bloß mit dir.«

»Anscheinend schon. Schön, dass ich fürs Bett reiche, Prinzessin.«

»Hast du eine Vollmeise! Ich gehöre nicht zu den Frauen, die nur einen Mann bumsen, ohne dabei etwas zu fühlen.«

»Tja«, er ist nun meinem Gesicht sehr nahe. »Da stellt sich die Frage, was du nun fühlst? Schläfst du mit jedem, den du *magst?*«

Verdammt, ist er gut darin, mir die Worte im Mund umzudrehen.

»Weißt du was, leck mich! Ich diskutiere nicht mit dir über diesen Schwachsinn.« Vor ihm weiche ich nach rechts aus, bevor mir ein Handtuch an den Kopf geworfen wird. »Du kannst dich sicher selbst abtrocknen, weil Bumsfreunde das nicht tun.«

»Du kannst echt widerlich sein.«

»Das merkst du erst jetzt?«, bringt er spöttisch hervor, reißt danach die Badezimmertür auf und betritt den beleuchteten Wohnbereich. Nur ein Handtuch um die Hüfte geschlungen, kann ich seinen muskulösen Rücken, auf dem meine Kratzer vom Sex gestern Nacht zu sehen sind, erkennen und seine Schlangentätowierung. Sein feuchtes dunkles Haar ist zurückgestrichen. Mein Moment. Er trägt keine Maske.

Rasch lasse ich das Handtuch sinken, um splitterfasernackt auf ihn zu zu rennen. Im selben Moment werde ich am Nacken gepackt. »Wohin so schnell?«, fragt mich Cameron. Hat er uns belauscht? Seit wann ist er hier?

»Lass ihre Sachen packen, Cam, meine Blüte wird morgen mit uns abreisen.«

»Nein!«, antworte ich. »Ich habe noch keine Entscheidung getroffen.«

Demon geht auf sein Bett zu, um danach in einen Nebenraum links zu verschwinden.

»Warum tust du ihm das an?«, fragt mich Cameron, als er mich zu sich umdreht.

»Ich tue ihm gar nichts an«, flüstere ich. »Er soll mir Zeit geben.«

»Zeit, ja?« Cameron hebt seine dunkle Braue. »Was für Zeit? Du liebst ihn, du bist genauso besessen von ihm wie er von dir. Wieso brauchst du Zeit?«

»Weil ich nichts über ihn weiß.«

»Musst du das wissen? Reicht Liebe nicht aus?« Gerade von ihm hätte ich diese Frage nicht erwartet. »Was wissen wir schon über dich? Auch nicht sonderlich viel, trotzdem würde er dich in seinem Imperium aufnehmen, dir seinen Schutz, seine Loyalität und Liebe anbieten. Ist das kein fairer Deal, um dafür nach Boston zu kommen?«

Es hört sich so an, als befände ich mich dauerhaft in Gefahr und benötige Schutz. Wobei …

Denn ich weiß, wann du lügst, mein Darling.

Dieser Mann, der diese Worte in meinen Albträumen zu mir gesprochen hat, ist gefährlich, und ich weiß, dass er mich sucht.

Nachdenklich schlage ich die Augen nieder. »Es ist nicht so einfach.«

»Dann mache ich es dir leicht«, erklärt Demon plötzlich hinter mir. Verdammt, wie macht er es jedes Mal, sich so lautlos durch die Räume zu bewegen, dass ich nie weiß, wo er sich gerade befindet.

»Du kommst nach Boston, und dort wirst du meine Frau.« Ist er irre? Als ich entsetzt das Gesicht über die Schulter drehe, sehe ich ihn mit einer frischen schwarzen Maske, die nur zur Hälfte sein Gesicht verdeckt. »Informiere Quest und die anderen in Boston darüber. Ich will einen großen Empfang.«

»Was stimmt nicht mit dir, Demon, oder besser, Wylder? Denn ich komme nicht freiwillig mit.«

»Doch das wirst du.«

»Nein!« Ohne mir mein Vorhaben vorab anmerken zu lassen, verpasse ich ihm eine Ohrfeige. Und dieses Mal sieht er sie nicht kommen. Sein Gesicht fliegt zur Seite, sein Mund ist vor Verblüffung geöffnet. »Ich komme nicht mit, wenn du mir keine Zeit gibst. Erst recht werde ich nicht deine Frau, wenn du diese Entscheidung über meinen Kopf hinweg triffst.« Versteht er mich nicht?! Muss ich mich klarer ausdrücken, damit er endlich kapiert, dass er nicht über mein Leben zu bestimmen hat!

Cameron zieht scharf die Luft ein. Ich erwarte im nächsten Moment, dass Demon auf mich losgeht, mich an der Kehle packt und gegen die Wand stößt. Doch seine Lippen verziehen sich zu einem nonchalanten Grinsen. »Schlag mich, verfluche mich, hass mich meinetwegen, kleine Rose, meine Entscheidung wird sich nicht ändern. Und eines wirst du bei mir nie erleben«, spricht er unheilvoll mit herabgesenktem Gesicht, »dass ich eine Frau schlage. Denn genau das habe ich in deinen Augen gesehen, die Angst, ich könnte dir die Faust ins Gesicht rammen.«

Diese Worte habe ich nicht erwartet. »Zeit, ins Bett zu gehen. Es wird ein anstrengender Tag heute.«

Ohne mich vorzuwarnen, hebt er mich zusammen mit Cameron hoch, und ich werde mit feuchtem Haar, nackt und zappelnd zum Bett getragen. »Jungs, das ist …«

»Binde sie ans Bett fest. Ich habe die Vermutung, dass sie mir heute Nacht entweder ein Messer ins Herz rammen oder fliehen wird.«

»Da liegst du absolut richtig«, fauche ich, zappele wie wild auf dem Bett und schlage nach Camerons Händen, die meine Handgelenke in Handschellen legen. Demon hilft ihm, mich ans Bett zu fixieren, sodass ich wütend aufschreie. »Die erste gemeinsame Nacht, in der wir uns ein Bett teilen, meine Rose.

Genauso habe ich sie mir vorgestellt«, verspottet er mich, als er neben Cameron stehend auf mich herabblickt. Sofort ziehe ich die Knie zusammen, damit sie keinen Blick zwischen meine Schenkel erhaschen.

»Ihr Schweine.«

»Allmählich verstehe ich, was du an ihr liebst«, merkt Cameron mit einem gierigen Blick an. »Sie hat verdammt viel Biss.«

Meine Augen wandern kurz zu der Stelle, an der ich meine Zähne auf Demons Schulter verewigt habe.

»Allerdings. Ihre Zähnchen sind nicht ohne«, stimmt Demon ihm zu.

KAPITEL 29

Nuria

Hinter jeder Maske verbirgt sich
ein Geheimnis.
Manche legen deshalb nie ihre Maske ab
und spielen ein Leben lang eine Rolle.

Demon dreht sich ebenfalls nackt zu mir, um über mein Gesicht zu streichen. Cameron ist mittlerweile gegangen, während ich fieberhaft überlege, wie ich mich von der Fesselung befreien kann.

»Heute Nacht wirst du keine Albträume haben«, versichert mir Demon.

»Weil ich nicht die Augen schließen muss, um dem Albtraum entgegenzublicken?«, provoziere ich ihn.

Er schnaubt und rollt sich einen Wimpernschlag später auf mich, bringt mich dazu, meine Beine anzuwinkeln, sodass gleich darauf seine Hüfte zwischen meine Oberschenkel rutschen kann.

»Ich bin mir ziemlich sicher, dass es da draußen jemanden gibt, vor dem du dich noch mehr fürchtest als vor mir. Nenn mir seinen Namen, und ich kümmere mich darum.«

Ich schlucke hart. Mittlerweile ist das Licht ausgeschaltet, sodass nur das schwache Mondlicht ins Zimmer fällt.

»Sag mir, wie der Mensch heißt, vor dem du Angst hast.«

»Das … ist nicht so leicht«, erkläre ich ihm.

Langsam schiebt er sein Becken zwischen meinen Beinen hin und her. »Wieso nicht?«

»Weil ich nicht weiß, wer er ist.« Irritiert von meiner Antwort neigt er das Gesicht. »Er ist ein Schatten in meiner Erinnerung, nicht greifbar und gleichzeitig nicht existent.« Denn ich bin mir nicht einmal sicher, ob es die Person, von der ich träume, wirklich gibt. Oder ob sie ein Hirngespinst ist.

»Du weißt nicht, wer die Person ist?«

Seufzend schüttele ich den Kopf. »Ich bin vor etwa einem Jahr aus dem Koma aufgewacht. Es war eine schreckliche Zeit, weil …« In Gedanken versunken lecke ich mir über die Lippen. »Weil ich nicht einmal wusste, wer ich bin, wie ich heiße, woher ich komme.«

Demons Gesicht senkt sich tiefer zu mir herab, während ich seinen immer größer werdenden Schwanz spüre. »Wo warst du die drei Jahre davor?«

»Keine Ahnung. Ich habe mich das so oft gefragt und Tausende Dinge unternommen, um mich daran zu erinnern. Ich habe es mit Hypnose versucht, mit Gesprächen mit meiner Familie und Freunden, mit einem Therapeuten. Meine Familie weiß selbst nicht, wo ich war, weil ich … weil ich mit siebzehn Jahren nach einem heftigen Streit von zu Hause weggelaufen bin. Danach wollte ich zu meiner Oma und … seitdem ist alles, woran ich mich erinnern kann, das Krankenhauszimmer in Mexiko, wo ich aufgewacht bin und mir Ärzte erklärt haben, ich hätte sechs Monate im Koma gelegen, nachdem mich Touristen am Strand schwer verletzt aufgefunden hätten.«

Vielleicht träume ich deshalb von der Steilküste, weil ich von einer gestürzt sein muss. Demons Lippen teilen sich, schließen sich anschließend wieder.

»Du hattest einen Unfall, der eine Amnesie ausgelöst hat. Das willst du mir sagen?«

»Ja. Mehr weiß ich auch nicht. Jeder, der an der Küste befragt wurde, an der ich bewusstlos aufgefunden wurde, hat nicht gesehen, was passiert ist. Es wurde ein Aufruf von der Polizei gestartet, aber kein Zeuge hat sich gemeldet. Die Polizei ist dafür nach wochenlanger Suche auf die Vermisstenanzeige meiner Eltern gestoßen. Sie haben meine Familie kontaktiert, die daraufhin nach Mexiko geflogen ist, um mich abzuholen.«

Irgendwie sieht Demon skeptisch aus, als würde er meine Erzählung nicht glauben, als würde ich ihn belügen. Er forscht auffällig lange in meinen Augen, fährt mit dem Daumen über meine Unterlippe und richtet sich über mir auf.

»Du hast keine Ahnung, was in den drei Jahren vor deiner Amnesie passiert ist?«

»Sagte ich doch. Nein. Nur …«

»Nur was?«

Sollte ich ihm wirklich davon erzählen?

»Nur nimmt allmählich die dunkle Gestalt in meinen Träumen ein Gesicht an. Es hört sich verrückt an, aber ich konnte sie vorhin, als mich Mr Monair angegriffen hat, sehen.«

»Wie sieht sie aus?«, will er wissen.

»Es war ein dunkelblonder Mann, einer mit dunklen Augen, so pechschwarzen Augen, die unheimlich aussahen, bösartig. Und er trug ein schwarzes Hemd und einen weißen Anzug.«

In den Handschellen krümme ich die Finger, bis ich über den Hebel streife und bemerke, dass die Handschellen nicht abgeschlossen wurden.

Damit Demon seinen Fehler nicht bemerkt, beuge ich mich ihm entgegen und hebe mein Becken. »Bald werde ich mehr wissen, ich spüre es. Die Erinnerungen kommen immer mehr zurück.« Zwar nur bruchstückhaft, aber allmählich zerfällt die Blockade in meinem Kopf, auch wenn ich mir nicht sicher bin, ob ich wirklich wissen will, was hinter dieser Mauer zum Vorschein kommt.

Sinnlich streife ich mit meinen Lippen Demons rechten

Mundwinkel, der sofort auf meinen zarten Kuss reagiert und meine Unterlippe zärtlich zwischen seine Zähne nimmt. »Wir finden heraus, wer dich nachts verfolgt.«

»Finden wir«, stimme ich ihm zu und reibe mich an seiner Härte. Hungrig umkreisen sich unsere Zungen, wird der Kuss, der recht schnell an Tempo gewinnt, zügelloser, verruchter und leidenschaftlicher. Gott, er küsst so höllisch gut. Über mir stützt er sich mit den muskulösen Armen ab, bevor er spüren dürfte, dass ich für ihn bereit bin. Und dann dringt er in mich ein, saugt an meiner rechten Brustwarze und schiebt sich tief in mich. Nach drei Stößen ist er mit seiner ganzen Größe komplett in mir, und dieses Mal ist der Sex nicht brutal, rau und fordernd, sondern sonderbar leidenschaftlich und intensiv.

Die gesamte Zeit schaue ich in seine überschatteten Augen, als er mich nimmt, er mich küsst, sich anschließend zwischen meinen Beinen aufrichtet, um mich noch tiefer zu spüren. Dabei schaut er an sich herab, um mitzuverfolgen, wie seine Härte immer und immer schneller in mich eindringt. Währenddessen spielen meine Gedanken verrückt. Denn auch wenn ich es hasse, bricht mit jeder weiteren Berührung, mit jedem Kuss, jeder gemeinsamen Nacht meine auferlegte Barriere, mich nicht in diesen Mann zu verlieben.

Keuchend und stöhnend winde ich mich vor Verlangen unter ihm, als er seinen Daumen befeuchtet und meine gereizte Klit reibt. Meine Perle immer fester umkreist, während er in mich stößt. Zittrig und stöhnend komme ich zum Höhepunkt, bis er das Tempo beschleunigt, seine Härte pulsiert und er sich mit einem heißen, dunklen Raunen in mir ergießt. Bloß um anschließend mit seinen Küssen meinen Verstand zu vernebeln.

Ich gebe vor, erschöpft und müde zu sein, was mir kaum schwerfällt, bis er sich neben mich legt und an seine Brust zieht. Schon nach einer Viertelstunde rutschen seine Finger, die zuvor über meinen Rücken geglitten sind, von mir ab, und seine Atmung geht gleichmäßig.

Geduldig warte ich weitere zwanzig Minuten, die ich auf seiner Armbanduhr ablese, als ich sie vorsichtig antippe.

Auch wenn ich ein verdammt mieses Gefühl bei der Nummer habe, befreie ich mich aus den Handschellen und richte mich vorsichtig neben dem Bett auf. Demon liegt auf dem Rücken da, das Laken bloß knapp über die Hüfte geschlungen, und atmet durch geöffnete Lippen, die trotz Maske sichtbar sind. Er sieht so wunderschön in der Dunkelheit aus. So perfekt. Vermutlich hat er fast zwei Tage nicht geschlafen, so wie ich.

Rückwärtsgehend verlasse ich das Zimmer. Als ich leise durch die Tür schlüpfe, die nicht verschlossen ist, laufe ich nackt über den Gang. Unten ist es komplett dunkel, von Cameron ist nichts zu sehen. Ich hoffe, dass Quest und Lexton nicht hier sind, um mich abzupassen und zu ihrem Boss zu schleifen. Die Bestrafung würde mit Sicherheit nicht sanft ausfallen.

Zu meinem Glück hängt unten an der Garderobe eine schwarze Bomberjacke, die so groß ist, dass sie meinen Po geradeso bedeckt. Ich finde weiße Adidasschuhe, die mir über vier Nummern zu groß sind. Trotzdem ist ein Paar Schuhe besser als kein Paar Schuhe. Danach suche ich die restlichen Jacken und Schubläden der Kommoden nach Schlüsseln ab. Ich kann nicht zu Fuß von dem Anwesen fliehen. Mein Puls rast wie verrückt, weil ich jeden Moment Demon am Geländer der Galerie erwarte.

Irgendwann werde ich fündig und kann mein Glück kaum fassen, als ich die Motorradschlüssel von Demons Kawasaki finde, dann bewege ich mich zur Küche. Denn mit Sicherheit ist die Haustür videoüberwacht und alarmgesichert. Ich könnte zwar schon jetzt gefilmt werden, trotzdem scheine ich noch keinen Alarm ausgelöst zu haben. In der Küche angekommen, in der ich mich bereits auskenne, öffne ich das Küchenfenster, steige auf den Esstisch, an dem ich heute Morgen noch mit Quest gesessen habe, und klettere aus dem Fenster. Es geht knapp anderthalb Meter in die Tiefe, die ich mich fallen lasse.

Dabei verliere ich den rechten Schuh und komme stolpernd zum Stehen. *Verdammt.* Eilig sammele ich ihn vom Rasen auf, schlüpfe in ihn und schnüre ihn neu. Danach schaue ich mich um, renne um das Gebäude und finde neben einem Escalade die schwarze Rennmaschine vor.

Mein Plan ist es, zum Anwesen der Monairs zurückzufahren, dort meinen Ausweis, Handy und Klamotten zu packen und danach zu Anston zu fahren. Er wird in etwa drei Stunden abfliegen. Und wenn es noch ein Ticket zurück nach Barcelona geben sollte, buche ich es. Mich hält nichts mehr in Australien. Gar nichts mehr.

Kaum sitze ich auf der schwarzen Rennmaschine, stecke den Schlüssel in das Schloss und starte den Motor, geht ein elektrisierendes Vibrieren durch meinen Körper. Ich bin verdammt lange nicht mehr selbst Motorrad gefahren.

Zwar habe ich keinen Helm, aber das Anwesen der Monairs ist keine zehn Meilen entfernt. Ich richte die Jacke um meinen Po, damit sie nicht hochweht, anschließend gebe ich Gas und fahre langsam an.

Im linken Seitenspiegel sehe ich, wie jemand in der ersten Etage aus dem Fenster schaut. *Demon.* Er ist wach geworden. Verdammt! Wenn er mich erwischt, bin ich erledigt!

Sofort gebe ich Gas und rase über die Auffahrt des alten Landhauses zur Küstenstraße hinab. Gerade will ich mir nicht ausmalen, wie Demon vor Zorn tobt.

* * *

Okay, zum Anwesen der Monairs kann ich nicht fahren. Demon wird mich dort sofort abfangen. Und außerdem wird es dort vermutlich vor Polizei wimmeln, sodass ich nicht wieder wegkomme. Mir bleibt bloß ein kleiner Vorsprung oder die Möglichkeit, direkt zum Flughafen zu fahren und auf Anstons Hilfe zu hoffen.

Er muss mir helfen, an meine Ausweise zu kommen, ansonsten kann ich Australien nicht so schnell verlassen.

Deswegen entscheide ich mich kurz entschlossen um und fahre über die Landstraße Richtung Brisbane zum Flughafen. Mein Herz rast vor Nervosität so schnell, dass ich jede Sekunde glaube, umzukippen. Mir weht der Fahrtwind gnadenlos ins Gesicht, sodass es mir Tränen in die Augen treibt. Vermutlich breche ich genau jetzt über zehn Regeln. Fahre ohne Führerschein, ohne Helm, ohne Slip.

Es ist mir scheißegal! Ich muss zum Flughafen. Da es verdammt früh am Morgen ist, begegne ich bloß wenigen Autofahrern, am Flughafen ist jedoch schon etwas mehr los. Ich parke das schwarze Motorrad sicher in einem Parkdeck, springe von dem Sitz und schiebe die Schlüssel in die Tasche der Bomberjacke, die ich mit den Händen immer wieder herunterdrücke, damit man meinen Po nicht sehen kann.

Schlürfend, ungekämmt und wie der letzte Penner aussehend, betrete ich das Glasgebäude des Flughafens, auf der Suche nach der nächsten Abflugtafel. Und dann sehe ich den Flug Richtung Barcelona über Shanghai, bei dem 06:20 Uhr das Boarding an Gate 48 beginnt.

Es ist erst 04:40 Uhr. Das bedeutet, Anston dürfte jeden Moment den Flughafen betreten. Ich warte vor den Schaltern der Gepäckaufgabe, in der Hoffnung, ihn zwischen den anderen Reisenden zu entdecken. *Bitte, bitte, bitte sei noch nicht bei den Kontrollen. Ich darf dich nicht verpasst haben.*

Normalerweise gehört Anston nicht zu den Männern, die überpünktlich irgendwo eintreffen, im Gegenteil, er bummelt bis zur letzten Minute, und das hoffentlich auch heute.

Unruhig laufe ich vor den Schaltern auf und ab, kassiere neugierige und fragende Blicke anderer Passagiere und der Airlinemitarbeiter, die sonst sicher selten eine Frau in übergroßen Schuhen, nackten Beinen und Bomberjacke durch die Flughafenhalle marschieren sehen.

Dann endlich fährt ein Taxi vor, aus dem ein dunkelblonder Mann steigt, der Anston sehr ähnlich sieht. *Endlich!*

Nervös kaue ich auf der Unterlippe und warte, bis er das Flughafengebäude betritt. Doch merkwürdigerweise steigen weitere Männer aus dem dunklen Großraumtaxi, dessen Kofferraum vom Fahrer geöffnet wird, um das Gepäck auszuladen.

Es sind mindestens zwei weitere Personen, die sich kurz umsehen, danach die Glashalle betreten. Im selben Moment werde ich plötzlich links und rechts von zwei Kerlen gepackt, die ich nicht kommen gesehen habe.

»Hey!«, stoße ich hervor und schaue zu den zwei Anzugträgern auf, die mich zum Ausgang des Gebäudes führen. »Was wird das hier?« Hat Demon mich doch so schnell gefunden?

Doch ohne mir eine Antwort zu geben, schleifen sie mich mit Headset in den Ohren zu Anston und den anderen Männern. *Verflucht! Was zur Hölle läuft hier?*

»Lasst mich los«, beschwere ich mich, zappele mit den Beinen und verliere die verdammten Schuhe. Andere Passagiere beobachten die Szene, ohne einzugreifen. Vermutlich, weil sie glauben, dass ich von der Security aus dem Flughafengebäude entfernt werde. Aber wieso? Ich habe nichts getan.

An der elektrischen Drehtür angekommen, stoppen beide Riesen mit mir. Weiterhin reiße ich an ihren Griffen, zappele wie wild und fluche, bis vor mir ein Mann in weißem Anzug erscheint, hinter dem Anston und noch ein Mann, alle Anfang dreißig, stehen.

»Hallo, Rinora. Es ist mir eine Freude, dich endlich gefunden zu haben.«

Als ich zuerst zu Anston schaue, der mich bloß teilnahmslos ansieht, dann zu dem Mann mit dem weißen Anzug, dreht sich mir der Magen um. *Nein. Das kann nicht sein. Unmöglich.*

Er ist es. Er ist der Mann aus meinen Albträumen. Neben seinen dunklen Augen, dem dunkelblonden, elegant zurückgestrichenen Haar besitzt er eine Braue, in der zwei Streifen ausrasiert sind.

Immer noch will mir sein Name nicht einfallen. Er forscht in meinen Augen, während seine Mundwinkel zucken. »Du hast keine Ahnung, wer vor dir steht, nicht wahr?«, verhöhnt er mich. »Keine Sorge, dir wird es bald wieder einfallen, mein Darling.«

Ich schlucke hart. »Anston. Erklär mir, was hier los ist?«

»Anston?« Der dunkelblonde Mann dreht sich zu Ans um. »Meint sie dich?« *Heißt er nicht so?*

Anston zuckt gelangweilt die Schultern. »Ein beschissenerer Name ist mir nicht eingefallen.«

Der blonde Mann, wie auch der andere schräg hinter ihm, der sein dunkles Haar oberhalb der Ohren zusammengebunden hat, lachen.

»Nun gut. Wir haben, was wir wollten. Wo starten in diesem Flughafen die Privatjets?«

Was?

»Da vorn«, erklärt der Mann rechts von mir. Durch die Drehtür wird ein Gepäckwagen mit Anstons – oder wie auch immer er heißen mag – auffällig türkisem Koffer gerollt.

Ehe ich realisiere, dass ich mitkommen soll, werde ich durch das Flughafengelände getragen. »Vergiss es. Nein, auf keinen Fall. Ich fliege nicht mit.«

»Dich hat keiner gefragt«, erklärt mir der dunkelhaarige Mann, der nun seitlich mit den Affen, die mich wie ein Möbelstück durch die Glashalle bugsieren, mitläuft.

»Hil…«, will ich schreien, als mir im gleichen Moment der Mund zugehalten wird.

»Halt die Klappe und mach keinen Aufstand, wenn du nicht willst, dass ich dich verschnürt wie ein Paket zurückfliegen lasse. *Was beutetet zurück? Wohin will er fliegen?*

Ich beiße in die Finger, die meinen Mund zuhalten, um mich freizukämpfen, zu treten, zu schreien und an den Armen zu reißen. Mir wird jemand helfen, mir muss jemand helfen! »Hilfe! Hilfe!«, schreie ich laut.

Doch im selben Moment spüre ich einen Einstich in meinen rechten Oberarm. Ohne es wirklich gesehen zu haben, wird mir der Inhalt einer Spritze injiziert, der verdammt schnell dafür sorgt, dass sich meine Zunge schwerer und taub anfühlt, meine Augenlider in immer kürzeren Abständen zufallen.

Bitte nicht … Nein. Ich bereue es, nicht bei Demon im Bett geblieben zu sein. Ich will zurück. Zurück zu ihm.

Das Letzte, was ich sehe, ist, wie der Reißverschluss der Bomberjacke ein Stück heruntergezogen wird. Dann wie jemand grollend sagt: »Er hat ihr das Dykats-Symbol eingeritzt!«

»Was ist das Problem? Du kannst ihr das der Zetos einfach an einer anderen, viel wichtigeren Stelle tätowieren oder einritzen.«

Zetos …

Gleich darauf ist alles schwarz, und ich werde von der Dunkelheit in meine finstersten Träume mitgerissen.

Und zum Schluss ...

geht mein großer Dank an jede Leserin und jeden Leser, der sich für Nuria und Demons Geschichte interessiert hat. Ich hoffe, dich konnte der erste Band fesseln? Im Folgeband wirst du mehr über Nurias und Demons Vergangenheit erfahren. Es wird teilweise noch nervenaufreibender und sinnlicher als im ersten Band.

Da dies mein erster Dark-Romance-Titel, der im großartigen Publikumsverlag everlove erschienen ist, bin ich umso aufgeregter. Für mich ist das ein Meilenstein und eine besondere Ehre. Dies wäre mir niemals ohne meinen wundervollen Agenten Carsten Polzin möglich gewesen.

Danke Carsten, dass du an meine dunklen Geschichten geglaubt hast, noch bevor der Trend losging.

Als nächstes Danke ich meiner wundervollen Lektorin Anica Müller. Ich danke dir für deine großartigen Empfehlungen, deine Geduld und Unterstützung. Ich freue mich schon darauf, wenn wir uns auf Band zwei stürzen.

Und zu guter Letzt danke ich meinen engsten Testleserinnen Jule und Gaby. Euren Adleraugen entgeht nichts. Ich schätze es jedes Mal so sehr, euch seit so vielen Jahren an meiner Seite zu wissen. Ihr seid für mich unentbehrlich.

Wir lesen uns schon im Oktober wieder.
Seid wachsam. Selbst Schatten besitzen Augen.

Eure D. C. Odesza